Wolfgang Hohlbeins Enwor
Die verschollene Stadt

Zu diesem Buch

Ein unheilvolles Feuer brennt in Daarts Seele, und es ist nicht allein die Erinnerung an den Feuertempel der Guhulan, die ihn quält. Zusammen mit der jungen Kriegerin Carnac versucht er verzweifelt, das Leben des legendären Satai Skar zu retten. Doch es sind ausgerechnet die Satai selbst, die ihm dabei einen Strich durch die Rechnung zu machen drohen. Daart und Carnac geraten zwischen die Fronten und in Gefahr, von den Kräften zermahlen zu werden, die ganz Enwor ins Chaos stürzen wollen. Allein die Lösung des Rätsels um eine geheimnisumwobene Stadt, die seit Jahrtausenden als verschollen gilt, läßt ihn noch hoffen, das Unheil abwenden zu können.

Dieter Winkler, 1956 in Berlin geboren, lebt heute bei München. Der zweifache Familienvater arbeitete als Chefredakteur für mehrere Computer-Zeitschriften und veröffentlichte bislang über dreißig Bücher sowie zahlreiche Hörspiele. Er schrieb als Co-Autor »Das elfte Buch« der Enwor-Reihe und eröffnete mit »Das magische Reich« und »Die verschollene Stadt« die neue Serie. Weiteres zum Autor: www.dieter-winkler.de

Wolfgang Hohlbein, 1953 in Weimar geboren, hat unzählige Bestseller geschrieben und gilt als Meister der phantastischen Spannung. Die ursprünglich gemeinsam mit Dieter Winkler entwickelte Enwor-Reihe hat längst Kultstatus erreicht. Weiteres zum Autor: www.hohlbein.de

Wolfgang Hohlbeins Enwor

Die verschollene Stadt

Neue Abenteuer 2

Roman von Dieter Winkler

Piper München Zürich

Von Wolfgang Hohlbein liegen in der Serie Piper vor:
Das Vermächtnis der Feuervögel (6508)
Im Enwor-Zyklus liegen in der Serie Piper vor:
Das magische Reich. Neue Abenteuer 1 (von Dieter Winkler, 6531)
Die verschollene Stadt. Neue Abenteuer 2 (von Dieter Winkler, 6532)

Für Friedel Wahren und Angela Kuepper,
ohne deren engagierte Lektoratsarbeit die neuen
Enwor-Abenteuer nicht denkbar gewesen wären

Originalausgabe
Juni 2004

Umschlagkonzept: Büro Hamburg
Umschlaggestaltung: Nele Schütz Design, München
Umschlagabbildung: Jon Sullivan, England
Gesamtherstellung: Clausen & Bosse, Leck
Printed in Germany ISBN 3-492-26532-4

www.piper.de

Im Tal des Vergessens,
wo stürzende Fluten die Zeit gebären,
sah ich mich Gewalten gegenüber,
die, längst vergangen,
ihren Bannstrahl auf mich richteten
und mir zu nehmen drohten,
was mir gerade erst gegeben:
die Geliebte!

DAS ZWÖLFTE BUCH

Vorwort

Wie geht die Reihe weiter? Diese Top-Frage jeder Veranstaltung, bei der eine Buchreihe im Mittelpunkt steht, trifft in ganz besonderem Maße auf Enwor zu. Die Romane um die beiden Satai-Krieger Skar und Del gehören nicht nur zu meinen ersten längeren Texten, sondern sind mir ganz besonders ans Herz gewachsen; wie ich hoffe, dem einen oder anderen Leser auch. Umso schöner finde ich es, dass sich Skar und Del auch in der neuen Enwor-Staffel als weitaus lebendiger erweisen, als das der eine oder andere von Ihnen vielleicht glauben mag …

Und damit bin ich schon beim Thema: der Fortsetzung der Enwor-Reihe, der Geschichte von Daart und Carnac im Kampf gegen den Feuerkult der Guhulan. Im Vorwort zum ersten Band der Feuer-Trilogie habe ich beschrieben, wie Enwor entstanden ist und warum ausgerechnet Dieter Winkler die neuen Abenteuer schreibt. Das möchte ich an dieser Stelle noch einmal aufgreifen, wenn auch unter einem anderen Aspekt. Und dazu muss ich zurückblicken in die Zeit, als der Terminator in die Kinos kam und Stephen King mit »ES« ein großartiges Debüt hinlegte, also genau vor … Aber lassen wir das. Jedenfalls waren wir damals noch ziemlich jung.

Fremde Welten und phantastische Geschichten hatten mich und meinen Jugendfreund Dieter Winkler schon immer fasziniert. Wir haben entsprechende Literatur nicht nur verschlungen, sondern auch für Verlage wie Heyne, Bastei und Goldmann übersetzt. Und bevor Michael Jacksons Horror-Videoclip »Thriller« herauskam, hatte es jeder von uns bereits geschafft, einige Kurzgeschichten zu veröffentlichen.

Das war ganz nett. Aber wir wollten mehr. Jeder von uns bastelte in seinem stillen Kämmerchen an einer eigenen Fantasy-Reihe, und irgendwann an einem grauen Novembertag kurz vor fünf Uhr morgens – also der für Autoren kreativsten Zeit – beschlossen wir, unsere Ideen zusammenzuschmeißen und eine gemeinsame Welt zu kreieren. Das war der Startschuss der ENdWORld-Saga.

Grundlage dafür war einerseits eine Geschichte von Dieter, in der die beiden Satai Skar und Del ihr erstes Abenteuer erlebten (»Malicia«, nachzulesen in »Das Vermächtnis der Feuervögel«, Piper 2003), und andererseits ein Romananfang von mir, in dem Menschen, Reptilienkrieger und Mutanten das düstere Erbe eines Konflikts zwischen den *Alten* und den *Sternengeborenen* antreten mussten. Bevor der erste Enwor-Roman auf der Basis dieser Ideen entstand, verdrückte sich Dieter nach München zu CHIP und übernahm dort die Chefredaktion. Damit oblag es mir, Enwor vorerst allein weiterzuschreiben. Meine Begeisterung für diese Reihe scheint sich auf die Leser übertragen zu haben: Die zehn Romane zählen nach wie vor zu den erfolgreichsten ihres Genres.

Kaum kam »Matrix« in die Kinos, wechselte Dieter wieder ins Autorenlager (ob das eine mit dem anderen etwas zu tun hat, entzieht sich allerdings meiner Kenntnis) und stieg für »Das Elfte Buch« bei Enwor wieder mit ein. Die beiden geplanten Nachfolgebände blieben durch die Irrungen und Wirrungen eines Verlagsverkaufs auf der Strecke, und wir entschlossen uns dann für einen radikalen Schnitt: neuer Verlag, neue Staffel. Der erste Roman mit dem Titel »Das magische Reich« erschien, als Costa Cordalis zum Dschungelkönig gekrönt wurde, aber wir schwören, dass das eine mit dem anderen nichts, aber auch gar nichts zu tun hat.

Und in Sachen Enwor – wie geht die Reihe nun weiter? So viel sei verraten: Auf »Die verschollene Stadt« folgt eine Reise in den Norden Enwors, zu den Cor-Seen. Bevor »Der flüsternde See« jedoch sein Geheimnis preisgibt, werden Daart und Carnac noch ihr blaues Wunder erleben – und dabei auf ein unglaubliches Geheimnis stoßen, in dessen Mittelpunkt Skar steht. Denn die Saga um Skar und Del ist noch lange nicht zu Ende …

Viel Spaß bei Enwor wünscht
Wolfgang Hohlbein

TEIL 1

Wer die Augen vor der Wahrheit verschließt,
ist verloren.

Das zwölfte Buch

1 Der Himmel über ihnen war auf eine Weise erstarrt, wie Daart es nie zuvor gesehen hatte. Das erdrückende Grau hing so schwer über dem Tal, als hätte ein Schmied gewaltige Mengen flüssigen Erzes ausgegossen und in einer einzigen Einheit erkalten lassen – Gestalt gewordene Warnung vor Mächten, denen man mit einem Gewaltritt nicht entkommen konnte.

Daarts Hand krampfte sich schmerzhaft um den Zügel, als er nach vorn blickte. Erst ein ganzes Stück hinter der Schlucht ging das Grau in eine hellere Farbe über, nahezu weiß und dabei doch schmutzig wirkend, an den Rändern ausfransend, so merkwürdig durchscheinend und fest zugleich, dass es sich jeder Beschreibung entzog. Dahinter glaubte er Unruhe wahrzunehmen, die sich bis tief in den Horizont in eine sonnendurchtränkte Region hinein erstreckte, in der es flirrte und flimmerte, als wirbelten dort heftige Winde über Baumkronen und Felsgestein. Doch so sehr er sich auch bemühte, er konnte keine Einzelheiten ausmachen, ja, er war nicht einmal sicher, ob ihn nicht ein Trugbild narrte.

Dieser Umstand berührte Daart tiefer, als es ihm lieb war. Täuschung, Magie, Blendwerk – es gab viele Ausdrücke für das, was sich jeder Erklärung entzog. Für ihn hatte all das jedoch eine mehr als nur vage Bedeutung, und die hing untrennbar mit Nubina zusammen. Er war noch nie zuvor einer Frau begegnet, die eine Aura solch kalter Macht verströmt hatte wie die Herrscherin von Nyingma – und die noch dazu so atemberaubend schön war, dass neben ihr kein anderes weibliches Wesen bestehen konnte. Es war sicherlich kein Zufall, dass er gerade jetzt an sie denken musste. Vom Tal wehte ein lauer Luftzug herüber, der die Blätter der Bäume ganz sachte rascheln ließ, ein sanfter Hauch, der kaum merklich über seine Wangen strich. Er hätte ausreichen müssen, um Unruhe in die erstickende Wolkenschicht über ihnen zu bringen, doch diese war so bar jeder Bewegung, dase es ihm vollkommen unerklärlich war. Irgendetwas ging hier vor, das mit Nubina zu tun hatte – oder doch zumindest mit dem Magier, den sie ihr vor der Nase weggeschnappt hatten.

Nur mit Mühe schüttelte Daart den Gedanken ab. Sie hatten mittlerweile viele Tagesritte zwischen sich und Nyingma gebracht, und jetzt mussten sie sehen, dass sie ihre kostbare Fracht so schnell wie möglich ans Ziel brachten. Er war froh, Carnac an seiner Seite zu wissen, obwohl er sich noch immer nicht recht im Klaren darüber war, woran er mit ihr sei. Er wusste, wie ihr Haar roch und ihr Körper schmeckte, aber er wusste nicht, ob ihre Seele noch immer den Prophetinnen gehörte, auf deren Geheiß hin sie sich in einen weiblichen Satai-Sjen verwandelt hatte.

Carnac hatte mittlerweile ebenfalls ihr Pferd gezügelt und neben dem seinen zum Stillstand gebracht. In ihrer Montur aus schwarzem Echsenleder wirkte sie genauso erstarrt wie die graue Glocke über ihnen, eine zarte, fast zerbrechliche Gestalt, die eine Hand auf den Griff ihres Schwerts gelegt und den Kopf leicht zurückgebeugt hatte, als erwartete sie, der Himmel werde über ihr aufreißen und feindliche Krieger ausspeien. Ihr Pferd hob den Kopf, scharrte mit den Hufen und zog witternd die Luft durch die Nüstern. Daart wunderte sich nicht darüber. Tiere nahmen oft viel früher als Menschen Veränderungen in jener Grauzone wahr, die Magie und Realität nur sehr unvollkommen trennte.

Besorgt ließ er den Blick über die Felsen gleiten, die das Tal einrahmten, und weiter hinhab auf den üppig bewachsenen Talgrund. In dem sonderbar gebrochenen Licht, das in weiter Ferne herrschte, waren mehr Einzelheiten erkennbar als in dem trüben Einerlei um sie herum. Doch so weit sein Blick auch reichte, entdeckte er kein Anzeichen einer menschlichen Behausung, keine Felder oder auch nur Rodungsspuren, die darauf hingedeutet hätten, dass hier irgendwann einmal Menschen gelebt hatten oder das noch immer taten. Das war seltsam. Die Gegend, durch die sie gekommen waren, hatte nicht gerade vor Fruchtbarkeit gestrotzt und war dennoch besiedelt gewesen. Warum gab es hier nicht wenigstens ein kleines Dorf?

Er kniff die Augen zusammen und musterte die Gegend, wo sich der bislang steinige Weg unter einem sprießenden Blätterdach durch das Gestrüpp wand. Die Luft, die über diesem Abschnitt des Tals stand, schien fast unmerklich zu flirren, doch das lag wohl eher an der verdunstenden Feuchtigkeit, welche die Morgensonne aus der reichen Vegetation trieb, als an etwas, das sich mit gewöhnlichen Sinnen nicht fassen ließ. Es lag etwas Verführerisches in diesem Anblick. Sie alle brauchten dringend Wasser, so ausgedörrt wie sie waren; vor allem die Pferde würden nicht mehr lange durchhalten. Als Daart in der Ferne einen Bach entdeckte, der sich zischend und sprudelnd durch das Tal wand, begann sein Herz hart und heftig zu schlagen. Alles in ihm drängte danach, so schnell wie möglich dort hinunterzukommen. Neben dem Bach entdeckte er den Pfad, der bald vollständig unter einem Dach wuchernder Sträucher und eng stehender Bäume verschwand und irgendwo weit am Horizont in die steinige Mulde am Rand einer Hügelkette auslief.

»Das gefällt mir nicht«, sagte Carnac. Sie deutete nach oben. »Die Wolken … sie sehen so unnatürlich aus. Als ob sie sich absichtlich über uns zusammenballten.«

Ihr Tonfall klang fast beiläufig, aber es schwang etwas darin mit, das Daart fast noch mehr beunruhigte als ihre durchaus zutreffende Beobachtung. Spätestens seit sie von Tikar aus mit frischen Pferden in Richtung Norden aufgebrochen waren, beobachtete Daart mit Sorge, wie Carnac mehr und mehr verfiel. Sie versuchte ihre Erschöpfung vor ihm zu verbergen, aber es genügte ein einziger Blick in ihr Gesicht, um zu wissen, wie es um sie stand. Unter ihren Augen lagen tiefe Ränder, die Wangen waren eingefallen und von den Spuren der Brandwunden gezeichnet, die sie sich bei der Explosion von Nubinas Feuer-Tempel zugezogen hatte. Das Schlimmste aber war die fahle Farbe ihres Gesichts; die Haut in den Augenhöhlen und um die Mundwinkel herum sah beinahe aus wie die einer Toten.

»Sora ist bekannt für seine Naturschauspiele«, sagte er nach einer Weile. »Ich würde dieser … Wolkenerscheinung keine allzu große Bedeutung beimessen.«

Carnac schwieg. Ihre Augen füllten sich mit einer Dunkelheit, die Daart bis ins Mark erschütterte. Vielleicht nur, weil er den Anblick dieser Schwärze nicht mehr ertrug, wandte er sich ruckartig ab und warf einen Blick nach hinten, zu dem dritten Pferd, das er an seinem eigenen mit einem Seil festgebunden hatte. Zar'Toran, der Feuer-

Magier, konnte diesmal seinen Blick nicht hochmütig erwidern, wie er es für gewöhnlich tat. Er hatte sich umgedreht und starrte auf den Weg zurück, den sie als Abkürzung zum Tormon-Gebirge gewählt hatten, und Daart fragte sich, was wohl der Grund dafür sein mochte. Zar'Toran war nicht müde geworden, ihnen zu erklären, dass es nicht lange dauern werde, bis Nubinas Silberkrieger oder die Guhulan seine Spur aufnehmen und ihn befreien würden. Was Nubina anging, so mochte er durchaus Recht haben: Wenn sie auch nur ahnte, dass er und Carnac noch am Leben waren, würde sie nichts unversucht lassen, sie wieder in ihre Gewalt zu bringen.

»Nubina«, murmelte Carnac.

Daart drehte sich wieder zu ihr um. Es war ein Gefühl überwältigender Zärtlichkeit, das in ihm hochstieg, als er sie selbstversunken auf dem Pferd sitzen sah, den Blick in die Ferne gerichtet und sich wahrscheinlich gar nicht bewusst, dass sie den Namen der Herrscherin von Nyingma laut ausgesprochen hatte.

»Nubina hat ein ganz besonderes Verhältnis zu Wolken«, sagte Carnac, als sie bemerkte, dass Daart sich ihr zugewandt hatte.

»Zumindest nach dem zu urteilen, was wir auf dem Dach ihrer gigantischen Festungsanlage erlebt haben«, bestätigte Daart. »Aber das hat nichts zu sagen. Nubina mag über eine Menge magischer Tricks verfügen, und sie ist sicherlich die unumschränkte Herrscherin über ihre Untertanen«, *und vielleicht sogar über viele weitere Menschen,* fügte er in Gedanken hinzu. »Aber sie herrscht nicht über das Wetter – und noch nicht einmal über diese Gegend hier. Auch wenn sie sich ganz Enwor untertan machen will, ist sie doch nicht allmächtig.«

»Allmächtig.« Carnac nickte, als hätte sie nur auf dieses Stichwort gewartet. Sie warf Daart einen flüchtigen Seitenblick zu und fuhr leiser fort: »Werden wir verfolgt?«

Daart schüttelte kaum merklich den Kopf, obwohl er alles andere als sicher war. »Ich glaube nicht. Trotzdem sollten wir machen, dass wir weiterkommen.«

»Durch dieses Tal dort?« Carnac durchlief ein kaum merklicher Schauder. »Ich weiß nicht. Können wir nicht einen anderen Weg wählen?«

»Natürlich«, sagte Daart bedächtig. »Aber wahrscheinlich keinen, der uns nicht mindestens einen zusätzlichen Tag kostet – oder mehr. Denn wenn wir zu weit in das Gebiet der Südlichen Schwertbünde geraten, könnte es sein, dass wir uns mit einem Haufen übel gelaunter Soraner herumschlagen müssen.«

»Und was wäre daran so schlimm?«, fragte Carnac leise.

Daart zuckte mit den Schultern. »Du weißt doch, wie sie sind. Sie verlangen von jedem Reisenden Wegzoll, und das nicht zu knapp. Sie sind mit Sicherheit auf unsere Pferde aus – und wenn wir uns weigern, sie herzugeben, könnte es brenzlig werden.«

Carnac seufzte. »Mit ein paar Soranern werden wir wohl noch fertig werden.«

»Wahrscheinlich«, stimmte Daart zu. »Aber was ist, wenn unsere Pferde dabei zu Schaden kommen, und sei es nur, weil wir sie zu hart rannehmen müssen, um Abstand zwischen uns und die Angreifer zu bringen? Nein.« Er schüttelte den Kopf und fuhr erst nach einer Weile und in einem geradezu beschwörenden Tonfall fort: »Wir müssen jede unnötige Auseinandersetzung vermeiden. Das gebietet uns nicht nur der Ehrenkodex der Satai, sondern auch der Zeitdruck, unter dem wir stehen.«

»Wahrscheinlich hast du Recht«, sagte Carnac nach einer Weile, und ihre Augen füllten sich wieder mit Schwärze. »Dennoch: Mir gefällt das Tal vor uns nicht.«

»Mir auch nicht«, gestand Daart. »Aber dort gibt es Wasser. Die Pferde müssen endlich einmal wieder die Köpfe in einen Bach stecken können – und ich übrigens auch. Ganz zu schweigen davon, dass mein Wasserschlauch genauso trocken wie meine Kehle ist.«

»Vielleicht regnet es ja gleich«, sagte Carnac schaudernd.

Daarts Blick glitt nach oben, mitten hinein in das erstickende Grau, das noch immer bewegungslos über ihnen hing. Ihm wurde leicht schwindelig, als er den Kopf in den Nacken legte und dem Ausmaß der grauen Wand folgte. Ein kaltes Frösteln überlief ihn. Blutrot waren die Wolken gewesen, die ihn auf Nubinas Festung eingehüllt hatten, und sie hatten ein Grauen verborgen, das er selbst heute noch nicht in Worte fassen konnte. Was, wenn dieses undurchdringliche Grau über ihnen etwas für sie bereithielt, das noch unfassbarer war? Er war nicht erpicht darauf herauszufinden, was geschähe, wenn es hier zu regnen anfinge. In jedem Fall waren die Wolken ein Grund mehr, diese Gegend so schnell wie möglich zu verlassen.

»Ich glaube nicht, dass wir einen Hinterhalt zu befürchten haben«, sagte er betont unbekümmert. »Und wenn, dann stoßen wir hier wahrscheinlich nur wieder auf versprengtes Gesindel, wie damals in den Sonora-Höhen.«

Carnac rieb in einer unbewussten Bewegung über das verstärkte Schulterstück ihres Lederpanzers, genau dort, wo der Pfeil eingedrungen war, der sie auf der Hinreise erwischt hatte. »Dann können wir ja nur darauf hoffen, dass nicht wieder ein begabter Pfeilschütze unter ihnen ist.«

Daart verzichtete auf eine Antwort. »Ich bin gespannt, was Skarissa Rabork zu unserem Fang sagen wird«, sagte er stattdessen.

»Fluchen wird er, weil wir ihm nicht die *Essenz des Lebens* bringen, sondern nur diesen abgehalfterten Magier«, vermutete Carnac.

»Wenn das alles ist, bin ich ja schon zufrieden«, sagte Daart düster. »Manchmal frage ich mich, ob wir überhaupt das Richtige tun.«

Carnac warf ihm einen müden Seitenblick zu. »Wie meinst du das?«

Daart zuckte mit den Schultern. Er musste sich beherrschen, um nicht erneut einen Blick zurückzuwerfen. »Vielleicht hätten wir Zar'Toran irgendwo in sicherem Gewahrsam zurücklassen sollen, um auf schnellstem Weg zur Korona zu reiten. Der Kerl hält uns doch bloß auf.«

»Das tut er allerdings«, bestätigte Carnac. »Aber wir brauchen ihn nun einmal …«

»Richtig erkannt, Satai-Sjen«, erschallte Zar'Torans tiefe, dröhnende Stimme hinter ihnen. Obwohl sie sehr leise gesprochen hatten, schien der Magier jedes Wort mitbekommen zu haben. »Und wie es aussieht, seid ihr schon sehr bald auf meine bescheidenen Dienste angewiesen.«

Daart drehte sich wütend zu ihm um. »Wir sind nicht im Geringsten auf dich angewiesen. Und was dein weiteres Schicksal angeht …«

»Ja?«, fragte Zar'Toran betont ruhig. »Was ist damit? Glaubt ihr im ernst, mich unbehelligt in die Korona schleppen zu können, damit ich mich vor Skarissa Rabork in den Staub werfe und ihn um Vergebung anflehe?«

Daart wartete auf das tief grollende Lachen, das den Spott des Magiers stets zu begleiten pflegte, doch vergebens.

»Das da oben …«, sagte Zar'Toran und deutete mit den gefesselten Händen in Richtung Himmel, »sollte dir zu denken geben, Daart. Alles wird in den Strudel sich überschlagender Veränderungen gesogen, nur der Himmel über uns – der sieht so aus, als hätten ihn dunkle Götter zu Anbeginn der Zeit mit einem Fluch zur Bewegungslosigkeit verdammt.«

Daart starrte eine Zeit lang schweigend nach oben. Zar'Toran hatte Recht. Wo immer sie gewesen waren, hatten sie die Ruhelosigkeit gespürt, welche die Menschen erfasst hatte, und mehrfach hatten sie alles daransetzen müssen, um nicht in irgendwelche ungewöhnlich heftigen Auseinandersetzungen mit hineingezogen zu werden. Dagegen wirkte der Himmel über ihnen wie das Sinnbild von Beständigkeit. Das war absurd.

»Ich kenne dich sehr gut, Daart«, fuhr Zar'Toran fort.

»Ach ja?«, fragte Daart. Er versuchte höhnisch zu sein, aber selbst in seinen eigenen Ohren klang es eher hilflos. »Und was nutzt dir das, jetzt, wo du dich gefesselt in meiner Gewalt befindest?«

»Gefesselt, die Beine in Ketten und geschwächt durch Hunger und Durst«, sagte Zar'Toran unbeeindruckt. »Du hast sehr viel Angst vor einem einzelnen Mann. Und du begreifst nichts. Du wirst verlieren, Daart.«

»Das lass mal meine Sorge sein.«

»Sorgen – ja, die solltest du dir tatsächlich machen.« Zar'Toran richtete sich im Sattel so weit auf, wie es die unter dem Bauch seines Pferdes hindurchlaufende Kette zuließ, mit der seine Beine zusammengebunden waren. »Vergiss nicht: Ich kenne dich besser als jeder andere lebende Mensch, deine wandlungsfähige Begleiterin mit eingeschlossen. Und ich spüre, wie die alte Furcht in dir wieder aufbricht.«

Daart hatte sich genug in der Gewalt, um nicht zusammenzucken oder auf andere Weise zu zeigen, wie sehr ihn die Worte des Magiers trafen. Er wollte nicht an die Vergangenheit erinnert werden. Das Feuer würde nie wieder Gewalt über ihn erlangen, das hatte er sich geschworen. Das heiße Fauchen gieriger Lohen, das lüsterne Flackern leckender Flammen auf seiner Haut, das erstickende Beißen des Rauchs in seiner Kehle und die allumfassende Angst, die ihn jedes Mal ergriffen hatte, wenn der Magier vor ihm gestanden hatte, groß und fast übermächtig für den Jungen, der er einst gewesen war – all das gehörte der Vergangenheit an.

Als er begriff, dass ihn die Schrecken vergangener Tage beinahe übermannt hätten, biss er sich so fest auf die Unterlippe, bis er Blut schmecken konnte. Zar'Toran war in mehr als nur einer Hinsicht ein rotes Tuch für ihn. Die tausend kleinen Sticheleien der letzten Tage waren nur ein schwacher Abglanz all dessen, was er ihm vor vielen Jahren angetan hatte, in dem kleinen, unbedeutenden Dorf zwischen den Schattengebirgen und den Sümpfen von Cosh, in dem er aufgewachsen war. Zar'Toran, der Feuer-Magier, der nichts unversucht gelassen hatte, seinen Willen zu brechen – ausgerechnet dieser Mann spielte nun wieder eine zentrale Rolle in seinem Leben.

»Vielleicht können wir dort unten etwas erlegen«, sagte Carnac mitten in seine düsteren Gedanken hinein. »Mein Magen fühlt sich schon an, als wäre er auf Erbsengröße geschrumpft.«

»Also denn.« Daart gab seinem Rappen mit leichtem Schenkeldruck zu verstehen, dass es weiterging. Obwohl das Tier weitaus geschwächter vor Hunger und Entbehrung war als er selbst – oder Zar'Toran –, setzte es sich gehorsam in Bewegung. Und kurz darauf erreichten sie das Tal.

Der Pfad, der durch das Tal führte, war so schmal, dass sie nur hintereinander reiten konnten. Zweige peitschten in Daarts Gesicht, und manchmal musste er regelrecht unter einem Ast wegtauchen, um nicht aus dem Sattel gerissen zu werden. Gewöhnlich wäre es ihm nicht nur ein Leichtes gewesen, hier entlangzupreschen, es hätte ihm sogar riesigen Spaß gemacht. Heute war das anders. Seit dem Aufbruch zu ihrer zeremoniellen Satai-Sjen-Reise in den Süden Enwors waren nur wenige Wochen vergangen, aber die waren die Hölle gewesen, und der scharfe Ritt durch die kargen Sora-Ebenen hatte ihnen den Rest gegeben. Eigentlich hätten sie dringend eine Ruhepause benötigt, ein paar Tage Schonung für sich und die völlig erschöpften Pferde. Aber das Schicksal hatte es anders gewollt. Mit Zar'Toran hatte es ihnen den einzigen Menschen in die Hände gespielt, der jenen Satai retten konnte, um den sich Tausende von Legenden rankten – und von dem viele glaubten, er sei auch nicht mehr als eine Legende: Skar.

Sie ritten eine Zeit lang schweigend hintereinander her; Daart ritt vor Zar'Toran, und Carnac bildete den Abschluss der merkwürdigen Formation aus zwei jungen, erschöpften Satai-Sjen und einem alterslosen Magier, der im Vergleich zu ihnen geradezu unverschämt ausgeruht wirkte. Ein zufälliger Beobachter hätte meinen können, dass der Magier in Begleitung zweier Leibwächter unterwegs war, zumal Carnac in ihrer schwarzen Lederkluft, dem Tschekal an ihrer Seite und der Haltung eines Kriegers auf den ersten Blick als Mann durchging.

Obwohl Daart es nicht für möglich gehalten hätte, wurde der Wald noch dichter und setzte sich auch nach einer lang gestreckten Biegung fort, die sie von oben nicht hatten einsehen können. Und hier stießen sie endlich auf den Fluss. Auf den letzten Metern fielen die Pferde in einen schnellen Trab, und kaum am schlammigen Ufer angekommen, rutschten Daart und Carnac aus den Sätteln und rannten wie kleine Kinder in das schäumende Nass. Während die Pferde gierig tranken, spritzte Daart Carnac mit einer wahren Wasserfontäne nass, und sie zahlte es ihm lachend heim. Es waren nur wenige Augenblicke, die sie übermütig herumtobten, aber sie dehnten sich für Daart zu einer kleinen Ewigkeit voller Unbeschwertheit. Als Carnac schließlich die Wasserschläuche füllte, warf Daart einen Blick nach oben. Die erstickende Wolkendecke hing noch immer über dem Tal, aber direkt über ihnen hatte sich ein Loch gebildet, durch das Sonnenstrahlen mit einer Heftigkeit auf sie herabfielen, als wollten sie sie verbrennen.

Nachdem Daart auch Zar'Toran hatte trinken lassen und ihre Wasservorräte vollständig aufgefüllt waren, brachen sie wieder auf. Sie ritten eine Weile neben dem Fluss her, bis er in mehrere Arme zerfaserte. Neben einem Seitenarm, dessen Bett unter einem Wust von Unterholz und wuchernden Luftwurzeln verschwand, suchten sie sich mühsam ihren Weg. Immerhin half es Daart, seine Müdigkeit zu vergessen. Er war in einer merkwürdigen Stimmung, fast empfindungslos vor Erschöpfung und doch erfüllt von einer kribbelnden Nervosität, die eher zu- als abnahm, je weiter sie vorankamen.

Der Weg wurde mit jedem Schritt schwieriger, und sie mussten ihre ganze Konzentration aufbringen, immer wieder neue Lücken und Breschen im Unterholz zu erspähen, um nicht plötzlich in einer Dornenhecke oder einem Sumpfloch stecken zu bleiben. Die Sonne kletterte allmählich höher, und auch wenn die wärmenden Strahlen nach wie vor nur durch eine kleine Lücke in der Wolkendecke auf sie herabschienen, wurde es bald schwülwarm. Daart zog den Umhang aus, den er zusammen mit den Pferden und dem Proviant in einem kleinen Nest westlich von Tikar erstanden hatte, und legte ihn zusammengefaltet vor sich über den Sattel. Das Tal erschien ihm wie ein gewaltiges lebendes Treibhaus. Die größtenteils geschlossene Wolkendecke ließ die Wärme der Sonne zwar herein, aber nicht wieder hinaus.

Dann wurde der Weg wieder breiter, und Carnac schloss zu Daart auf, kam aber nicht so nah heran, dass er ein Gespräch beginnen konnte. Nicht, dass ihm unbedingt danach gewesen wäre. Aber er fand es merkwürdig, dass sie ihm geradezu auswich, und das, nachdem sie am Fluss so übermütig herumgetobt hatten wie selten zuvor. Vielleicht wollte sie ja nicht, dass er ihr Fragen stellte, ganz bestimmte Fragen nach ihrer Herkunft und nach dem geheimen Auftrag, den ihr die Prophetinnen mit auf den Weg gegeben hatten. Dabei war sich Daart nicht einmal sicher, ob er mehr darüber wissen wollte. Zumindest im Augenblick erschien es ihm ratsam, weiter so zu tun, als wäre sie ein ganz gewöhnlicher Satai-Sjen – wenn auch der erste weibliche seit langer Zeit.

Schließlich lichtete sich der Wald und machte einer geröllbeladenen Lichtung Platz. Der Wasserlauf war längst irgendwo rechts von ihnen verschwunden, und so war nichts weiter zu hören als das Zirpen der Vögel, das leise Rauschen des Windes in den Bäumen hinter ihnen und das Getrappel der Pferde, die sich mühsam einen Weg über den steinigen Untergrund bahnten. Die Geräusche brachen sich an den Felsen, die sie hier unten umschlossen wie die Mauern eines Gefängnisses. Daart tauschte einen nervösen Blick mit Carnac und brachte dann sein Pferd zum Stillstand.

»Was ist?«, fragte Carnac leise.

»Ich weiß nicht«, murmelte Daart. Er legte den Kopf in den Nacken und starrte nach oben. Auf den spärlich bewachsenen Felsen schien sich etwas zu bewegen. Es mochte eine Täuschung sein, hervorgerufen durch das diffuse Licht, das in dem Gezweig verkrüppelter Bäume und Büsche spielte, oder aber … die Reflexion der Sonne auf silbern glänzenden Rüstungen. Er fuhr sich mit Zeigefinger und Daumen über die Augen, blinzelte und sah abermals nach oben. Diesmal war er fast sicher, eine Bewegung am oberen Rand des Felsen wahrzunehmen, ein schattenhaftes Huschen, das sich nicht mit den Augen einfangen ließ.

»Was ist?«, fragte Carnac abermals. Ihre Stimme klang angespannt.

Daart lenkte seinen Rappen ein Stück zur Seite. »Ich weiß nicht«, sagte er leise. »Aber ich fürchte beinahe, du hattest Recht. Es wäre vielleicht tatsächlich besser gewesen, das Tal zu meiden.«

Carnac folgte seinem Blick. Sie kniff den Mund zusammen und schlug mit der Hand dreimal hintereinander auf den Schwertgriff, eine Marotte, die Daart schon öfter an ihr beobachtet hatte, wenn sie ihre Unruhe nicht beherrschen konnte. Dann runzelte sie die Stirn, schien etwas sagen zu wollen und brach wieder ab.

»Was ist?«, fragte Daart besorgt.

»Vielleicht …« Carnac blinzelte und verzog dann das Gesicht zu einem freudlosen Grinsen. »Du wirst es nicht gern hören.«

»Was denn?«

»Vielleicht sollten wir besser zurückreiten und dieses verdammte Tal so schnell wie möglich auf der anderen Seite verlassen«, fuhr Carnac fort.

Daart starrte wieder nach oben. Das Huschen und die schattenhaften Bewegungen waren jetzt bei bestem Willen nicht mehr zu leugnen, und trotzdem erkannte er immer noch nicht genug, um sagen zu können, wer – oder *was* – sich dort oben herumtrieb. Er glaubte, ein metallisches Aufblitzen zu sehen, aber er war sich dessen nicht wirklich sicher. Vielleicht waren es ja tatsächlich die Silbermasken von Nubinas Kriegern, auf denen sich funkelnd die Sonne brach.

Er drehte den Kopf. Die Bäume, die sie gerade erst hinter sich gelassen hatten, standen so dicht gedrängt nebeneinander wie Krieger, die begierig auf den Befehl zum Angriff warteten. Nur vereinzelte Lichtstrahlen brachen sich ungehindert einen Weg durch die grüne Phalanx, und Daart musste den Kopf schief legen, um durch eine Lücke spähen zu können, die groß genug war, um mehr als ineinander verschränktes Geäst zu erkennen.

Einen Augenblick später wünschte er sich, er hätte es nicht getan.

»Worauf wartest du?«, fragte Carnac nervös.

Daart zog sein Tschekal. »Ich fürchte, wir bekommen gleich Besuch.«

Carnac deutete mit einer kaum wahrnehmbaren Kopfbewegung nach hinten. »Sind sie auch hinter uns?«

»Natürlich sind sie das«, sagte Zar'Toran grob. Er grinste geradezu unverschämt. »Jetzt wüsstet ihr sicher gern, wer euch hier eingekesselt hat, nicht wahr? Sind es Guhulan, die mich befreien wollen? Was meinst du, Daart? Deine alten Freunde werden dich sicherlich mit Freuden in ihren Kreisen willkommen heißen. Schließlich bist du ja im Grunde deines Herzen immer noch einer von ihnen.«

Daarts Hand krampfte sich um den Griff seines Schwertes. Er wollte nicht an die Zeit erinnert werden, in der die Guhulan nach seiner Seele gegriffen hatte, um mit feuriger Gewalt alles Menschliche aus ihm herauszubrennen; er wollte nicht einmal daran *denken*, dass Zar'Toran schon einmal alles daran gesetzt hatte, um ihn zu einem Guhulan zu machen, der die Satai aus tiefsten Herzen hasste – und *gegen* sie statt *mit* ihnen kämpfte.

Carnac brachte ihr nervöses Pferd mit einem harten Ruck am Zügel zur Räson. »Der Weg zurück ist uns versperrt«, sagte sie besorgt. »Mit Zar'Toran im Schlepptau können wir dort nicht durchbrechen. Aber die steinige Ebene, die sich vor uns auftut, scheint mir auch nicht gerade Vertrauen erweckend.« Sie deutete nach oben. »Ein paar Bogenschützen könnten uns von den Hängen aus ohne Schwierigkeiten in Schach halten.«

»Wenn Bogenschützen dabei sind«, wandte Daart ein.

»Das sind sie, verlass dich darauf.« Zar'Toran lachte gehässig. »Die Guhulan sind hervorragende Bogenschützen. Die silbernen Krieger Nubinas übrigens auch. Und was das Beste daran ist: Alle zählen sie zu meinen engsten Freunden.«

Daart drehte sich wütend zu ihm um. »Dann wollen wir doch mal sehen, wie viel du deinen Freunden Wert bist«, zischte er. »Oder dein abgeschnittener Kopf deinen Feinden.«

Zar'Toran hielt seinem Blick mühelos stand, aber sein Grinsen gefror. »Ich hatte euch gewarnt«, zischte er. »Oder habt ihr etwa wirklich geglaubt, mich unbemerkt durch halb Enwor schleifen zu können?«

»Schleifen ist eine gute Idee.« Daart umfasste mit der linken Hand das Seil, das er an seinem Sattelknauf festgemacht hatte, und spannte es. Zar'Torans Pferd, ein kräftiger Brauner mit dem ersten Anflug schaumigen Schweißes auf den Flanken, sah auf. Daart schnalzte mit der Zunge und zog gleichzeitig am Seil, nicht stark, aber deutlich genug, dass der Braune das Zeichen verstand. Gehorsam setzte er sich in Bewegung.

»Was hast du vor?« Zar'Torans Hände waren gebunden, sodass er nicht ins Zaumzeug greifen konnte, um sich gegen das zu wehren, was Daart mit ihm vorhatte. Nicht, dass es einen Unterschied gemacht hätte. Daart war nicht bereit, jetzt noch irgendwelche Rücksicht zu nehmen.

Als der Braune auf gleicher Höhe mit ihm war, griff er in sein Zaumzeug und zog ihn so nah wie möglich zu sich heran. Gleichzeitig brachte er das Schwert mit einer geradezu lässigen Bewegung nach oben. Die Klinge schoss auf Zar'Torans Hals zu und kam nur einen Hauch vor seiner Kehle zum Stillstand.

»Was soll das?«, keuchte der Magier. »Was hast du vor, du Verrückter?«

»Ich kann dir genau sagen, was ich vorhabe«, sagte Daart in bewusst unbekümmerten Tonfall. »Ich will herausfinden, ob das da oben wirklich deine Freunde sind.« Als Zar'Toran nicht gleich antwortete, fügte er hinzu: »Jetzt wollen wir doch hoffen, dass es nicht nur ein paar Straßenräuber sind. Sonst könnte es sein, dass sie nicht nur uns, sonst auch dich mit Pfeilen durchbohren wollen.«

»Das ... das könnt ihr nicht machen.« Zar'Toran hatte den Kopf in den Nacken gelegt und sich so weit wie möglich zurückgebeugt, was allerdings vollkommen überflüssig war, da ihm Daarts Klinge folgte, als wäre sie durch eine geheimnisvolle Magie dazu gezwungen. »Die Guhulan werden nicht dulden, dass du so mit mir umspringst!«

»Die Guhulan kümmern mich einen Dreck«, entgegnete Daart heftig. »Ich bin ein Satai-Sjen, falls du es schon vergessen haben solltest – und sobald ich in die Korona zurückgekehrt bin, wird mich der Hohe Rat mit allergrößter Freude in den Stand eines regulären Satai erheben, wenn ich dich ihm vorführe. Dabei glaube ich nicht, dass es irgendjemandem darauf ankommt, ob du aufrecht im Sattel sitzt oder kopflos über dem Rücken eines Pferdes hängst. Also pass besser auf, dass du nicht zu sehr herumhampelst, wenn deine *Freunde* angreifen.«

»Ich weiß nicht, ob das eine so gute Idee ist«, sagte Carnac.

Daart warf ihr einen verärgerten Blick zu. Das war nun ganz und gar nicht der richtige Zeitpunkt für ein Streitgespräch.

»Vielleicht solltest du ihm besser gleich die Kehle durchschneiden«, fuhr Carnac fort. »Sein dummes Geschwätz ist unerträglich.«

Daart nickte erleichtert. Er begriff, worauf Carnac hinauswollte. »Stimmt. Lebend bringt er uns eigentlich keine Vorteile.« Er ließ das Tschekal einen kleinen Ruck nach vorn machen. Die Spitze ritzte die Kehle des Mannes, der ihn seine ganze Kindheit über gequält hatte. Blutstropfen quollen aus dem winzigen Schnitt.

Zar'Toran erstarrte regelrecht. »Wen willst du eigentlich mit diesem Unsinn beeindrucken?«, fragte er mühsam beherrscht. Er hatte mittlerweile den Oberkörper so weit nach hinten gebeugt, dass er wohl vom Pferd gefallen wäre, hätte ihn nicht die rasselnde Beinkette gehalten. Doch jetzt richtete er sich ganz vorsichtig wieder auf, sodass Daart die Bewegung mit dem Schwert mitmachen musste, um ihn nicht ernsthaft zu verletzen. »Die Substanz, die ihr mir abgenommen habt, wird euch überhaupt nichts nutzen, um das Leben des Sternengeborenen zu verlängern«, sagte Zar'Toran langsam, so als bereitete ihm das Sprechen Schmerzen. »Ihr braucht mich, um daraus die *Essenz des Lebens* zu fertigen.«

Das war vermutlich die Wahrheit, und Daart wäre gut damit beraten gewesen, nicht darauf zu antworten. Trotzdem setzte er zu einer Entgegnung an. Dass er nicht mehr dazu kam, sie auszusprechen, war nicht sein Verdienst. Eine Staubwolke vor ihnen kündigte Besuch an. Zar'Torans *Freunde* hielten mit großer Geschwindigkeit auf sie zu.

2

So, wie es aussah, scheuten die Ankömmlinge nicht vor einer offenen Konfrontation zurück. Das konnte alle möglichen Gründe haben, aber die wenigsten davon gefielen Daart. Mit einer raschen Handbewegung gab er Carnac zu verstehen, dass sie ihr Pferd auf Zar'Torans linke Seite lenken sollte. Wenn es tatsächlich Guhulan oder Silberkrieger waren, die da auf sie zusprengten, war es besser, den Magier in der Zange zu haben.

Carnac folgte seiner Aufforderung so rasch, als wäre sie im Vollbesitz ihrer Kräfte, und noch bevor sie ihr Pferd von der anderen Seite gegen Zar'Torans drängte, zog sie ihr Schwert. Daart konnte nicht umhin, sie zu bewundern. Wann immer er geglaubt hatte, dass ihre Kraftreserven endgültig aufgebraucht wären, hatte sie ihn eines Besseren belehrt. Am Ende würde wahrscheinlich er es sein, der irgendwann vor Erschöpfung aus dem Sattel fiele, und nicht sie.

Im Augenblick sah es allerdings nicht danach aus, als ob er sich darüber Sorgen machen müsste. Ohne das Tschekal zurückzuziehen, löste er den Blick von Zar'Toran und schaute hinter halb zusammengekniffenen Lidern nach vorn. Noch war der Reitertrupp zu weit entfernt, um Einzelheiten zu erkennen. Alles, was er sah, waren flirrende, zuckende Bewegungen, von denen etwas so Drohendes ausging, dass Daart sich allen Ernstes fragte, ob er verrückt war, hier in aller Ruhe auf den anrückenden Trupp zu warten, statt den Durchbruch in die andere Richtung zu wagen.

»Das sieht gar nicht gut aus«, sagte Carnac. »Wenn wir Pech haben, sind wir mitten in das Aufmarschgebiet von Nubinas Heer geraten.«

»Nubina kann ihre Truppen unmöglich so schnell nach Norden geführt haben – selbst wenn sie bereits abmarschbereit gewesen wären«, sagte Daart. »Es muss also jemand anderes sein, der dort auf uns zuhält.«

»Nur Geduld, junger Freund«, ächzte Zar'Toran. Auf seiner Stirn stand eine Schweißperle, wie Daart mit einem Seitenblick bemerkte, was immerhin bedeutete, dass auch der Magier nicht ganz vor Nervosität gefeit war. Trotzdem hätte ihm Daart am liebsten das feiste Grinsen aus dem Gesicht geschlagen.

»Ich habe Geduld«, sagte er stattdessen so ruhig wie möglich. »Zumindest so lange, wie du nichts Unüberlegtes tust und mich nicht dazu zwingst, dir den Hals ein klitzekleines Stückchen weiter aufzuschlitzen.«

»Daart«, stieß Carnac gepresst hervor.

»Ja?«, fragte Daart besorgt.

»Ich glaube, das sind Quorrl.«

»Quorrl?« Daarts Hand zitterte fast unmerklich, aber Zar'Toran war immerhin so klug, zumindest jetzt, mit der Klinge aus geschärftem Sternenstahl an seinem Hals, auf eine bissige Bemerkung zu verzichten.

»Und woher willst du wissen …« Daart brach ab, als er es selbst sah. Ein Quorrl auf dem Rücken eines kräftigen Pferdes war ein Ungetüm, das aus der Ferne wie ein einziger Koloss mit einem Reptilienkopf und Echsenarmen auf vier rasch wirbelnden Beinen wirkte – unverwechselbar und beeindruckend.

»Tatsächlich«, sagte Daart. »Das sind Quorrl. Und sie haben ein ganz schönes Tempo drauf.«

»Die kleinen Gestalten an ihrer Seite sind menschliche Krieger«, sagte Carnac. »Es ist nur die Frage, wer von ihnen das Kommando führt: Menschen oder Quorrl.«

»Das werden wir bald herausfinden«, meinte Daart. »Ich hoffe nur, dass es nicht die Quorrl sind. Ansonsten muss der Magier in unserer Mitte die Verhandlung übernehmen.«

»Bitte?«, krächzte Zar'Toran. Daart war wohl einen Augenblick nachlässig gewesen, denn ein neuer dünner Blutfaden quoll nahe der Halsschlagader aus einem Schnitt. Daart mahnte sich, vorsichtiger zu sein. Es machte nicht viel Sinn, den Feuer-Magier wie ein Schlachttier ausbluten zu lassen, während ihnen eine unüberschaubare Zahl bis an die Zähne bewaffneter Krieger entgegenritt.

»Was habe ich mit den Quorrl zu schaffen?«, fuhr der Magier fort, nachdem Daart sein Schwert ein kleines Stück zurückgezogen hatte.

»Eine ganze Menge, hoffe ich«, sagte Daart. »Immerhin hast du behauptet, es seien deine Freunde. Beweise es. Zeig uns, dass du sie daran hindern kannst, etwas Unüberlegtes zu tun.«

»Ich bin ja gern zu Diensten«, sagte Zar'Toran. »Aber es könnte sein, dass du mich in diesem Fall überschätzt. Immerhin wage ich zu behaupten, dass es dir keinen Vorteil bringen wird, wenn du mich weiterhin mit dem Schwert bedrohst.«

Damit mochte er sogar Recht haben. Trotzdem sah Daart keine Veranlassung, die Waffe zu senken. Zumindest jetzt nicht.

Der Trupp war immer noch zu weit entfernt, als dass sie hätten Einzelheiten unterscheiden können. Inmitten der Staubwolke, die Dutzende, wenn nicht Hunderte von Pferdehufen aufwirbelten, waren die massigen Gestalten der Quorrl die einzig verlässlichen Bezugspunkte, aber es waren auch Menschen unter und neben ihnen, die offensichtlich gleichberechtigt mit den Kolossen ritten. Daart bemerkte das Blitzen von blankem Eisen und das unnachahmliche Funkeln von Schildern im Sonnenlicht.

»Wir können uns immer noch in die Büsche schlagen«, sagte Carnac. Jede Schwäche war aus ihrer Stimme verschwunden, und die energische Haltung, mit der sie dem Trupp entgegenblickte, ließ vergessen, wie erschöpft sie noch vor wenigen Augenblicken gewirkt hatte.

Aus ihrem Mund klang der Vorschlag sogar vernünftig. Aber Daart zweifelte an seiner Durchführbarkeit. »Was machen wir dann mit Zar'Toran?«, fragte er.

»Ihr könntet mich freilassen – zum Beispiel«, schlug der Magier vor. »Vielleicht gelingt es mir ja, bei den Quorrl ein gutes Wort für euch einzulegen. Damit sie nicht zu hart mit euch umspringen.«

»Natürlich«, sagte Daart. »Aber weißt du was, du Neunmalkluger? Wir könnten dich auch hier und jetzt enthaupten. Vielleicht stimmt das die Quorrl ja friedlicher.«

»Ich glaube nicht, dass das nötig ist.« Carnac lachte befreit auf, senkte ihre Waffe und ließ sie in der Lederscheide verschwinden, die an ihrem Gürtel baumelte. »Guck mal, wer da vorn reitet.«

Daart blickte in die Richtung, die Carnac ihm wies.

»Satai«, sagte sie. »Das sind mindestens fünf oder sechs Satai!«

Die Erleichterung durchfuhr Daart wie ein Blitz, als er erkannte, dass Carnac Recht hatte. Die eher schmalen Gestalten in den schwarzen Lederpanzern wirkten fast verloren neben den massigen Reptilienkörpern der Quorrl, aber Daart wusste, dass der Eindruck täuschte. Im Kampf waren sich beide Kriegerkasten ebenbürtig, zumindest dann, wenn ein Satai mit der fürchterlichsten Hieb- und Stichwaffe ganz Enwors, einem aus Sternenstahl geschmiedeten *Tschekal*, gegen einen Quorrl vorging.

Doch was den Trupp anging, der auf sie zuhielt, war diese Überlegung überflüssig. Ganz offensichtlich waren diese Quorrl und Satai Verbündete. Was auch immer sie hierher geführt hatte: Für Carnac und ihn war das die glücklichste Wendung, die ihr Schicksal hatte nehmen können. Jetzt hatten sie den besten Begleitschutz zurück zur Korona, den sie sich vorzustellen vermochten.

Daart konnte nicht ahnen, dass sich seine Hoffnung schon allzu bald zerschlagen würde.

Zar'Toran weiterhin mit dem Schwert zu bedrohen erschien ihm lächerlich. Er ließ die Waffe sinken und legte sie vor sich auf den Sattel, statt sie wieder in der Scheide verschwinden zu lassen. In diesem Augenblick wusste er noch nicht, warum er das tat. Kurz darauf hätte er den Grund nennen können.

Eine Gestalt löste sich aus dem Trupp, während die anderen ihre Pferde zügelten und ein Stück zurück blieben. Daart glaubte seinen Augen nicht zu trauen, als er erkannte, wer es war: Jacurt. Irgendetwas hatte sich in der Haltung des Satai-Zöglings verändert, den er nun schon seit zwei Jahren kannte; die Weichheit, die seine Bewegungen ausgezeichnet hatte, war einer eher starren Körperhaltung gewichen, sodass er ihn aus der Ferne für einen weitaus älteren – und vor allem ihm unbekannten – Satai gehalten hatte. Daart durchlief ein Gefühl so unendlicher Erleichterung, dass er beinahe sein Pferd angetrieben hätte, um dem Ankömmling entgegenzusprengen. Hier, weit ab von der Korona, hatte er nicht erwartet, ein vertrautes Gesicht zu sehen, und noch dazu eines, das jemandem gehörte, der zusammen mit ihm, Carnac und dreizehn weiteren Satai-Sjen die harte Ausbildung durchlaufen hatte.

Jacurt blickte ihnen mit ausdrucksloser Miene entgegen. Nicht die geringste Regung war in seinem Gesicht zu erkennen, auch keine Freude über das unerwartete Treffen in dieser abgelegenen Einöde, aber Daart bemerkte voller Schrecken den angegriffenen Zustand seines Kameraden, der von einer Zeit der Entbehrungen und harten Kämpfe zeugte. Auf seiner rechten Wange klaffte eine nur schlecht verheilte Schnittwunde, die sicherlich eine hässliche Narbe hinterlassen würde, und seine Kleidung war mitgenommen und am rechten Arm eingerissen, auf Höhe des Ellbogens sogar zerfetzt. Und noch etwas fiel Daart auf: Jacurt trug jetzt die vollständige Satai-Kluft mit dem silbrig glänzenden Waffengurt, was nicht anderes bedeutete, als dass er vom Hohen Rat die Weihe zum Satai erhalten hatte.

Ein scharfer Stich durchzuckte Daart. Bei aller Erleichterung, hier statt auf einen unbekannten Gegner auf den Gefährten unzähliger Übungskämpfe zu treffen, fand er es ungerecht, dass Jacurt bereits zum Satai geschlagen worden war, während er und Carnac wohl noch eine Weile im Stand der Schüler ausharren mussten.

»Daart«, sagte Jacurt anstelle einer Begrüßung, kaum dass er sein Pferd direkt vor ihnen gezügelt hatte. Er ließ den Blick über den Magier schweifen, der daraufhin spöttisch das Gesicht verzog, und blickte dann Carnac geradewegs in die Augen. »Es freut mich, dass du überlebst hast«, sagte er.

Während er Carnac musterte, umspielte ein kaum merkliches Lächeln seine Mundwinkel. Daart war wie vor den Kopf geschlagen. Es gab keinen Grund, nur Carnac Beachtung zu schenken – noch dazu auf eine Art, die Daart überhaupt nicht passte – und ihn links liegen zu lassen. Als hätte Jacurt seine Gedanken erraten, riss er endlich den Blick von Carnac los, mit der sie beide die letzten zwei Jahre fast jeden Tag und jede Nacht verbracht hatten, und wandte sich Daart zu. »Was treibt ihr hier?«, herrschte er ihn an. »Das Gebiet der Südlichen Schwertbünde ist für euch verboten.«

»Genauso wie für dich«, gab Daart gleichermaßen überrascht wie verärgert zurück. »Aber besondere Umstände erfordern nun einmal besondere Maßnahmen.«

»Besondere Umstände. Ja.« Jacurts Blick blieb an Zar'Toran hängen. »Wer ist das?«

Die Frage war mehr als berechtigt, aber Daart war nicht darauf vorbereitet, sie jemand anderem als Skarissa Rabork beantworten zu müssen. Wenn er Jacurt die ganze Wahrheit über den Magier erzählte – und vor allem darüber, woher er ihn kannte –, lieferte er sich nur selbst ans Messer. »Das ...«, begann er.

»Wenn ich mich vorstellen darf«, schnitt ihm Zar'Toran das Wort ab. »Mein Name ist Cor Har'Kanarro. Ich vermute, Ihr kennt meinen Namen?«

Jacurt nickte überrascht. »Allerdings. Aber war macht Ihr hier, so weit entfernt von Irapûano?«

»Das frage ich mich auch«, seufzte der Magier. »Wie Ihr sicherlich wisst, hatten diese beiden Satai-Sjen den Auftrag, mich in Irapûano ausfindig zu machen. Tatsächlich aber waren sie noch nicht einmal in der Lage, die Stadt selbst zu finden. Schließlich hörte ich von ihrem Missgeschick und machte mich auf den Weg, um sie aus einer äußerst unangenehmen Lage zu befreien, in die sie sich leichtsinnigerweise gebracht hatten.«

Jacurt runzelte die Stirn. »Ich verstehe nicht ...«

»Ich auch nicht«, sagte Zar'Toran treuherzig. »Statt mir meine Großmut zu danken, haben diese beiden«, er hob anklagend die zusammengebundenen Hände, »nichts Besseres zu tun gehabt, als mich zu überwältigen und mich in Fesseln durch diese Einöde zu schleppen.«

Jacurt richtete sich kerzengerade im Sattel auf. »Ist das wahr?«, fuhr er Daart an.

Daart war so verdattert über Zar'Torans Anschuldigung, dass es ihm die Sprache verschlagen hatte. Mit einem flüchtigen Seitenblick auf Carnac stellte er fest, dass sie den Mund so fest zusammengekniffen hatte, dass ihre Lippen kaum mehr als zwei blutleere Striche waren. Warum wies sie Zar'Toran nicht so energisch in die Schranken, wie sie es die vergangenen Tage schon mehrfach getan hatte?

»Ich warte auf eine Antwort«, herrschte Jacurt Daart an.

»Ja«, sagte Daart, wobei er allerdings Carnac und nicht Jacurt ansah. »Und die Antwort lautet: nein.«

»Was denn nun?«, fragte Jacurt ungeduldig. »Ja oder nein?«

»Natürlich nein.« Daart riss den Blick von Carnac los und sah Jacurt fest in die Augen. »Ich habe nur ›ja‹ gesagt, um klarzustellen, dass ich dir antworten wollte.« Als er in den Zügen seines ehemaligen Trainingsgefährten keine Bereitschaft zum Einlenken entdeckte, fuhr er mit mühsam unterdrückter Wut fort: »Cor Har'Kanarro ist ein Mann, der geschickt mit Worten umzugehen versteht und sich die Wahrheit so hinbiegt, wie es ihm gerade passt. Er vergisst dabei leider nur die eine oder andere Kleinigkeit zu erwähnen. Zum Beispiel, dass Cor Har'Kanarro gar nicht sein richtiger Name ist. Oder dass er mit einer gewissen Nubina gemeinsame Sache macht, die ganz Enwor unterjochen will.«

Zar'Toran seufzte. »Nubina ist die unbedeutende Regentin eines noch unbedeutenderen Stadtstaats weit hinter den Grenzen Enwors, mein lieber Daart. Wie oft soll ich dir noch sagen, dass du so manches in den falschen Hals bekommen hast?«

Das verschlug Daart zum zweiten Mal die Sprache. Er hatte auf der Festungsanlage dieser *unbedeutenden Regentin* gestanden, einer Anlage, die so gewaltig war, dass sie bis in die oberste Wolkenschicht hineinragte, und als er hinabgeblickt hatte, da hatte er auf ein schier unüberschaubares Gewimmel von Erkern, Burgzinnen,

Wehrgängen und Zwischendächern geschaut, die so tief unter ihm gelegen hatten, dass ihre Umrisse ineinander verschwommen waren.

Carnac schien Zar'Torans unglaubliche Verdrehung der Tatsachen als Kampfansage zu werten, die sie trotz aller gegenteiligen Bemühungen nicht unbeantwortet lassen konnte. Blitzschnell richtete sie sich im Sattel auf, schoss einen giftigen Blick in Richtung des Magiers ab und zischte: »Pass nur auf, dass du nicht gleich etwas in den falschen Hals bekommst!«

Zar'Toran lächelte fast unmerklich. »Drohungen nutzen dir nichts.«

»Und dir keine Lügen«, sagte Carnac scharf. »Es wäre besser, du würdest endlich deine Lage begreifen.«

Daart hätte in einer anderen Situation nichts dagegen gehabt, dass Carnac Zar'Toran den Kopf zurecht stutzte, aber dies war nicht der geeignete Zeitpunkt dafür. »Du solltest jetzt besser den Mund halten, Zar'Toran«, sagte er scharf. »Du bist nicht in der Position, dir Frechheiten erlauben zu können.«

»Zar'Toran?« Jacurt zog eine Augenbraue nach oben. »Wer, bitte, ist das?«

»Vielleicht kann ich das erklären«, sagte Zar'Toran. Er lächelte jetzt so hinterhältig wie ein malabesischer Händler, der seinem besten Freund gerade eine vollkommen überteuerte Schindmähre andrehte und dann auch noch behauptete, der Preis sei ein Entgegenkommen. »Zar'Toran ist der Name, mit dem mich dieser Satai-Sjen anzureden pflegt. Und zwar, nachdem er auf den Kopf gefallen ist. Das scheint seine Sinne verwirrt zu haben.«

»Ich bin nicht verwirrt«, sagte Daart heftig. »Auch wenn du und Nubina alles daran gesetzt habt, mich in den Wahnsinn zu treiben …«

Noch während er diesen Satz aussprach, begriff er, dass er dabei war, sich um Kopf und Kragen zu reden. Zar'Toran hatte ihn vollkommen überrascht. Das unausgegorene Gemisch aus Wahrheit und Lüge, das er Jacurt auftischte, führte letztlich nicht dazu, dass sich der Magier unglaubwürdig machte, sondern dass er Daart wie einen Idioten dastehen ließ.

»Jacurt«, sagte Daart eindringlich. »Wir müssen schnellstens in die Korona. Wegen der ...«

»*Essenz des Lebens*, ja.« Jacurt maß ihn mit einem Blick, den Daart nicht zu deuten vermochte. »Aber ihr seid ein bisschen spät dran, findest du nicht?«

»Aus diesem Grund haben wir ja auch die Abkürzung über die Ebene von Sora gewählt«, sagte Carnac mit einer Ruhe in der Stimme, für die Daart sie nur bewundern konnte. »Es wäre nicht schlecht, wenn du uns Begleitschutz geben könntest«, fügte sie schnell hinzu.

»Ich ... euch Begleitschutz geben!« Jacurt sah so empört aus, dass Daart sich fragte, was nur in den jungen Satai gefahren sein konnte. Vor gar nicht langer Zeit hatten sie sich noch freundschaftlich verabschiedet und sich gegenseitig Glück gewünscht für ihre Satai-Sjen-Reise, die sie in ganz unterschiedliche Gegenden Enwors führen sollte. Doch jetzt tat Jacurt gerade so, als hätten Daart und Carnac ein Verbrechen begangen.

»Ich kann zu deinen Gunsten nur davon ausgehen, dass du nicht weißt, wovon du redest«, sagte Jacurt. »Wir befinden uns auf einem Feldzug gegen aufständische Soraner. Da können wir jedes Schwert an unserer Seite gebrauchen. Ihr werdet euch uns anschließen müssen.«

»Feldzug?« Daart hatte bislang nur Augen für Jacurt gehabt und dem gemischten Haufen, der gegen die Soraner zog, lediglich einen flüchtigen Blick geschenkt. Das war ein Fehler gewesen, wie er jetzt erkannte, als er genauer hinsah, in wessen Begleitung Jacurt zu seinem *Feldzug* aufgebrochen war. Es waren um die vierzig Krieger, die auf unruhig scharrenden Pferden ein Stück von ihnen entfernt angehalten hatten. Sie waren in einem miserablen Zustand. Einzig und allein die sieben oder acht Quorrl, welche die Gruppe flankierten, wirkten Furcht einflößend: grün geschuppte Giganten in glänzenden, aber zum Teil übel zerbeulten Rüstungen, an denen die gefürchteten Zackenschwerter baumelten. Hinter ihren mächtigen Säulenbeinen steckten Speere in speziellen Lederhalterungen, und zwei oder drei von ihnen hatten zusätzlich eine Waffe am Zaumzeug ihrer Pferde befestigt, die an überdimensionierte Morgensterne erinnerte. Die *Männer*, die er für Satai gehalten hatte, entpuppten sich dagegen als halbe Kinder mit jungen, naiven Gesichtern, die seinen Blick aus müden Augen erwiderten. Daart begriff, dass es Satai-Sjen waren, oder, um genauer zu sein: ein Teil der jungen Satai-Sjen, die ihre zweijährige Ausbildung begonnen hatten, während er und Carnac im Süden unterwegs gewesen waren.

Daart lief es kalt über den Rücken. Diese Grünschnäbel waren noch lange nicht so weit, um gegen irgendjemanden in den Krieg zu ziehen. Er fürchtete, dass viele von ihnen die Korona nicht mehr wieder sehen würden, wenn sie das Pech hatten, auf einen ernstzunehmenden Gegner zu treffen. Ihr Zustand war jetzt schon so miserabel, dass sich ihm regelrecht der Magen umdrehte, als er die armen Kerle einer kurzen Musterung unterzog. Einer von ihnen, ein Käsegesicht mit strähnigem schwarzem Haar, drohte jeden Moment vom Pferd zu fallen. Ein anderer, zierlicher Junge mit einem auffallend schmalen Gesicht, trug einen dicken, blutgetränkten Verband um den Oberarm. Ein Dritter ritt kein Pferd, sondern etwas, das wie die missglückte Mischung aus einem Esel und einer zu groß geratenen Ziege aussah, und so fremdartig der Pferdekopf mit den Ziegenhaaren und -ohren aussah, so unglücklich wirkte der Reiter dieses merkwürdigen Tiers.

Nicht nur die Zusammenstellung der Reittiere, auch die der Truppe als solcher war abenteuerlich. Daart erkannte drei mürrisch dreinblickende Söldner in der Uniform der Truppen von Ikne, einige hochmütige Valkoner mit den typischen schmalen Schilden und den gefürchteten Langbögen, die griffbereit an ihren Sätteln hingen, und sogar einen der schmalgliedrigen Krieger aus dem fernen Endora, der unter seinem Helm mit dem buschigen Federaufsatz fremdartiger wirkte als Nubinas Silberkrieger. Die einzige Gemeinsamkeit bei diesem gemischten Haufen war, dass kaum einer unverletzt den Scharmützeln entkommen war, die sie offensichtlich zu bestehen gehabt hatten.

Jacurt verzog das Gesicht zu einem freudlosen Lächeln, als er Daarts entsetzten Blick gewahrte. »Anscheinend beginnst du zu verstehen. Die Ereignisse haben sich in den letzten Wochen überschlagen. Ich bin nicht nach Ikne durchgekommen. Wir wurden schon unterwegs in langwierige Kämpfe verwickelt.«

»Und trotzdem hat dich der Hohe Rat zum Satai ernannt«, entschlüpfte es Daart.

In Jacurts Augen blitzte es kurz auf, und Daart beschloss, künftig vorsichtiger zu sein. »Ja, Daart«, sagte Jacurt hart. »Ich bin jetzt ein Satai. Und wenn du es genau wissen willst: Ich befehlige unser Heer.« *Und du tust besser daran, dich meinem Befehl ohne Widerrede zu fügen*, ergänzte sein Blick.

Daart verbiss sich, Jacurt zu sagen, was er von jemandem hielt, der einen wild zusammengewürfelten Haufen angeschlagener Männer und Quorrl mitten hinein nach Sora zu führen beabsichtigte, unter ihnen verschreckte Kinder, die am Beginn der Satai-Sjen-Ausbildung standen. Die Soraner waren gefürchtete Krieger, und Daart schätzte, dass sie ohne Mühe ein Heer von mehreren tausend Mann mobilisieren konnten, wenn sie davon Kunde bekamen, dass die Satai auf Sora zuhielten.

Er fuhr im Sattel herum und starrte auf die dichte grüne Wand, in der er kurz zuvor schattenhafte Bewegungen wahrgenommen hatte. Aber jetzt war da nichts mehr, zumindest nichts, was er auf den ersten Blick gewahrte. Als er sich wieder umdrehte, sah ihn Jacurt mit gerunzelter Stirn an, als missbilligte er Daarts Unruhe.

»Vorhin habe ich dort Krieger gesehen«, sagte Daart rasch.

Jacurt nickte. »Unsere Kundschafter. Ich würde nie in ein Tal einrücken, ohne mich vorher zu vergewissern, dass es sich nicht um eine Falle handelt.«

Natürlich. Daart hätte von selbst darauf kommen müssen, schließlich hätte er nicht anders gehandelt. »Und die Männer dort oben?« Er deutete auf die Felsen, hinter denen er ein beunruhigendes Glitzern und Funkeln wahrgenommen hatte.

»Vor dort aus hat man einen guten Überblick«, sagte Jacurt knapp.

»Und wie viele deiner Krieger kommen in den Genuss diesen guten Überblicks?«, fragte Daart.

»Genug«, sagte Jacurt. »Jedenfalls genug, um vor jeder Überraschung gefeit zu sein, die sich die Soraner einfallen lassen könnten.«

»Aber warum, Jacurt?«, fragte Carnac leise. Ihre Pupillen verschwanden fast vollständig in abgrundtiefer Schwärze. »Warum zieht ihr gegen die Soraner in den Krieg?«

Jacurts Gesicht blieb ausdruckslos, als er sich zu Carnac umwandte, aber in seinen Augen blitzte es erneut auf. »Weil wir Stärke beweisen müssen, Carnac. In den letzten Wochen sind mehr Satai im Kampf gefallen als in den ganzen Jahren zuvor.«

»Dann ist es also schon so weit«, sagte Carnac bitter. »Ich dachte, wir hätten noch etwas mehr Zeit.«

Ihre Äußerung rang Jacurt ein neuerliches Stirnrunzeln ab. Bevor Carnac darauf reagieren konnte, fragte Daart erschüttert: »Wie konnte das geschehen?«

»Enwor ist verrückt geworden, Daart.« Jacurt beugte sich vor, um den Hals seines Pferdes zu tätscheln, das unruhig hin und her tänzelte, als spürte es die Ungeduld seines Herrn und der beiden Menschen, mit denen er sprach. »Es ist wie ein Flächenbrand, der das ganze Land erfasst hat. Er verschont nichts und niemanden.«

»Aber mit einer solchen Truppe gegen Sora zu ziehen ...«, begann Daart.

»... ist das Einzige, was wir jetzt noch tun können, um Unruhen im Süden schon in Keim zu ersticken.«

»Mit diesen traurigen Gestalten willst du Stärke beweisen?«, fragte Daart ehrlich empört. »Du führst sie in den sicheren Tod.«

»Das zu beurteilen steht dir nicht zu, Satai-Sjen«, entgegnete Jacurt. Er hatte nicht einmal die Stimme erhoben, aber das machte es nur noch schlimmer. Sie gehörten beide nicht mehr demselben Stand an – so lautete die Botschaft, die in seinen Worten mitschwang.

Daart hatte das Gefühl, als zöge man ihm den Boden unter den Füßen weg. Es war immer davon ausgegangen, Jacurt und den anderen, mit denen er die harte Satai-Ausbildung durchlaufen hatte, schon sehr bald als Gleichgestellter unter die Augen zu treten. Doch nun waren am Ende er und die Carnac die Einzigen, die noch nicht den Schlangengürtel der Satai tragen durften – und damit ihren ehemaligen Kameraden Gehorsam schuldeten.

Eine ungünstigere Voraussetzung, um Jacurt von dem zu überzeugen, was ohnehin schon schwer nachvollziehbar war, konnte es wohl kaum geben. »Du verstehst nicht«, sagte er verzweifelt. »Gerade aus dem Süden droht Gefahr.«

»Ja«, sagte Jacurt schroff. »Genauso wie aus dem Norden, dem Westen und dem Osten.« Er winkte ab, als Carnac etwas einwenden wollte. »Genug geredet. Ihr seid in recht guter Verfassung, wie ich sehe. Schließt euch uns an, und wir werden den Soranern einheizen, dass ihnen Hören und Sehen vergeht.«

Zar'Toran beugte sich auf dem Rücken seines Pferdes so weit vor, wie es seine gefesselten Hände zuließen, und Daart musste sich beherrschen, um nicht herumzufahren und dem Magier die flache Seite der Klinge auf sein vorlautes Mundwerk zu hauen, auf dass ihm Hören und Sehen verginge. Hätte er geahnt, was der Magier zu sagen gedachte, hätte er es vielleicht auch getan.

»Ihr wollt die beiden tatsächlich in Eure Reihen aufnehmen?«, fragte Zar'Toran mit Unschuldsmiene.

Daarts Hand krampfte sich um den Schwertgriff. Natürlich blieb Jacurt Daarts Reaktion nicht verborgen, und das machte es nur noch schlimmer. »Wir meint Ihr das, Magier?«, fragte Jacurt schroff.

»Nun ...« Zar'Toran dehnte das Wort übertrieben lange. Er schien auf eine Reaktion Daarts zu warten, vielleicht auf ein unbedachtes Wort oder eine schroffe Zurechtweisung. Wenn Daart jetzt einen Fehler machte, war er verloren. Er musste das Maul des vorlauten Magiers stopfen, bevor dieser die Gelegenheit ergriff, ihn und Carnac ans Messer zu liefern.

Es war kein ausgeklügelter Plan, den Daart in die Tat umsetzte, sondern kaum mehr als die spontane Reaktion eines Raubtiers, das sich erbarmungslos verteidigt, wenn es sich in einer ausweglosen Lage weiß. Mit einer raschen Bewegung ließ er das Tschekal hochsausen und fuhr im gleichen Moment zu Zar'Toran herum. Der kalte Sternenstahl schnitt durch die Luft. Selbst wenn Jacurt gewollt hätte, hätte er jetzt nicht mehr dazwischengehen können; die Bewegung war so schnell und selbstverständlich wie ein Lidschlag, und als die Klinge auf den Magier niedersauste, hatte dieser nicht die geringste Gelegenheit auszuweichen.

3 »Damit«, stieß Daart hervor, während das Tschekal sein Ziel fand, »gebe ich dich frei und lege dein Schicksal in die Hand Jacurts, des Anführers des Heers, das die Soraner in die Schranken verweisen wird.«

Zar'Toran stieß einen spitzen Schrei aus und zuckte zusammen, verspätet und vollkommen sinnlos, denn Daart hatte seine Waffe längst wieder zurückgezogen und vor sich auf den Pferdesattel gelegt. So unberührt wie möglich blickte Daart Jacurt in die Augen. »Wenn der Magier mir Vorwürfe machen will, soll er das als freier Mann tun.«

Jacurt nickte mit einer Spur widerwilliger Anerkennung, während Zar'Toran vollkommen fassungslos auf seine Hände starrte. Den Strick, den Daart mit dem schnellen Schwertschlag durchtrennt hatte, fiel auseinander, und als der Magier die Hände hob, war nicht die Spur einer Verletzung zu sehen.

»Du verdammter Hundesohn!« Zar'Toran riss an den Ketten, mit denen seine Beine nach wie vor gefesselt waren, als wollte er damit Daart der Lüge überführen, der ihn als freien Mann bezeichnet hatte. »Was bildest du dir ein!«, brüllte er. »Dafür wirst du mir büßen.«

»Sicher«, sagte Daart knapp. »Droh mir nur wieder.«

Zar'Toran erstarrte geradezu. »Ich drohe dir nicht«, erwiderte er mit erstickter Stimme. »Ich verfluche dich!«

»Zum wievielten Mal, seit wir aufgebrochen sind?«, fragte Daart. Als Zar'Toran darauf nicht gleich antwortete, wandte sich Daart fast hastig wieder an Jacurt. »Verzeih, wenn ich nicht ganz verstehe, was du mir berichtet hast«, sagte er. »Satais sterben doch nicht wie die Fliegen. Was, bei allen Göttern, ist nur geschehen?«

Das Gesicht des Satais versteinerte geradezu. »Ich weiß es nicht«, sagte er schließlich. »Aber wenn wir es nicht aufhalten können, wird es uns alle vernichten. Und mit *alle* meine ich nicht nur uns Satai, Daart. Ich habe Kinder sterben sehen auf unserem Weg zu den Schwertbünden, Frauen und Gebrechliche; ich habe aufgedunsene Leichen gesehen und Schwärme von Geiern, die über ein Dorf herfielen, in dem alle niedergemetzelt worden waren.«

»Aber wer tut so etwas?«, fragte Carnac.

»Wer so etwas *tut?*« Jacurt lachte heiser auf. »Du versteht es nicht, Carnac, nicht wahr?«

»*Was* verstehe ich nicht?«, fragte Carnac scharf.

»Dass Enwor von einer Katastrophe heimgesucht wird, wie sie das Land noch nicht gesehen hat.«

»Doch, das verstehe ich«, sagte Carnac. »Vielleicht sogar besser als du. Weil ich die Gründe dafür kenne.« Ihre Stimme klang beherrscht, aber es schwang etwas darin mit, was Daart überhaupt nicht gefiel.

Jacurt schien das genauso zu empfinden. Er straffte sich und sah Carnac – nun schon zum zweiten Mal – eine ganze Zeit lang schweigend an. »Du glaubst also die Gründe zu kennen«, sagte er schließlich.

Carnac nickte zögernd. Ihre dunklen Augen flackerten leicht – was wahrscheinlich nur Daart wahrnahm, aber es stimmte ihn unruhig. »In Nyingma gehen unglaubliche Dinge vor«, sagte sie. »Das Reich ist viel mächtiger, als wir es uns haben träumen lassen, Jacurt. Es greift nach Enwor, und sein Griff ist so unbarmherzig, dass das ganze Land darunter zu zerbrechen droht.«

»Du erwähntest Nubina«, sagte Jacurt.

Carnac nickte hastig. »Ja. Nubina ist die Herrscherin von Nyingma – und über das Chaos. Es ist ein uralter Plan der Aralu, den sie nun in die Tat umsetzt, und sie kennt keine Skrupel.«

»Also ist es eine Art ... *Verschwörung*.« Die Art, wie Jacurt das letzte Wort aussprach, gefiel Daart gar und gar nicht. Aber Carnac schien dem keine Bedeutung beizumessen.

»Es ist eine Verschwörung«, bestätigte sie. »Eine Verschwörung, die sich gegen uns alle richtet und darauf abzielt, uns so weit zu schwächen, dass sich Nubina zur unumschränkten Herrscherin über ganz Enwor aufschwingen kann.«

»Was ihr kaum gelingen wird«, sagte Jacurt gelassen. »Es gab vor ihr schon andere, mächtigere Herrscher, die versuchten, Enwor unter sich zu einen. Doch das ist noch niemandem gelungen, und das wird es auch in Zukunft nicht.«

»Vielleicht nicht«, sagte Carnac. »Und wenn wir nicht mehr zu fürchten hätten als die Gier einer fremden Herrscherin nach uneingeschränkter Macht, müssten wir uns auch kaum Sorgen machen. Doch Nubina aufzuhalten bedeutet, den Kampf gegen einen unsichtbaren Feind aufzunehmen – einen Feind, der aus uns selbst erwächst.«

»Aus uns selbst«, wiederholte Jacurt fast erschrocken. »Was soll das heißen?«

»Es soll heißen, dass all das Schreckliche, das in den letzten Wochen geschehen ist, aus der Saat der Aralu sprießt.« Carnac zögerte kurz, bevor sie weiter sprach. »Es ist wie ein unsichtbares Gift, dessen Zugriff man sich nicht entziehen kann, und das Schlimmste daran ist, dass man es nicht einmal merkt, wenn man selbst zu seinem Opfer geworden ist.«

»Du siehst dich als Opfer eines unsichtbaren Giftes?«, fragte Jacurt leise.

Carnac schüttelte erschrocken den Kopf. »Nein. So habe ich das nicht gemeint ...«

»Dann erkläre mir, wie du es gemeint hast«, forderte der Satai sie auf. »Aber nicht hier. Es ist sowieso an der Zeit, dass wir weiter reiten. Bleib an meiner Seite, Carnac, damit wir darüber reden können, welche Art Gift du meinst.«

»Wartet!«, rief Daart, als Jacurt unverzüglich das Pferd wendete und Carnac Anstalten machte, ihm zu folgen. »Ich komme mit!«

Jacurt drehte sich im Sattel um und schenkte erst ihm und dann dem Magier, dessen Pferd nach wie vor an Daarts hing wie ein Boot im Schlepptau, einen fast mitleidigen Blick. Daart fühlte, wie sein Blut in Wallung geriet.

»Das ist nicht nötig«, sagte er. »Bleib beim Tross. Ich reite mit Carnac voran.«

»Nein, das wirst du nicht«, sagte Daart.

Jacurt zügelte sein Pferd. »Und warum sollte ich nicht?«, fragte er scharf.

Daart warf einen Blick zu den anderen, die dem Vorbild ihres Heerführers gefolgt waren. In lockerer Zweier- oder Dreierformation setzten sie sich in Bewegung. Das Hufgetrappel, das Scharren von Leder und leise, unterdrückte Ausrufe hallten von den Wänden der Felsen wider, die den Talkessel umschlossen.

»Weil ich mich hier am besten auskenne«, sagte Daart.

Jacurt nickte langsam und auf eine Weise, die Daart befürchten ließ, dass er ihn längst durchschaut hatte. »Ich hoffe, zwischen dir und Carnac ist nichts vorgefallen, was gegen die Regeln verstößt«, sagte er so laut, dass auch alle anderen es hören mussten.

Daart dachte daran zurück, wie er Carnac am Wasserfall umarmt hatte und was danach zwischen ihnen gewesen war … an die sanfte Berührung ihrer nackten Haut, an den Geruch ihres Haars und an das Gefühl der Zärtlichkeit, das er in jenem Augenblick für sie empfunden hatte. Ohne etwas dagegen tun zu können, wurde er knallrot – allerdings weniger vor Scham als vor Empörung, dass Jacurt ihm etwas unterstellte, was zwischen Satai-Sjen, nicht aber zwischen Satai streng verboten war.

»Es ist allerdings einiges vorgefallen«, gab er nicht weniger laut zurück. »Und auch einiges, was dich etwas angehen sollte. Ganz am Rande unseres Kampfes gegen die Silberkrieger Nubinas und gegen die Super-Quorrl haben wir nämlich den Grund dafür erfahren, warum ihr so etwas Schwachsinniges wie diesen Feldzug gegen die Soraner unternehmt.«

Die Reaktion fiel ganz anders aus, als Daart erwartet hätte. Jacurt schüttelte nur traurig den Kopf und wandte sich ab. Daart konnte nicht darauf reagieren; er hörte einen erstickten Ausruf hinter sich, und als er den Kopf drehte, sah er sich einem Quorrl gegenüber, der auf einem gewaltigen schwarzen Ross auf ihn zusprengte. Daarts Hand umklammerte wie von selbst den Griff des Tschekals, aber er brachte die Waffe nicht hoch, sondern bemühte sich ganz im Gegenteil, dem grün geschuppten Riesen so ungerührt entgegenzublicken, als sähe er einen alten Freund auf sich zureiten. Erst im allerletzten Moment zügelte der Quorrl sein Pferd, und wäre Daarts eigener Rappe weniger erschöpft gewesen, hätte ihn Daart wohl kaum halten können, so unruhig tänzelte das Tier auf der Stelle.

»Was hast du da gesagt?«, herrschte ihn der Quorrl an.

Daart fragte sich verzweifelt, was der Reptilienkrieger meinen konnte. Er bezweifelte, dass sich Quorrl darum kümmerten, was Satai-Sjen an Wasserfällen trieben oder auch nicht. Auch der Umstand, dass er es an Respekt gegenüber seinem Heerführer hatte mangeln lassen, rechtfertigte nicht, dass der Quorrl aus eigenem Antrieb auf ihn zugeritten kam, als wollte er ihn in Grund und Boden stampfen; ein solches Verhalten wäre allenfalls in einem schlecht geführten Söldnerheer geduldet worden, nicht aber in einem den Satai unterstellten Verband.

Der Quorrl schien zu merken, dass Daart ihn nicht verstanden hatte. Er schnaubte wütend, griff in die Zügel seines unruhigen Pferdes und sagte dann: »Du hast sie gesehen, Mensch?«

Jetzt endlich verstand Daart. Der Quorrl konnte niemand anderen meinen als die monströsen Ableger seiner Rasse, die Daart in Ermangelung eines besseren Namens *Super-Quorrl* genannt hatte.

»Du meinst die Angehörigen deines Volkes, die unter Nubinas Einfluss geraten sind?«, fragte er vorsichtig.

»Ich weiß nichts von einer Nubina«, sagte der Quorrl. In seinem Gesicht zuckte kein Muskel, aber seine Augen wurden ganz schmal und der Blick darin so stechend, dass Daart die Drohung sehr wohl verstand. Der Quorrl bat nicht darum, dass ihm Daart alles erzählte, was er über die Super-Quorrl wusste, er *verlangte* es.

»Die …«

»Zorrq«, unterbrach ihn der Quorrl, als wüsste er nur zu gut, wen Daart gemeint hatte – und das hatte er ja auch.

»Also gut«, sagte Daart. Der Anblick des flachen Fischgesichts, das bis auf die Augen unfähig war, Gefühle und Empfindungen widerzuspiegeln, bereitete ihm körperliches Unbehagen. »Ich weiß nicht viel von den Zorrq, wie du sie nennst, aber ich habe sie gesehen – und ich wurde von ihnen angegriffen.«

»Wo?«, fragte der Quorrl.

Daart zögerte. Der Quorrl würde es ihm nicht durchgehen lassen, wenn er sich mit schwammigen Erklärungen aus der Affäre zöge. Andererseits bestand auch kein Grund, ihm alle Einzelheiten zu offenbaren.

»Ich wurde an einem Fluss von ihnen überfallen«, sagte er vorsichtig.

»An welchem Fluss?«, bohrte der Quorrl ungeduldig nach.

Daarts Blick wanderte zu den Kriegern, die an ihm vorbei ritten.

Kaum einer von ihnen sah in seine Richtung, und wenn, dann auf eine heimliche, verstohlen wirkende Weise, so als wäre er nicht ein Satai-Sjen, sondern ein *Gesichtsloser*, ein Ausgestoßener aus der Gemeinschaft, dem man keine Beachtung schenken durfte. Der Gedanke entglitt Daart, als jemand in sein Gesichtsfeld kam, der ihm schon vorhin aufgefallen war: das Käsegesicht mit dem strähnigen schwarzen Haar. Der junge Satai-Sjen war kaum in der Lage, sich im Sattel zu halten. Er sah schrecklich aus. Daart erhaschte nur einen kurzen Blick auf sein Gesicht, aber der reichte, um ihn erkennen zu lassen, dass schattenhafte, wie mit schwarzer Tusche gezeichnete Ränder unter seinen Augen lagen und die Wangen so eingefallen waren wie bei einem Schwerkranken, der keine Nahrung mehr bei sich behalten konnte. Er war ganz offensichtlich dem Tod näher als dem Leben.

Daart gab seinem Pferd mit einem leichten Schenkeldruck zu verstehen, dass es sich in Bewegung setzen sollte, und zog an dem völlig überrumpelten Quorrl vorbei, um zu dem Jungen aufzuschließen. Sein Kamerad, der auf der anderen Seite neben ihm ritt, war der schmalgesichtige Junge mit dem dicken, blutverkrusteten Armverband. Er sah erschrocken auf, als Daart seine Waffe hochnahm, um sie mit einem entschlossenen Ruck in die Lederscheide zu schieben, und blickte dann unsicher zu Zar'Toran hinüber, der wohl oder übel Daarts Reitmanöver hatte mitmachen müssen.

»Was ist mit ihm?«, fragte Daart.

Der Junge mit dem Armverband zuckte zusammen und wand sich regelrecht, als wüsste er nicht, ob er antworten sollte oder nicht. Einen gröberen Verstoß gegen die Regeln konnte es kaum geben, denn als Novize war er zu Respekt gegenüber einem älteren Satai-Sjen verpflichtet. Daart ließ sein Pferd kurz antraben und setzte sich dann so hart vor die beiden jungen Satai-Sjen, dass ihre Tiere ausgebremst wurden und ebenfalls halten mussten, während Daart seinen Rappen mit einem knappen Kommando zum Stillstand brachte.

»Also?«, fragte er barsch.

Der Satai-Sjen wandte sich ihm wieder zu, und ein dunkler

Schatten huschte über sein Gesicht. »Kamar wurde von einem vergifteten Pfeil getroffen«, sagte er fast unhörbar.

Irgendetwas in seiner Stimme und an dem feinen, fast mädchenhaften Schnitt seines Gesichts irritierte Daart, ohne dass er hätte sagen können, was. »Wie lange ist das her?«, fragte er.

»Zwei Tage«, antwortete der Junge, während er unbehaglich die Hand auf seinen Armverband legte. Sein Blick wanderte unruhig zwischen Daart und Zar'Toran hin und her und blieb dann an einem Punkt hinter ihnen hängen. Ohne sich umzudrehen, wusste Daart, dass es der Quorrl war, der die Aufmerksamkeit des Jungen auf sich gelenkt hatte. Zu Daarts Erstaunen ließ ihn der Reptilienkrieger gewähren, zumindest vorerst.

»Habt ihr die Wunde ausgesaugt?«, fragte Daart.

Der zierliche Junge nickte hastig. »Natürlich. Jacurt hat sich um ihn gekümmert, kaum dass wir die Katken vertrieben hatten.«

Was wahrscheinlich zu spät war, dachte Daart. »Wie heißt du?«, fragte er.

»Ich bin Ask«, sagte der Satai-Sjen, »und das hier«, er deutete auf seinen Kameraden, »ist Kamar aus Eureka.«

Daart nickte. »Du weißt, dass Kamar Ruhe braucht, wenn er den heutigen Tag überleben soll, oder?«

Ask versuchte Daarts Blick stand zu halten, aber dann schluckte er hart und starrte vor sich auf den Sattel. »Ich weiß«, sagte er leise.

»Und warum verschafft ihr ihm dann nicht die Ruhe, die er braucht?«, fragte Daart scharf.

Ask sah wieder hoch. Sein Blick spiegelte Unverständnis. »Wir konnten ihn doch nicht zurücklassen«, sagte er verwirrt. »Er wäre schneller abgeschlachtet worden, als wir hätten gucken können.«

»Aber ihr könntet einen Tag Rast einlegen«, erwiderte Daart schärfer, als er beabsichtigt hatte. »Das würde wahrscheinlich reichen, damit er sich auskurieren kann.«

Kamar, der bislang kein Wort gesagt und nicht zu erkennen gegeben hatte, ob er dem Gespräch überhaupt folgen konnte, hob mühsam den Kopf. »Wir ... müssen weiter«, sagte er mit heiserer Stimme.

Das war alles, nur dieser eine Satz, aber er jagte Daart einen

Schauder über den Rücken, vielleicht weil er sich selbst in der Unbeirrbarkeit, in der Kamar ihn vorgebracht hatte, wieder erkannte. Er war gar nicht so viel älter als dieser Junge, und auch wenn er in den zwei Jahren harter Satai-Sjen-Ausbildung zum Mann gereift war, so konnte er sich doch noch gut genug daran erinnern, wie er sich gefühlt hatte, als er zu den Satai gekommen war. Auch er hätte damals alles getan, was ein Satai von ihm verlangt hätte, und wenn es ihn das Leben gekostet hätte.

Vielleicht war Kamars Einstellung sogar die richtige. Was, wenn man einen Feldzug aufschob, nur weil ein einzelner Mann der Schonung bedurfte? Aber Kamar war kein Mann, noch lange nicht, und es gab keinen Grund, sein Leben oder das der anderen jungen Satai-Sjen wegzuwerfen, nur um Stärke zu demonstrieren, wie Jacurt es ausgedrückt hatte.

»Hast du wenigstens frisches Wasser für ihn?«, fragte er Ask.

Der Junge sah ihn an, als verstünde er ihn nicht ganz. »Frisches Wasser?« Er schüttelte den Kopf. »In der letzten Wasserstelle, die wir aufgesucht haben, schwammen die Leichen einer Bauernfamilie. Ziegen, Schafe, die Knechte – und die Eltern und Kinder.«

Er zählte es so monoton auf, als wäre es die natürlichste Sache der Welt, aber Daart konnte das Entsetzen spüren, das Ask bei diesem Anblick erfasst hatte. Und in diesem Moment begriff er, was mit dem Jungen nicht stimmte: Er war gar kein Junge, »er« war eine junge Frau, ein weiblicher Satai-Sjen so wie Carnac und damit eine Ausnahme in der von Männern dominierten Welt der Satai. Die Erkenntnis erschreckte Daart mehr, als er es sich eingestehen wollte. Carnac war – einmal abgesehen von Skarissa Marna – der erste weibliche Satai-Sjen aller Zeiten, aber noch viel mehr: sie war von den Prophetinnen geschickt worden, um sich heimlich bei den Satai einzuschleichen und sie in dem Kampf um den Fortbestand Enwors zu unterstützen, der längst begonnen hatte, ohne dass der Hohe Rat der Satai es hatte wahrhaben wollen. Konnte es sein, dass Ask ein ähnliches Geheimnis verbarg wie Carnac? War sie vielleicht auch von jemandem geschickt worden, vielleicht ebenfalls von den Prophetinnen?

Der Gedanke zerstob, als Ask weiter sprach. »Wir hatten keine

Zeit, die Leichen zu beerdigen. Aber ich und Kamar ... wir wollten wenigstens die beiden Kinder aus dem Wasser holen. Dabei waren wir wohl nicht vorsichtig genug. Die Katken griffen uns an, und Kamar wurde von dem Pfeil getroffen.«

Daart nickte langsam und ohne den Blick von dem fein geschnittenen Gesicht abwenden zu können, dessen Geheimnis zu enträtseln ihm nicht gelingen wollte. »Ich verstehe. Wenn ich euch irgendwie helfen kann ...«

»Wären die Kinder nicht gewesen ...«, sagte Ask bitter. Er – *sie* verbesserte sich Daart, obgleich er sich noch nicht völlig sicher war, welchem Geschlecht Ask angehörte – ließ den Satz unvollendet.

»Mach dir keine Sorgen«, sagte Daart. Er sah nach vorn, dorthin, wo ihm die breiten Rücken der Krieger den Blick auf Jacurt und Carnac versperrten. Der Tross bewegte sich in eine Richtung, die möglicherweise um das immer noch unter der erstickenden Wolkendecke liegende Tal herumführte, vielleicht aber auch wieder hinein. Aber das machte keinen Unterschied, zumindest nicht für ihn und Kamar. »Ich weiß, wo eine Wasserstelle ist«, sagte er zu Ask.

Er wollte lossprengen, an den Reitern vorbei, die sich zwischen ihn und Jacurt gesetzt hatten. Aber der Quorrl machte ihm einen Strich durch die Rechnung. Er griff nach dem Zügel von Daarts Rappen und zog dessen Kopf so mühelos zur Seite, dass das Tier der Bewegung wie ein Hund an der Leine folgen musste. »Du hast mir meine Frage noch nicht beantwortet«, knurrte er. »Und ich rate dir, das sofort zu tun. Ich bin Xer, der stellvertretende Kommandant dieses Heeres – und du hast mir zu gehorchen.«

Daart drehte ungeduldig den Kopf und starrte hinauf in das Schuppengesicht des Quorrls, das so regungslos wie das einer Statue wirkte. Doch das täuschte. Die Gefühle eines Quorrls drückten sich nicht in seinem Gesicht und seiner Körperhaltung aus, sondern in seinen Handlungen.

»Ich werde dir alles erzählen, was ich weiß«, sagte er rasch. »Aber jetzt muss ich zu Jacurt, um ihn zu der Wasserstelle zu führen, an der ihr alle wieder neue Kraft schöpfen könnt.«

»Das kann warten«, sagte Xer knapp. Er verstärkte den Griff seiner Hand. Die Augen des Pferdes weiteten sich wie seine Nüstern, und es schnaubte verzweifelt, als es vergeblich versuchte, den Kopf freizubekommen.

Daart bemühte sich, das aufgeregte Tier zu beruhigen. Es hatte ihm in den letzten Wochen treu gedient, und er spürte, wie kalter Zorn in ihm hochstieg. Es war erst ein paar Jahre her, dass er den ersten Quorrl zu Gesicht bekommen hatte, und er war damals fürchterlich erschrocken gewesen über die massige, grün geschuppte Gestalt, die auf massiven Säulenbeinen vor ihm gestanden und ihn aus kalten Reptilienaugen gemustert hatte, als wäre er ein Insekt, das man nach Belieben zerquetschen konnte. Damals hatte er es für vollkommen undenkbar gehalten, dass es einem Menschen möglich sein konnte, einen der gefürchteten Schuppenkrieger in einem gerechten Kampf zu besiegen. Nach zwei Jahren Satai-Sjen-Ausbildung sah er das anders.

»Lass mein Pferd los«, zischte er.

Der Quorrl nickte langsam. Er hatte die Drohung in Daarts Worten sehr wohl verstanden. »Selbstverständlich«, sagte er, doch statt den Griff zu lockern, verstärkte er ihn noch. Der Rappe gab ein schrilles Quieken von sich, das eher nach einem Schwein als nach einem Pferd klang, und schlug nach hinten aus. Zar'Torans schweißnasser Brauner wurde fast von den Hufen getroffen und scheute nun seinerseits. Daart war gezwungen all seine Aufmerksamkeit auf sein Tier zu konzentrieren, um es wieder halbwegs zu beruhigen. Es wäre ihm aber kaum gelungen, wenn Xer nicht endlich den Griff gelockert hätte. Der Rappe versuchte freizukommen, und wahrscheinlich wäre er voller Panik losgesprengt, nur weg von dem Quorrl, wenn dieser es zugelassen hätte.

Aber der schuppige Riese dachte gar nicht daran. »Also«, forderte er. »Berichte mir, was du weißt.«

»Ich kenne nur die Zorrq, die in den Diensten Nubinas stehen«, sagte Daart. Er strich beruhigend über den Kopf des zitternden Pferdes. »Der Quorrl, mit dem ich zum Feuer-Tempel Nubinas unterwegs war …«

»Du warst mit einem Quorrl unterwegs?«, herrschte ihn Xer an.

»Ja.« Daarts Gedanken überschlugen sich. Er hatte Xer schon mehr gesagt, als er eigentlich vorgehabt hatte, und er begriff, dass er jetzt keinen Rückzieher mehr machen konnte, ohne ihn endgültig gegen sich aufzubringen. Seine Empörung über die Grobheit des Quorrls wandelte sich in Unbehagen. Er musste aufpassen, dass er sich mit einer unbedachten Äußerung nicht selbst ans Messer lieferte.

»Wie hieß der Quorrl?«

Daart hätte den Reptilienkrieger belügen können, er hätte irgendeinen Namen nennen können, aber er spürte, dass das ein nicht wieder gutzumachender Fehler gewesen wäre. Außerdem musste er endlich etwas für den Jungen tun, in dessen Eingeweiden das Gift wütete, mit dem die Pfeilspitze der Katken bestrichen worden war. »Er hieß Rarr«, sagte er knapp.

»Rarr?« Xer schrie fast. »Du hast mir Rarr gesprochen? Wo ist er?«

Die ungewohnt heftige Reaktion des Quorrls verwirrte Daart. Er teilte die instinktive Abneigung, welche die meisten Menschen beim Anblick der schuppigen Giganten aus dem Norden empfanden, die angeborene Scheu, einem denkenden Individuum gegenüberzustehen, das kein Mensch war und doch sehr viel mehr als ein Tier. Selbst das Wissen, dass die Quorrl mittlerweile schon seit Jahrhunderten frei unter den Menschen lebten und teilweise sogar bedeutende Positionen in einzelnen Truppenverbänden innehatten, konnte sein Unbehagen nicht zerstreuen.

»Ich … ich habe mit Rarr gesprochen«, sagte Daart stockend. »Um genau zu sein: Wir haben Seite an Seite gekämpft.«

Das war nur teilweise richtig, denn Daart erinnerte sich noch mit Schaudern daran, dass er in seinem Wahn, Nubina beschützen zu wollen, Rarr hintergangen hatte und dass es daraufhin zu einer fast tödlichen Auseinandersetzung zwischen ihm und dem Quorrl gekommen war. Doch das brauchte er Xer nicht unbedingt auf die Nase zu binden.

»Du lügst«, sagte der Quorrl. »Denn wenn du die Wahrheit sprächest …« Sein Kopf flog herum, nach vorn, in die Richtung, in der der Anfang des Trosses gerade hinter einer dicht stehenden Baumgruppe verschwand. »Wer ist sie? Ist sie eine andere?«

Zuerst wusste Daart überhaupt nicht, was der Quorrl meinte.

Doch dann regte sich eine Empfindung in ihm, die er tief in sich vergraben hatte, ein mit einem tiefen Unbehagen gepaartes Wissen … Ja, *eine andere*, das passte irgendwie: Carnac war tatsächlich anders.

Es war kaum möglich, mit einem Menschen zusammen zu sein, der zwei ganz unterschiedliche Gesichter trug, der tatsächlich zwei Persönlichkeiten hatte, und sich dies andauernd vor Augen zu führen. Seit ihrer Flucht aus Nyingma war Carnac für ihn nichts weiter als ein weiblicher Satai-Sjen, etwas rätselhafter vielleicht als alle anderen Menschen, die er kannte, und mit einem düsteren Geheimnis behaftet … aber sie war und blieb für ihn Carnac. Daran hatte er sich festgeklammert, die ganze Zeit über, und die Erschöpfung hatte es ihm leicht gemacht zu vergessen, dass es da noch etwas anderes gab. Nur manchmal, in der Nacht, wenn er von der anderen träumte, von der, deren Namen er nicht einmal mehr in Gedanken auszusprechen wagte, spürte er, dass sich die Wahrheit auf Dauer nicht verleugnen ließe.

Ja. *Die andere* war tatsächlich ein Ausdruck, der zu Carnac passte.

Aber wie sollte er das dem Quorrl erklären, der ihn misstrauisch beäugte, so als erwartete er jetzt eine schlüssige Antwort auf die Frage, deren Hintergrund Daart nicht verstand? »Ich weiß nicht, was du von mir willst«, sagte er ehrlich.

Der Quorrl nickte. »Ganz wie du meinst, Mensch. Aber wenn du allen Ernstes behauptest, Seite an Seite mit Rarr gekämpft zu haben, dann sage mir: Welches Ziel hat er verfolgt?«

»Die Vernichtung seiner Feinde?« Daart streichelte nach wie vor den Kopf seines Pferds, aber das Tier wollte sich nicht beruhigen. »Verdammt, Xer. Wir haben gegen die Silberkrieger Nubinas gekämpft und sind dann durch einen Gang geflohen, der uns in das Innere eines erloschenen Vulkans geführt hat. Was redet man schon währenddessen?«

»Sag es mir«, verlangte der Quorrl.

Daart schloss die Augen. Die Ereignisse, die sich vor wenigen Wochen ereignet hatten, schienen sich geradezu in seine Netzhäute eingebrannt zu haben. Es war so verwirrend, dass er erschrocken die Augen wieder aufriss. Aber auch dadurch änderte sich nichts an seiner Wahrnehmung, die geteilt war, als betrachtete er zwei sich überlagernde Bilder. Während er in Xers Gesicht starrte, stieg die Erinnerung an Rarr so lebendig in ihm hoch, als würde er in die Vergangenheit gesogen, und es war fast unheimlich, wie plastisch er den Gang wieder vor sich sah, durch den sie gemeinsam vorgedrungen waren. Seine Nase schien erneut den leicht modrigen Geruch aufzunehmen, der von den Wänden verströmt wurde, und seine Ohren hörten die leisen, tippelnden Schritte der kleinen Shimptas, die sich ihnen angeschlossen hatten. Rarrs schuppiger Rücken war gebeugt, aber nicht von der Last des gewaltigen silbernen Schildes, den er trug, sondern weil er sich vorsehen musste, nicht mit dem Kopf an die Decke des niedrigen Ganges zu stoßen. Während um Daart herum das Schnauben von Pferden, das leise Murren und Stöhnen der Krieger erklang, die um sie herumreiten mussten, hörte er Rarrs schwere Schritte über den uralten Steinboden stapfen, und wie damals war ihm jetzt auch wieder so, als ginge da eine fast unmerkliche Bewegung durch den Boden, als zitterte und vibrierte er wie etwas Lebendiges.

Er musste sich zusammenreißen, um sich nicht in der Vergangenheit zu verlieren. Wenn er sich am gleichen Ort wie damals befunden hätte, in diesem Gang mit den in Stein gemeißelten Darstellungen grotesk verzerrter Wesen, wäre ihm das vielleicht nicht gelungen. Aber hier, weit weg von Nubinas Feuer-Tempel, auf den der Gang zugeführt hatte, war er umgeben von einer Vielzahl anderer und frischerer Sinneseindrücke. Vielleicht war es vor allem die Kraft der Sonne, die durch das Loch in der Wolkendecke auf ihn niederschien und die Schatten der Vergangenheit wie flüchtige Nebel forttrieb.

»Also, Mensch«, sagte Xer.

Daart sah an ihm vorbei, gierig bemüht, das Bild in sich einzusaugen, das sich ihm bot; nicht, weil es ein so erhebender Anblick war, die erschöpften Krieger an sich vorbeiziehen zu sehen, sondern weil das die Wirklichkeit war – und nicht die beinahe übermächtig gewordene Erinnerung. »Ich habe mit Rarr nur wenige Worte gesprochen«, sagte er. »Er war entsetzt über das, was Nubina seinem Stamm angetan hat. Wenn das stimmt, was er sagt, sind die

Zorrq …« *Züchtungen*, hätte er beinahe gesagt, doch dann verbesserte er sich: »Dann sind die Zorrq eine krankhafte Weiterentwicklung eurer Rasse.»

Er hatte erwartet, dass seine Worte irgendeine sichtbare Reaktion bei Xer auslösten. Doch der Quorrl starrte ihn nur wortlos an, und in seinem Blick war nicht zu erkennen, wie er die Worte aufnahm. »Rarr hat dir Vertrauen geschenkt«, sagte er. »Ich weiß zwar nicht, warum, aber ich werde es mir merken.«

Seine Hand öffnete sich und ließ das Zaumzeug los. Daarts Rappe machte einen kleinen Satz nach vorn, als traute er der wieder gewonnenen Freiheit nicht und wollte möglichst schnell weg von dem Quorrl. Doch das erwies sich als vollkommen unnötig, denn Xer gab seinem Pferd ein scharfes Kommando und sprengte dann los, ohne viel Rücksicht auf die Männer zu nehmen, die vor ihm waren. Einer der Söldner aus Ikne musste sein Pferd nach links reißen, um nicht von den ausladenden Armbewegungen des Quorrls getroffen zu werden, der so dicht an ihm vorbeiritt, dass kaum eine Handbreit Abstand zwischen den beiden Tieren blieb.

Ein Gefühl absurder Enttäuschung machte sich in Daart breit. Er hatte erwartet, dass Xer mehr Einzelheiten von ihm wissen wollte, und vor allem hatte er die Frage nach Rarrs Wohlergehen vermisst. Gleichzeitig war er froh, dass ihn Xer nicht danach gefragt hatte, zum einen, weil er keine überzeugende Antwort darauf gewusst hätte und weil es außerdem an Dinge gerührt hätte, an die Daart nicht erinnert werden wollte.

»Was ist mit der Wasserstelle?«, fragte der junge Satai-Sjen, dessen Namen Daart schon wieder entfallen war.

»Ja, natürlich …« Daart drehte sich im Sattel um und zwang sich zu einem verkrampften Lächeln.

»Ask«, sagte der Satai-Sjen. »Ich heiße Ask.« Er – oder *sie* – deutete auf Kamar, der so Mitleid erregend aussah, dass Daarts schlechtes Gewissen weiter angefacht wurde. »Und das ist …«

»Kamar, ich weiß.« Daart seufzte. »Bleib bei ihm, Ask, und reitet so ruhig wie möglich weiter. Kamar darf sich auf keinen Fall anstrengen, denn das würde das Gift in seinem Körper noch weiter verteilen.«

Ask nickte, als wäre das eine Neuigkeit. Natürlich war es das nicht, und wie Daart selbst sah, hatte Ask bereits alles Menschenmögliche für den Todgeweihten getan. »Und ... die Wasserstelle ...?«, fragte Ask nochmals.

»Natürlich.« Daart nickte Ask so aufmunternd zu, wie es ihm nur möglich war. »Ich kümmere mich gleich darum.«

Er wollte noch etwas hinzufügen, wollte sagen, dass er zu Jacurt reiten wollte, aber seine Pferd tänzelte unruhig auf der Stelle, und er musste es mit einem harten Ruck zur Räson bringen, damit es nicht durchging. Im selben Moment begriff er, was den Rappen so nervös gemacht hatte. Es war ein Durcheinander nicht zu bestimmender Geräusche, das von überall und nirgends zu kommen schien; nicht von dem Männern, die zum größten Teil schon an ihm vorbeigezogen waren, sondern vom Tal her, durch das er und Carnac am Morgen geritten waren. Daart blickte hinauf in den Himmel, der nach wie vor bleischwer über dem Tal hing. Fast erwartete er, dass das erdrückende Grau aufriss und dort ein Tosen und Brausen seinen Ursprung nahm, das ihnen allen zum Verhängnis werden konnte.

Aber er täuschte sich. Der Himmel bot denselben erstarrten Anblick wie zuvor, und auch die Geräusche kamen nicht von oben, und erst recht nicht hatten sie etwas mit einer Naturkatastrophe zu tun. Es war der Angriff, den er die ganze Zeit über erwartet hatte, seitdem er die unruhigen Bewegungen in den Felsen rings um sie bemerkt hatte. Jetzt schienen sich seine schlimmsten Befürchtungen zu bewahrheiten. Von den Hängen war Hufgetrappel zu hören und das Prasseln von Steinen, als Reiter in aller Eile die schmalen Pfade herabsprengten, die in unübersichtlichen Windungen ins Tal führten. In die Bäume, die das Tal zur Geröllhalde hin abgrenzten, kam Bewegung, und der Wald spie Krieger aus, manche zu Pferd, andere zu Fuß, aber alle mit gezogenen Waffen, huschenden Schatten gleich, die durch einen geheimnisvollen Zauber stofflich wurden, sobald sie ans helle Sonnenlicht kamen.

Jacurts Truppe reagierte weitaus disziplinierter und eingespielter, als Daart erwartet hatte. Waffen wurden gezogen, Pferde gezügelt, und das alles ohne erschrockene Ausrufe oder ein Anzeichen von Hektik. Es war zwar kein Heer, das Jacurt gegen die Soraner führte, aber ein eingespielter Verband, und auch wenn seine einzelnen Mitglieder unterschiedlichsten Traditionen entstammten und das Kriegshandwerk nach verschiedenen Regeln gelernt hatten, so verhielten sie sich dennoch so, als kämpften sie schon jahrelang miteinander. Daart hatte kaum sein Tschekal gezogen, als sich auch schon ein Verteidigungsring von mindestens zwanzig Mann um ihn herum bildete. Allerdings verstand Daart nicht einmal ansatzweise den Sinn dieses Manövers; nichts an ihm selbst war wichtig, und die Bedeutung, die Zar'Toran für den Fortbestand der Korona haben mochte, konnte keiner der Krieger auch nur ansatzweise erahnen.

Es blieb ihm keine Zeit, sich darum Gedanken zu machen. Die Krieger, die vom Wald her auf sie zustürmten, würden sie jeden Augenblick erreicht haben. Daart erwartete, die Silbermasken Nubinas unter ihnen zu sehen, oder Guhulan in ihren gleichermaßen vertrauten wie verhassten Kampfgewändern mit den lebendig wirkenden Flammenwirbeln; er glaubte, dass Zar'Toran am Ende Recht behalten hatte und seine Verbündeten nun kamen, um ihn zu befreien. Alles in ihm spannte sich in Erwartung der Schlacht, in der er sein Leben für Jacurts Sache einzusetzen gedachte.

Er ahnte nicht, dass er dazu keine Gelegenheit bekommen würde.

4

Die auf sie eindringenden Krieger trugen keine Uniformen wie die Guhulan oder die Silberkrieger Nubinas, und die Hieb- und Stichwaffen in ihren drohend erhobenen Fäusten wirkten wild zusammengewürfelt wie bei einer Räuberbande, und doch gaben sie ein geschlossenes Bild ab … und etwas an ihnen wirkte *vertraut*. Daart sah sich rasch nach Ask und Kamar um. Ask hatte darauf verzichtet, die Waffe zu ziehen, und zerrte stattdessen verzweifelt an dem Zügel von Kamars Pferd, um es aus Daarts Nähe wegzubringen, bevor sich der Kreis immer enger schloss. Als Asks und Daarts Blicke sich trafen, zuckte Ask zusammen und starrte ihn so fassungslos an, als ob Daart vorhätte, sich im nächsten Moment auf sie zu stürzen. Daart verspürte einen scharfen Stich in der Magengrube. Etwas stimmte hier ganz und gar nicht.

Dieses Gefühl verstärke sich, als die ersten feindlichen Reiter heran waren. Daart erwartete, das Klirren von Waffen zu hören, die wütend aufeinander prallten, das Keuchen der Männer, die alle Kraft aufbrachten, um die erste Angriffswelle zurückzuschlagen, doch all das blieb aus. Als er den Kopf wandte, sein eigenes Schwert kampfbereit erhoben, erkannte er den Grund: Die Krieger dachten gar nicht daran anzugreifen. Sie teilten sich vor dem Kreis, den die Männer um Daart gebildet hatten, wie eine Sturmflut vor einem Felsen, und so wie es aussah, verfolgten die hinter ihnen zu Fuß heranstürmenden Krieger die gleiche Taktik.

Sie wollten sie einkesseln.

Das war nicht das Einzige, das alles auf den Kopf stellte, was Daart über Taktik und Strategie wusste. Das Bedrohlichste war, dass Jacurts Krieger dem Treiben keinen Einhalt geboten, ja, dass sie nicht einmal ihre Waffen gegen die Angreifer erhoben. Daart bemerkte misstrauische Blicke und manchen Arm, der das Schwert am liebsten gegen die heranstürmenden Krieger hochgerissen hätte, doch das waren wohl nichts weiter als antrainierte und jetzt mühsam unterdrückte Reflexe. Etliche von Jacurts Männern schenkten den heranstürmenden Kriegern nicht mal einen Blick. Stattdessen hatten sie ihre Pferde gewendet oder verdrehten ihre Hälse, um ins Zentrum ihres eigenen Verteidigungsrings zu blicken, oder genauer gesagt: in seine und Zar'Torans Richtung.

Das war kein Zufall. Daart verstand nicht den Grund für ihr Vorgehen, aber er begriff durchaus, *was* hier gerade passierte. Mehr als nur eine Schwertspitze zeigte genau in seine Richtung. Jacurt hatte seine Kundschafter und die restlichen, an den Hängen des Tals postierten Truppen zusammengezogen, und jetzt ließ er ihn und Zar'Toran festsetzen. Es gab keinen nachvollziehbaren Grund dafür, und außerdem war dieser gewaltige Aufmarsch so hoffnungslos übertrieben, dass Daart beinahe laut aufgelacht hatte. Wenn Jacurt ihn oder Zar'Toran tatsächlich hätte überrumpeln wollen, hätte er das viel leichter tun können; er brauchte dazu keine zusätzlichen

Männer. Irgendetwas lief hier vollkommen falsch, weit entfernt von gewöhnlichen Missverständnissen.

Die ersten Krieger, die Daart für Angreifer gehalten hatte, waren mittlerweile auf der anderen Seite angekommen und zügelten ihre Tiere, nur eine Pferdelänge von Jacurts Männern entfernt. Auch jetzt war noch kein offenes Anzeichen von Feindseligkeit zu erkennen, und doch glaubte Daart misstrauische und nicht unbedingt freundschaftliche Blicke zu spüren, mit denen sich einzelne Krieger aus beiden Lagern beäugten. Er war völlig ratlos. Möglich, dass es ausschließlich um Zar'Toran ging und gar nicht um ihn, denkbar, dass Jacurt viel mehr über den Magier wusste, als er anfangs zu erkennen gegeben hatte, und dass er darüber im Bilde war, wie gefährlich dieser Mann war, der die Satai unter dem Namen Cor Har'Kanarro jahrelang genarrt hatte. Aber dennoch machte sein Vorgehen hier keinen Sinn.

Einen winzigen Augenblick lang erwog Daart die Chancen für einen Durchbruch. Er hatte nicht vor, einen von Jacurts Männern zu töten oder auch nur ernsthaft zu verletzen, aber er wollte sich auch nicht einfach festsetzen lassen. Doch das war längst geschehen, wie er mit einem Blick in die Runde feststellen musste. Selbst wenn Zar'Torans Pferd nicht an dem seinen festgebunden gewesen wäre und ihn behinderte wie ein Treibanker ein Schiff, hätte er nicht entkommen können, weder mit List noch mit plumper Gewalt. Es waren mittlerweile fast vierzig Krieger, die ihn umringten, und auch als der Zustrom aus dem Wald verebbt war, waren da immer noch die Reiter, die die Hänge hinabstürmten – als bedürfe es ihrer noch, um die Falle endgültig zuschnappen zu lassen.

Daart spürte, wie die Spannung aus ihm wich, als er sich entschied, keine kämpferische Entscheidung zu suchen. Das Tschekal, das er kampfbereit in der Hand hielt, war eine fürchterliche Waffe, aber im Augenblick nicht mehr wert als ein zur Verteidigung aufgelesener Ast. Er zögerte kurz, dann ließ er die Klinge in der Schwertscheide verschwinden.

»Kann mir mal jemand sagen, was hier eigentlich los ist?«, fragte er in die Runde.

Die Krieger, die ihm am nächsten waren, brachten das Kunststück fertig, ihn nicht direkt anzusehen; ihre Gesichter erschienen ihm merkwürdig konturlos, kaum mehr als verwaschene Flecken ohne irgendeinen Ausdruck. Vielleicht lag das aber auch daran, dass er ihnen keine große Beachtung schenkte, weil er auf der Suche nach jemand ganz Bestimmtem war.

»Ask!«, sagte er scharf, als er die schmale Gestalt entdeckte, die er erst für einen Jungen gehalten hatte.

Ask hatte versucht, Daarts Nähe zu entkommen, war aber an den dicht gedrängten Reihen um sie herum gescheitert. Jetzt starrte sie vor sich auf den Hals ihres Pferdes. Bei Daarts Worten zuckte sie so heftig zusammen, dass sie beinahe aus dem Sattel gefallen wäre.

»Was ist hier los, Ask?«, fragte Daart erbarmungslos.

»Ich … ich weiß nicht«, stammelte sie. Ihr Blick irrlichterte hin und hier; sie schien alle und niemanden anzusehen, vollkommen verunsichert, wie sie reagieren sollte. Daart empfand beinahe Mitleid mit ihr.

»Was weißt du nicht?«, bohrte Daart nach. »Warum man mich hier festsetzt oder was?«

»Das weißt du doch wohl besser als jeder andere hier«, sagte eine tiefe Stimme hinter Daart, und gleichzeitig hörte er das Scharren von Hufen und das leise Getrappel schwerer Pferdehufe, das den Ring durchbrach. Noch bevor er sich im Sattel umdrehte, wusste Daart, wer da auf ihn zuhielt.

»Xer«, sagte er. Er lenkte sein Pferd vorsichtig herum. Die Krieger, die ihm am nächsten waren, wichen nur so weit zurück, wie es unbedingt nötig war. »Was soll das?«, herrschte er den Quorrl an, als dieser nur zwei Armlängen vor ihm sein Pferd zügelte.

Die Gasse, durch die er geritten war, schloss sich hinter Xer wie eine Furt, über die eine Flutwelle hinwegging, und Daart begriff endgültig, dass er ein Gefangener war.

»Ich denke, du weißt es ganz genau.« Xer schüttelte den kantigen Schädel. »Ich wünschte, du hättest Rarr wirklich gesehen.«

»Rarr?« Daart war vollkommen fassungslos. »Also geht es hier um ihn?«

»Selbstverständlich geht es um ihn«, sagte der Quorrl ruhig. »Aber nicht nur.«

»Um was geht es denn dann?« Daart brüllte nun fast. Er hatte endlich genug von diesem Wahnsinn.

Der Quorrl blickte ihm ungerührt entgegen. »Deine Waffe«, sagte er.

»Meine Waffe?«, fragte Daart höhnisch. Einen Moment lang spielte er mit dem Gedanken, die Klinge zu ziehen und sie dem Quorrl entgegenzuschleudern. Er bezweifelte, dass Xer ihr rechtzeitig würde ausweichen können. »Ist das deine Antwort auf meine Frage? Willst du mich zum Kampf herausfordern?«

Der Quorrl würdigte ihn keiner Antwort. Daart wusste, dass er sich wirklich kindisch benahm, aber er konnte nicht anders. Er drehte sich zu einem Krieger um, einem hageren Mann in zerschlissener Kampfkleidung, die nicht verriet, von wo aus er einst aufgebrochen war, um zu diesem Haufen Verrückter dazuzustoßen.

»Was ist mit dir?«, fragte er barsch. »Willst du mit mir kämpfen?«

Der Blick des Mannes flackerte, und dann sah er betreten weg. Es war nicht Angst, die ihn dazu veranlasst hatte, sondern irgendetwas anderes, das es ihm unmöglich machte, Daarts Blick standzuhalten. Die anderen Männer reagierten auf die gleiche Weise, als Daart sie der Reihe nach ansah.

»Wir haben nur darauf gewartet, bis unsere Verbündeten, die Soraner, heran waren«, sagte Xer.

»Ihr habt *was?*« Daart wandte sich überrascht wieder dem Quorrl zu. »Was soll denn dieser Unsinn? Ich denke, ihr seid auf einem Feldzug gegen die Soraner!«

»Durchaus«, sagte der Quorrl. »Wir sind auch auf einem Feldzug gegen die Satai. Oder die Quorrl. Wir bekämpfen jeden, der sich uns entgegenstellt.«

Daart warf einen hilflosen Blick zu Ask hinüber, dem einzigem Menschen, dem gegenüber er hier Vertrauen empfand, vielleicht, weil die Mauer zwischen ihnen eingerissen war, als sie sich gemeinsam über Kamar Sorgen gemacht hatten. Auch jetzt wollte Ask wieder wegsehen, aber als spürte sie, dass Daart es ehrlich mit ihr meinte, erwiderte sie dann doch seinen Blick. *Ich will mit dir nichts zu tun haben*, glaubte Daart als Botschaft in ihren Augen zu lesen, *weil du unser Feind bist.*

Daart zuckte hilflos mit den Schultern. Ask war jung und verwirrt, und man hatte ihr etwas eingeredet, was sie glauben musste, wollte sie nicht das Vertrauen zu den Männern verlieren, die ihr Befehle erteilten.

»Gib mir deine Waffe«, verlangte der Quorrl abermals.

Daart blickte zu den Männern, die Xer als Soraner bezeichnet hatte. So weit er es erkennen konnte, hatte der Quorrl nicht gelogen. Er und Carnac waren zwei-, dreimal nahe genug an die Soraner herangekommen, die in der Steppe lebten und weitaus gröber und einfacher gekleidet waren als die Menschen in Tikar; selbst aus der Ferne waren ihm die verwitterten, von Wind und Sonne gegerbten Gesichter aufgefallen. Die Männer, die den zweiten Ring bildeten (um wen eigentlich? Um einen erschöpften Satai-Sjen und einen mit Ketten gebundenen Magier?) sahen den Soranern sehr ähnlich.

Was, bei allen Göttern, hatte das zu bedeuten?

»Du kannst dir gern mein Schwert holen, Quorrl«, sagte er. »Ich habe nicht vor, es gegen dich oder irgendjemand anderen hier zu ziehen. Aber freiwillig werde ich es nicht hergeben. Das würde kein Satai.«

»Du bist aber kein Satai«, entgegnete Xer kühl. Seine viergliedrige Schuppenhand wanderte wie von selbst zum Griff des Zackenschwerts.

Daart spannte sich. Er spürte, dass auch die Krieger um ihn herum die Bedeutung dieses Augenblicks erfasst hatten. Eine einzige falsche Geste, ein unbedachtes Wort konnte dazu führen, dass irgendjemand die Beherrschung verlor. Daart schwor sich, dass nicht er den Stein ins Rollen bringen würde, der zu einer Katastrophe führen konnte.

»Es spielt keine Rolle, ob ich zum Satai geweiht wurde oder nicht, Quorrl«, sagte er so ruhig er konnte. »Ein Tschekal freiwillig zu übergeben bedeutet, die Ehre zu verlieren.«

So hatten sie es zumindest beigebracht bekommen, und es war durchaus nicht auszuschließen, dass auch ein Quorrl das wusste, zumindest wenn er unter dem Befehl eines Satais ritt.

»Die Waffe steht dir nicht zu«, sagte der Quorrl.

Daart erstarrte. Es war ausgeschlossen, dass ein gewöhnlicher Quorrl diese Feinheit selbst in Erfahrung gebracht hatte. Irgendjemand musste es ihm gesagt haben.

Jacurt.

Daart verstand nicht, was in den frisch gebackenen Satai gefahren war, Einzelheiten der Satai-Regeln ausgerechnet einem Quorrl gegenüber auszuplaudern. Nichtsdestotrotz war es die Wahrheit. Daart hätte auf einer Satai-Sjen-Reise niemals ein Tschekal mit sich führen dürfen. Die Waffe aus geschmiedetem Sternenstahl wurde zusammen mit dem Schlangengürtel erst bei der Weihe übergeben – zumindest in jedem anderen Fall, der Daart bekannt war.

»Hüte deine Zunge, Quorrl«, sagte er.

»Weil du sie mir sonst mit dem Tschekal abschneiden würdest, Mensch?« Der Quorrl schüttelte den Kopf. »Sieh dich um. Du bist nicht in der Lage, mir zu drohen. Und mag deine Magie noch so groß sein.«

»Meine ... *was?«* Daart hätte beinahe laut aufgelacht. »Ich verfüge über keine Magie. Leider. Sonst könnte ich mich schließlich von hier wegzaubern, nicht wahr?«

»Das ist lächerlich«, erwiderte der Quorrl.

Natürlich war es das. Es gab niemanden auf Enwor, der sich *wegzaubern* konnte.

»So ist das also«, sagte Zar'Toran hinter ihm. »Du bist ein großer Magier, Daart. Warum hast du das nicht gleich gesagt? Es hätte vieles vereinfacht.«

»Halt dich da raus, Zar'Toran«, sagte Daart heftiger, als er es vorgehabt hatte. Seine Unruhe übertrug sich auf sein Pferd, das zu tänzeln anfing und leicht zitterte. Das war schlecht. Die Situation wuchs ihm über den Kopf. Der Quorrl wusste es und Zar'Toran natürlich erst recht.

»Wenn es sein muss, werde ich mir die Waffe mit Gewalt holen, die du entwendet hast«, sagte der Quorrl ruhig.

»Was soll ich getan haben?« Daart hatte Mühe, seine Stimme unter Kontrolle zu halten. »Du wirfst mir vor, das Tschekal gestohlen zu haben?«

»Wie sonst sollte es in deinen Besitz gekommen sein?!« Der Quorrl spannte sich fast unmerklich und nahm eine Körperhaltung ein, die Daart nur zu gut kannte. Der Angriff konnte jeden Moment erfolgen.

»Über diesen Punkt werde ich mit dir nicht reden«, sagte Daart. Er tätschelte den Hals seines Pferdes. Der Rappe fühlte sich kaum weniger eingesperrt und bedroht als er selbst. Er musste verhindern, dass das Tier vor lauter Panik stieg. »Wenn überhaupt, dann bin ich Jacurt zu Rede und Antwort verpflichtet«, fuhr er so ruhig wie möglich fort.

Der Quorrl nickte. »Das ist eine kluge Antwort, Mensch. Aber trotzdem wirst du nicht umhin kommen, mir deine Waffe auszuhändigen. Und keine Sorge: Sie wird nicht in unberechtigte Hände fallen. Unser Feldherr wird das Tschekal sicher verwahren, bis es an seinen angestammten Platz gelangt.«

Ohne eine Antwort Daarts abzuwarten, riss er an den Zügeln seines Pferds und ließ es einen Satz auf Daart zu machen. Daarts rechte Hand fuhr zum Schwert, aber er vollendete die Bewegung nicht.

Es wäre sinnlos gewesen. Er hatte verloren.

5

Daarts Rücken schmerzte von der unbequemen Sitzhaltung, mit der ihn die unter dem Bauch seines Pferdes hindurchlaufende Kette auf dem Sattel festhielt, und in seinem Kopf war ein dumpfer, an- und abschwellender Druck, der jeden bewussten Gedanken mit erschreckender Leichtigkeit hinwegfegte. Er hatte geglaubt, mit der Situation fertig zu werden, aber das war wohl ein riesiger Fehler gewesen. Unter gar keinen Umständen hätte er Xer seine Waffe aushändigen dürfen. Aber er hatte schließlich nicht ahnen können, das Jacurt ihn auf seinem eigenen Pferd förmlich hatte anschmieden wollen, und das, ohne selbst in Erscheinung zu treten oder ihm den Grund zu erklären. Darüber hinaus hatte ihm Xer mit Gewalt eine bitter schmeckende Flüssigkeit eingeflößt, die er ohne einen zusätzlichen Schluck Wasser hatte hinunterwürgen müssen. Aber wozu? Und vor allem – wo war Carnac? Hatte sie etwas damit zu tun, dass ihn Jacurt so unwürdig behandelte, oder war auch sie ihm zum Opfer gefallen?

Es gelang ihm nicht, die Gedanken festzuhalten. Hinter seiner Stirn wirbelten Erinnerungsfetzen und Bilder durcheinander, ohne dass er hätte sagen können, was davon Traum und was Wirklichkeit war. Er wusste nur, dass die Müdigkeit, die auf seinen Augenlidern lag, nicht natürlichen Ursprungs war. Selbst seine nächste Umgebung nahm er nur wie durch einen Nebelschleier wahr, als wäre er lediglich ein unbeteiligter Zuschauer und nicht die Hauptperson eines unglaublichen Intrigenspiels.

Der auf gut hundert Mann angewachsene Trupp, den Jacurt anführte und in dessen Mitte Daart und Xer ritten, war schon seit Stunden auf dem Talgrund unterwegs, aber nahe an den schroff aufragenden Felswänden und damit weit weg von dem Fluss, an dem sie sich hätten erfrischen können. Das war ein Rätsel mehr, über das sich Daart gewiss den Kopf zerbrochen hätte, wenn er bei klarem Verstand gewesen wäre. Doch so hämmerte nur der Nachhall vielfältigen Hufgetrappels durch seine wirren Gedanken, die keinen Anfang und kein Ende zu haben schienen, und seine Augen brannten förmlich im schwachen Licht der ungehenden Sonne, die tief genug stand, um ihre Strahlen schräg unter der bleiernen Wolkendecke hindurchzuschicken. Daart hatte weder Zar'Toran noch Carnac zu Gesicht bekommen, seit man ihn überwältigt und das Pferd des Magiers von dem seinen getrennt hatte. Er spürte eine starke Sehnsucht danach, in Carnacs Gesicht, in ihre tiefschwarzen Augen zu blicken, die für ihn während ihres Ritts nach Norden so verheißungsvoll geworden waren. Er vermisste sie heftiger, als er es sich je hätte vorstellen können. Es war beinahe so, als hätte sie ihn mit einem geheimen Zauber eingefangen, der um vieles stärker war als die Drogen, mit denen ihn Xer willfährig hatte machen wollen.

Es dauerte eine ganze Weile, bis ihn eine Veränderung in der Marschordnung aus seinem dumpfen Brüten aufschrecken ließ. In die Geräusche vor ihm, das mittlerweile unregelmäßige Huftrappeln, das leise Schaben von Leder über Pferdeleiber, das Klirren von Waffen und Kettenhemden mischte sich etwas anderes: das angestrengte Schnauben eines zur Eile angetriebenen Pferdes, das geradewegs auf ihn zuzusprengen schien. Es dauerte nur wenige Herzschläge lang, dann war der Reiter auch schon heran. Er kam in der Biegung vor ihm zum Vorschein und hielt auf ihn zu.

Daart hatte Jacurt erwartet oder vielleicht auch einen seiner Krieger, der eine Botschaft für den direkt hinter ihm reitenden Quorrl brachte. Am liebsten wäre es ihm natürlich gewesen, Carnac wäre herangesprengt, empört darüber, dass man ihn so hinterrücks überwältigt hatte und willens, das Missverständnis, das dem zugrunde liegen musste, so schnell wie möglich aus der Welt zu räumen. Aber es war jemand ganz anderes, und vor allem niemand, mit dem Daart auch nur im Entferntesten gerechnet hätte: Ask. In der leicht aufgerichteten und nach vorn gebeugten Haltung, in der sie auf ihrem Pferd hockte, wirkte sie unendlich zerbrechlich und schutzbedürftig, ein Eindruck, der in starkem Gegensatz zu ihrem schwarzen Panzer aus Echsenleder und dem wuchtigen Schwert an ihrer Seite stand. Die Haare hingen ihr wild und verklebt im Gesicht, und ihre Wangen waren eingefallen. Ganz am Rande seines Bewusstseins fragte sich Daart, wie er jemals auf den Gedanken gekommen war, sie könne männlichen Geschlechts sein.

Als sie Daart gewahrte, zügelte sie ihr Pferd. Daart wäre ihr ausgewichen, wenn es ihm möglich gewesen wäre, um sie passieren zu lassen; er hatte mit Ask keinen Streit, ganz im Gegenteil. Es war Jacurt, der schuld an dem war, was man ihm angetan hatte, nicht dieses vom Schicksal gebeutelte Mädchen.

»Daart«, sagte Ask erleichtert, als sie ihn erkannte. Die Hand, mit der sie ihr Pferd zu beruhigen versuchte, zitterte, als sie es tätschelte. Sie warf einen kurzen Blick zu Xer hinüber. Der Quorrl schien keine Einwände zu haben, dass sie weitersprach. »Ich … habe dich gesucht«, fuhr Ask stockend fort.

Daart brauchte einen Moment, um seine Zunge vom Gaumen zu lösen. »Es dürfte nicht allzu schwer gewesen, mich zu finden«, sagte er mühsam. »Ich war heute nicht in der Stimmung für Ausflüge.«

Schon als er die Worte ausgesprochen hatte, bedauerte er sie. Der bittere Spott galt Xer und nicht Ask.

»Du hast gesagt, du ...« Ask stockte, und ein dunkler Schatten huschte über ihr Gesicht. »Du wollest uns helfen.«

Jetzt hätte Daart beinahe laut aufgelacht. So festgezurrt wie er war, konnte er sich nicht einmal selbst den Schweiß von der Stirn wischen, geschweige denn einen Schluck aus dem Wasserschlauch nehmen, der hinter ihm am Sattel hing, um seinen ärgsten Durst zu stillen. Und da war Ask gekommen, um *ihn* um Hilfe zu bitten?

Asks Blick wurde zunehmend unruhiger, als Daart beharrlich schwieg. »Ich ... ich dachte, du meinst deine Worte ernst«, sagte sie schließlich. »Aber ich sehe, sie waren nur leicht dahergesagt.«

Daart runzelte die Stirn. Er versuchte den Kopf zu drehen, um zu sehen, wie Xer auf diese Eröffnung reagierte. Die Kette machte es ihm unmöglich, sich vollends herumzudrehen, aber das war auch nicht nötig; der Quorrl tauchte in seinem Blickfeld auf, als er sein Pferd auf gleiche Höhe mit Daarts Rappen brachte.

Ask versuchte währenddessen das Kunststück fertig zu bringen, auf der schmalen Stelle zu wenden, aber Daarts Pferd war ihr dabei im Weg. Hätte Daart die Hände frei gehabt, wäre es ihm ein Leichtes gewesen, sein Pferd ein Stück zur Seite zu lenken. Aber so festgebunden wie er war, gelang es ihm nicht einmal, die Bewegungen des unruhig tänzelnden Rappen durch die Verlagerung seines Körpergewichts auszugleichen.

Da war Xer endgültig heran. Wie zuvor ergriff er den Zügel von Daarts Pferd und zog es ein Stück zu sich heran. Der Rappe zitterte, wehrte sich aber nicht, als hätte er begriffen, dass er dem Quorrl nicht im Geringsten gewachsen war.

»Schluss, ihr beiden«, donnerte Xer. »Wir müssen weiter. Der Tross hinter uns staut sich schon.«

»Ja, natürlich«, sagte Ask hastig. Sie zerrte so ungeschickt an dem Zügel, als säße sie zum ersten Mal auf einem Pferd. Trotz seines angegriffenen Zustands empfand Daart so etwas wie Mitleid mit dem Mädchen. Es war wohl mehr ihrem Pferd als ihr selbst zu verdanken, dass sie die Kehre schaffte.

»Reite neben Ask«, fuhr Xer Daart an. »Aber seht zu, dass ihr vorankommt.«

Damit versetzte er Daarts Rappen einen fast spielerischen Klaps aufs Hinterteil, den das Tier mit einem Hüpfer quittierte, der es gefährlich nah an die Hinterhufe von Asks Pferd brachte. Daart wurde durchgeschüttelt, und seine sowieso schon wund gescheuerten Handgelenke rieben schmerzhaft an der Eisenkette, ohne dass er etwas dagegen tun konnte. Er nahm den Schmerz nur am Rande wahr. Für ihn war es unbegreiflich, dass Xer die Satai-Sjen nicht mit einer ärgerlichen Bemerkung weggeschickt hatte. Das Gefühl, überhaupt nicht zu begreifen, was hier eigentlich vor sich ging, machte ihn schier wahnsinnig.

»Ask«, rief er, als sich der Weg verbreiterte. »Warte auf mich.«

Zuerst schien sie nicht auf ihn zu hören. Die kurze Pause hatte gereicht, um die Krieger vor ihnen zu dunklen Schemen werden zu lassen, die fast mit den Felswänden verschmolzen. Noch immer hing die dichte Wolkendecke über diesem Teil des Tals, unverrückbar wie am Morgen, als sie von einer anderen Stelle aus in den Kessel geritten waren, doch jetzt erschien sie Daart nicht mehr so bedrohlich, sondern eher wie etwas Vertrautes, das half, seine demütigende Haltung auf dem Pferd zu verbergen.

Schließlich zügelte Ask ihr Pferd und wartete, bis er aufgeholt hatte. »Warum willst du …« Daart schluckte mühsam, bevor er fortfahren konnte. »Warum willst du mit mir sprechen?«

»Ich weiß nicht«, sagte Ask trotzig. Daart bemerkte einen dünnen Blutfaden, der aus ihrem Armverband quoll und über das schwarze Echsenleder rann. Die Wunde schien neu aufgebrochen zu sein, ohne dass sie selbst es bemerkt hatte; ein weiteres Zeichen, dass etwas ganz und gar nicht in Ordnung war.

Daart versuchte sich zu konzentrieren. Das harte Hämmern hinter seinen Schläfen verstärkte sich, als er die Augen zusammenkniff und sich so gründlich wie möglich umsah. Die Bäume rechts von ihm wirkten krank und verkrüppelt, flirrende Schatten am Wegesrand, die nichts Einladendes hatten und schon gar nicht darauf hindeuteten, dass in unmittelbarer Nähe Wasser zu finden sein könnte. Links von ihnen stiegen geröllbeladene Hänge an wie die Mauern einer uneinnehmbaren Trutzburg, doch auch hier glaubte Daart schattenhafte Bewegungen wahrzunehmen, ein Huschen und Zischeln, als sammelten sich vielgliedrige Insekten und Spinnen für einen Angriff. Nur mit Mühe gelang es ihm, ein Schaudern zu unterdrücken. Er war sich ziemlich sicher, dass er sich die Bewegungen nur einbildete, dass sie eine Folge des ekelhaften Tranks waren, den ihm Xer eingeflößt hatte und der sein Denken verzerrte. Irgendetwas stimmte mit seiner Wahrnehmung nicht.

Zumindest hoffte er, dass dies die zutreffende Erklärung war.

Als er nach vorn blickte, verschwamm die Welt für mehrere Herzschläge vor seinen Augen. Dann verdichteten sich die Schatten zu drei, vier Kriegern. Sie waren gute zehn Pferdelängen vor ihnen und ritten so gemächlich und ohne sich umzusehen voran, als wüssten sie nicht ganz genau, wer hinter ihnen war. Als Daart den Kopf wandte und einen flüchtigen Blick nach hinten warf, entdeckte er Xer, der scheinbar gelangweilt ein gutes Stück hinter ihnen ritt, gefolgt von ein paar Männern, deren Gesichter Daart nicht erkennen konnte. Nach den Langbögen zu schließen, die über ihren Schultern hingen, waren es Valkoner.

Dieser offensichtliche Versuch, ihn in Sicherheit zu wiegen, ließ nur einen Schluss zu: Man hatte Ask zu ihm geschickt, um ihn auszuhorchen.

Daart beschloss, auf das Spiel einzugehen. Vorerst.

»Du wolltest meine Hilfe«, erinnerte er Ask, nachdem er sich ihr wieder zugewandt hatte.

»Eigentlich nicht deine Hilfe«, sagte Ask. »Es ist nur so …«

Sie brach ab, und diesmal war so viel Entsetzen in ihrem Blick, dass Daart unwillkürlich erstarrte. Noch bevor Ask weiter sprach, ahnte er bereits, was sie ihm mitteilen wollte.

»Kamar ist tot«, sagte Ask tonlos.

Daart ballte die Faust. Die Kette, mit der seine Hände zusammengebunden waren, klirrte; ein Geräusch, das ihm durch Mark und Bein ging. »Wann ist es geschehen?«, fragte er leise.

»Gerade erst. Und sie …« Ask versuchte das Schluchzen zu unterdrücken, und so wurde ein halb ersticktes Keuchen daraus. »Sie haben ihn einfach … über sein Pferd gelegt wie einen … *Sack!*»

Das letzte Wort hatte sie geschrieen. Daart zuckte unwillkürlich zusammen. Er wusste, dass auf Kriegszügen selten die Zeit für ein rituelles Begräbnis blieb. Aber er konnte sich vorstellen, welche Wirkung es auf die junge Frau hatte, dass die Leiche ihres Freundes einfach über den Rücken seines Pferdes gelegt und festgebunden worden war in der Hoffnung, ihn nach Abschluss der Kämpfe in die Korona überführen zu können, wo seit vielen Hunderten von Jahren die Satai ihre letzte Ruhestätte fanden. Er konnte es sich nur zu *lebhaft* vorstellen. Wenn statt Kamars Leiche nun Carnac tot über dem Rücken ihres Pferdes läge ... Er wagte gar nicht daran zu denken.

»Sie überführen ihn in die Korona«, sagte er so ruhig er konnte.

»In die Korona?« Ask war vollkommen fassungslos. »Was soll das heißen? Dass Kamar bei den Satai beerdigt wird? Aber da gehört er doch gar nicht hin. Er stammt aus Eureka. Ich muss ihn zu seinem Vater bringen, zu seiner Familie.«

Daart blickte in die verschleierten Augen des Mädchens. Er schauderte. Natürlich hatte sie Recht. Es konnten höchstens zwei, drei Wochen her sein, dass sie und Kamar als Satai-Sjen vereidigt worden waren. Wahrscheinlich waren sie nur kurz in der Korona eingewiesen worden und hatten nicht erfahren, was jeder Satai-Sjen in ruhigeren Zeiten erfuhr: dass Familienbande nicht mehr zählten, sobald man in die Gemeinschaft der Satai-Sjen aufgenommen worden war, dass alte Freundschaften und Bindungen zurücktreten mussten, um etwas Größerem Platz zu machen. Ein Satai zu sein war mit nichts vergleichbar; man wechselte durch die Aufnahme in die Ausbildung nicht in eine Kriegerkaste, sondern in eine Gemeinschaft, die zum Lebensinhalt wurde, ganz egal, wohin der Weg einen später führen würde.

»Ja«, sagte er einfach. »Du musst ihn nach Eureka bringen.«

Und ich werde dir dabei helfen, hätte er beinahe hinzugefügt. Aber das wäre lächerlich gewesen.

Doch plötzlich verstand er, warum Ask zu ihm gekommen war. Er war der Einzige gewesen, der sich außer ihr um Kamar aus menschlicher Anteilnahme gekümmert hatte. Er hatte versucht, einen Weg zu finden, um sein Leben zu retten, während die Männer, die für ihn verantwortlich gewesen waren, nur an ihren lächerlichen Feldzug gedacht hatten.

»Es tut mir Leid, Ask«, sagte er aufrichtig.

Ask wandte den Kopf und sah an Daart vorbei. Der dunkelrote Widerschein der untergehenden Sonne spiegelte sich in ihren Augen. Für einen Moment sah es so aus, als brenne in ihrem Schädel ein verzehrendes Feuer. »Er war noch so jung«, sagte sie.

Daart blickte sie eine ganze Zeit lang schweigend an, bevor er sagte: »Das bist du auch, Ask. Pass auf dich auf.«

Ask wandte sich ab und lachte heiser auf. »Wozu noch?« Sie machte eine weit ausholende Handbewegung, welche die Reiter vor und hinter ihnen umschloss. »Wir werden alle sterben, Daart.«

»Das glaube ich nicht«, erwiderte Daart. *So schnell stirbt es sich nicht*, wollte er noch hinzufügen, schwieg dann aber doch. In einer Situation wie dieser hätte es nur makaber geklungen.

»Ich werde es nicht mehr schaffen, Kamar vorher nach Eureka zu bringen«, sagte Ask ganz ruhig. »Oder kannst du mir helfen?«

»Ich?« Daart hob die gebundenen Hände, und wieder rasselten die Ketten. »Ich kann mir ja noch nicht einmal selbst helfen.«

»Aber du bist ein Magier«, sagte Ask. »Du kannst Dinge vollbringen, die kein anderer Mensch vollbringen kann.«

»Ich – ein Magier?« Daart schüttelte traurig den Kopf. »Ich weiß nicht, wer dir diesen Unsinn auf die Nase gebunden hat, Mädchen. Aber ich bin nicht mehr als du selbst. Ein Satai-Sjen.«

»Es heißt, du seiest schon immer ein Magier gewesen«, beharrte Ask. »Und wenn nicht ein hohes Ratsmitglied schützend die Hand über dich gehalten hätte, wärest du schon viel früher entdeckt worden.«

»Ein hohes Ratsmitglied?« Daart gefiel die Wendung des Gesprächs überhaupt nicht. »Wen meinst du damit?«

»Das weißt du doch am besten«, sagte Ask.

»Ich weiß überhaupt nichts«, fuhr Daart das Mädchen an. »Ich weiß noch nicht einmal, warum man mich gefesselt hat. Ich bin ein Satai-Sjen, verstehst du das, Ask? Es gibt keinen Grund für einen Satai, einen Satai-Sjen in Ketten zu legen.«

»Es sei denn, der Satai-Sjen hätte sich eines schweren Verbrechens schuldig gemacht«, erwiderte Ask leise.

»Eines Verbrechens – ja«, sagte Daart. »Aber welches soll ich denn begangen haben? Carnac und ich haben unseren Auftrag erfüllt, so gut wir es vermochten. Welchen Sinn soll es da machen, uns auf dem Rückweg zur Korona abzufangen?«

»Ach, Daart.« Es war wohl Trauer, die Ask so vertraut mit ihm sprechen ließ, als wäre er Kamar, aber er spürte, dass es noch einen anderen Grund gab. »Jeder sieht dir doch an, zu wem du gehörst. Ein Blick in deine Augen genügt.«

»Ein Blick in meine Augen?« Ein heißer Schrecken durchfuhr Daart. Er hätte gern behauptet, keine Ahnung zu haben, wovon Ask sprach. Aber das stimmte nicht. Es war schon lange her, dass er sein Spiegelbild in aller Ruhe hatte betrachten können, und weder damals noch bei den wenigen Gelegenheiten, bei denen er sich lange genug über ein Wasserloch gebeugt hatte, um sich selbst in den Wellen zu erkennen, war ihm irgendetwas Besonders aufgefallen. Aber Carnac ...

Ihre dunklen Augen, die fast schwarz werden konnten, die sich zuzogen wie der Himmel vor einem Gewitter, die oftmals so wenig ... *menschlich* aussahen – sie waren ihm sehr wohl aufgefallen. Was nun, wenn sich nicht nur Carnacs Blick verändert hatte, sondern auch der seine?

»Was meinst du damit?«, fragte er dennoch. Seine Stimme klang hart und heiser und selbst in seinen eigenen Ohren mehr wie die eines Kranken denn wie die eines Kriegers.

Ask sah ihn verblüfft an. Ihre Augen waren rot von den Tränen, die sie geweint hatte, aber jetzt war auch ein hartes Glitzern darin, das Aufblitzen der Stärke, über die sie zweifellos verfügte und ohne die sie niemals den Weg zu den Satai gefunden hätte. »Du hast die schwarzen Augen der Magier«, sagte sie.

Es verschlug Daart die Sprache. »Ich habe *was*?«, fragte er nach einer ganzen Weile.

»Die Augen der Magier«, sagte Ask unsicher. Sie wich seinem Blick aus, als könnte sie es nicht ertragen, ihn noch länger direkt anzusehen.

Daart verstand ihre Worte, aber er weigerte sich, ihren Sinn zu begreifen. Es war alles falsch. Nach ihrer Flucht aus Nubinas unterirdischem Feuer-Tempel waren sie auf eine veränderte Welt gestoßen, in der die alten Regeln nicht mehr galten, in der aus Freunden Feinde geworden waren und aus Gut Böse. Die alten Werte galten nicht mehr, und vielleicht hatten sie niemals wirklich gegolten. Möglicherweise war er es auch, der sich verändert hatte, viel tiefer, als er es jetzt schon spürte.

Es wird Zeit, dass du es begreifst, sagte eine Stimme in ihm, die er nur zu gut kannte, obwohl sie seit vielen Wochen geschwiegen hatte. Die Stimme hatte ihn begleitet, solange er gegen Nubina gekämpft hatte, doch danach war sie ihm entglitten wie ein alter Freund, der sich einer neuen Aufgabe zuwandte.

Daart stöhnte auf und blickte in den schweren, düsteren Himmel, als erwartete er sich von dort Hilfe.

»Es nutzt nichts, den Blick abzuwenden«, sagte Ask. »Niemand wird die kalte Schwärze in deinen Augen vergessen können, selbst wenn er sie auch nur ein einziges Mal gewahrt hat.«

»Deswegen …« Daart brach ab und lachte heiser auf.

»Ja«, sagte Ask unerbittlich. »Deswegen meiden die Krieger deinen Blick. Niemand schaut gern in die Augen eines Magiers.«

»In die Augen eines Magiers?« Daart schrie fast. Es konnte einfach nicht sein, dass ihn irgendjemand für einen Magier hielt, vielleicht sogar für jemanden, der mit Hilfe seines Blickes Macht über andere Menschen zu gewinnen vermochte. Er sah zwischen Ask und den Reitern vor ihnen hin und her, lauernd, einen Hinweis darauf zu finden, dass sie Unrecht hatte. Obwohl die Umgebung vor seinen Augen verschwamm, als wäre er nach einer durchzechten Nacht gerade aus einer Taverne an die frische Luft getreten, begriff er doch, was nicht stimmte. Xer hatte die schweren Ketten gar nicht grob genug um ihn zusammenziehen können, ein deutliches Zeichen, für wie gefährlich man ihn hielt – und dennoch blickte keiner der Krieger vor ihnen zu ihm zurück, um sich davon zu überzeugen, dass er keinen Ausbruchversuch wagte und sein Pferd zwischen die Bäume am Wegesrand trieb. Wahrscheinlich scheuten sie einfach davor zurück, ihn *anzusehen*.

»Ich bin kein Magier, Ask«, protestierte er heftig. »Das musst du mir glauben.«

»Muss ich das?«, fragte Ask bitter. »Wir, Kamar und die anderen, waren erst eine knappe Woche in der Korona, als die Verschwörer zuschlugen. Sie wollte die Macht übernehmen, Daart, die Macht über die Satai und alle anderen, die sich in ihrem Einflussbereich befanden. Und du – du bist einer von ihnen.«

Es war unglaublich, was sie da erzählte. Es gab keine Verschwörer in der Korona und schon gar nicht welche, die mit Magiern gemeinsame Sache machten.

Bist du dir da wirklich sicher?, wisperte die körperlose Stimme.

Daart zuckte wie unter einem Peitschenhieb zusammen. Sein Kopf flog mit einem Ruck in den Nacken. Aber da war niemand, natürlich nicht. Er kannte den sonoren Klang der Stimme nur zu gut. Sie war in ihm und nicht außerhalb, und auch wenn er sie schon eine ganze Zeit lang nicht mehr vernommen hatte, so wusste er doch, dass es immer eines besonderen Anlasses bedurfte, um sie zu wecken.

Ein solcher Anlass schien jetzt gekommen zu sein.

Bist du dir da wirklich sicher?, wiederholte die Stimme noch einmal.

»Das ist … lächerlich«, widersprach Daart laut. Er hatte Mühe, die Bewegungen seines Pferdes auszugleichen, und schaukelte von einer zu anderen Seite wie ein besoffener malabesischer Händler nach einen besonders gelungenen Abschluss. Er merkte es kaum. Hinter seiner Stirn tobte das Chaos, und er war nicht fähig, auch nur einen einzigen halbwegs klaren Gedanken zu fassen. Und das Entsetzlichste war, dass er es trotz allem irgendwie … *erwartet* hatte.

Die von Xer verabreichte Droge steigerte mit Sicherheit seine Verwirrung, aber das zu wissen half ihm nicht weiter. Asks nächste Worte hätten ihn nicht härter treffen können, als wenn sie ihr Schwert gezogen hätte, um sein Herz zu durchbohren.

»Du bist gekommen, um uns zu vernichten«, sagte sie erbarmungslos.

Allein der Klang ihrer Stimme hätte ausgereicht, um Daart erschaudern zu lassen. Voll bitteren Spotts dachte er an das, was er wirklich gelernt hatte in den letzten Wochen und Monaten: die Augen vor der Wahrheit zu verschließen und sie einfach wegzulügen. Er hatte die abgrundtiefe Schwärze in Carnacs Augen gesehen, und er hatte sich von ihr angezogen gefühlt; aber er hatte sich niemals gefragt, woher sie kam und warum er sie ganz selbstverständlich so empfand, als wäre sie schon immer da gewesen.

Der Grund war ein ganz einfacher: Die Schwärze in ihren Augen war für ihn selbstverständlich gewesen, weil sie die seine war.

6 Eine ganze Zeit lang ritten sie schweigend nebeneinander her. Es gab eine ganze Menge, was Daart hätte sagen können, aber nichts davon war jetzt wirklich wichtig. Er musste erst einmal verdauen, was Ask ihm vorgehalten hatte. Mit einem letzten klaren Teil seines Verstandes begriff er, dass Xer so grob mit ihm umgegangen war, damit er den Anschuldigungen nichts hatte entgegensetzen können, weder mit Worten noch mit Taten. Aber dieses Wissen nutzte nichts; vielleicht, weil er ebenso deutlich spürte, dass Ask in allen Punkten die Wahrheit gesprochen hatte. Zumindest aus ihrer Sicht heraus.

»Und … was genau ist nun in der Korona passiert?«, fragte er schließlich. Er war nicht sicher, dass er diese Frage wirklich hatte stellen wollen. Das Durcheinander hinter seiner Stirn entwirrte sich nicht, sondern schien im Gegenteil immer schlimmer zu werden.

Ask schwieg eine ganze Weile, bevor sie fragte: »Du weißt es wirklich nicht, oder?«

Daart schüttelte den Kopf. Er hatte darauf gewartet, dass sich seine innere Stimme wieder meldete, und das umso mehr, als sie vielleicht mit dem in Zusammenhang stand, was ihm Ask vorgeworfen hatte: ein Magier zu sein.

»Aber warum hast du uns dann verraten?«, fragte Ask.

Daart hörte die Frage zwar, aber er nahm ihren Sinn nicht wahr. Seine Glieder fühlten sich an, als wären sie mit unsichtbaren Bleigewichten beschwert, und eine noch größere Last schien sich auf seine Gedanken zu legen und sie förmlich zu erdrücken. Das dumpfe Hämmern der Pferdehufe, der scharfe Schweißgeruch und das metallische Schaben von Kettenhemden und eingefettetem Leder erschienen ihm seltsam gedämpft, als nähme er sie durch einen dichten, wattigen Schleier wahr.

Ask schlug so plötzlich und hart mit der flachen Hand auf ihren Sattel, dass Daart zusammenfuhr. Erst dann begriff er, dass er eine ganze Zeit lang an ihr vorbei ins Leere gestarrt hatte, ohne sie oder seine Umgebung wahrzunehmen.

»Du willst gar nicht wissen, was geschehen ist, oder?« Beiläufig strich Ask ihrem Pferd über den Hals, wohl um es zu beruhigen, nachdem es aus dem Tritt gekommen war.

»Doch.« Daart nickte flüchtig. »Ich will schon wissen, warum ...«

»Skarissa Rabork hat versucht, die Macht zu übernehmen«, unterbrach ihn Ask schroff.

»Er hat *was*?« Daart starrte Ask fassungslos an. Sein Schwächegefühl war plötzlich wie weggeblasen. »Weißt du überhaupt, was du da sagst?«

»Natürlich«, sagte Ask tonlos. »Jeder von uns weiß es. Es war fürchterlich, Daart. An einem einzigen Tag wurde der halbe Hohe Rat niedergemetzelt.«

Daart spürte, wie eisiges Entsetzen in seine Glieder kroch. »Wer von ihnen ist tot?«, fragte er tonlos. »Und wer waren die Täter?«

»Das weißt du doch wohl besser als ich«, erwiderte Ask. »Schließlich gehörst du zu Skarissa Raborks Männern.«

Daart ballte in hilflosem Zorn die Fäuste. Die Nachricht, dass mehrere Mitglieder des Hohen Rats umgebracht worden waren, während er mit Carnac in Nyingma gewesen war, war fürchterlich. Aber dass man ihn mit der schrecklichen Tat in Zusammenhang brachte – das war unfassbar!

»Es war genau so, wie sie es uns gesagt haben«, fuhr Ask mit erstickter Stimme fort. »Du hast ein Tschekal getragen, obwohl dir das als Satai-Sjen strengstens untersagt ist.«

»Ja. Aber nur ...« Daart schüttelte verzweifelt den Kopf. »Nur, weil wir Cor Har'Kanarro auftreiben mussten, der zwei lange Jahre als verschollen galt. Es war mehr als eine gewöhnliche Satai-Sjen-Reise, auf die man uns geschickt hat, Ask! *Die Essenz des Lebens* zu besorgen ist ein Auftrag, von dem der Fortbestand der Korona abhängen kann.«

»Die Korona, ja«, sagte Ask bitter. »Du kannst von Glück sagen, dass sie nicht bis auf die Grundmauern abgebrannt ist.«

Daart richtete sich so abrupt in seinem Sattel auf, dass die Ketten scharf in seine Handgelenke schnitten. Er nahm es nicht wahr, genauso wenig wie seine Umgebung. Er sah etwas ganz anderes vor sich: nämlich das unverschämte Grinsen auf dem Gesicht des *Feuer*-Magiers Zar'Toran, als er ihm vorausgesagt hatte, dass sie noch viele Überraschungen zu erwarten hätten. »War es Brandstiftung?«, fragte er mit klopfendem Herzen. »Vielleicht ein Feuer-Sturm, der an mehreren Ecken zugleich losbrach?«

»Keine Sorge«, sagte Ask. »Es gibt die Korona noch. Aber sie wurde in eurer Abwesenheit angezündet und geschändet. Der einzige Vorwurf, den man nicht gegen dich erheben kann, ist, dass du an dem Gemetzel des Hohen Rats und an der Brandstiftung im Heiligtum beteiligt gewesen wärest. Schließlich hast du dich zu diesem Zeitpunkt bei den Feinden Enwors aufgehalten, um ein Bündnis gegen uns zu schmieden.«

»Ich habe kein Bündnis gegen euch geschmiedet.« Daart spürte nacktes Entsetzen in sich aufsteigen, als er begriff, dass das Feuer sich vielleicht ein Opfer geholt haben mochte, von dem Ask gar nichts wusste. »Was ist mit dem Heiligtum?«, herrschte er sie an. »Wurde es durch das Feuer beschädigt?«

Ask starrte ihn erschrocken an. Ihr Blick fraß sich geradezu in seinen Augen fest, fast so, als wäre er eine Schlange, die sie hypnotisierte, ohne dass sie irgendetwas dagegen tun konnte.

Zuerst glaubte Daart, es sei die Ungeduld in seiner Stimme, die sie erschreckt hatte, doch dann erkannte er seinen Irrtum. Es waren seine *Augen*. Was auch immer Ask jetzt sah, musste dem sehr ähnlich sein, was er in den letzten Wochen unzählige Male in Carnacs Augen erblickt hatte. Und doch gab es einen großen Unterschied: Er hatte Carnac mit Sorge, Zuneigung oder sogar Liebe betrachtet, während Ask in ihm eine Art Ungeheuer sah, einen Mann, der über magische Fähigkeiten verfügte und gekommen war, um den Satai Schaden zuzufügen.

»Ich war nicht im Heiligtum«, sagte Ask. »Ich bin Satai-Sjen. Ich darf dort nicht hinein.«

»Auch nicht in diesen Zeiten«, höhnte Daart, »in denen du Jagd auf andere Satai-Sjen wie mich machst?«

Die Worte waren viel zu schnell aus ihm hervorgesprudelt, um sie zurücknehmen zu können, aber Daart empfand nicht einmal Bedauern darüber. Plötzlich wollte er dieser jungen Frau wehtun, die ihn mit so fürchterlichen Anschuldigungen bedacht hatte. »Also, sag mir«, donnerte er. »Was ist mit dem Heiligtum? Ist Skar in Gefahr geraten?«

»Skar?« Ask starrte ihn fassungslos an. »Wovon sprichst du? Skar ist seit Hunderten von Jahren tot!«

»So, ist er das?«, fragte Daart ungehalten. »Kennst du denn nicht die Geschichten, die sich um die ganz eigene Art seines Weiterlebens ranken? Weißt du denn tatsächlich nicht, dass wir geschickt wurden, um die *Essenz des Lebens* aus Irapûano zu holen, um seine spezielle Form der Existenz nicht zu gefährden?«

Ask schüttelte heftig den Kopf, wie ein kleines Mädchen, das von seinem Vater einer unrechten Handlung beschuldigt worden war, die es gar nicht begangen hatte. »Ich kenne viele Geschichten über Skar«, sagte sie, »so wie jedermann. Ich weiß auch, dass er angeblich in der Korona weiterleben soll. Jeder in Enwor weiß das. Aber das sind doch nur Geschichten! Nichts davon ist wahr.«

»Und ob es das ist«, erwiderte Daart grimmig. »Skarissa Rabork hat mir und Carnac doch nur deswegen Tschekals ausgehändigt, dass wir uns notfalls mit Gewalt die Substanz von dem Magier holen konnten, die Skars Weiterleben sichert. Und er hatte Recht damit, uns die Schwerter auszuhändigen. Ohne sie wären wir in Nubinas verfluchtem Reich mit Sicherheit verloren gewesen.«

Ask starrte ihn nur mit großen runden Augen an. Dann riss sie ihr Pferd ohne ein weiteres Wort herum und sprengte los, auf die Krieger zu, die vor ihnen ritten. Daart war durch ihre rasche und unerwartete Reaktion so verblüfft, dass er ihr nur fassungslos hinterher starren konnte. Irgendetwas in ihm begriff, dass er einen fürchterlichen Fehler begangen hatte. Er hätte Ask nie vertrauen dürfen. Jacurt war kein Dummkopf. Er hatte keine Folterknechte geschickt, um seine Sicht der Dinge in Erfahrung zu bringen. Er hatte ihn unter Drogen setzen lassen und ihm jemanden vorbeigeschickt, zu dem ein schwaches Band des Vertrauens bestanden hatte: Ask.

Das Hufgetrappel, das nun ertönte, bestätigte seinen Verdacht. Er ersparte sich die Schmach, sich mühsam im Sattel umzudrehen, denn er ahnte, wen er gleich zu Gesicht bekommen würde: Jacurt, den Feldherrn, der angeblich ausgezogen war, die Soraner zu schlagen – und dann gemeinsame Sache mit ihnen machte, um ihn, Daart, gefangen zu nehmen.

»Also ist es wahr«, erschallte da auch schon Jacurts Stimme.

Daart zuckte mit den Schultern, so weit ihm das mit den schweren Ketten möglich war, und drehte sich zu dem *Feldherrn* um, den er noch vor wenigen Monaten in einem Übungskampf in den Staub geschickt hatte. »Du schickst Kinder vorbei, um mich aushorchen zu lassen?«, fragte er mit mühsam unterdrücktem Zorn. »Wer hat dir denn das beigebracht?«

»Sicher nicht Skarissa Rabork«, sagte Jacurt ungehalten, während er sein Pferd so weit zügelte, dass es sich dem Tempo von Daarts Rappen anpasste. »Ich verstehe es nicht, Daart. Seit wann gehörst du zu den Verrätern? Von Anfang an? Oder hat dich Skarissa Rabork erst später mit leeren Versprechungen geködert, sodass du bereit warst, alle Gesetze von Ehre und Anstand zu brechen, um einen billigen Vorteil zu erhaschen?«

»Skarissa Rabork hat mir versprochen, mich zum Satai zu machen, wenn ich ihm die Essenz des Lebens bringe«, sagte Daart. »So wie er dir versprochen hat, dich zum Satai zu machen, wenn du deine Aufgabe in Ikne erfüllst.« Jacurts Stirn umwölkte sich. »Und der gesamte Hohe Rat hat das nicht anders gesehen, wenn ich mich recht erinnere«, setzte Daart nach.

Jacurts Unterlippe zitterte fast unmerklich, ein Zeichen, dass er anfing, die Beherrschung zu verlieren. Stünden sie sich mit Übungsschwertern gegen, so würde er sich wahrscheinlich im nächsten Augenblick auf ihn stürzen.

Doch als sich Jacurts Gesichtsausdruck wieder festigte, erkannte Daart seinen Irrtum. Der *Satai-Sjen,* den er gekannt hatte, hätte sich womöglich zu einem übereilten Angriff verleiten lassen. Aber nicht der *Satai,* der durch die Ereignisse der letzten Wochen zum Mann gereift war – und die Bürde der Verantwortung für ein Heer trug, das schon einige schwere Kämpfe unter seinem Kommando ausgefochten hatte.

»Du bist immer noch der gleiche Hitzkopf wie früher«, sagte Jacurt. »Das lässt nur den Schluss zu, dass du dich nicht verändert hast – und immer schon das warst, was du heute bist: ein Magier!«

Daart begriff, dass Jacurt diese Worte gewählt hatte, um ihm klarzumachen, dass er nicht auf Gnade oder gar Verständnis hoffen konnte. Jacurt war gekommen, um ihm jedes einzelne Wort im Mund zu verdrehen und so lange zu verbiegen, bis er den Beweis für das fand, was er Daart vorwarf. Es war sinnlos, den Mann zu reizen, in dessen Händen sein – und vielleicht auch Carnacs – weiteres Schicksal lag. Andererseits machte ihn die Vorstellung fast rasend, während des Gesprächs mit Ask wie eine Marionette an unsichtbaren Fäden bewegt worden zu sein, und das schlug sich in seinem Ton nieder, der nichts mit Respekt oder gar Ehrerbietung einem hochgestellten Satai gegenüber zu tun hatte. »Du redest immer über Skarissa Rabork«, sagte er schroff. »Was ist mit ihm?«

»Ich habe mir gedacht, dass du nach ihm fragen wirst.« Jacurt schüttelte den Kopf auf eine Weise, die sowohl Ärger als auch Resignation ausdrückte. »Warst du wirklich dem Irrglauben verfallen, der Skarissa könne die Korona im Handstreich nehmen, Daart? Dann bist du ein noch größerer Narr, als ich geglaubt habe.«

Daart starrte nach vorn, zu der schlanken Gestalt, die zwischen den anderen Kriegern so verloren wie ein Kind wirkte. Er fragte sich, ob Kamar wirklich tot war, wie Ask behauptet hatte, oder ob dies nur eine Finte gewesen war. Obwohl es eigentlich keinen Unterschied machte, verspürte er den unbändigen Drang in sich, dies in Erfahrung zu bringen. »Warum hast du dieses Kind zu mir geschickt?«, fragte er.

»Ask?« Jacurt winkte mit einer ärgerlichen Bewegung ab. »Unwichtig. Ich habe dich etwas gefragt.«

Daart seufzte. »Nein, Jacurt. Ich habe nicht geglaubt, Skarissa Rabork wolle die Korona im Handstreich nehmen, und ich glaube es auch jetzt noch nicht.«

Jacurts Hand krampfte sich um den Zügel seines Pferds. »Du bezichtigst mich der Lüge?«

»So wie du mich bezichtigst, ein Verschwörer zu sein – obwohl ich gerade zum ersten Mal von dem Komplott gehört habe, und das auch noch von Ask!« Daart brach ab, als er blanken Zorn in Jacurts Augen aufblitzen sah. »Was genau wirfst du mir eigentlich vor, Satai?«, fragte er bewusst ruhig.

»Du müsstest dich nur einmal ansehen«, zischte Jacurt. »Deine Augen ... dein verzerrtes Gesicht. Wie hat der Hohe Rat nur so blind sein können, dich in die Satai-Sjen-Gemeinschaft aufzunehmen?«

»Ist es das, was du mir vorwirfst?«, fragte Daart. »Habe ich dich einmal zu viel in den Übungskämpfen der letzten zwei Jahre besiegt, und willst du mir das nun mit haltlosen Anschuldigungen heimzahlen?«

Jacurts Mund öffnete sich, als wollte er ihn in Grund und Boden schreien, doch dann brach er ab und starrte zurück zu den Kriegern, die in gebührendem Abstand hinter ihnen ritten. Die Wut funkelte noch immer in seinen Augen, aber innerhalb weniger Augenblicke schien sie in sich zusammenzufallen wie eine Flamme, der man den Sauerstoff entzieht.

»In den letzten Wochen sind alte Bündnisse zerbrochen und neue geschmiedet worden«, sagte Jacurt. »Der Riss geht nicht nur durch die Satai, er geht auch durch andere Kriegerkasten, und er geht durch ganze Völker. Uns bleibt nicht mehr viel Zeit, wenn wir verhindern wollen, dass Enwor im Chaos versinkt. Wir müssen die Verräter mit Stumpf und Stil ausrotten, sonst werden wir alle gemeinsam untergehen.« Er wandte sich wieder Daart zu, und diesmal wirkte seine Mine eisern. »Du nimmst dich zu wichtig, wenn du glaubst, ich würde mich von lächerlichen Gefühlen leiten lassen. Ich habe dich erkannt, Daart, dich und Carnac. Wenn ich es nur schon früher geahnt hätte ...« Er brach ab und ballte die Faust, aber statt sie drohend gegen Daart zu erheben, ließ er sie auf halben Weg in der Luft stehen.

»Skarissa Rabork …«, begann Daart unbehaglich.

»Wir sind auf der Suche nach ihm«, unterbrach ihn Jacurt. Er senkte die Faust und starrte an Daart vorbei ins Leere. »Wir haben gehört, dass er und andere hochrangige Verräter auf dem Weg nach Sora sind.« Er sah Daart direkt an. »Was hast du mit ihm zu schaffen, Daart? Sag es mir, und ich werde sehen, ob ich dein Leben verschonen kann.«

»Es geht mir nicht um mein Leben«, sagte Daart. »Was ist mit Carnac? Hältst du sie auch für eine Verräterin?«

»Sie vor allem.« Jacurt straffte sich im Sattel. »Als ob du das nicht ganz genau wüsstest, Daart. Carnac ist kein Satai-Sjen, sie ist nicht einmal ein Mensch – jedenfalls nicht so, wie wir Menschen verstehen. Sie ist eine *Prophetin*.«

Das letzte Wort klang wie eine Kampfansage. Daart war entsetzt. Natürlich war Carnac eine Prophetin, aber das durfte niemand wissen außer ihm, der großen Prophetin Fatama – und *Skarissa Rabork*. Daart weigerte sich, den Gedanken weiterzuverfolgen. Carnac war für ihn über jeden Verdacht erhaben. Sicherlich hatte es Tage gegeben, an denen er an ihren Worten und blumenreichen Erklärungen gezweifelt hatte, die sie ihm im Gewand der Prophetin gegeben hatte – aber auf ganze andere Art, als Jacurt jetzt andeutete.

»Es wäre möglich«, sagte Jacurt, während er ihn nachdenklich betrachtete, »dass du gar nicht von Anfang an in das Komplott mit eingeweiht warst, Daart. Es könnte sein, dass Carnac der Köder war, um dich für Skarissa Raborks Sache zu gewinnen.«

Daart spürte, wie eine Ader an seiner Stirn zu pochen begann. Es konnte nicht nur sein, es war genau so gewesen. Carnac – oder Irana, wie sie sich zu diesem Zeitpunkt genannt hatte – war erst in Nyingma bereit gewesen, ihm ihr Geheimnis zu offenbaren, und dies auch erst, als sie sich von ihm in die Enge getrieben gefühlt hatte, wenn er es recht bedachte. Natürlich hatte sie behauptet, ihr doppeltes Spiel sei nur zum Wohle Enwors. Aber was, wenn das gar nicht stimmte?

Er erschrak, als er begriff, wohin dieser Gedanke führte.

»Ich bin bereit, dir die Hand zu reichen«, sagte Jacurt ernst. »Wir brauchen jedes Schwert an unserer Seite, um die Verräter zu schlagen – und wieder Ordnung im Land herzustellen.«

»Ja, aber was ...« Daart warf einen wilden Blick in die Richtung, in der Ask verschwunden war. Die Reiter vor ihnen hatten angehalten und mit ihnen vielleicht der ganze Tross. Alles schien sich in diesem Augenblick auf ihn zu konzentrieren. Aber Ask war nicht dabei. Er hätte sich nichts Sehnlicheres gewünscht, als einen Blick in ihr offenes, noch unverdorbenes Gesicht zu werfen. Vielleicht hätte er darin die Wahrheit gelesen, die er in sich selbst nicht fand.

»Du willst wissen, was mit Carnac ist?«, griff Jacurt seinen Gedankengang auf. »Nun ...« Er schwieg. In seinem Gesicht zuckte kein Muskel, und doch spürte Daart die Art kalter Erregung, die seinen Waffenbruder aus vergangenen Tagen ergriffen hatte. Er vermochte nicht zu sagen, wie oft sie sich auf ganz ähnliche Weise gegenüber gestanden hatten, darauf lauernd, was der jeweils andere im nächsten Moment tun – *denken* – würde. Doch diesmal standen sie sich nicht mit dem Schwert in der Hand gegenüber, diesmal belauerten sie sich wegen eines ganz anderen Grundes.

Es ging um Carnac.

Doch vielleicht stimmte das nicht. Vielleicht war es schon immer um Carnac gegangen. Vielleicht hatten sie nur so erbittert mit den Übungsschwertern aufeinander eingeschlagen, bis Blut floss und der zuständige Satai den Kampf abbrechen musste, bevor sie sich die Schädel einschlugen – um Carnac zu beeindrucken.

Es war ein schonungsloser Gedanke, der Daart hätte aufstöhnen lassen, wenn er allein gewesen wäre. Doch so gestattete er sich nicht einmal einen zusätzlichen Lidschlag. Sie hatten gelernt, in dem Gesicht ihres Gegners zu lesen, aus jeder noch so kleinen Regung herauszufinden, was der nächste Schritt in dem Angriffs- und Verteidigungsspiel wäre, um ihm dann zuvorzukommen.

»Es könnte sein, dass du dich täuscht«, sagte Daart. »Was, wenn Carnac nicht die Verkörperung des Bösen ist, die du offensichtlich in ihr siehst?«

»Ich weiß nicht, was Ask dir gesagt hat«, begann Jacurt. Als Daart etwas einwenden wollte, winkte er ab. »Ich habe nicht jedes Wort verstanden«, berichtigte er sich. »Die Wahrheit lässt sich nicht durch lange Erklärungen beschönigen. Das Wesentliche hat dir Ask gesagt, und ich wiederhole es gern noch einmal: Skarissa Rabork ist der Kopf einer Verschwörung. Er hat versucht, die Macht über die Satai zu erringen – zum selben Zeitpunkt, zu dem seine Verbündeten an allen wichtigen Stellen Enwors zugeschlagen haben. Selbst bei den Prophetinnen.«

»Prophetinnen – wer soll das sein?«, fragte Daart.

»Stell dich nicht dümmer, als du bist«, sagte Jacurt scharf. »Auch ich weiß von ihrer Existenz erst seit kurzem. Aber ich bin überzeugt davon, dass Carnac dich in ihr Geheimnis eingeweiht hat, so weit es ihr von Nutzen gewesen ist – allein schon, um dich noch stärker an sich zu binden, als das schon vorher der Fall war.«

»Carnac brauchte mich nicht an sie zu binden«, sagte Daart. »Ich war durch den Satai-Eid ohnehin schon an sie gebunden.«

»Wie auch an mich«, entgegnete Jacurt ärgerlich. »Begreif doch, Daart! Sie hat dich schonungslos benutzt! Warum sonst hätte sie sich wohl heimlich mit dir am Wasserfall unterhalb der Korona getroffen?«

Daart starrte ihn fassungslos an. »Sie hat ... was?«

»Glaubst du etwa, es wäre uns wirklich verborgen geblieben?« Jacurt schüttelte ärgerlich den Kopf. »Wie hätte das möglich sein können! Die Nähe zwischen euch war spürbar, selbst wenn ihr mehrere Dutzende Schritte auseinander standet. Und natürlich erst recht nachts, wenn wir alle zusammen in unserer kümmerlichen Behausung übernachtet haben.«

»Aber da war nie etwas zwischen uns«, sagte Daart, als ginge es nur darum, sich in diesem Punkt vor Jacurt rechtfertigen zu müssen. »Wir habe niemals die Anstandsregeln der Satai-Sjen missachtet.«

»Anstandsregeln!« Jacurt reagierte regelrecht empört. »Wem geht es denn um *Anstandsregeln*? Von mir aus hättet ihr treiben können, was immer ihr wolltet. Aber dass Carnac dich dazu verführt hat, an der Verschwörung teilzunehmen – das werde ich ihr nie verzeihen.«

Daart wollte die Hände nach oben reißen, aber die Ketten behinderten ihn. Das metallische Klirren schmerzte in seinen Ohren.

»Carnac hat mich zu nichts verführt«, sagte er so laut, dass es schon einem Aufschrei gleichkam. »Du begreifst überhaupt nichts, Jacurt. Du hast Nubina nicht gesehen und schon gar nicht diese riesige Festung in Nyingma, von der wir alle keine Ahnung hatten. Etwas Gewaltiges geht da vor, etwas, das jenseits all unserer Vorstellungskraft ist. Wir beide, Carnac und ich, sind ihm um ein Haar zum Opfer gefallen. Ich wäre stolz darauf, behaupten zu können, dass wir unser Überleben unserem Kampfgeschick verdanken. Aber das ist nicht wahr. Wir haben um unser Leben gekämpft – und für Enwor, nicht nur für die Satai! –, aber wir wären verloren gewesen, wenn wir nicht wahnsinniges Glück gehabt hätten!«

Jacurt hielt seinem Blick stand. »Ich bezweifle, dass es ein Glück für dich war, dich an Carnacs Seite bis zu uns durchzukämpfen«, sagte er gelassen. »Natürlich hat sie dir den Eindruck vermitteln müssen, dass in Nyingma der Ursprung allen Übels zu finden ist, das genau in diesem Moment über Enwor hinwegschwappt wie eine gewaltige Flutwelle. Aber sie hat dich betrogen, Daart. Denk an ihre eigenen Worte, die sie mir erst vor ein paar Stunden ins Gesicht geschleudert hat.«

»Und welche sollen das gewesen sein?«, fragte Daart.

»Denk mal ein bisschen darüber nach«, sagte Jacurt. Er blickte nach vorn, in die Richtung, in der Ask gerade verschwunden war. »Ich werde dich jetzt allein lassen – damit du genug Zeit hast, um zur Besinnung zu kommen.«

TEIL 2

Kein Krieger wird von der Angst vor der Niederlage getrieben, sondern von dem Willen zum Sieg.

Das Zwölfte Buch

1 Die Veränderung war schleichend gekommen, sie hatte sich über Stunden angekündigt. Doch jetzt, als sie mit aller Kraft durchbrach, überraschte sie Daart mit der Urgewalt einer Naturkatastrophe. Der Himmel, der eben noch bleiern und schwer über ihnen gehangen hatte, öffnete sich. Er riss nicht etwa auf, wie Wolken das tun, und er entlud sich auch nicht mit Donner und Blitz und gewaltigen Regengüssen. Er fiel geradezu auf Daart hinab.

Es war die reinste Qual, ein heißes Tosen, das ihn umfasste, als das Grau des Himmels ihn streifte und das, was er für Wolken gehalten hatte, mit seinen erstickenden Ausläufern auf ihn herabfiel. Wie mahlendes Glas grub sich die drückende Luft in seine Kehle. Daart versuchte zu schreien, aber es gelang ihm nicht. Seine Lungen waren gequetscht, als wäre er unter Wasser, tief im Meer und dem gnadenlosen Druck ausgesetzt, der das Leben aus jedem Menschen herauspresst, der sich nicht rechtzeitig bis zur Wasseroberfläche durchkämpfen kann.

Er wusste nicht mehr, wer er war, Satai-Sjen oder Guhulan, Feind oder Verbündeter Jacurts, Vertrauter oder Opfer Carnacs. In seinem Kopf wirbelte alles durcheinander, und jedes Bruchstück, das er festzuhalten versuchte, zerfiel seinerseits wieder in unzählige Fragmente. Der Himmel war um ihn und in ihm, substanzlos und doch nicht leer, er war auseinander gerissene und miteinander verwirbelte Realität, ein unerträgliches Gemisch, das keinen Anfang und kein Ende kannte. Mit einem Zipfel seines Bewusstseins nahm Daart wahr, dass er in Ketten gebunden auf einem Pferd saß. Er hielt es nicht für die Wirklichkeit. Er konnte nichts mehr für die Wirklichkeit halten. Angst zerrte an seiner Seele, Angst davor, dass nichts mehr gewiss war und er wiederum in einem lebendig gewordenen Albtraum gefangen war wie damals, als er in Nubinas Gewalt geraten war.

Und doch war es anders.

Irgendetwas griff nach ihm. Daart fühlte sich gelähmt, starr, wie ein hilfloses Insekt, das verzweifelt im Netz einer Spinne zappelte. Etwas Unsichtbares, Eisiges griff nach seiner Seele, tastete mit dünnen Fingern bis in ihre tiefsten Abgründe, erforschte ihn. Er hatte das Gefühl, dass etwas in ihn hineinfloss, ein unsichtbarer, lautloser Strom, der seine Gedanken und Gefühle mit sich riss, als hätten sie nicht mehr Bedeutung als ein paar zufällig beieinander liegende Steine, auf die eine Flutwelle zurast. Wieder fühlte er sich wie unter Wasser gedrückt, unfähig, den tosenden Gewalten zu entkommen, die auf ihn niedergingen.

Alles in ihm schrie nach Luft. Es war wie zuvor, als er plötzlich und vollkommen unerwartet in den Gang eingetaucht war, in dem er mit Rarr und den Shimptas unterwegs gewesen war und den breiten Rücken des Quorrls so deutlich vor sich gesehen hatte, als stapfte dieser tatsächlich den Weg vor ihm entlang. Nur war es diesmal kein Quorrl, den er vor sich sah, sondern jemand ganz anderes. Die Gestalt, der er am Fluss begegnet war, Irana, Carnac oder wer auch immer. Und wieder sah er sich dort stehen und beobachtete, wie sie sich zu ihm umwandte ... *und mit einer schnellen Bewegung ihrer feingliedrigen Hand die Kapuze zurückschlug. Daart starrte in die großen dunklen Augen eines noch recht jungen Mädchens mit vollen Lippen und schwarzen Haaren – und exotischen Wangen- und Stirn-Verzierungen. Es war das Gesicht einer Prophetin, aber es war nicht das Gesicht, das er erwartet hatte.*

2

Daart fühlte sich vollkommen erschöpft, wenn auch nicht auf eine körperliche, sondern auf eine viel tiefer gehende Weise. Es kam ihm beinahe so vor, als hätte ihm eine unbekannte Macht alle Energie entzogen. Sein Bewusstsein balancierte auf dem messerscharfen Grat zwischen Vision und Realität, zwar schon um eine Winzigkeit dem Bereich zugeneigt, dem er gerade entglitten war, aber immer noch weit davon entfernt, tatsächlich in die Wirklichkeit zurückzufinden. Es dauerte sieben, acht hämmernde Herzschläge lang, bis es ihm gelang, die Augen zu öffnen.

Im selben Augenblick wünschte er sich, er hätte es nicht getan.

Er war nicht mehr in dem Tal. Er saß auch nicht mehr auf seinem Pferd, sondern auf hartem, unebenem Steinboden, dessen

Kälte er spürte, sobald er sah, wo er sich nun befand: in einem alten Gemäuer. Ein säuerlich beißender Gestank hing in der Luft, nicht unähnlich dem Geruch in einer der Höhlen unterhalb des Feuer-Tempels der Guhulan, in denen Daart während seiner Jugend häufig Zuflucht gesucht hatte. Die grob gemauerten Wände waren rissig, von Moos und Flechten überwachsen und von Quorrl-hohen Torbögen durchbrochen. Zu seiner Linken floss schwaches, milchiges Licht, das kaum ausreichte, um sich zu orientieren.

Aber es reichte, um die drei Krieger zu erkennen, die ein Stück von ihm entfernt auf dem Boden hockten. Sie sahen so aus, wie er sich fühlte: zerschlagen, in sich gekehrt und auf eine schwer zu beschreibende Weise *erschöpft*. Die zwei Valkoner unter ihnen hatten ihre Langbögen griffbereit neben sich liegen, der dritte, ein schmalgliedriger Krieger aus dem fernen Endora, eine Streitaxt. Als der Endoraner merkte, dass er gemustert wurde, sah er auf. Die Augen des hageren Kriegers waren glanzlos und stumpf. Seine leicht gekrümmte, unbeholfene Körperhaltung entsprach der eines Mannes, der aus tiefem Schlaf erwacht und zu sich zu kommen versucht, während er noch gar nicht richtig begreift, wo er eigentlich ist. Ohne Daart aus den Augen zu lassen, wanderte seine rechte Hand zu dem Griff seiner Streitaxt, doch das einzig wirklich Lebendige an ihm war der buschige Federaufsatz seines Helmes, der bei der kleinsten Bewegung wippte.

Was ist hier los?, fragte sich Daart verzweifelt. Irgendetwas Unbegreifliches hatte ihr Leben durcheinander gewirbelt. Ihn beschlich das unangenehme Gefühl, dass es nicht so schlimm war, wie er erwartete, sondern schlimmer. Und vor allem anders.

Er konnte sich kaum aufraffen, um den Kopf zu heben und weiter nach vorn zu schauen, hinein in einen offensichtlich neueren Teil des Gewölbes, mit verspielten Bögen und zugemauerten Fensterhöhlen, der mehr ihm Schatten lag als der Bereich, in dem Daart kauerte. Es dauerte eine Weile, bis sich seine Augen so weit an das herrschende Zwielicht gewöhnt hatten, dass er die ganz in Schwarz gekleidete Gestalt sah, die mit überkreuzten Beinen mitten auf dem Boden saß und seinen Blick aus kalten, vollkommen ausdruckslosen Augen erwiderte. Obwohl ihr Gesicht im Schlagschatten einer Säule lag und die Augen das Einzige waren, das er wirklich erkennen konnte, wusste er sofort, wer es war.

Jacurt. Er hockte am Boden wie Daart und die drei Krieger, aber irgendetwas an ihm war anders. Es dauerte eine Weile, bis Daart begriff, was es war.

Jacurt *lauerte*. Er hatte die gleichermaßen entspannte wie wachsame Haltung eines Raubtiers angenommen, das sich für den Sprung bereit macht, um im nächsten Moment über sein Opfer herzufallen. Obwohl Jacurt mindestens sechs oder sieben Mannlängen von ihm entfernt war, zweifelte Daart keinen Augenblick daran, wen er sich sich zum Oper auserkoren hatte.

»Du bist wach«, stellte Jacurt fest.

Daart zuckte zusammen. Jacurt hatte so belanglos gesprochen, als hätten sie alle zusammen in diesem düsteren Gemäuer übernachtet, um am nächsten Tag zur nächsten Etappe ihrer Reise aufzubrechen.

»Was ist geschehen?«, fragte Daart. »Und wo sind wir hier?«

Das Sprechen fiel ihm so schwer, dass er seine eigenen Worte kaum verstehen konnte. Aber Jacurt schien das nicht zu kümmern. »Diese Frage wollte ich eigentlich dir stellen«, sagte er. Seine Stimme hallte verzerrt von den Wänden wider. »Schließlich bist du der Einzige, der in Trance verharrte, nachdem wir hier … *landeten*.«

Daart entging keineswegs das Zögern, mit dem Jacurt das letzte Wort ausgesprochen hatte. Aber das machte im Augenblick keinen Unterschied. »Und wenn ich es genau so wenig weiß wie du?«, fragte er, während er einen kurzen Seitenblick auf die drei Krieger warf. Der feingliedrige Endoraner hatte die Hand auf den Griff der Streitaxt gelegt und starrte jetzt so angestrengt auf seine Waffe, als wüsste er nicht genau, was er mit ihr anfangen sollte. Die beiden Valkoner sahen dagegen stur vor sich hin; vielleicht vermieden sie es auch nur, Daart anzublicken, um nicht in seine *Magier*-Augen sehen zu müssen.

Daarts Blick glitt wieder zu Jacurt. »Wo sind wir hier? Und wie sind wie hierher gekommen?«

»Genau das will ich von dir wissen«, sagte Jacurt mit Eiseskälte in der Stimme. »Und auch, was du damit zu tun hast.«

Daart hob hilflos die Schultern. Erst jetzt bemerkte er, dass er nicht mehr in Ketten war. Ein kalter Schauder lief ihm über den Rücken. »Hast du mich ...?«, fragte er.

»Von deinen Ketten befreit?« Es kam Daart so vor, als höbe Jacurt eine Augenbraue, aber das mochte täuschen. Schließlich lag sein Gesicht nach wie vor ihm Halbdunkel. »Warum sollte ich das tun, Daart? Sag mir nur einen einzigen Grund!»

»Ich ... weiß nicht«, antwortete Daart zögernd. Jacurts Verhalten verunsicherte ihn nicht weniger als seine Umgebung. »Du hast mich unter Drogen setzen lassen. Dadurch bin ich wahrscheinlich ...«

»Ich dich ... unter *Drogen*?« Jacurt hob die Hand, und von seinem Tschekal fiel ein funkelnder Strahl auf Daart wie zur Vorwarnung, dass die Zeit des gemütlichen Plauderns gleich vorbei sein werde. »Bist du verrückt? Drogen sind das Handwerkszeug von Magiern, Heilern und Scharlatanen. Kein anständiger Satai sollte damit etwas zu tun haben.«

»Aber Xer hat doch ...«

»Schweig«, sagte Jacurt herrisch. »Du magst nicht mehr in Fesseln sein. Aber deswegen musst du noch lange nicht irgendwelche Lügengeschichten erzählen – und schon gar nicht über Xer, der mein vollstes Vertrauen genießt. Oder glaubst du etwa, wir hätten die Kontrolle über dich verloren?«

Die Kontrolle über dich verloren ... Das war eine Formulierung, bei der sich alles in Daart zusammenkrampfte. »Könnte es vielleicht sein, dass Xer sein ganz eigenes Spiel spielt?«, fragte er. »Dass er Dinge hinter deinem Rücken treibt, von denen du keine Ahnung hast?«

Jacurt schüttelte seufzend den Kopf, als hätte er mit einer solchen Bemerkung gerechnet, aber bis zum letzten Moment gehofft, dass sie nicht kommen möge. »Nun gut, ganz wie du willst. Aber vielleicht solltest du dir noch einmal sehr genau überlegen, ob du nicht kooperieren willst. Um Carnacs willen. Schon allein deswegen, weil Xer ihr ganz nahe ist.«

Er machte eine leichte Kopfbewegung in Richtung der Wand zu seiner Rechten. Bislang hatte sie Daart für massiv gehalten, aber jetzt erkannte er, dass er sich getäuscht hatte. Auch hier gab es Ausbuchtungen und einen größeren Bogen aus dunklen, sorgfältig vermauerten Steinen. Dahinter schimmerte, auf den ersten Blick kaum wahrnehmbar, dieselbe Art milchigen Lichts hindurch wie zu seiner Linken.

Und da lag eine schmale, in dunkles Echsenleder gekleidete Gestalt auf dem Bauch: Carnac. Ihre Arme waren mit Stricken auf dem Rücken zusammengebunden, und ein finster dreinblickender Krieger in der beißend roten Kleidung der Brachmarnen drückte den Griff seines Schwerts auf ihren Nacken, als wollte er sie in den Staub rammen. Daart konnte ihr Gesicht nicht erkennen, aber er glaubte zu spüren, dass sie am ganzen Leib zitterte.

»Verdammt noch mal, was soll der Unsinn?«, stieß Daart zwischen zusammengepressten Zähnen hervor. Er versuchte aufzustehen. Der Endoraner packte die Streitaxt und brachte sie in einer erstaunlich flüssigen Bewegung hoch. Daart wollte darauf reagieren, aber es gelang ihm nicht. Seine Hände zitterten so heftig, dass er sich nicht aufstützen konnte, und ein scharfer Stich jagte durch seine Brust, der ihm die Luft zum Atmen nahm. Was war bloß mit ihm los?

Jacurt legte den Kopf auf die Seite, sodass Licht auf ihn fiel. Er sah aus wie ein Gespenst, bleich, hohlwangig und wie im Fieber. Sein Gesicht wirkte dennoch auf ganz eigentümliche Weise entspannt, als hätte er gerade meditiert. Das Auffälligste aber waren seine Augen: Sie blieben hart, kalt wie Glas und fast ohne Leben.

»Als wir uns das letzte Mal verabschiedeten, gab ich dir den Rat, über Carnacs Worte nachzudenken«, sagte er. »Hast du das getan?«

»Welche Worte?«

Jacurt seufzte. »Du enttäuschst mich, Daart. Carnac hat uns ihren Betrug doch selbst offenbart. Oder hast du schon vergessen, dass sie behauptet hat, über die Vorgänge besser Bescheid zu wissen als jeder andere von uns? Ob sie nun in Wahrheit eine Prophetin ist oder nicht – sie ist auch ein Satai-Sjen. Und deshalb hätte sie mir ihre Geheimnisse mitteilen müssen. Dies zu unterlassen war die Krönung ihres Verrats.«

»Nein, das stimmt so nicht.« Daart konnte es Jacurt nicht einmal verdenken, das er sich von Carnac in doppelter Hinsicht getäuscht fühlte. Das lag allerdings vor allem an seiner sturen Weigerung, die wirklichen Zusammenhänge zu akzeptieren. »Carnac hat die Satai nicht verraten«, sagte er nachdrücklich. »Sie hat mit ihren Worten auf die Ereignisse in Nyingma angespielt. Und das solltest du ernst nehmen, Jacurt. Denn von dort droht uns Gefahr – und nicht von Carnac!«

»Ich habe gewusst, dass sie gefährlich ist«, fuhr Jacurt fort, als hätte er Daarts Rechtfertigung gar nicht gehört. »Aber ich hätte niemals geahnt, wozu sie wirklich in der Lage ist.«

»Wozu in der Lage?« Endlich gelang es Daart, sich ein Stück weiter aufzurichten, aber nur, um mit einem besonders heftigen Stich seiner Brust belohnt zu werden, der ihn mitten in der Bewegung verharren ließ. »Und was genau«, fuhr er mühsam fort, »wirfst du ihr eigentlich vor?«

»Das Gleiche wie dir«, sagte Jacurt. »Was sonst?« Er warf einen flüchtigen Blick zu Carnac hinüber, die sich noch immer nicht regte. Wie sollte sie auch. Der halb auf ihr hockende Krieger ließ ihr kaum genug Luft zum Atmen.

»Das langt jetzt«, keuchte Daart. Wut kroch in ihm hoch, aber irgendetwas in Jacurts kalten, mitleidlosen Augen hielt ihn davor zurück, den Ton anzuschlagen, der seiner Lage angemessen gewesen wäre. »Was auch immer geschehen ist: Carnac ist die Letzte, die daran Schuld trägt. Gib sie frei!«

Jacurt wandte sich ihm wieder zu und nickte langsam. »Ja«, sagte er. »Diese Antwort war wohl von dir zu erwarten.« Er seufzte. »Vielleicht hast du sogar Recht. Vielleicht ist nicht sie schuld daran, dass wir von unseren Pferden gerissen und vom Rest meines Heers getrennt wurden – um uns hier in diesem alten Gemäuer wieder zu finden. Vielleicht bist du es ja, der an all dem hier schuld ist.«

Über Daarts Rücken lief ein eiskaltes Frösteln. »Ich bin an überhaupt nichts schuld«, sagte er. »Und ich habe nicht die geringste Ahnung, wo wir sind.« Er drehte den Kopf nach hinten. Ein dunkler Gang führte aus dem Gemäuer heraus, und zu beiden Seiten waren Torbögen, aber nur von einer Seite fiel Licht hinein. So weit

Daart es erkennen konnte, waren sie hier unter sich. »Wo sind die anderen?«, fragte er.

»Die anderen«, sagte Jacurt ruhig, »sind nicht mit uns gekommen. Hier sind nur die, die vor und hinter dir geritten sind – und Carnac. Merkwürdig, nicht wahr?«

»Ja«, sagte Daart knapp. »Aber ich weiß so wenig wie du, was geschehen ist.« Er wartete vergebens, dass Jacurt darauf antwortete. »Was auch immer du über mich zu wissen glaubst...«, fuhr er nach einer Weile eindringlich fort, »ich bin nicht dein Feind, Jacurt.«

Zum ersten Mal zeigte sich eine vertraute Regung auf Jacurts hohlwangigem Gesicht – ein dünnes, gequält wirkendes Lächeln. »Als was würdest du dich dann bezeichnen? Als meinen Freund, der nur darauf wartet, mir seine Treue zu beweisen – die Treue, die ein Satai-Sjen einem Satai sowieso schuldet?«

»Ich fühle mich nach wie vor an meinen Satai-Sjen-Eid gebunden, wenn du das meinst«, sagte Daart.

»Natürlich.« Jacurt Lächeln wurde bitter, dann versiegte es ganz. »Du fühlst dich auch Carnac ganz besonders verbunden, nicht wahr? Und jetzt, wo ihr Wohlergehen davon abhängt, ob ich den Daumen senke oder nicht, entdeckst du plötzlich deine Treue zu mir. Ich finde das allzu durchsichtig.«

»Ich kann sagen, was ich will, du verdrehst mir doch jedes Wort im Mund«, entgegnete Daart bitter. »So kommen wir nicht weiter.«

Jacurt starrte auf sein Tschekal und drehte es ihn der Hand, fast bewundernd, als sähe er es zum ersten Mal. »Wie nennt man das in deinen Kreisen, was uns widerfahren ist?«, fragte er. »Eine magische Welle? Einen mystischen Strudel?« Er winkte ab, als Daart etwas sagen wollte. »Du brauchst mir keine Antwort darauf zu geben. Ich will einfach wieder zurück zu meinen Männern.«

»Ja«, sagte Daart vorsichtig. Irgendetwas stimmte mit Jacurt nicht. Er hatte kaum noch etwas gemein mit dem Satai-Sjen, mit dem er lange Zeit den gleichen Tagesablauf geteilt hatte. »Das kann ich verstehen. Ich hätte auch nichts dagegen. Wirklich nicht.«

»Das freut mich aufrichtig«, sagte Jacurt. Das harte Glitzern in seinen Augen verstärkte sich. »Dann sorge dafür.«

Daart starrte ihn fassungslos an. »Ich soll *was?*«

»Was an meinen Worten ist unklar?«, fragte Jacurt beinahe liebenswürdig.

»Nicht das, was du von mir verlangst«, sagte Daart. »Sondern dass du glaubst, ich könnte deinen Wünschen nachkommen.«

»Mich und alle anderen hier zurück in das Tal zu bringen, in dem der Rest meiner Männer und die Soraner warten?«, erkundigte sich Jacurt. »Ist es das, was du glaubst, nicht vollbringen zu können?«

»Wie sollte ich denn?«, fragte Daart verzweifelt. »Was auch immer du in mir zu sehen glaubst: Ich habe mit Magie nicht das Geringste zu schaffen. Ich lehne sie genauso ab wie du – vielleicht sogar noch mehr.«

»Das war eindeutig die falsche Antwort«, sagte Jacurt. »Denn wie, wenn nicht mit Magie, können wir wieder in das Tal zurückkehren?« Er sah zu Carnac hinüber. Das einfallende Licht zauberte ein verwirrend zuckendes Muster auf seine linke Gesichtshälfte. »Ich pflege immer mehr als einen Trumpf in der Hand zu haben«, sagte er. »Jedenfalls dann, wenn es nicht nur um einen lächerlichen Trainingskampf geht.«

Daart fragte sich, ob er Jacurt vielleicht die ganzen zwei Jahre lang falsch eingeschätzt hatte, doch das konnte er sich nicht vorstellen. Es musste etwas Gravierendes vorgefallen sein, das den Übereifer des Jungen, der gemeinsam mit ihm die Ausbildung begonnen hatte, in kalten Zynismus verwandelt hatte. Etwas, das mit dem Überfall auf die Korona und dem angeblichen Verrat Skarissa Raborks zu tun hatte. In Daart spannte sich alles.

»Es wäre jetzt vielleicht der richtige Zeitpunkt, dich zu zeigen«, sagte Jacurt. »Immerhin behauptet hier jemand, dass du mich hintergehen willst.«

Daart verstand nicht im Geringsten, was er damit meinte, bis eine massige, grün geschuppte Gestalt aus dem Schatten des Raumes trat, in dem Carnac gefangen gehalten wurde – ein Quorrl mit einem Brustharnisch aus gegerbtem Leder, dessen gewaltige Säulenbeine in schweren Stiefeln steckten. Xer. Jacurt gab dem Quorrl einen kurzen Wink. So schwer sich der starre Ausdruck des flachen Fischgesichts auch deuten ließ, kam ihm Xer doch weit grimmiger vor als noch vor wenigen Stunden. Der Blick, den der gewaltige Schuppenkrieger ihm zuwarf, bevor er zu Carnac trat und sich zu ihr hinabbeugte, verhieß jedenfalls nichts Gutes.

»Was hast du vor?«, fragte Daart mit einem Anflug von Panik in der Stimme, der Jacurt keineswegs entgehen konnte.

»Nichts weiter«, sagte Jacurt. »Ich möchte nur sicherstellen, dass du dir wirklich Mühe gibst.«

Es war nicht die unverhohlene Drohung in seinen Worten, die Daart beunruhigte. Es war die Ungeheuerlichkeit, dass Jacurt überzeugt war, Daart habe etwas mit den Vorgängen zu tun, die ihn selbst beinahe um den Verstand gebracht hätten – und dass er sie wieder rückgängig machen könnte.

»Ich kann dir nicht helfen«, sagte Daart, und er dachte an Carnacs dunkle Augen und daran, dass er sich von ihnen eher angezogen als abgestoßen fühlte. »Ich bin so wenig ein Magier wie du selbst! Davon abgesehen bezweifle ich, dass das, was mit uns geschehen ist, wirklich etwas mit Magie zu tun hat.«

»Haarspaltereien«, sagte Jacurt abfällig. »Ihr beide – du und Carnac – habt eure Hände dabei im Spiel. Also werdet ihr uns auch wieder ins Tal zurückbringen.«

»Das ist Blödsinn«, sagte Daart. »Wenn du wirklich an Magie glaubst, dann gibt es doch eine ganz andere Erklärung.«

»Da bin ich aber gespannt.«

»Nicht wir sind die Magier, Jacurt, sondern der Mann, den wir mitgeführt haben und den du unter dem Namen Cor Har'Kanarro kennst«, sagte Daart eindringlich. »Seit vielen Jahren hat der Hohe Rat mit ihm Kontakt, weil er auf seine Dienste angewiesen ist – der *gesamte* Hohe Rat, und nicht etwa nur Skarissa Rabork.«

»Das ist mir bekannt«, sagte Jacurt ungehalten. »Aber es zeigt doch nur, mit wem ihr euch eingelassen habt. Ihr hattet den Auftrag, die *Essenz des Lebens* in die Korona zu bringen – und nicht den Magier selbst.«

»Allerdings«, sagte Daart. »Aber dann erfuhren wir von Cor Har'Kanarros doppeltem Spiel – und dass sein wirklicher Name Zar'Toran ist.« Er zögerte. Jedes weitere Wort konnte gefährlich sein. Jacurt durfte auf keinen Fall erfahren, woher er Zar'Toran kannte. Die Guhulan waren die Todfeinde der Satai, und wer bei den Guhulan aufgewachsen war und im Banne der Feuer-Magier gestanden hatte, durfte niemals ein Satai-Sjen werden.

»Was ist nun?«, fragte Jacurt ungehalten. »Wo bleibt deine Erklärung?«

»Die Erklärung ist ganz einfach«, sagte Daart. »Jedes Wort von Carnac und mir entspricht der Wahrheit. Nubina hat ihre Hand nach Enwor ausgestreckt, und ihre vielleicht gefährlichste Waffe ist der Magier, den wir gefangen haben.«

»Mit diesem dummen Gerede willst du doch nur von deiner eigenen Schuld ablenken«, sagte Jacurt verächtlich.

»Wo ist der Magier?«, fragte Daart hart.

Jacurt beugte sich vor. »Was geht dich das weitere Schicksal des Magiers an?« Das Licht, das aus dem großen Torbogen floss, zerriss sein Gesicht in ein verwirrendes Spiel von Helligkeit und Schatten. »Wir bringen ihn schon noch in die Korona, das darfst du mir glauben. Zusammen mit dir und Carnac. Wem dann der Prozess zu machen ist, wird der Hohe Rat entscheiden.«

»Wenn du zurück willst, solltest du Zar'Toran suchen«, beharrte Daart. »Wenn überhaupt einer weiß, was geschehen ist, dann er.«

»Und das soll ich dir glauben?«, fragte Jacurt kühl.

»Du kannst mir glauben oder auch nicht.« Daart schloss einen Herzschlag lang die Augen. Er sah Zar'Toran vor sich stehen, in seinem roten Feuermantel, und er spürte geradezu den höhnischen Blick, mit dem der Magier ihn musterte. »Zar'Toran ist boshaft und gefährlich. Es muss ihm sehr gelegen kommen, dass sich Carnacs und meine Augen verändert haben. Was nun, wenn er selbst dafür gesorgt hat – um genau das zu erreichen, was jetzt geschehen ist, nämlich einen Keil zwischen uns zu treiben?«

»Und wie soll er das angestellt haben?«, fragte Jacurt kalt. »Mit einem Zauberspruch vielleicht? Damit, dass er dir einmal tief in die Augen geschaut und dabei eine Verwünschung gemurmelt hat?«

»Nein.« Ein Schweißtropfen rann in Daarts Auge und ließ ihn blinzeln. »Ich habe keine Ahnung, wie weit seine Macht reicht. Aber er hat mit Sicherheit etwas damit zu tun, dass wir jetzt hier sind.«

Jacurt seufzte. »Selbst wenn es so wäre, würde das nichts ändern. Ob du nun als Werkzeug dieses Magiers gehandelt hast oder eigenständig: Für mich macht das keinen Unterschied.«

»Keinen Unterschied?« Daart schrie fast. »Aber verstehst du denn nicht ...«

Er brach erschrocken ab, als sich Xer neben Carnac auf die Knie niederließ und die Hand nach ihr ausstreckte. Es sah beinahe so aus, als wollte er Carnac zärtlich berühren – wäre da nicht das harte Funkeln in Jacurts Augen gewesen, das Daart klarmachte, dass er den Quorrl nicht aufhalten würde, egal was dieser vorhatte.

»Ich verstehe, dass ich dir mit guten Worten nicht beikommen kann.« Jacurt lehnte sich so weit zurück, dass sein Gesicht mit dem tiefschwarzen Schatten der Wand verschmolz. »Ich hatte eigentlich gehofft, es vermeiden zu können. Aber jetzt bleibt mir wohl nichts anders übrig, als Xer herausfinden zu lassen, ob das Blut einer Prophetin so rot ist wie das unsere.«

»Nein, Jacurt«, sagte Daart. »Das kannst du nicht. Es widerspricht allem, was man uns beigebracht hat. Es ist kein Weg der Ehre.«

Jacurt beugte sich vor und sah Daart mit einem sonderbaren Ausdruck in den Augen an. Er schwieg, aber er tat es auf eine Art, die Daarts Beunruhigung schürte.

»Das ... das ist lächerlich«, sagte Daart. Seine Stimme war ein halb ersticktes Krächzen, das selbst in seinen eigenen Ohren fremd klang. Er starrte Jacurt zwei oder drei Sekunden lang an, wartete vergeblich auf irgendeine Antwort und richtete sich dann so schnell auf, dass er fast das Gleichgewicht verloren hätte.

In Jacurts Augen blitzte es auf. »Vorsicht, Daart«, sagte er leise. »Meine Krieger warten nur darauf, dass du eine falsche Bewegung machst.«

3

Es war nicht Daart, der eine falsche Bewegung machte, es waren viele andere, kleine Lebewesen, ein Wuseln und Krabbeln, das von überall und nirgends zu kommen schien, sich aus dem

Gang hinter ihm als ein leises Tappen und Rascheln ankündigte, vor ihm aber das beunruhigende Geräusch Hunderter, wenn nicht Tausender harter, krallenbewehrter Pfoten mit sich brachte. Ein aufgeregtes Zischeln und ruheloses Raunen vervollständigte die Geräuschkulisse. Daarts Herz machte einen schmerzhaften Satz, als er etwas auf sich zuhuschen sah, etwas Kleines, Pelziges mit einem nackten Schwanz – eine Ratte. Der ersten Ratte folgten weitere, quiekend und flüchtend vor der graubraunen Flut, die ihnen folgte; es waren mehr Ratten, als Daart in seinem ganzen Leben gesehen hatte, mehr Ratten, als in den Sümpfen von Cosh hausten, in denen er in seiner Jugend, nur mit einem Stock und ein paar scharfkantigen Steinen bewaffnet, auf die Jagd gegangen war.

Daart hatte keine Angst vor Ratten, er ließ sie in Ruhe und sie ihn – für gewöhnlich. Aber dies hier war etwas anderes. Es war beinahe ein gezielter Angriff – oder aber die Flucht vor einer Gefahr, der selbst die zähen kleinen Ungeheuer nicht gewachsen waren. Doch die Ratten waren viel zu schnell heran, als dass er reagieren konnte. Selbst wenn er in besserer Verfassung gewesen wäre, hätte er ihnen kaum entkommen können. So versuchte er es nicht einmal.

Die ersten, besonders flinken Nager huschten über seine Füße. Diejenigen, die nicht schnell genug waren, wurden von ihren Artgenossen nach vorne geschoben, überschlugen sich, landeten auf Daarts Beinen, klatschten gegen seinen Bauch, brandeten gegen ihn an wie eine Sturmflut. Daart spürte ein Gefühl schrecklicher Hysterie in sich emporsteigen. Er tat nichts, er riss nicht die Hände nach oben, er schlug nicht nach den panischen Ratten, er verharrte am Boden, als wäre er durch einen Zauberspruch dazu verdammt. Aber dies war nichts weiter als die Gewissheit, dass er verloren wäre, wenn er sich zu wehren versuchte. Die Krallen glitten am Leder seines Echsenpanzers ab, aber seine Hände – und sein Gesicht – waren ungeschützt. Wenn er sich auch nur einen Augenblick anders verhielte als ein totes Hindernis, wenn die Ratten begriffen, dass er nicht mehr war als sie selbst, ein ihre Flucht störendes Lebewesen, wäre es um ihn geschehen. Jede Ratte, die sich ihm in Ruhe genähert hätte, hätte seine Angst gerochen und das Blut gespürt, das schneller als sonst durch seine Adern pulsierte. Aber so aufgeschreckt, wie sie waren – voller Panik, eingebettet in ein Heer von nicht minder panischen Artgenossen –, bot er für sie nicht mehr als ein Hindernis, das es zu umfluten galt. Viele der Ratten schafften es nicht, wurden von den Krallen ihrer Artgenossen zerrissen und in den Staub gedrückt, verendeten qualvoll, während andere über sie hinwegflitzten voller Furcht vor dem, was auch immer hinter ihnen her war.

Es dauerte eine schiere Ewigkeit. Beißender Geruch lag in der Luft, ähnlich dem, der Daart gleich zu Anfang hier aufgefallen war, nur tausendmal stärker, ein fürchterliches Gemisch aus Schweiß, Urin, Kot und Rattenblut. Die Flut der krallenbewehrten Nager riss nicht ab. Einzelne Exemplare klatschten in sein Gesicht, und er ließ es geschehen, genauso wie das Wuseln über seine Hände und das Zerren an seinem Echsenpanzer. Längst blutete er aus zahlreichen kleinen Wunden, aber die Ratten bemerkten es nicht.

Dann, von einem Moment auf den anderen, war es vorbei. Ein paar Nachzügler jagten im Zickzackkurs der Rotte hinterher, laut quiekend oder nach Luft schnappend, keine Gefahr mehr für Daart oder irgendjemand anderen. Daart spürte, wie die Anspannung aus ihm wich. Er hatte schon einiges Ekelhafte in seinem Leben erlebt, aber diese Rattenflut war fast mehr gewesen, als er hatte ertragen können; vielleicht, weil es in jedem Menschen eine instinktive, tief vergrabene Furcht vor den hochintelligenten Nagern gab, auch wenn er noch so oft beteuerte, dass dies nicht der Fall war. In dem milchigen Licht sahen die Kadaver der toten oder sterbenden Ratten aus, als wären sie von gigantischen Füßen niedergetrampelt worden. Dabei waren es nur winzige Pfoten gewesen, die das vollbracht hatten – aber eine Unzahl von ihnen.

Daarts Blick wanderte zu den Kriegern. Sie waren nicht ganz so unbeschadet davongekommen wie er. Auch wenn die zwei Valkoner und der Endoraner es geschafft hatten, sich noch rechtzeitig auf einen Mauervorsprung zu retten, so sprach schon allein der Haufen totgetrampelter und von Schwert- und Axthieben zerteilter Ratten zu ihren Füßen davon, dass sie nicht den Nerv gehabt hatten, es Daart gleichzutun. Ratten waren zwar nicht groß, aber sie waren Räuber und Kämpfer, und sie hatten sich eine Schlacht mit den dreien geliefert, die weniger gut gerüstete Kämpfer wahrscheinlich nicht überlebt hätten. Die Beinkleider der Krieger waren zerrissen und voller Blut – und es war nicht nur Rattenblut, das an ihnen klebte.

Mit hämmernden Herzen sah Daart nach vorn, dort wo eben noch Jacurt auf dem Boden gehockt hatte. Der Satai war verschwunden. Aber er war es auch nicht, um den sich Daart Sorgen machte. Es war Carnac.

Sie lag nicht mehr am Boden, sie wand sich im Griff des rot gekleideten Brachmarnen. Der Mann hielt ihre Hände umklammert und drückte sie roh gegen die Wand, und das, obwohl Jacurt und Xer neben ihm standen und es sicherlich keiner weiteren Bedrohung bedurft hätte, um Carnac für den Moment gefügig zu machen. Es war reine Schikane.

Daart fühlte sich alles andere als im Vollbesitz seiner Kräfte, aber das hieß nicht, dass er bereit war, Carnacs Martyrium tatenlos hinzunehmen. Es wurde Zeit, dass er dem ein Ende bereitete – und Jacurt von Angesicht zu Angesicht klarmachte, was er von seiner üblen Erpressung hielt.

Ansatzlos sprang er hoch. Sein rechter Fuß kam auf einer halb toten Ratte auf, die ein langes, schreckliches Quieken ausstieß, und er rutschte ein Stück auf ihr weiter, bevor es ihm mit einem Hüpfer gelang, von dem Tier wegzukommen. Die plötzliche Bewegung ließ eine Welle der Übelkeit in ihm aufsteigen, und vor seinen Augen flackerte es so wild, als würden Licht und Luft von den Schwingen angreifender Vögel zerteilt. Der von Rattenbissen geplagte Krieger aus Endora war weit weniger wackelig auf den Beinen als er selbst. Er riss seine Streitaxt empor und sprang von dem fußhohen Sockel herunter, auf den er sich geflüchtet hatte. Einer der Valkoner war fast so schnell wie er, doch er brauchte einen Moment länger, um das Schwert wegzustecken, mit dem er sich der Ratten erwehrt hatte, und seine eigentliche Waffe in Anschlag zu bringen: den durchschlagskräftigen Langbogen.

Hätte Daart sein Tschekal in der jetzt leeren Schwertscheide gewusst, hätte er trotz seines angeschlagenen Zustands eine gute Chance gehabt, zumal der zweite Valkoner ins Taumeln geriet und der Bogen in seiner Hand zitterte, als würde er von einem Volltrunkenen gehalten. Doch so sah er sich unbewaffnet einem Endoraner gegenüber, der sein Leben lang mit der Streitaxt trainiert hatte, die er nun in den Händen hielt, und einem zum Schuss bereiten Valkoner …

Daart begriff erst, dass etwas vollkommen falsch lief, als sich der Valkoner von ihm wegdrehte und einen Schritt in Jacurts Richtung machte, um in Schussposition zu gehen. Er hätte vielleicht erkannt, was vor sich ging, wenn der Endoraner mit seinem lächerlich wippenden Federschmuck nicht gerade in diesem Moment in sein Blickfeld getreten wäre und ihm die Sicht auf den schattenhaften Bereich des Gewölbes verwehrt hätte, in dem Carnac gefesselt und hilflos Jacurts Willkür ausgeliefert war.

»Denk nicht einmal daran«, zischte er, als Daart Anstalten machte, herumzufahren und sich auf ihn zu stürzen.

Daart hätte es vielleicht dennoch getan, wäre nicht in diesem Augenblick der harte, metallische Klang zweier kraftvoll geschlagener Klingen an sein Ohr gedrungen, mehrfach hintereinander, überlagert von einem überraschten Ausruf und einem Keuchen. Das, was er hörte, war unglaublich. Tschekal gegen Zackenschwert, daran konnte fast kein Zweifel bestehen. Skarissa Rabork hatte sie während ihrer Ausbildung mit Augenbinden ausgestattet in verschiedene Kampfszenarien geschickt und ihnen klargemacht, wie wichtig es war, schon vom Klang her unterscheiden zu können, wer gegen wen mit welchen Waffen kämpfte. Das kam ihm jetzt zustatten.

Aber Tschekal gegen Zackenschwert, das war Wahnsinn. Jacurt gegen Xer? Aber warum? Daarts Hinweis, dass ihm der Quorrl eine Droge verabreicht hatte, hatte der Satai empört zurückgewiesen, und auch sonst hatte es nicht den geringsten Hinweis darauf gegeben, dass Jacurt und der Quorrl nicht ein Herz und eine Seele wären. Welchen Grund sollte es jetzt geben, dass die beiden wie Wahnsinnige aufeinander eindroschen?

Es folgte ein zischendes Geräusch, als einer der Valkoner einen Pfeil vom Bogen ließ, und gleich danach ein harter Aufprall. Was getroffen worden war – Stein, Kettenhemd oder Echsenleder –, konnte Daart nicht heraushören. Aber dann stöhnte jemand auf. Carnac!

Daart machte einen unsicheren Schritt nach vorn. Der direkt vor ihm stehende Endoraner riss die Streitaxt nach oben. Daart duckte sich in der Erwartung des Schlags, der kommen musste, seitlich weg. Der Endoraner machte die Bewegung mit. Er war schnell, zu schnell jedenfalls für Daart, der waffenlos war und äußerst wacklig auf den Beinen. Aber es ging um Carnac. Daart war nicht bereit, sich aufhalten zu lassen. Er tauchte weiter ab, tat so, als strauchelte er. Der Endoraner ließ die Streitaxt heruntersausen. Daart wollte ausweichen, war jedoch nicht schnell genug. So blieb ihm nichts anderes übrig, als in einer überraschenden Aufwärtsbewegung mitten in den Schlag hinein zu explodieren, den der Endoraner gegen ihn führte.

Es hätte funktioniert, wenn der Endoraner die Axt auf seinen Oberkörper hätte hinabsausen lassen. Aber sein Ziel war Daarts Schädel.

Daarts Handballen schossen gegen den Schaft der Streitaxt, doch seine Energie verpuffte im Leeren. Die Axt dagegen fand ihr Ziel und donnerte mit der Wucht eines ausschlagenden Pferdes gegen Daarts Kopf. Mit wilden rudernden Armen taumelte er zurück. Sein Atem stockte, sein Herzschlag setzte aus. Seine Umgebung flackerte wie Blitze, die seine Orientierung total durcheinander brachten. Er begriff nicht, was geschehen war. Es konnte doch nicht sein, dass er im Kampf so schmählich versagte. Es konnte nicht sein, dass er Carnac im Stich ließ.

Er sah nichts, er spürte nichts, er hörte nur das Zischen mehrer Pfeile, welche die Valkoner von der Sehne ließen – und einen erneuten Aufschrei Carnacs. Huschende, katzengleiche Schritte waren hinzugekommen und gröbere, aber nicht minder elegante; hier waren mindestens zwei Krieger mehr, als er zuvor bemerkt hatte.

Dann klärte sich sein Blick wieder.

Der Endoraner hatte ihn mit der stumpfen Seite der Waffe gestreift, vielleicht, weil Daart im letzten Moment doch noch weit genug ausgewichen war, vielleicht aber auch, weil er ihn nur hatte betäuben und nicht töten wollen. Daart konnte das egal sei. Er musste zu Carnac, jetzt und sofort. Er machte einen taumelnden Schritt, und die Umgebung, das ganze Gemäuer flackerte vor seinen Augen. Wieder kam es ihm so vor, als überlagerten sich mehrere Bilder, verschiedene Ereignisse, verschiedene Kämpfe. In seinem Mund war ein bitterer Geschmack wie nach Kupfer oder altem, rostigem Eisen. Das metallische Aufeinanderprallen von Klingen, der scharfe Geruch und das Schaben von Brustharnischen und eingefettetem Leder erschienen ihm wie eine schauerliche Sinfonie, ein völliges Durcheinander, dem jede Klarheit und Struktur fehlte. Nur mit äußerster Anstrengung gelang es ihm, sich darauf zu konzentrieren, was wirklich wichtig war.

Carnac.

Noch während er an sie dachte, ertappte er sich dabei, wie seine Hand instinktiv zur leeren Schwertscheide glitt. Seine Umgebung nahm wieder feste Strukturen an, und mit ihr der Wille, sich auf schnellstem Weg bis zu Carnac durchzukämpfen und sie aus dem Chaos herauszuholen – vorausgesetzt, sie lebte überhaupt noch. Er hörte keinen Laut von ihr, keinen Schrei, kein angestrengtes Atmen, keine Schritte, die er ihr zuordnen konnte, sondern nur Kampfgeräusche. Die beiden Krieger, die den Ratten gefolgt waren, mussten Tschekals in ihren Händen halten, anders ließ sich das Waffengeklirr nicht erklären. Tschekal krachte auf Tschekal, dass hörte er jetzt ganz deutlich, und weiter links, dort, wo Carnac gelegen hatte, traf ein Zackenschwert auf ein Tschekal und dieses dann auf ein anderes Schwert, keine Waffe, die er dem Klang nach benennen konnte, die aber durchaus dem Mann gehören mochte, der eben noch in Carnacs Nacken gehockt hatte. Er reckte den Kopf nach links.

Das, was er sah – wenn auch nur für einen kurzen Augenblick, bis der Endoraner mit der Streitaxt wieder in sein Blickfeld huschte –, warf alles über den Haufen, was er zu sehen vermutet hatte. Statt zweier Satais, die – aus welchem Grund auch immer – über Jacurt und seine Männer herfielen, erblickte er einen einzigen Hünen, der das wilde lange Haar mit einem Stirnband zusammengebunden hatte und ein Kettenhemd trug, wie Daart es noch nie gesehen hatte, sperrig und massiv und sicherlich fest genug, um einem kräftigen Schwerthieb die stärkste Wucht zu nehmen. Das Erstaunlichste aber war, dass der Hüne ein Tschekal trug, dessen ungewöhnliche Form Daart völlig fremd war.

Das war unmöglich, *vollkommen unmöglich*. Niemand außer einem Satai durfte ein Tschekal tragen. Natürlich hatte es immer wieder Versuche gegeben, eines zu stehlen, und mitunter waren sie auch geglückt – aber bislang hatte niemand lange Spaß an einem wie auch immer erbeuteten Tschekal gehabt. Ein Mann, der die heilige Waffe eines Satais an seiner Seite trug, wurde damit zum Geächteten und machte sich zum Freiwild – nicht nur für jeden Satai, sondern für jedermann.

Daart stöhnte, krümmte sich wie unter Schmerzen und verlagerte dabei unmerklich das Gleichgewicht. Seine rechte Hand spreizte sich und suchte festen Halt auf seinem rechten Oberschenkel. Gleichzeitig spannte er die Muskeln im linken Bein an.

Die Augen des Endoraners flackerten. Sein Blick folgte Daarts Bewegungen, aber seine Aufmerksamkeit war abgelenkt. Es gab nur diesen Moment.

Daart stieß sich mit aller Gewalt ab und sauste mit vorgestreckten Händen wie ein lebendes Geschoss auf den Endoraner zu. Seine linke Hand fuhr haarscharf an der Schneide der Streitaxt vorbei, erwischte diesmal tatsächlich den Schaft und umklammerte ihn kurz oberhalb der Faust seines Gegners; mit der anderen Hand krallte er sich im ledernden Halsaufsatz des Mannes fest. Der Endoraner schrie auf und prallte zurück; sein Knie kam hoch, um sich in Daarts Leib zu bohren und ihn von sich weg zu schleudern. Doch Daart versuchte nicht, den Mann zu Boden zu reißen und bei der Kehle zu packen, womit dieser wohl gerechnet hatte, sondern er krümmte sich, um dem Gegenangriff des Endoraners zu entgehen.

Das Knie seines Gegeners berührte kaum seinen Magen; Daart bog sich durch, so weit er konnte, und sein Kopf zuckte wie eine Axt auf den Schädel des Endoraners zu. Der Mann versuchte auszuweichen, aber seine Reaktion kam zu spät. Daarts Kopf krachte mit voller Wucht gegen seine Stirn. Der Helm mit dem lächerlichen Federbusch flog davon, als der Kinnriemen riss. Der Endoraner stieß ein ersticktes Keuchen aus und flog zurück; seine Nackenmuskeln wurden überdehnt, und sein Genick brach.

Daart fiel mit dem Sterbenden zusammen zu Boden, noch immer vom Schwung seines Sprunges getragen. Der Endoraner schlug mit dem Rücken hart auf dem von Rattenleichen besudelten Boden auf, und Daart landete auf ihm. Die rechte Hand des Endoraners, die immer noch kraftvoll die Streitaxt umklammert hielt, zitterte, und Daart musste sie mit aller Gewalt niederdrücken, um nicht doch noch einen Streich einstecken zu müssen. Dann erschlaffte der Arm des Kriegers. Ein Zucken und Beben ging durch seinen Körper, und endlich war es vorbei.

Der Kampf war kurz und hart gewesen. Wäre Daart in besserer Verfassung gewesen, hätte er den Mann nicht töten müssen. Doch so hatte er keine Wahl gehabt.

Ihm blieb keine Zeit, sich darüber Gedanken zu machen. Als er aufsah, erkannte er Jacurt vor sich, der unter den schweren Hieben des Hünen zurücktaumelte. Beide Kämpfer wirkten angeschlagen. Noch immer bewegte sich Jacurt mit der gleichen katzenartigen Eleganz, der Daart in so vielen Übungskämpfen kaum hatte beikommen können, bis er ihren Schwachpunkt entdeckt hatte. Und er war schnell, schneller noch, als Daart es in Erinnerung hatte. Doch der Hüne, der auf eine kraftvolle Art plumper wirkte, stand ihm in nichts nach. Seine Schläge prasselten mit erschreckender Geschwindigkeit auf Jacurt nieder. Der frisch gekürte Satai konnte jeden Angriff parieren, aber er kam kaum zum Gegenangriff. Und er wich zurück, langsam zwar, aber unaufhaltsam.

Daart stemmte sich von dem Toten hoch. Fast beiläufig zog er das Schwert des Endoraners aus der Scheide. Einen kurzen Augenblick überlegte er, ob er auch die Streitaxt an sich nehmen sollte. Doch dann entschied er sich dagegen; er hätte nicht gewusst, was er mit ihr hätte anfangen sollen.

Trotz aller Vorbehalte fühlte er sich Jacurt mehr verbunden als dem Barbaren, und wenn er in diesem Punkt seinem Gefühl gefolgt wäre, hätte er wohl keine Sekunde gezögert und sich sofort auf Jacurts Seite geschlagen.

Aber das ging nicht. Er musste zu Carnac. Wenn er Glück hatte, lebte sie noch, und wenn sie nicht schwer verletzt war, würde er sie aus diesem Wahnsinn hier herausbringen – und dann weitersehen.

Da fiel sein Blick auf die beiden Valkoner, die wenige Schritte von ihm entfernt standen, auf halber Strecke zwischen ihm und den Kämpfenden, am linken Rand des Gewölbes. Nachdem sie die Mehrzahl ihrer Pfeile erfolglos verschossen hatten, wollten sie sich offenbar auf eine direkte Art in den Kampf mit dem Hünen einmischen; würde Daart sie gewähren lassen, bestünde wohl kaum ein Zweifel am Ausgang des Kampfes. Der Barbar mochte zwar über ungezähmte Kraft verfügen, aber er war kein Satai, und selbst wenn es ihm durch seine überlegenden Körperkräfte gelang, einen Satai eine Zeit lang wie ein Stück Schlachtvieh vor sich herzutreiben, so war er doch wohl kaum in der Lage, es gleichzeitig mit drei gut ausgebildeten Kriegern aufzunehmen.

Dadurch, dass Daart den Endoraner überwältigt hatte, hatte er den wahrscheinlichen Ausgang des Kampfes beeinflusst. Die Valkoner zogen ihre Schwerter. Ihre Augen unter den schmalen Helmen blitzten, als sie sich ihm zuwandten. Daart war sich nur zu bewusst, dass er ihnen kaum gewachsen war. Den Endoraner hatte er besiegen können, weil der Mann den sträflichen Leichtsinn begangen hatte, sich ablenken zu lassen. Die beiden Valkoner, vorgewarnt durch das Schicksal ihres Waffengefährten, ließen ihn nicht für den Bruchteil eines Lidschlags aus den Augen. Ihre Gesichter spiegelten die eiserne Entschlossenheit wider, ihn auszuschalten, bevor sie in den Kampf gegen den Hünen eingriffen; zudem waren sie aufeinander eingespielt und bis aufs Blut gereizt. Es waren Gegner, denen beizukommen Daart auch unter gewöhnlichen Umständen schwer gefallen wäre. Vor allem, weil er sie nicht umbringen, sondern ihr Leben schonen wollte – schließlich lag ihm nichts daran, ein Blutbad unter Jacurts Männern zu veranstalten. Es war schon schlimm genug, dass er den Endoraner hätte töten müssen.

»Ich will nicht mit euch kämpfen«, sagte er. Er hielt das Schwert gesenkt und verzichtete auf jede Drohung in seiner Körperhaltung.

»Die Entscheidung zum Kampf hast du schon längst getroffen, Magier«, sagte der ihm am nächsten stehende Valkoner. Er hatte einen elastischen Stand eingenommen, aus dem er jederzeit abfedern konnte, und in seinen Augen funkelte eine Mischung aus kalter Entschlossenheit und dem unbedingten Willen zu siegen. Es war pure Kraft, die der Mann ausstrahlte, keine Angst, und wenn er auch bislang wie all seine Waffengefährten direkten Blickkontakt mit Daart vermieden hatte, so zeigte er jetzt doch keine Scheu, ihm geradewegs in die Augen zu schauen.

Daart seufzte. Er hatte den sich in Carnacs Richtung verlagernden Kampf keineswegs vollkommen ausgeblendet; ein Teil seiner Aufmerksamkeit gehörte den Kampfgeräuschen, dem Zischen schnell erhobener Schwerter und dem harten Aufeinandertreffen der Klingen in dem düsteren Gewölbeteil, aber eben nur ein Teil. Er minderte nicht die Konzentration, mit der er jede noch so kleine Regung der Valkoner verfolgte. Besonders die ihrer Augen. Es gab kaum einen Menschen, der einen geplanten Angriff nicht durch einen Blickwechsel oder ein kurzes Aufblitzen der Augen verriet. So auch sein Gegenüber. Es war eigentlich mehr eine Veränderung des Augenhintergrunds, gefolgt von einer kaum wahrnehmbaren Vergrößerung der Pupillen. Daart riss sein Schwert hoch und sprang zur Seite. Keinen Augenblick zu früh! Das Schwert des Valkoners zischte mit der Geschwindigkeit einer angreifenden Schlange genau dorthin, wo Daart eben noch gestanden hatte, und streifte beinahe noch seinen Arm. Der zweite Valkoner reagierte, als hätte er Daarts Ausweichbewegung erwartet. Seine Klinge fuhr von unten nach oben, ein ungewöhnlicher Stich in dieser Phase des Kampfes, aber gerade deswegen so gefährlich. Daarts eigenes Schwert war zu hoch, um rechtzeitig die Klinge seines Gegners beiseite schlagen zu können, und er selbst noch zu sehr im Seitwärtsschwung, als dass er nach hinten hätte ausweichen können. So verstärkte er den Schwung noch, in dem er sich mit dem linken Fuß abstieß. Er machte einen so gewaltigen Satz, dass er mit der Schulter schmerzhaft gegen die Wand prallte. Sein Schwert fuhr in einem Halbkreis auf den Valkoner zu, ritzte seinen Arm, traf Funken sprühend seine Waffe und prellte sie ihm aus der Hand. Das Schwert des Valkoners flog in hohem Bogen davon, polterte auf den Boden, doch der Mann selbst wich so schnell und geschickt zurück, dass Daart keinen zweiten Treffer mehr landen konnte.

»Noch ist Zeit aufzuhören!«, brüllte er, da war der andere Valkoner schon heran. Er hatte aus dem Schicksal seines Waffengefährten gelernt und nagelte Daart jetzt mit einer schnellen Folge kraftvoller Hiebe geradezu an der Wand fest. Unter gewöhnlichen Bedingungen hätte Daart alles daran gesetzt, wieder freizukommen, doch diesmal war er froh, eine massive Wand im Rücken zu haben; sie verhinderte, dass er auf unsicheren Beinen durch die Gegend taumelte. Er hatte kein Problem, die Attacken des Valkoners abzuwehren, noch nicht, aber er spürte mit Erschrecken, wie die Kraft langsam aus ihm wich. Außerdem hätte er alles daransetzen müssen, um zu verhindern, dass der zweite Valkoner sein Schwert wieder aufnahm. Er hätte einen Ausbruch wagen müssen, der ihn zwischen die beiden Männer brachte und ihm die Möglichkeit gab, seinen verletzten Gegner mit einem kraftvollen Tritt oder einem schnellen Stoß zu Boden zu schicken – alles, um zu verhindern, dass er sich zwei synchron angreifenden Schwertkämpfern gegenüber sah.

Aber er schaffte nichts von alledem. Schon war der zweite Valkoner wieder heran, und jetzt hatten sie ihn. In wahnsinnig schneller Folge prasselten die Schwerthiebe der beiden Männer auf ihn nieder, so als hätten die Krieger genau dieses Manöver immer wieder geübt. Daart keuchte und drohte aus dem Takt zu kommen, eine Erfahrung, die nach einem so kurzen Kampf für ihn völlig neu war.

Es war ein gellender Todesschrei, der ihm eine kurze Atempause verschaffte. Daart war in diesem Moment nicht in der Lage zu entscheiden, wer ihn ausgestoßen haben könnte; er war hoch und grell, voller Überraschung und Schmerz. Es mochte einer von Jacurts Männern gewesen sein oder auch ein angreifender Barbar – oder Carnac. In diesem winzigen Augenblick, in dem es für ihn darum ging, die drohende Niederlage abzuwenden, spielte es keine Rolle.

Sein Schwert zuckte vor, kraftvoll und unbeirrbar. Der Valkoner, der ihm am nächsten stand, regungslos und nahe daran, den Kopf in die Richtung zu drehen, aus der der Schrei gekommen war, reagierte schnell – aber nicht schnell genug. Daarts Klinge durchschlug seine Deckung und fuhr so kraftvoll in seinen Brustharnisch, dass er ihn durchschnitt. Der Mann stieß einen gurgelnden Schrei aus und taumelte zurück; sein Schwert zuckte noch einmal hoch, verfehlte aber Daart. Er bezweifelte, dass der Mann tödlich getroffen war, aber mit ein bisschen Glück war er lange genug kampfunfähig, um ihm den nötigen Spielraum zu geben, sich aus seiner unglücklichen Position zu befreien.

Der noch verbliebene Valkoner zögerte nicht lange. Auf seiner Stirn stand kalter Schweiß, und Blut rann aus seiner Wunde am Arm und spritzte Daart bei jedem Schwerthieb entgegen. Der Mann war bei weitem noch nicht geschlagen und schon gar nicht ungefährlich; er kämpfte mit der kraftvollen Wut eines in die Enge getriebenen Raubtiers.

Das nutzte Daart aus. Wut war ein schlechter Ratgeber, vor allem im Kampf mit einem Satai. Daart konnte nicht nach hinten ausweichen, aber nach unten. Als der Valkoner das Schwert auf ihn zusausen ließ, glitt er nach unten weg. Das Leder seines Echsenpanzers schubberte hart an der Wand entlang. Die Klinge des Angreifers fetzte über ihn hinweg, traf die Wand und schlug Funken. Von seinem eigenen Schwung getragen, sauste der Valkoner hinterher. Daart unterstützte seine Bewegung, indem er ihm die Füße weg schlug. Gleichzeitig riss er sein Schwert nach oben.

Die Klinge bohrte sich in den Leib des Valkoners. Daart ließ die Waffe los, gerade noch rechtzeitig, um sie nicht schmerzhaft aus der Hand geprellt zu bekommen, und tauchte nach rechts weg, aus der Reichweite des Mannes heraus.

Das erwies sich als überflüssig. Mit Daarts Klinge im Leib verharrte der Mann einen Moment regungslos, dann klappte er nach vorn und knallte mit dem Kopf gegen die Mauer. Seine Hände packten den Griff des Schwertes, und als Daart hochsah, lehnte der Mann schräg über ihm, in schmerzhafter gekrümmter Haltung, als hätte er sich selbst in sein Schwert gestürzt. Daart war wahrlich nicht stolz darauf. Er wünschte sich, es hätte eine andere Möglichkeit gegeben, den Mann kampfunfähig zu machen. Er stieß sich von der Wand ab und taumelte nach vorn. In seinem Kopf war ein fürchterliches Durcheinander. Er hatte niemals vorgehabt, die Hand gegen einen der Krieger zu erheben, die unter Jacurts Befehl standen. Er stolperte über den Arm des Mannes, den er als Ersten gefällt hatte, und rutschte auf der schmierigen Schicht aus, in der sich Ratten- mit Menschenblut vermischt hatte. Er wäre zweifelsohne der Länge nach hingeschlagen, wenn nicht jemand hinter ihm aufgetaucht wäre, ein schwarzer Schatten, kaum weniger unsicher auf den Beinen als er, aber schneller und zielgerichteter. Ehe er noch richtig begriff, wie ihm geschah, fühlte er sich am Arm gepackt und zurückgerissen.

Es war Carnac.

Er starrte in ihr Gesicht. In dem schwachen Licht war es nicht viel mehr als ein verwaschener Fleck, fahl wie der Tod. Nur ihre Augen strahlten, aber das auf eine ganz merkwürdige Art und Weise, tiefschwarz und doch erfüllt von einem funkelnden Feuer, das mitten aus ihrer Seele zu kommen schien. Er machte einen ungeschickten Schritt zur Seite, um nicht auf die Leiche des Endoraners zu treten, und der Blickkontakt riss ab.

Die Augen einer Magierin, so wie seine Augen die eines Magiers waren?

Er verscheuchte den Gedanken und bückte sich stattdessen, um den gefallenen Valkoner um Schwert und Dolch zu berauben. Carnac zerrte ihn wieder hoch, und gemeinsam entfernten sie sich von dem Ort des Kampfes, der hinter ihnen mit erbitterter Heftigkeit weitertobte. Carnac tat das einzig Richtige: Sie steuerte das Gewölbe zu ihrer Rechten an, nur weg von diesem Kampf, der nicht der ihre war. Nach wenigen Schritten hatten sie die Stelle überwunden, an der die Ratten zu Hunderten verendet waren, und das Laufen fiel Daart jetzt leichter – auch wenn er sich noch immer so fühlte, als wäre er von tagelangem Fieber geschwächt. Das Schwert hatte er in die linke Hand gewechselt, um Carnacs Hand ergreifen zu können, und wie zwei verschreckte Kinder liefen sie Hand in Hand auf den Gang zu. Als sie in sein milchig weißes Licht eintauchten, kam es Daart vor, als streifte ihn sanfte, wohlige Wärme. Ein Hauch prickelnd warmer Luft glitt wie der freundliche Willkommensgruß eines Lagerfeuers in bitter-kalter Nacht über sein Gesicht und seine Hände. Der Eindruck verflüchtigte sich nicht, als er tiefer in den Gang eintauchte, es nahm sogar noch zu.

Gleichzeitig verflog der beißende Gestank nach Schweiß, Urin und Rattenblut, der im Gewölbe hinter ihnen die Luft verpestete, und machte einem ganz anderen Geruch Platz: dem nach verschmortem Leder und glühend heißem Metall, Ausdünstungen wie nach einem Feuer, wie es die Guhulan in Gang setzten, wenn sie eine Feuerwalze gegen ihre Gegner donnern ließen. Daart vermied es, diesen beängstigenden Gedanken weiterzuverfolgen. Es gab keinen Grund zu der Annahme, dass sie hier irgendwo auf Guhulan stoßen sollten. Im Augenblick war er schon froh darüber, dass hier kaum Rattenkadaver lagen. Es war fast so, als hätten die aufgeschreckten kleinen Nager diesen Bereich des Gewölbes gemieden – unfassbar angesichts der Panik, mit der sie über ihn hinweggeflutet waren.

Carnac zerrte ihn weiter, aber Daart zögerte, blieb stehen und sah sich noch einmal um. Es war der hünenhafte Barbar, der seine Aufmerksamkeit auf sich zog. Aus Daarts Blickwinkel sah es aus, als fiele sanfter Mondschein auf sein Gesicht. Seine Augen waren zusammengekniffen, wohl weil er gegen das Licht anblinzeln musste, das aus dem Gang strömte, und auf seiner Stirn perlten Schweißtropfen. Ein frischer Schnitt auf seiner Wange blutete stark, aber er schien es nicht einmal zu merken; jedenfalls kümmerte er sich nicht darum, sondern stand ganz starr, sein archaisch wirkendes Tschekal wie zum Schlag erhoben. In seinem Gürtel steckten mehr Waffen, als drei gewöhnliche Krieger tragen konnten. Aber weder das Tschekal noch die anderen Waffen waren es, die Daart ins Auge stachen. Es war der funkelnde fünfzackige Stern auf seinem ledernden Stirnband, mit dem er sein wildes Haar zusammengebunden hatte.

Er erinnerte Daart an irgendetwas. Er hätte aber nicht sagen können, woran.

4

Carnac zerrte an seiner Hand, und der merkwürdige Bann brach, unter dessen Einfluss er den Barbaren betrachtet hatte, als wäre er ein alter Freund.

Sie stürmten weiter. Der Hüne verschwand aus seinem Blickfeld, doch Daart glaubte zu hören, wie er abfederte, um ihnen wütend nachzusetzen. Aber vielleicht hatte er sich auch getäuscht. Die schweren Schritte, die er zu hören erwartet hatte, blieben jedenfalls aus. Vorerst.

Carnac ließ ihn los, aber nicht, ohne ihm einen besorgten Seitenblick zuzuwerfen. »Du siehst furchtbar aus«, sagte sie. »Meinst du, du schaffst es?«

Daart fragte sich, was er schaffen sollte. Sie mussten hier weg, sicherlich, aber wohin – und wozu? Er hatte überhaupt keine Ahnung, wo sie sich befanden, nur die Vermutung, immer noch im Tal zu sein, aber durchgebrochen – eingebrochen – in dieses labyrinthähnliche Gewölbe, das für sie zur Todesfalle zu werden drohte.

Carnac schien sein Zögern zu bemerken. Sie reagierte auf ganz eigene Weise, in dem sie ihn an der Schulter packte und vorwärts schubste. »Wir müssen weiter«, sagte sie. Ihre Stimme zitterte ganz leicht, und Daart wurde sich bewusst, dass es auch ihr schwer fiel, sich auf den Beinen zu halten.

»Was ist geschehen?«, fragte er, während er hinter Carnac hereilte.

Carnac antwortete nicht. Ihre Schritte klangen wie das Huschen einer Katze, die sich, aufgeschreckt von einer Hundemeute, schnell und unauffällig in Sicherheit bringen will. Sie eilte auf die Abzweigung zu, die sich vor ihnen auftat. So weit Daart erkennen konnte, gabelte sich der Weg dort nicht nur, sondern führte in fünf verschiedene Richtungen. Drei Gänge führten ins Dunkle; finsteren Löchern gleich, boten sie vielleicht die beste Möglichkeit, sich erst einmal unauffällig in Sicherheit zu bringen, um die weiteren Schritte zu beraten. Aus den beiden anderen Gängen dagegen strömte milchiges Licht, und das mit so großer Kraft, dass Daart geblendet die Augen schließen musste.

Carnac drehte sich zu ihm um. »Welchen Gang sollen wir nehmen?«, fragte sie im Flüsterton.

Daart zuckte mit den Schultern – und deutete dann auf den größeren der beiden beleuchteten Gänge. »Vielleicht den. Mit ein bisschen Glück weist uns das Licht den Weg nach draußen.«

»Nach draußen …« Carnac stockte fast unmerklich, bevor sie weitersprach. »Aber was ist da draußen, Daart? Weißt du das?«

Wieder zuckte Daart mit den Schultern. »Keine Ahnung. Nur hoffentlich keine Ratten – und keine Barbaren, die ohne ein Wort über uns herfallen.«

Carnac wirkte beinahe enttäuscht, so als hätte sie erwartet, dass Daart ihr mehr hätte sagen können. Dann wandte sie sich rasch wieder um und wählte den Abzweig, den ihr Daart gewiesen hatte. Ein schwacher, süßlicher Geruch schlug ihnen entgegen, als sie den Gang betraten. Zuerst konnte ihn Daart nicht zuordnen, aber er wurde stärker, je weiter sie vordrangen, und dann begriff er, woher er stammen mochte: von Blut. Doch statt langsamer zu werden oder umzudrehen und es mit einem anderen Gang zu versuchen, beschleunigten die beiden ihre Schritte. Es war beinahe so, als triebe sie etwas voran, nicht die Gewissheit, verfolgt zu werden, sondern ein anfangs kaum spürbares und dann immer deutlicheres Unbehagen, das ihnen die Anwesenheit hier unerträglich machte.

Es wurde wärmer, je weiter sie kamen, und auch das milchige Licht, das aus den Wänden und der Decke zu dringen schien, nahm allmählich zu. Daart glaubte von Zeit zu Zeit ein dumpfes, machtvolles Grollen zu hören, einen Laut, als bewegte sich irgendwo vor ihnen etwas ungeheuer Großes und Schweres. Aber vielleicht spielten ihm auch nur seine Nerven einen Streich. Es war gar nicht lange her, da hatte er den Gezeitenwurm sich durch dunkle Gänge winden sehen, war von ihm mitgerissen worden in einen Zeitstrudel, der sein Gefühl für die Wirklichkeit vollkommen auf den Kopf gestellt hatte. Nubina, Herrscherin über Nyingma – und zumindest zeitweise auch Herrscherin über seine Gedanken und Gefühle – hatte behauptet, dass damit auch die Grenzen der Zeit für ihn brüchig geworden seien, durchlässig für die Wahrnehmung von Ereignissen, die an eben dem Ort geschehen waren, wo er sich befand, möglicherweise aber auch erst geschehen würden …

Es war ein verrückter Gedanke, den weiterzudenken sich Daart nicht gestattete. Vielleicht, weil er zu der Frage führen würde, wie er dann noch Gegenwart, Zukunft und Vergangenheit unterscheiden sollte und was es mit dem auf sich hatte, was man im Allgemeinen Wirklichkeit nannte.

5 Der Gang wurde breiter, aber der Boden unter ihren Füßen unebener, und bald knirschten Staub und feines, pulverisiertes Gestein unter ihren Stiefelsohlen, so als wäre hier eine Feuerlohe entlanggefahren, die alles verbrannt hatte, was ihr im Weg gewesen war. Das Licht kam nach wie vor aus den Wänden, doch es gab dunkle Inseln inmitten der schimmernden Helligkeit und schattenhafte Stellen, an denen das Licht tanzte, und wieder andere, an denen es flackerte wie bei einem Lagerfeuer, in das der Wind fährt.

Es war ein seltsames Gefühl, immer weiter in den Gang hineinzugehen: keine Furcht, sondern eine drückende Beklemmung, als drängen sie mit jedem Schritt weiter in einen Bereich vor, in dem nichts Lebendes bestehen konnte. Daart spürte das Alter der Wände, die ihn umschlossen, all die unzähligen Jahrtausende, die seit ihrer Entstehung an ihnen vorübergezogen waren. Die Welt war untergegangen und neu entstanden, seit man das unterirdische Labyrinth erbaut hatte, und irgendetwas von all den Ereignissen der Vergangenheit war haften geblieben, etwas Bedrückendes und Endgültiges, ein Stück materialisierter Ewigkeit, das Wissen, dass alle Bemühungen und jeder Kampf, egal wie groß und gewaltig das Ziel erscheinen mochte, letztlich sinnlos waren. Daart hatte plötzlich das Gefühl, keine Luft mehr zu bekommen.

Dann vollführte der Gang einen scharfen Knick, und sie kamen an die nächste Abzweigung. Dunkelheit und Helligkeit wechselten sich hier so abrupt ab, dass Daart beim Blick in die Gänge vor ihnen schwindlig wurde. Carnac blieb unvermittelt stehen. Daart wäre um ein Haar in sie hineingerannt; aber vielleicht lag das auch nur an seiner gestörten Wahrnehmung und daran, dass er an den Bildern zweifelte, die seine Augen ihm nun vorgaukelten.

»Das«, sagte Carnac unbehaglich und drehte sich zu ihm um, »gefällt mir nicht.«

»Mir auch nicht«, sagte Daart. Er zögerte. Wenn er Carnac danach fragte, was sie hier wahrnehme, würde er womöglich eine böse Überraschung erleben. Auf der anderen Seite brachte es nichts, wenn er weiter darüber im Unklaren blieb, was mit ihm – oder seiner Umgebung – los war.

Er kam nicht dazu, eine entsprechende Frage zu stellen. Carnac zuckte zusammen, und ihre Hand spannte sich so fest um das Schwert, dass Daart das leise Knacken ihrer Gelenke hören konnte, ein Laut, der ihm durch Mark und Bein ging. Für einen winzigen Moment schienen die flackernden Schatten auf der Abzweigung vor ihnen auf sie überzuspringen.

»Hier ist irgendetwas«, flüsterte Carnac.

Daart nickte hastig. Auch er spürte es. Es war ein leises, drängendes Pochen, ein Gefühl jenseits seiner gewöhnlichen Empfindungen, das ihn erfasste und ihn mit sich riss in einen Strudel widersprüchlicher Gefühle. Es ähnelte dem Zuraunen einer wohlmeinenden Kraft, die ihn auf eine Begegnung vorbereiten wollte, bei der es um Leben und Tod ging.

»Kehren wir um …?«, fragte Carnac. Eine ungewohnte Bangigkeit lag in ihrer Stimme. Daart konnte sie nur zu gut verstehen. Da war … *irgendetwas*. Er hätte das Gefühl nicht mit Worten beschreiben können, vielleicht, weil er es zum ersten Mal empfand. Am ehesten gemahnte es ihn noch an seine erste Begegnung mit einem Berglöwen, einem huschenden Schatten inmitten aufsteigender Nebel in den Sümpfen von Cosh, und an das Pochen seines Herzens, als es ihn, gerade einmal sieben oder acht Jahre alt, weg von der Raubkatze getrieben hatte.

Seinerzeit war er knapp in eine Höhle entkommen und hatte gerade noch rechtzeitig die wilde, abschreckende Kraft des Feuers wecken können. Heute, erwachsen und mit einem Schwert in der Hand, fühlte er sich hilfloser. Vielleicht konnte er es deshalb nicht mehr ertragen, abwartend hinter Carnac zu stehen. Er warf einen sichernden Blick über die Schulter und zog die Waffe. Das Geräusch, mit dem die Klinge aus der schmalen Lederscheide glitt, erschien ihm in der lastenden Stille überlaut. Wer – oder *was* – auch immer hier lauern mochte, musste es hören.

Mit unsicheren Schritten ging er an Carnac vorbei und wollte sich nach rechts wenden, in Richtung des Torbogens, aus der ihm die gleiche Art gleißender, aber unruhiger Helligkeit entgegenstrahlte, die ihn hierher gelockt hatte. Etwas ließ ihn zögern. Sie waren nicht allein. Er spürte die Anwesenheit von Leben in diesem Reich des Schweigens, wie er das Glühen einer Flamme in einem Land ewiger Finsternis gesehen hätte. Dennoch ging er voran. Es zog ihn nicht weiter, aber er wollte schon gar nicht zurück in das Gewölbe, in dem er sich mit Jacurts Kriegern einen erbitterten Kampf geliefert hatte. Dieses ganze Labyrinth hatte eine abstoßende, fast *bösartige* Ausstrahlung. Sie sollten sehen, dass sie so schnell wie möglich von hier verschwanden.

Das schwere, süßliche, auf morbide Art beinahe angenehme Aroma, das seit geraumer Zeit jeden anderen Geruch überlagerte, verstärkte sich. Es war dem Gestank ähnlich, den er gerade hinter sich gelassen hatte, dieser abstoßenden Mischung aus Menschen- und Rattenblut. Daarts Sinne waren aufs Äußerste gespannt. Auch wenn der Blutgeruch zu fremd für ihn war, um ihn genau zuordnen zu können, war er sicher, hier auf die Spuren eines Massakers zu stoßen.

Es dauerte nicht lange, bis er einen dunklen Umriss vor sich auftauchen sah, der sich aus dem flackernden Halbdunkel herausschälte, ein massiger Körper, der quer im Gang lag, so sperrig, als wollte er ihnen den Durchgang verwehren. Unter ihm breitete sich eine riesige, teilweise bereits angetrocknete Blutlache aus. Daart wechselte das Schwert von der Rechten in die Linke. Carnac war kurz hinter ihm, und er hörte ihre angespannten Atemzüge, in denen sich eine Mischung aus Wachsamkeit und Ekel ausdrückte.

Daart ließ sich in die Hocke nieder. Schweigend starrte er auf die unproportioniert wirkende Gestalt zu seinen Füßen. Es war ein Quorrl. Er lag mit dem Gesicht auf dem Boden. Die Lache dünnflüssigen, schaumigen Quorrl-Blutes unter ihm deutete darauf hin, dass er durch einen oder mehrere Schwertstreiche niedergestreckt worden war. Daart ließ sich neben dem Schuppenkrieger auf ein Knie nieder und legte das Schwert direkt neben sich, um es mit einem raschen Griff sofort wieder aufnehmen zu können. Erst dann packte er den Quorrl, um ihn mit einem entschlossenen Ruck umzudrehen.

Einen Atemzug lang fürchtete er, er habe sich getäuscht und der Quorrl lebe noch. Die pupillenlosen Fischaugen schienen ihn in einem Ausdruck ungläubigen Schreckens anzustarren, und Daart hätte sich nicht gewundert, wenn der Reptilienkrieger plötzlich von ihm weggerollt wäre, um das nicht weit von ihm entfernt liegende Zackenschwert zu packen und sich auf ihn zu stürzen. Doch dann merkte er, dass das Starren nicht ihm galt, sondern dem, was der Quorrl kurz vor seinem Tod erblickt hatte. Sein Brustharnisch war fast zur Gänze aufgeschlitzt, und noch immer pulste ein Strom roten Lebenssaftes aus seiner Bauchhöhle. Doch Daart bezweifelte, dass das in seinen Augen festgefrorene Entsetzen der Gewissheit entstammte, einen tödlichen Treffer eingesteckt zu haben. Die Quorrl waren unerschrockene Kämpfer, die selbst im Angesicht des Todes nur selten verzweifelten. Das, was er in den Augen des Quorrls zu sehen glaubte, war etwas anderes, ein Entsetzen, das weit über alles hinausging, was er während eines gewöhnlichen Kampfes empfunden haben mochte. Es war ein Schock gewesen, der sich tief in seine Züge gegraben hatte und Daart ein eiskaltes Frösteln über den Rücken jagte.

»Woran ist er gestorben?«, fragte Carnac.

Daart war sich nicht ganz sicher. Es mochte der gewaltige Schwerthieb sein, der den Quorrl niedergestreckt hatte, oder auch das, was er kurz vor seinem Tod erblickt hatte – und was ihn schlimmer getroffen hatte als der Schwertstreich.

»Er wurde geradezu aufschlitzt«, sagte er schließlich, nahm seine eigene Waffe wieder auf und stieg vorsichtig über den Leichnam hinweg. »Wir sollten uns vorsehen. So wie die Wunde aussieht …«

»Bei allen Göttern!«

Daart fuhr herum. Carnac hatte sich über den Quorrl gebeugt und starrte jetzt aus aufgerissen Augen auf die klaffende Brustwunde. »Das war ein Zackenschwert! Der Quorrl ist von einem Artgenossen umgebracht worden!«

»Ja. Es war ein gewaltiger Hieb, wie ihn wohl kaum ein Mensch hätte ausführen können.« Daart drehte sich wieder um. »Komm weiter. Ich möchte so schnell wie möglich raus aus diesem Gang.«

»Ich auch«, sagte Carnac leise, während sie seiner Aufforderung folgte und mit einem großen Schritt über den Toten hinwegsetzte. »Ich habe keine Lust, hier von mehreren bis aufs Blut gereizten Quorrls in die Zange genommen zu werden.«

Daart nickte. Ein Satai war durchaus in der Lage, es mit einem Quorrl aufzunehmen – aber nur dort, wo er seine Beweglichkeit und Schnelligkeit ausspielen konnte, und nicht in einem beengten Gemäuer wie diesem hier. Carnac schien dieser Gedanke regelrecht zu beflügeln. Sie drückte sich an ihm vorbei und übernahm wie selbstverständlich die Spitze. Ihre Bewegungen waren von einer für sie ganz ungewöhnlichen Hast geprägt.

Schließlich sahen sie das Ende des Ganges vor sich. Carnac wurde langsamer und blieb dann ganz stehen. Sie warf Daart einen raschen, warnenden Blick zu und legte den Finger auf die Lippen. Daart deutete ein Nicken an und lauschte. Das dumpfe Dröhnen schien stärker geworden zu sein, aber nach einer Weile wurde ihm klar, dass es nichts anderes war als das Geräusch seines eigenen Herzschlags, das er hörte – und das auch nur, weil es hier nicht laut, sondern geradezu gespenstisch leise war.

»Vor uns ist keine Abzweigung«, sagte Carnac mit gedämpfter, merkwürdig verhallter Stimme.

Daart trat neben sie. Er verstand sofort, was sie gemeint hatte.

Vor ihnen lag ein gewaltiger unterirdischer Felsendom. Nur mehr wenige steinerne Säulen trugen die gekrümmte Decke, die sich scheinbar endlos über ihnen spannte – und die so aussah, als würde sie jeden Moment auf sie herabfallen. Direkt vor ihnen erstreckte sich ein Labyrinth von Trümmern und scharfkantigen, von ungeheuren Kräften aus dem Boden gebrochenen Gesteinsbrocken. Es sah aus, wäre etwas mit Urgewalt über alles hinweggefegt, was einst hier gestanden hatte, und Daart glaubte den Explosionsknall zu hören und die Feuerwalze zu sehen, die vor langer Zeit durch den gigantischen Raum gerast war. Mit gespenstischer Deutlichkeit sah er vor sich, wie der ganze Dom angehoben wurde, wie sich Säulen unter einem gewaltigen Druck bogen und barsten, wie der Boden aufriss und Steine von der Decke regneten; er sah Trümmerstücke durch die Luft fliegen und Feuer ausbrechen, und inmitten des Chaos, das nicht jetzt stattfand, sondern vor schier unendlicher Zeit, sah er Carnac: Sie straffte sich und huschte geduckt aus dem Gang, mitten in das längst erkaltete und in einer bizarren Sinfonie des Schreckens erstarrte Trümmerfeld.

Hastig sah sie sich nach allen Seiten um und ging hinter einem geborstenen, von verrosteten Metallstreben durchzogenen Gesteinsbrocken in Deckung. Daart starrte ihr einen Herzschlag lang unschlüssig nach. Die Vorstellung, dieses Monument einer längst untergegangenen, machtvollen Kultur betreten zu müssen, gefiel ihm nicht. Er spürte, dass hier etwas auf sie lauerte – vielleicht nichts Körperliches, sondern eher die Gestalt gewordene Erinnerung an ein schreckliches Ereignis, das alles in den Schatten stellte, was er sich vorzustellen vermochte. Aber das änderte nichts daran, dass etwas da war.

Sein Blick wanderte von Carnac weg, die in ihrem schwarzen Echsenleder mit dem schmutzig grauen Gestein zu verschmelzen schien, hinauf zur Decke. Wie Stalaktiten fingerten geschmolzene Gesteinsfäden von weit oben zu ihnen herab, und zwischen ihnen spannten sich, verwunschenen Spinnweben ähnlich, dünne, ineinander verschlungene Netze eines fremdartigen Materials. Daart glaubte die ungeheure Glut zu spüren, die diesen Raum einst erfüllt haben musste, die Hitze, die Gestein hatte wegtropfen lassen wie Wachs, ein Höllenfeuer, das auf geheimnisvolle Weise noch immer da zu sein schien, als wäre es nie erloschen, sondern gefangen in dem weißen, durchsichtigen Gespinst, das sich zwischen den wenigen verbliebenen Säulen und den erstarrten Gesteinsfingern spannte.

Daart hätte alles lieber getan, als diesen Dom zu betreten. Etwas ging hier vor, das er nicht fassen konnte, etwas war in diesem uralten, trotz der schwärenden Wunden noch immer beeindruckenden Raum, vielleicht schlafend, aber durchaus spürbar. Es schien Daart beinahe so, als triebe dieses Etwas über die Abgründe der Zeit zu ihm herüber, als spürte es das, was Daart in sich trug, seit er dem Gezeitenwurm begegnet war, eine Artverwandtheit mit dem zeitdurchlässigen Wesen, das Raunen und Wispern, das sich in Daart eingenistet hatte und dessen Existenz er nur zu gern verleugnet hätte.

Er trat einen Schritt vor. Etwas zischelte, wand sich, wurde auf ihn aufmerksam. Ihm stockte der Atem. Sein Blick irrlichterte zwischen den Säulen, den Gesteinsbrocken, dem fein gewobenen Netz unterhalb der Decke hin und her. Er gewahrte keine Bewegungen bis auf die leichte, kaum wahrnehmbare Unruhe in dem dicht gewobenen Netz der Fäden. Es sah fast aus, als griffe ein gieriger Luftzug nach ihnen. Daart konnte sich das nicht erklären. Die Luft in seiner Umgebung stand wie in der Nonakesh-Wüste an einem hitzeflirrenden Tag.

Dennoch ging er weiter, auf Carnac zu, die sich inzwischen so weit aufgerichtet hatte, dass sie ihre nächste Umgebung überblicken konnte. Daart war sich nur zu bewusst, dass sich in dieser riesigen Halle ein ganzes Heer versteckt halten konnte. Doch nicht das war es, was er fürchtete. Es war das Gefühl, beobachtet zu werden, das übermächtig wurde und dabei von ganz anderer Intensität war als alles, was er kannte. Es waren nicht die unsichtbaren Augen feindlicher Krieger, deren Blick zu erahnen man ihm beigebracht hatte, es waren gierige, saugende Finger der Zeit, die sich auf ihn zuwanden …

Er beschleunigte seine Schritte und ging neben Carnac in die Hocke. Es wäre verrückt, die Gedanken weiterzufolgen, die sich ihm seit dem Betreten der Halle aufgedrängt hatten. Vielleicht gab es wirklich Seher, für die die Grenzen der Zeit weit weniger fest gefügt waren als für Normalsterbliche. Aber wenn, dann wollte er nicht zu ihnen gehören. Er hatte nun genug von all dem magischen Hokuspokus. Zar'Toran und die Guhulan hatten seine Kindheit geprägt, und für ihn war es selbstverständlich gewesen, mit Feuerdämonen umzugehen und ihre verderbte Kraft zu fürchten, der letztendlich alle Menschen zum Opfer gefallen waren, an denen ihm etwas gelegen hatte.

Das bedeutete nicht, dass es wirklich Feuerdämonen gab. Jedenfalls nicht für diejenigen, die sich standhaft weigerten, an ihre Existenz zu glauben.

Und es bedeutete auch nicht, dass man über die Abgründe der

Zeit sehen konnte. Jedenfalls nicht, wenn man nicht daran glaubte …

»Ich weiß nicht«, sagte Carnac zögernd. »Irgendetwas Seltsames geht hier vor.«

»Was meinst du?«, fragte Daart alarmiert.

Carnac zuckte mit den Schultern. »Sieh doch mal da oben. Dieses … *Gespinst*. Es bewegt sich, als würde es vom Wind bewegt. Aber spürst du auch nur den leisesten Luftzug?«

»Nein«, antwortete Daart. »Aber das hat nicht viel zu bedeuten. Es kann hier Aufwinde geben, die nur an den Sciten entlangstreifen…«

»Und da hinten«, Carnac deutete auf eine Ansammlung mannsgroßer Gesteinsbrocken, vielleicht sechs, sieben Pferdelängen von ihnen entfernt.

Daart kniff die Augen zusammen. Eine der Seitenwände war geborsten, die Steine in einer gefrorenen, zeitlosen Explosion der milchigweißen Schwaden gefangen – aber das war nicht alles. Ein fast durchsichtiger Schatten tauchte dort auf und verschwamm wieder, bevor ihn Daart genauer betrachten konnte: die Gestalt eines massigen, irgendwie vertraut wirkenden, aber vor allem *abschreckenden* Körpers. Daarts Unruhe verstärkte sich, und er spürte, dass er dabei war, in Panik zu geraten. Vielleicht war das, was er dort zu sehen geglaubt hatte, genau das, was sich auf den Netzhäuten des sterbenden Quorrl eingebrannt hatte. Vielleicht war es dieselbe Gestalt, die den Reptilienkrieger mit ihrem Anblick förmlich zu Tode erschreckt hatte …

Und was, wenn es nun wirklich so wäre?, fragte seine innere Stimme. *Würdest du dann dein Schwert wegwerfen und schreiend davonlaufen?*

»Natürlich nicht«, murmelte Daart.

Carnac warf ihm einen irritierten Seitenblick zu. »Was ist?«, fragte sie.

»Nichts«, sagte Daart unbehaglich. »Ich habe nur geglaubt, etwas zu sehen.«

»Ich auch«, sagte Carnac. »Ich fürchte, wir sind hier nicht allein …«

Sie kam nicht dazu, ihren Satz zu beenden. Hinter ihnen war das Geräusch leiser Schritte zu hören. Daart und Carnac wirbelten herum, beide mit dem Schwert in der Hand und in Kampfposition und auf einen erbarmungslosen Angriff vorbereitet. Daart wäre nicht verwundert gewesen, wenn die Barbaren herangestürmt wären, die Jacurt angegriffen hatten, um sie niederzumachen. Aber es waren weder sie noch sonst jemand, den sie fürchten mussten.

Es war Ask.

6

Daart war völlig verblüfft, ausgerechnet Ask heranstürmen zu sehen. Im ersten Augenblick hätte er sie fast nicht erkannt. Ihr Verband war verrutscht und hing bis zu ihrem Handgelenk herunter, ihr Gesicht war schweißüberströmt und die Augen angstvoll aufgerissen. Die rechte Hand hatte sie auf die Wange gelegt, und als sie auf Daart zuhetzte, erkannte er auch, warum: Mehrere tiefe Kratzer, aus denen frisches Blut quoll, verunstalteten ihr Gesicht.

»Daart!«, keuchte sie.

»Ja, was ist? Wirst du verfolgt?«

Ask brachte das Kunststück fertig, gleichzeitig den Kopf zu schütteln und zu nicken. »Ich weiß nicht«, sagte sie. »Es waren ... *Ratten.* Hunderte, Tausende, Millionen ... Ich weiß es nicht.«

Sie blieb vor Daart stehen und schlug die Hände vors Gesicht. Ihr zierlicher Körper zitterte. Die Spuren der Rattenbisse waren überall zu sehen. Das ehemals schwarz glänzende Leder ihres Echsenpanzers war an vielen Stellen stumpf, eingerissen und zerkratzt, besudelt mit Blut und zerquetschten Rattenextremitäten. So wie es aussah, hatte sich Ask nicht dazu überwinden können, die Rattenflut über sich ergehen zu lassen wie Daart, sondern sich einen erbitterten Kampf mit den panischen kleinen Nagern geliefert. Daart bezweifelte, dass eine einzelne Ratte dem Echsenleder etwas hätte anhaben können, aber *Tausende* von ihnen, die darüber gewuselt waren und ihre scharfen, spitzen Zähne in den Panzer geschlagen hatten wie in ein Beutetier, hatten ihn innerhalb kürzester Zeit beinahe zerfetzt.

»Lass sehen«, sagte Carnac. Sie hatte ihr Schwert weggesteckt, aber nicht, ohne sich vorher noch einmal um ihre eigene Achse zu drehen und ihre Umgebung ganz genau zu mustern. Jetzt ließ sie sich in die Hocke nieder und ergriff Asks rechte Hand. »Ihr kennt euch?«, fragte sie dabei beiläufig und ohne hochzusehen.

»Ja«, sagte Daart. »Wir haben ein paar Worte gewechselt – nachdem dich Jacurt mitgenommen hatte.«

Carnac nickte geistesabwesend. »Das könnte eine böse Infektion geben«, sagte sie, während sie die Schnalle ihres breiten Gürtels öffnete. Daart ahnte bereits, was sie vorhatte. Aber dann war er doch überrascht, als sie ein kleines Tütchen aus einem der in den Gürtel eingearbeiteten Geheimfächer nahm und Ask mit einer eindeutigen Geste aufforderte, ihr die ausgestreckte Hand hinzuhalten, um darin mehr als die Hälfte des Inhalt auszuschütten.

»Das ist Haankraut«, erklärte sie. »Du kannst damit die Bisse einreiben, dann werden sie sich nicht so schnell entzünden.« Sie stand wieder auf, verstaute den Rest das Haankrauts und rückte den Gürtel wieder zurecht. »Aber richtig versorgen kann ich dich hier leider nicht. In den Satteltaschen meines Pferdes habe ich Verbandszeug und andere Heilkräuter. Aber ich habe leider keine Ahnung, wo mein Pferd ist.«

Ask nickte hastig und rieb das Kraut in eine besonders üble Verletzung an ihrem Handrücken. Eine einzelne Träne lief über ihre Wange und vermischte sich mit dem Blut, das aus ihren Wunden im Gesicht tropfte. Daart zwang sich, genau hinzusehen. Unzählige Krallen hatten die Haut aufgerissen, aber er entdeckte nur an einer einzigen Stelle, am Kinn, den Abdruck spitzer Rattenzähne. Ask sah furchtbar aus, und trotzdem hatte sie wahrscheinlich noch Glück gehabt. Ohne ihre feste Kleidung und ohne ihre schnellen Reflexe wäre sie unweigerlich ein Opfer der Ratten geworden.

»Sind dir die Ratten in den Gang gefolgt?«, fragte er.

»In den Gang gefolgt?« Ask hielt in der Bewegung inne und starrte ihn verwirrt an. »Nein. Ich weiß überhaupt nicht, was passiert ist. Eben saß ich noch auf meinem Pferd, und dann … es war beinahe wie ein Unwetter und doch ganz anders …« Sie sprach in hektischen, abgerissenen Sätzen, und Daart spürte die ungeheure

Erregung hinter ihren Worten. »Ich wurde von meinem Pferd gerissen. Wahrscheinlich bin ich irgendwo mit dem Kopf aufgeschlagen. Und als ich wieder aufgewacht bin …«

Sie brach ab, und ihr Blick wurde starr. Daart begriff, dass sie nicht ihn ansah, sondern vollkommen gefangen war von dem, was ihr widerfahren war. »Ich war in einer Höhle. Es war dunkel. Aber sie waren da. Und ich konnte nichts machen. Sie quiekten, sie tobten, sie zerrten an mir. Zuerst habe ich gegen sie gekämpft, mit dem Schwert nach ihnen geschlagen und versucht, sie zu zertrampeln, aber es waren einfach zu viele – und ich konnte ja nichts sehen, weil es in der Höhle stockdunkel war.«

Daart konnte sich eines Schauderns nicht erwehren. Er hatte es selbst erlebt, aber im Gegensatz zu Ask hatte er wenigstens *gesehen*, wie die Rattenflut auf ihn zugeschossen war, und er hatte gewusst, dass die panischen Nager nicht überall waren und das es nur eine endliche Zeit dauern konnte, bis die Flut wieder abebbte. Aber allein in einer stockfinsteren Höhle, eingesperrt mit einer Unzahl aufgeschreckter Ratten? Das war einfach unvorstellbar.

»Wie bist du ihnen entkommen?«, fragte Carnac.

Ask starrte sie fassungslos an. »Ich ihnen entkommen? Nein, ich bin ihnen nicht entkommen. Sie sind vor mir geflohen! Ich bin in ihrer Höhle aufgetaucht, in dem größten Rattennest, das man sich nur vorstellen kann.«

Daart erstarrte förmlich. »In einem *Rattennest*?«, fragte Carnac ungläubig. Daart hörte es kaum. Er hatte einen ungeheuren Verdacht. »Wie lange ist das her?«, fragte er tonlos.

»Lange, viel zu lange.« Ask stöhnte auf. »Viele Stunden, ich weiß es nicht. Mir fehlt hier jeder Bezugspunkt. Zum Schluss habe ich mich einfach flach auf den Boden gelegt, die Hände über den Kopf gelegt und versucht, den Ratten so wenig Angriffsfläche wie möglich zu bieten. Und irgendwann waren sie weg.«

Daart nickte. Das ergab einen Sinn. Die Ratten, die über ihn, Jacurt und die anderen hinweggeflutet waren, waren aufgeschreckt und vertrieben worden. Die Frage, wo sie hergekommen waren, ließ sich ganz einfach beantworten: aus dem Rattennest, in dem Ask wie aus dem Nichts aufgetaucht war. Die Frage blieb, *wie* Ask in die Rattenhöhle gekommen war. Und warum die Ratten sie nicht bei lebendigem Leib zerfetzt hatten, was ihnen sicherlich möglich gewesen wäre, wenn sie ihrer Wut freien Lauf gelassen hätten.

Gute Fragen, meldete sich seine innere Stimme so überraschend zu Wort, dass Daart unwillkürlich zusammenzuckte. *Und du solltest sie beantworten können, bevor es zu spät ist.*

Carnac legte Ask die Hand auf die Stirn. »Kein Fieber«, sagte sie. »Aber das hat nicht viel zu sagen. Wir müssen dich hier schnellstens herausbringen.«

»Was ist mit mir?«, fragte Ask besorgt und führte die Hand zum Gesicht, um vorsichtig und mit kleinen, geschickten Kreisbewegungen die ärgsten Wunden mit dem Haankraut einzureiben.

»Nichts, worüber du dir Sorgen machen müsstest«, sagte Carnac rasch – zu rasch, wie Daart fand. »Aber Rattenbisse sind nicht ganz ungefährlich. Außerdem hast du eine Menge Blut verloren. Am besten wäre es natürlich, wir könnten dich zu einem Heiler bringen.«

Ask ließ die Hand sinken und starrte sie schweigend an. Sie sah aus, als hätte sie gerade ihr Todesurteil erfahren. So erbarmungswürdig, wie sie aussah, drohte ihr durchaus ein ähnliches Schicksal wie ihrem Freund Kamar – und genau das schien ihr gerade klar zu werden.

»Aber eines kann ich tun.« Carnac ergriff Asks Handgelenk und winkelte den verrutschen Verband ab. »Deine Schulterwunde ist älter, nicht wahr?« Sie wartete keine Antwort ab, sondern machte sich sofort daran, die Wunde mit dem alten und nicht gerade sauberen Verband zu verbinden. »Damit halte ich wenigstens die Blutung aus deiner alten Verletzung auf«, sagte sie. »So wie die Wunde aussieht, hat dich ein Schwert ganz übel erwischt. Gegen wen hast du gekämpft?«

»Kamar und ich wollten zwei tote Kinder aus einer vergifteten Wasserstelle bergen«, sagte Ask. »Und das versuchten ein paar Katken zu verhindern. Aber sie haben es nicht geschafft.«

Carnac lächelte flüchtig. »Die anderen Wunden sehen schlimmer aus, als sie sind«, sagte sie in bewusst munterem Tonfall, der ihre Besorgnis allerdings kaum verbergen konnte. Es stand offensichtlich gar nicht gut um Ask. Daarts Besorgnis um die junge Satai-Sjen verstärkte sich noch, als sie ein paar Schritte tat, dann vor Schwäche taumelte und fast gefallen wäre.

»Was ist mir ihr?«, raunte Carnac Daart zu, während sich Ask an einer abgebrochenen Säule festhielt.

Daart fand die Frage etwas merkwürdig – gelinde gesagt. Sie hatten beide während ihrer Ausbildung eine Menge über Heilkunst gelernt, aber es war ganz eindeutig Carnac, die mehr davon verstand als er – wahrscheinlich, weil sie als Prophetin in solchen Dingen erfahrener war als jeder Krieger. Aber als er in ihre Augen blickte, begriff er, dass sie nicht Asks angeschlagenen Zustand gemeint hatte. Es erging Carnac wahrscheinlich nicht anders als ihm selbst: Als er Ask zum ersten Mal gesehen hatte, war sie ihm wie ein ganz normaler Satai-Sjen vorgekommen, bis er begriffen hatte, dass sie möglicherweise weiblichen Geschlechts war. Aber selbst das war nicht einmal das Irritierendste an Ask. Sie war jünger als Carnac und damit jünger als die Sorte Frauen, zu denen Daart sich hingezogen fühlte. Und doch tat er es: sich zu ihr hingezogen fühlen. Es war ein ganz merkwürdiges Gefühl. Es kam ihm vor, als kennte er Ask schon ewig. Vielleicht weil sie für ihn so etwas wie die kleine Schwester war, die er nie gehabt hatte.

»Du sagst nichts«, meinte Carnac, während ihr Blick zwischen Ask und ihm hin und her irrte. Zum ersten Mal kam Daart auf den Gedanken, dass sie eifersüchtig sein könnte. Aber auf wen? Auf eine junge Kriegerin, die schwerlich die nächsten Tage überleben würde, wenn sie nicht das Wunder vollbrachten, ihre Wunden anständig zu versorgen?

»Ask ist etwas … Besonderes«, sagte er.

Natürlich war es genau die verkehrte Bemerkung. Carnac zuckte fast unmerklich zusammen, dann hatte sie sich wieder in der Gewalt. »Etwas Besonderes.« Sie nickte. »So. Und in welcher Beziehung?«

Sie hätte natürlich auch fragen können: »Etwas Besonderes für dich?«

Daarts Blick wanderte hinauf zum Dach des Felsendoms – oder was auch immer das hier einst gewesen war, vor schier unendlicher

Zeit, als die Alten gegen die gekämpft hatten, die von den Sternen gekommen waren. Das filigrane Netz über ihm zitterte leicht, beruhigte sich dann, aber nur, um sogleich wieder zu schwingen, als ob ein frischer Luftzug in es führe. Es war gespenstisch. Für einen Moment hatte Daart das Gefühl, das zerbrechliche Gespinst schwinge im Rhythmus seiner Gedanken und spüre all seine Zweifel, Ängste und Hoffnungen, um sie in Bewegung auszudrücken. Das herabgetropfte Gestein, das fein gewobene Netz aus einem ihm unbekannten Material, die gigantische, fast größenwahnsinnige Architektur … all das vermischte sich vor seinen Augen zu etwas, das ihm wie das Kunstwerk eines Verrückten vorkam, der mit dem Feuer, dem unglaublichen Vernichtungspotenzial der Alten gespielt hatte, um den krankhaften Ausdruck seiner Seele für alle Zeiten zu manifestieren.

»Du sagst nichts«, stellte Carnac sehr richtig fest.

Daarts Blick wanderte zu Ask. Sie stand schwer atmend an der Säule. Ihr Atem – ein, aus; die Bewegungen des Netzes – hin und her. Er blinzelte. Er konnte es nicht fassen, wollte es nicht einmal annähernd in Erwägung ziehen. Seine Augen irrlichterten zwischen Ask und dem Netz hin und her.

Es konnte kein Zweifel bestehen.

Wenn Ask einatmete, zog sich das Gespinst über ihm zusammen. Sobald sie ausatmete, kehrte sich der Prozess um. Ging ein hektisches Flackern über ihr Gesicht, dann vibrierte das Netz, um sich erst dann wieder zu entspannen, wenn sie in ihren gewohnten Atemrhythmus zurückfand.

Eine ganz ungewohnte Angst keimte in Daart auf. Seine Hände zitterten nicht, sein Atem beschleunigte sich nicht. Er stand ganz ruhig da, nicht einmal erstarrt, und wahrscheinlich hätte kein Beobachter seine Erschütterung bemerkt – keiner bis auf Carnac. *Ask, wer bist du?*, wisperte die Stimme in ihm.

So hatte sie sich noch nie gemeldet. Die Klangfarbe der Stimme war immer voll Überheblichkeit gewesen, manchmal – äußerst selten – auch voll Nervosität. Er spürte, wie die Kälte in seine Glieder fuhr, eine ungewohnte Kälte. Es entging ihm nicht, dass Carnac ihn musterte, als sähe sie ihn zum ersten Mal; es entging ihm auch nicht, dass Ask immer noch an der Säule gelehnt stand, ein zerbrechliches, von unzähligen Rattenbissen geplagtes Wesen, das dringend der Schonung bedurfte, das so kraftlos, so verletzlich wirkte – *aber dieses verdammte Gespinst über ihren Köpfen bewegte sich im Rhythmus ihres Atems!*

»Was ist mir dir?«, fragte Carnac. Ihre Stimme klang besorgt. Sie starrte ihn fragend an, mit ihren großen, fast gänzlich schwarzen Augen, die Jacurt für die einer Magierin gehalten hatte.

»Nichts«, sagte Daart. »Nur ...«

Er brauchte nichts zu erklären. Carnac drehte sich um, folgte seinem Blick. Irgendetwas in ihrer Körperhaltung veränderte sich. Sie duckte sich, so als wollte sie sprungbereit sein, falls ein Angriff erfolgte. Genauso wie er kurz zuvor blickte auch sie zwischen Ask und dem Gespinst zu ihren Köpfen empor. »Das ist ...«, begann sie.

»Ja«, sagte Daart leise. »Ich weiß.«

»Aber wie ...« Carnac schluckte trocken und drehte sich wieder zu ihm um. Ihr Blick flackerte. »Ein Zufall. Es kann nicht mehr als ein Zufall sein. Wir müssen sie unter Beobachtung halten. Und dann werden wir feststellen ...«

Sie brach ab und starrte ins Leere.

»Was werden wir feststellen?«, fragte Daart.

»Dass wir uns getäuscht haben.« Es war keine Aussage, es war eine Frage. Es war Unsicherheit. Carnac hatte es genau so gesehen wie er selbst, und sie war auf gleiche Weise erschrocken. Es gab Symbiosen zwischen Menschen und Tieren, es gab die ungeheuer komplexe Verbindung zwischen den Errish und ihren Drachen, die Gedanken tauschten, die eigentlich keine Gedanken waren – aber es gab nichts, was mit einem *Gespinst* in Beziehung stehen konnte.

»Wir müssen weiter, Carnac«, sagte Daart schließlich, auch wenn er noch stundenlang hier hätte stehen können, um das Wechselspiel zwischen Ask und dem Netz zu beobachten. Es erschreckte ihn, aber es faszinierte ihn auch. Er hatte nie die Faszination der Kunst verstanden, der so viele Menschen erlagen, egal ob sie reich oder arm waren, aber vielleicht war es ja ein ganz ähnliches Gefühl wie das, was er jetzt empfand.

»Natürlich«, sagte Carnac. Sie straffte sich. Ihr Blick flackerte, und zum ersten Mal verstand Daart, warum Jacurt Carnac bei ihrer Wiederbegegnung so lange angestarrt hatte. Es war etwas ganz Außergewöhnliches in Carnacs Augen. Natürlich war ihm das auch schon vorher aufgefallen, aber er hatte dem keine Bedeutung beigemessen. Er wusste, dass Carnac nicht die war, für die sie sich ausgab, sondern …

Irana?, fragte die Stimme spöttisch. *Ist das der Name, nach dem du gesucht hast?*

Nein, er hatte nicht danach gesucht, und er hasste diese Stimme, deren Herkunft er nicht kannte und von der nicht viel mehr wusste, als dass sie ihn zu leiten versuchte, wenn er sich mal wieder kräftig in den Schlamassel hineingeritten hatte. Außerdem waren es für seinen Geschmack ein paar Rätsel zu viel. Carnac, die eigentlich nicht Carnac war, Ask, die irgendetwas war, nur kein gewöhnlicher Satai-Sjen – und nicht zu vergessen er selbst, von dem Jacurt behauptet hatte, er sei ein Magier, und dem eine innere Stimme Dinge zuraunte, deren Herkunft er nicht kannte. In seinen Gedanken verwirrte sich all dies zu einem großen Durcheinander, wie verschiedene Fadenknäuel, die in sich selbst und miteinander verheddert waren.

Könnte es nicht sein, dass alles miteinander zusammenhängt?, fragte die Stimme. *Dass du den Faden nur an einer beliebigen Stelle aufnehmen musst, um das ganze Rätsel zu lösen?*

»Ich vermute, der Ausgang befindet sich auf der anderen Seite«, sagte Carnac mitten in seine Verwirrung hinein. »Lass uns gehen.«

Daart nickte flüchtig. Es war müßig, in diesem Augenblick darüber nachzudenken zu wollen, wo sie hier gelandet waren und was mit jedem Einzelnen von ihnen nicht stimmte. Sie mussten erst einmal so schnell wie möglich aus diesem gigantischen Kuppelbau heraus und dann an die frische Luft gelangen, irgendwohin, wo es keine Ratten, keine Barbaren und keine Quorrl gab. Dann konnten sie weiter sehen.

Carnac deutete nach rechts. »Da entlang. Dort sind die wenigsten Trümmer.«

Daart nickte, obwohl es sicherer gewesen wäre, sich im Schutz geborstener Säulen und herabgestürzter Deckenteile zu bewegen.

Aber wahrscheinlich machte das keinen Unterschied mehr; irgendjemand war sowieso schon auf sie aufmerksam geworden, da war er sich ziemlich sicher. Es war nicht der Nachhall kaum wahrnehmbarer Geräusche, die an sein Ohr drangen, kein Rascheln, Huschen oder Scharren von Füßen, sondern etwas, das ihm seine Sinne als Jäger meldeten. Oft hatte er als Junge die Spur eines Hasen oder eines anderen Beutetier verfolgt, immer auf der Hut, nicht auf einen größeren Räuber zu stoßen, als er selbst einer gewesen war. Das hatte seine Sinne geschärft und ihm eine Wahrnehmung ermöglicht, die nicht auf hör- oder sichtbare Reize angewiesen war.

Jedes Lebewesen verströmte eine Energie, und mit der nötigen Empfindsamkeit ließ sie sich aufspüren.

Er ging zu Ask hinüber und packte sie unter die Schulter. Ask stützte sich wortlos auf ihn, und dann folgten sie Carnac so schnell sie konnten. Daart warf immer wieder rasche Blicke in die Runde. Das Gefühl, angestarrt zu werden, verstärkte sich mit jedem Schritt. Aber er sah niemanden. Es war eine wahre Trümmerlandschaft, durch die sie gingen, und je weiter sie kamen, umso schlimmer wurden die Spuren der Zerstörung. Feurige Wogen einer unbekannten Energie hatten tiefe Furchen in den Boden gegraben und ihn an anderen Stellen Wellen schlagen lassen, die wie flüssiges Glas geronnen und in bizarren Formen erstarrt waren. Daart und Ask gerieten mehrmals ins Taumeln, als das Mädchen den Fuß nicht hoch genug hob, um ihn über die steinharten Hindernisse hinwegzuziehen. Trotzdem behielt Daart das scharfe Tempo bei, das Carnac eingeschlagen hatte. Es waren Breschen, welche eine verheerende Kraft durch die zusammengebrochene Hallenkonstruktion geschlagen hatte, *nachdem* hier schon alles zusammengeschmolzen war, beinahe so, als hätte jemand nachträglich Gassen freilegen wollen, um anschließend in den Kuppelbau einmarschieren zu können. Daart konnte sich beim besten Willen nicht vorstellen, wer oder was zu einer solchen Zerstörung fähig war. Selbst eine Feuerdrache hätte es niemals vermocht, Gestein zum Schmelzen zu bringen, geschweige denn, eine so riesige Anlage wie diese hier der Vernichtung zu überantworten.

»Ist das … das Werk der Sterngeborenen?«, fragte Ask.

Daart zog sie ein Stück näher an sich heran und hob sie wie ein kleines Kind über einen Vorsprung, der ihnen den Weg versperrte. »Vielleicht«, sagte er vage. Die Sternengeborenen waren kein Thema, auf das man auf Enwor gern zu sprechen kam. Die meisten hielten sie für Götter, die vor unendlicher Zeit von den Sternen herabgestiegen waren, um die Alten zu vernichten. Das kam der Wahrheit wahrscheinlich sogar ziemlich nahe.

Ask stützte sich an einem geschmolzenen und wieder erstarrten Gesteinsbrocken ab und sah zu ihm hoch. Ihre Augen waren groß und rund. »Man sagt, die Sternengeborenen wären noch immer unter uns und lenkten unsere Geschicke.«

»Das ist dummes Gewäsch.« Daart hielt inne und starrte hinauf zu der funkelnden Decke des Doms. Durchaus möglich, dass die Kuppel über ihnen einst eine gigantische Sternenkarte dargestellt hatte. Aber selbst wenn es sich so verhielte, hätte es nichts zu bedeuten. Die Alten hatten selbst nach den Sternen gegriffen, und vielleicht hatten sie dadurch sogar die Katastrophe selbst ausgelöst, an der sie im Lauf vieler Jahrhunderte mitsamt ihren Wunderwerken zugrunde gegangen waren. Daart wusste nur zu gut, dass man auf der Suche nach einer Beute schnell zum Gejagten werden konnte – und vielleicht war genau das passiert, als die Alten die Sterne selbst herausgefordert hatten.

»Was ist?« Carnac hatte sich zu ihnen umgedreht und starrte sie mit gerunzelter Stirn an. »Habt ihr etwas entdeckt?«

Sie hatte nicht laut gesprochen, aber ihre Stimme hallte fast unangenehm laut in Daarts Ohren wieder. Die Akustik in dem zerstörten Kuppelbau war erstaunlich.

»Es ist nichts«, sagte Daart. »Ask brauchte nur eine kurze Pause.«

Carnacs Gesicht zeigte keine Regung, aber in ihrer Stimme schwang eine leichte Spur von Ärger mit, als sie sagte: »Dann kümmere ich mich jetzt wohl besser um Ask. Übernimm du die Vorhut, Daart.«

Daart hätte widersprechen können, und unter gewöhnlichen Umständen hätte er das auch getan, schon aus Prinzip. Aber in diesem Augenblick schien es ihm nicht ratsam. Er nickte nur knapp und setzte sich dann wieder in Bewegung.

Er war noch keine drei Schritte weit gekommen, als er zu seiner Rechten ein Huschen gewahrte, schattenhaft, kaum mehr als ein Luftzug, der einen Vorhang bewegte. Er zog sein Schwert. Es waren nicht die Überreste einer Säule, hinter denen er die Bewegung wahrgenommen hatte. Hier war etwas anderes zusammengeschmolzen worden, eine Art Fahrzeug vielleicht … jedenfalls etwas, das aus Metall bestanden hatte. Eine Kette wand sich wie eine übergroße Schlange um ein löchriges, verschmolzenes Gestell, aus dem ein langes Rohr ragte, gebogen von der Urgewalt feuriger Energien. Wie überdimensionierte Tautropfen über einen Baumstamm war flüssiges Glas über das halb geschmolzene Rohr gelaufen, bevor beides erstarrt war, konserviert für die Ewigkeit.

7 Daart stand wie erstarrt da. Der metallene Drache war nicht so tot, wie es auf den ersten Blick den Anschein gehabt hatte. Eine Erschütterung durchlief ihn, ein Beben wie im Todeskampf. Die Luft flirrte, und dann verschwammen seine Umrisse vor Daarts Augen, als würde er von einer gewaltigen Woge gepackt und mitgerissen. Daart wollte zurückweichen, aber er konnte es nicht; wie gelähmt blieb er stehen, unfähig, die Augen von dem ungeheuerlichen Schauspiel loszureißen, das direkt vor ihm stattfand. Dort, wo eben noch das Metallungeheuer gestanden hatte, bildeten sich flammende Wirbel. Bunt schillernde Kreise wechselten mit auseinander gerissenen Farbgebilden, grell leuchtende Formen und Farben entstanden und vergingen wieder, formten sich zu Wirbeln und huschenden Kreiseln aus Licht und Bewegung, drehten sich, einige langsam und bedächtig, andere so rasend schnell, das Daart ihre Bewegungen nicht mit den Augen verfolgen konnte. Aus den Rändern des sich drehenden Rads faserte etwas aus, und Daart hatte das Gefühl, als griffe es nach ihm, um ihn mitzureißen auf eine Reise in die Unendlichkeit. Ein schmerzhafter Ruck ging durch seinen Körper. Er wollte schreien, aber seine Stimmbänder versagten ihm den Dienst. Eine seltsame Lähmung breitete sich wie ein betäubendes Gift in seinem Körper aus.

Und dann festigte sich das Bild vor seinen Augen wieder.

Es war nicht mehr das gleiche wie eben noch.

Der Drache war nicht mehr tot. Er lebte, und er bebte geradezu vor Erregung. Seine Oberfläche glänzte wie frisch poliert. Daart verstand nicht, was hier sich vor sich ging; alles, was er begriff, war, dass er etwas erlebte, was vor unendlich langer Zeit stattgefunden hatte.

Daart sah noch mehr; Gestalten wie er selbst, und doch kaum greifbar, nicht durchsichtig und doch ohne feste Substanz. Es waren nicht mehr als Schemen, aber *menschliche* Schemen, und sie kletterten auf dem stählernen Drachen herum, während sich das gewaltige Rohr zur Seite bog. Es krachte und zischte, als einer der Schemen auf den Boden sprang – auf glatten, unverletzten Boden, nicht auf die zernarbte Oberfläche, auf der Daart stand –, und die Gestalt wurde zurückgeschleudert und zerfaserte regelrecht unter dem Ansturm grellweißer Energie. Das Rohr federte zurück, und es gab einen gewaltigen Knall, dessen Rückstoß das ganze Gefährt zum Erbeben brachte. In diesem Moment züngelten Daart dünne, grausam weiße Blitze entgegen und brannten grelle Furchen in den dicken Eisenpanzer des Gefährts. Zwei oder drei der Schemen, die eben noch versucht hatten zu entkommen, wurden getroffen und zurückgeschleudert.

Daart wusste nicht, was er da sah. Er spürte die Hitze, die ihm entgegenwaberte, und er roch verbranntes Fleisch und kochend heißes Metall. Er war nicht einbezogen in den Kampf, sondern getrennt von ihm, kaum mehr als ein Zuschauer, der ein unbeschreibliches Gemetzel von der sicheren Tribüne einer Arena verfolgt. Dennoch pochte sein Herz laut und heftig, und alles in ihm drängte danach, in den Kampf einzugreifen, in dem der Drache nur verlieren konnte …

Oder auch nicht. Der drehbare Aufsatz mit dem Rohr schwenkte erneut herum, schnell und zielsicher, und hielt dann abrupt an. Im nächsten Moment verließ eine weitere donnernde Garbe das Rohr. Der Boden vibrierte, als Feuergarbe auf Feuergarbe folgte. Der stählerne Drache schien mit aller Gewalt eine Entscheidung erzwingen zu wollen und spuckte seinen Feueratem auf ein weit entferntes Ziel. Daart konnte nicht erkennen, ob er traf. Er war noch nicht einmal in der Lage, den Kopf zu drehen; er starrte nur weiter wie gebannt auf das unglaubliche Schauspiel, das sich seinen Augen bot. Ein Teil von ihm war sich dabei durchaus bewusst, dass er nichts sah, was jetzt geschah, in diesem Augenblick, in dem er sich mit Carnac und Ask in der fast völlig zerstörten Kuppel aufhielt, sondern Zeuge eines längst vergangenen Ereignisses war … Und des Untergangs jenes metallenen Ungetüms. Grellweiße Blitze zuckten aus dem Himmel herab, von dort, wo die Kuppel am höchsten war, gleißende Energie, die in den unzerstörbar wirkenden Panzer des Eisendrachen fuhr und sich festfraß. Das gewaltige Ungetüm zitterte und hüpfte regelrecht ein Stück nach oben, als wollte es sich dem Angreifer entgegenwerfen. Das Rohr schwenkte hoch, die Plattform, auf der es befestigt war, drehte sich … der Reflex einer sterbenden Kreatur, die alles tut, um den Angreifer mit sich zu nehmen. Keiner der Schemen, die Daart anfangs bemerkt hatte, war noch zu sehen; sie alle waren dem grellweißen Gleißen zum Opfer gefallen. Aber noch lebte der Drache. In unglaublicher Geschwindigkeit spuckte er feurige Garben in den Himmel, Tod bringende Vernichtung, gegen die es keinen Widerstand geben konnte. Tatsächlich schien seine Strategie Erfolg zu haben. Der wütende Biss der gleißenden Energie, die sich schon tief in ihn gefressen hatte, brach zusammen. Der Drache rollte ein Stück zurück, als müsste er neue Kraft sammeln, und schoss wiederum Feuergarben in den Kuppelhimmel. Nun sah es so aus, als träfe er auf keinen ernsthaften Widerstand mehr. Von oben züngelten haarfeine dünne Energiefäden herab und pulsierten hin und her, aber sie fanden nicht ihr Ziel, sondern zischten in den Boden.

Doch dann brach der wütende Angriff des Drachen in sich zusammen. Noch ein, zwei Feuergarben, während er weiter rollte, Geschwindigkeit aufnahm, *sich zur Flucht wandte*. Daart war klar, dass er keine Kraft mehr zum Kämpfen hatte. Ihm blieb nur der schnelle Rückzug, um dem unvermeintlichen Gegenangriff zu entkommen. Und er hatte einen Plan. Daart bemerkte den Tunnel, in dem der Drache offensichtlich Schutz suchen wollte. Es war unglaublich, wie schnell er trotz seiner Masse Geschwindigkeit aufnahm; er startete rasanter durch als ein Rennpferd. Trotzdem schaffte er es nicht. Noch bevor er die scharfe Kurve in Richtung des rettenden Tunnels vollendet hatte, fuhr ein gewaltiger Blitz auf ihn nieder, ein grellweißes Leuchten, das schmerzhaft in Daarts Augen stach. Daart taumelte zurück und schlug die Hände vors Gesicht. Es nutzte nichts. Die gleißende Energieentladung war so heftig, dass sie durch seine Augen hindurchstach und ihn zur Gänze ausfüllte. Er hörte den Drachen schreien; vielleicht war es aber auch sein eigener Schrei, oder vielleicht vereinten sich ihrer beider Schreie über die Grenzen der Zeit hinweg zu einem einzigen Aufschrei.

Es spielte keine Rolle. In ihm war nichts weiter als der Nachhall des Blitzes, der auf den stählernen Drachen hinabgefahren war, um dessen Eingeweide in einer Feuerlohe von unvorstellbarer Kraft verglühen zu lassen und ihm bei lebendigem Leib das Rückgrat zu verbrennen. Daart spürte, wie ihn jemand am Arm ergriff. Er reagierte instinktiv und blind vor Schmerz, riss an der Hand, die seinen Unterarm umfasste, und zog daran; gleichzeitig bückte er sich, um den Angreifer über den Rücken zu schleudern. Doch es war er selbst, der strauchelte. Die Hand entglitt seinem Griff, und auch das war unwichtig. Er hörte den Todesschrei des Drachen, er spürte seinen Schmerz – und den der schemenhaften Parasiten, die in ihm gelebt, die ihn gesteuert hatten und die nun verglühten.

Daart stolperte vorwärts, unzählige Schritte, und brach in die Knie. Er spürte den Schmerz der Getroffenen, als wäre es sein eigener. Die Grenzen zwischen ihnen waren zerborsten, nicht nur über den Abgrund der Zeit hinaus, sondern auch zwischen ihren Empfindungen. Er spürte die heißen Energiefinger, die in ihm mit verzehrender Kraft brannten, als hätte sie ein Feuerdämon höchstselbst entflammt.

Er hätte später nicht mehr sagen können, wie lange er so dagehockt hatte. Vielleicht waren es nur wenige Augenblicke gewesen, vielleicht auch eine Ewigkeit. Es machte keinen Unterschied. Schließlich gelang es ihm, die Augen zu öffnen.

Fast hätte er erneut aufgeschrien. Eine Gestalt stand vor ihm, in einen wallenden, feuerroten, wild flatternden Umhang gekleidet, die Hand mit dem brennenden Stab drohend und zugleich beschwörend in die Luft gereckt wie zu Beginn einer Feuerzeremonie.

Der Anblick traf Daart wie ein Schlag.

Zar'Toran. Der Feuer-Magier stand auf den Überresten des geschlagenen Drachen. Wilder Triumph verzerrte sein Gesicht. Er sah aus, als wäre es sein persönlicher Verdienst, dass der Drache geschlagen war. Und er blickte auf Daart hinab, als wollte er ihm damit zeigen, dass am Ende immer er es war, der triumphieren würde, was auch immer Daart unternähme.

Hinter ihm brannte es. Es knackte und zischte, als der Drache seinen letzten Lebensfunken aushauchte, sein metallenes Knochengerüst nachgab und er endgültig in sich zusammenbrach. Dort, wo Zar'Toran stand, mussten ungeheuere Temperaturen herrschen. Dem Feuer-Magier machte das wohl nichts aus, ganz im Gegenteil, er schien Kraft daraus zu ziehen. Daart war so gebannt durch den unglaublichen Anblick, dass er eine ganz Zeit lang nicht begriff, was nicht stimmte. Der Drache *brannte*, er sackte in sich zusammen. Er war gerade erst getroffen worden. Doch das hier war nicht die Gegenwart. Es war die Vergangenheit, eine längst vergangene Epoche. Aber Zar'Toran ...?

Ein starkes Schwindelgefühl ergriff Daart. Er hatte das Gefühl, zu fallen, zusammenzusacken wie der sterbende Drache. Die Umgebung verschwamm einmal mehr vor seinen Augen. Er musste all seine Willenskraft aufbringen, um sich nicht davontreiben zu lassen in dem endlosen Strom, der alle Ereignisse mit sich riss, ob sie vor unendlicher Zeit geschehen waren oder erst geschehen würden. Mit aller Kraft kämpfte er dagegen an. Er wollte nicht zusammen mit dem Drachen sterben ...

Als sein Blick sich klärte, war immer noch der gefallene Drache vor ihm, massig und bedrohlich, aber seit Ewigkeiten erkaltet. Das Leben war längst aus ihm gewichen. Aber er, Daart, war noch lebendig; er spürte, wie frische Lebenskraft ihn durchpulste. Als er den Kopf hob, glaubte er Zar'Toran noch immer auf dem gebrochenen Rückgrat des Drachen stehen zu sehen, mit wehendem

Umhang und einem triumphierenden Lächeln auf den Lippen. Es dauerte zwei, drei hämmernde Herzschläge, bis er seinen Irrtum begriff. Das war nicht Zar'Toran.

Das war der hünenhafte Barbar, der ihm hinterhergeblickt hatte, als er mit Carnac zusammen aus dem Gewölbe geflohen war. Den immer noch recht frischen, aber jetzt nicht mehr blutenden Schnitt auf seiner Wange musste ihm Jacurt beigebracht haben. Doch das schien den Hünen nicht zu kümmern. Er starrte auf einen Punkt hinter Daart und wirkte dabei voll konzentriert. Aus seiner Position konnte Daart die Züge des Mannes nicht deutlich erkennen, zumal ihn ein Blitzen auf der Stirn des Barbaren irritierte. Dann sah er deutlich das schmale lederne Stirnband, das er trug, und den fünfzackigen silbernen Stern, der daran befestigt war. Der Mann drehte den Kopf, und das Blitzen des fünfzackigen Sterns erlosch.

Nun blickte er auf Daart herab, das merkwürdig geformte Tschekal wie selbstverständlich in der Hand. Aber das war bei weitem nicht seine einzige Waffe. In seinem breiten Gürtel steckte ein wahres Sammelsurium von Waffen und länglichen, auf den ersten Blick nicht benennbaren Ausrüstungsgegenständen. So wie eine Tempelhure durch ihre freizügige Aufmachung lüstern wirkte, strahlte der Barbar durch seine kriegerische Ausstattung und den harten Gesichtsausdruck ungebrochene Kampfeslust aus.

»Wer seid ihr?«, fragte der Hüne. Seine Stimme klang tief und dumpf wie das Grollen eines Berglöwen, und obwohl er Tekanda sprach, brauchte Daart eine Weile, um den Sinn seiner Worte zu begreifen, so eigentümlich betonte er sie.

Daart richtete sich vorsichtig auf. Das Schwert, das er vorhin in der Hand gehalten hatte, steckte wieder in der ledernden Scheide. Er konnte sich nicht daran erinnern, es weggesteckt zu haben. Aber jetzt war wohl kaum der rechte Zeitpunkt, es zu ziehen. Der Barbar würde es zweifellos als feindselige Geste auffassen.

»Ich bin Daart«, antwortete er. Er hätte dem Barbaren sagen können, dass er, Carnac und Ask Satai-Sjen waren. Aber sein Instinkt warnte ihn davor. Der Hüne war mit einem Tschekal bewaffnet, das er nur einem Satai abgenommen haben konnte, und das sicherlich nicht während eines Gesprächs unter Freunden.

»Daart«, sagte der Hüne nachdenklich. »Ein merkwürdiger Name. Und deine Begleiter?«

»Das sind Carnac und Ask«, sagte Daart rasch. »Wir sind ... wir haben uns verlaufen.«

»*Verlaufen*?« Der Hüne runzelte die Stirn. Erst jetzt bemerkte Daart, wie jung der Mann noch war. Kaum älter als er selbst, eher jünger, vielleicht noch nicht einmal älter als Ask. »Wie seid ihr in die Katakomben unter die Stadt gekommen?«, fragte er scharf. »Und was sucht ihr hier?«

Daart hörte Schritte hinter sich, und aus den Augenwinkeln sah er Carnac und Ask auftauchen und einen Halbschritt hinter ihm Position beziehen. Ask hatte ihr Schwert nicht gezogen, aber Carnac hielt ihre Waffe in den Händen. Allerdings zeigte die Schwertspitze nach unten.

Das Stirnrunzeln des Hünen verstärkte sich. Er mochte ein Barbar sein, aber er wusste offensichtlich, was eine Dreierformation war. Oder zumindest erriet er ihren Zweck. »Wo ist der andere, der die gleiche Uniform wie ihr trägt?«, fragte er.

Daart brauchte einen Moment, bevor er begriff, wen der Hüne meinte. Die traditionelle Satai-Kleidung aus schwarzem Echsenleder war keine *Uniform*. Aber es gab trotzdem hier noch jemanden, der sie trug: Jacurt.

»Ich weiß es nicht«, sagte Daart. »Als ich ihn zum letzten Mal gesehen habe, hast du gegen ihn gekämpft.«

Der Hüne nickte langsam. »Ja. Schon möglich. Er war so unvernünftig, uns ... mich anzugreifen.«

Daart stimmte der schnelle Wechsel von der Mehrzahl zur Einzahl unruhig. Er hatte nur zwei Barbaren gesehen, aber es konnten genauso gut zehn oder zwanzig sein. Und es war durchaus möglich, dass sie gerade dabei waren, sie einzukreisen.

»Der Schlangengürtel«, sagte der Barbar. Sein Tonfall klang fast lauernd. »Warum tragt ihr ihn nicht wie der andere?«

Weil er uns nicht zusteht, hätte Daart beinahe geantwortet. Aber irgendetwas hielt ihn davor zurück. Er spürte die Anspannung des Barbaren, so als käme er langsam zu einer Entscheidung. Um dann was zu tun?

»Wir sind nicht auf Streit aus«, sagte Daart. »Wir haben uns verirrt, und dann waren da plötzlich überall Ratten. Bevor wir wussten, wie uns geschieht, tauchtest auch schon du auf …«

»Ich habe gesehen, wie du gegen den Begleiter des Schlangengürtelträgers gekämpft hast«, sagte der Hüne. »Sag mir den Grund dafür.«

»Weil ich ihr Gefangener war«, sagte Daart wahrheitsgemäß.

»Ein Gefangener, den man nicht fesselt?«, fragte der breitschultrige Riese scharf. »Was soll das?«

»Das weiß ich nicht«, antwortete Daart im gleichen Tonfall. »Frage die, die mich gefangen genommen haben.«

»Das ist eine törichte Antwort«, sagte der langhaarige Hüne ärgerlich. Sein Hand krampfte sich fest um den Griff seines Tschekals. Daart spannte sich. Doch der Barbar machte keine Anstalten, ihn oder seine beiden Begleiterinnen anzugreifen. Sein Blick wanderte nach rechts. Er legte den Kopf auf die Seite, lauschend und wachsam wie ein Raubtier, welches das sich nähernde Getrappel einer Herde bemerkt.

Daart hörte ein dumpfes Grollen. Es erinnerte ihn an das Geräusch, mit dem der metallene Drache vor den angreifenden Lichtfingern geflohen war. Aber da war noch etwas anders, das Stampfen vielfältiger Schritte auf hartem Boden. Es hätte das Getrappel einer angreifenden Reiterkohorte sein können, wenn es nicht lauter und ungestümer und metallischer gewesen wäre. Daart glaubte zu spüren, wie der Boden unter ihren Füßen erzitterte.

»Sie kommen«, sagte der Barbar. »Wir müssen hier weg.«

Mit einem Satz sprang er von den Überesten des metallenen Ungetüms hinunter. Sein Blick funkelte, als er sich zu Ask umwandte. »Kannst du laufen?«

»Ich …«, sagte Ask stockend. »Ich glaube schon.«

Der Hüne nickte, als er hätte er diese Antwort erwartet. Er machte einen schnellen Schritt auf Ask zu. Sie schien zu ahnen, was er vorhatte. Mit einer blitzschnellen Bewegung fuhr ihr Schwert herum und glitt in die ledernde Scheide, die an ihrem schmucklosen Gürtel baumelte. Im nächsten Moment packte sie der Hüne auch schon und warf sie sich wie einen nassen Sack über die Schulter. Daart wollte eine Frage stellen, aber der Barbar schlug ihm im Vorbeigehen scheinbar spielerisch auf die Schulter, dass er ein paar Schritte weitertaumelte, bevor er sich wieder fing.

»Los jetzt«, zischte der Barbar. »Sie sind gleich hier.«

Er hatte Unrecht. Sie waren hier, sie waren schon immer hier gewesen, und jetzt kamen sie heraus, um ihn, Carnac und Ask zu jagen. Es war eine verworrene, Angst machende Gewissheit, die Daart durch den Kopf schoss. Seine Sinne schienen plötzlich mit zehnfacher Schärfe nicht nur das wahrzunehmen, was gerade jetzt um sie herum geschah, sondern sogen auf, was hier in VIELEN *Vergangenheiten* vorgefallen war. Es war ein Mischmach schriller, kreischender, fetzender und zischender Laute, die an sein Ohr drangen und keinen Ursprung zu haben schienen, sondern von überall her kamen. Sie füllten den Raum aus, die ganze gewaltige Kuppel, und sie gewannen auf sonderbare Weise an Substanz, als wären sie mehr als bloße Geräusche.

Carnac war schon an ihm vorbei und folgte dem Hünen, der so schnell voranstürmte, als beflügelte ihn Asks zusätzliches Gewicht. Daart begriff, dass er den Anschluss zu verlieren drohte. Das Dröhnen um ihn herum steigerte sich, und jetzt vibrierte der Boden unter seinen Füßen tatsächlich, als wäre etwas Gewaltiges zum Leben erwacht. Er war nicht erpicht darauf herauszufinden, ob es wirklich existierte oder nicht. Mit einem gewaltigen Satz stieß er sich ab und jagte los. Seine Bewegungen waren ungelenk und steif, und fast wäre er gestolpert, noch bevor er Carnac eingeholt hatte. Die winzigen Erschütterungen des Bodens kamen ihm wie gewaltige Wellenbewegungen vor, wie das Zucken einer Bestie, die sich im Todeskampf wand und alles mit sich reißen würde, wenn es ihr nur gelänge, sich aus ihrem steinernen Gefängnis zu befreien. Daart beschlich das beklemmende Gefühl, das der Gezeitenwurm in ihm ausgelöst hatte, als er sich auf dem Weg zu Nubinas Feuer-Tempel befunden hatte.

Anscheinend ging es wieder los. Aber wie konnte das sein, so weit weg von Nyingma?

Du trägst es in dir, sagte die Stimme. Nicht mehr. Nur diesen einen Satz, dessen Bedeutung Daart sich weigerte anzunehmen.

Er lief schneller. Seine Füße schienen keinen Laut zu verursachen. Wenn er sie auf den Boden aufsetzte, war es, als würde das Geräusch der Ledersohlen seiner Stiefel von dem unebenen, steinigen Untergrund aufgesogen. Vielleicht war es auch nur die Vielfalt der Geräusche, die seine Schritte überlagerten. Sie waren nicht lauter geworden, aber sie hatten ihre Qualität verändert, waren umfassender, stofflicher geworden, so als kündeten sie davon, dass sich etwas um ihn herum zusammenzog, als wollte es ihn ersticken.

Der Hüne war hinter einem massiven Vorsprung verschwunden, welcher irgendwann hell aufgelodert und nun in sich zusammengefallen war, verschmolzen zu einem hässlichen, schmutzig grauen Klumpen, halb umwoben von dem feinen Gespinst, dem heimlichen Herrscher über die Überreste dieses auch in der Vernichtung noch gewaltigen Bauwerks. Daart machte einen Satz über die verklumpten Überreste von etwas, das fatale Ähnlichkeit mit zwei Menschen hatte, die sich im Todeskampf aneinander geklammert hatten. Er erhaschte einen flüchtigen Blick auf verkohlte, ineinander gedrückte Knochen, zwei Körper und zwei Schädel, die eine Feuerlohe förmlich miteinander verschmolzen hatte. Daart hatte in seinem Leben schon viele Tote gesehen, aber das war … gespenstisch. Der Kampf, der hier einst getobt hatte, musste unglaubliche Formen angenommen haben. Ein Schwert war eine geradezu lächerliche Waffe gegen das, was diesen beiden Menschen zum Verhängnis geworden war. Was, wenn die Mörder dieser beiden Unglücklichen noch hier umgingen?

Sie sind da, flüsterte die Stimme in ihm. *Sie sind immer da.*

Daart nickte. Er brauchte keine Stimme, die ihm das sagte. Er spürte ihre Anwesenheit. Er hatte keine Ahnung, wer sie waren, aber er spürte den Hauch von etwas so unvorstellbar Fremdartigem, dass sich bei der Vorstellung, ihm begegnen zu müssen, alles in ihm zusammenzog. Mit ein paar raschen Schritten war er an dem grauen Vorsprung vorbei – und blieb überrascht stehen. Er war wie selbstverständlich davon ausgegangen, dass der Dom auf durchgehend massivem Untergrund errichtet worden war. Jetzt musste er erkennen, dass er sich getäuscht hatte. Vor ihm wand sich eine halb verschüttete Treppe hinab. Er sah gerade noch Carnac hinter einem mannhohen Trümmerstück verschwinden, dann war er allein.

Er sah sich um. *Sie sind da*, hatte die Stimme gesagt. Das bedrückende Gefühl, beobachtet zu werden, gab ihr Recht. Er glaubte den Blick von etwas unsagbar Fremden auf sich gerichtet zu fühlen, von etwas, das vielleicht gar keine Augen brauchte, um ihn zu erfassen. Fast war ihm, als streifte und tastete etwas über seinen Körper, als dränge etwas in seine Gedanken und Gefühle ein, als würde jede seiner Bewegungen bis in die kleinste Einzelheit aufgenommen. Und sie kamen näher. Ein Beben lief über das feine Gespinst hoch über ihm, als ballte sich dort etwas zusammen, dunklen Wolken gleich, die aufeinander zu prallen drohten, ein Gewitter gebärend.

Das Gefühl der Bedrohung wurde so stark, dass er ganz instinktiv reagierte. Schnell huschte er zur Seite, presste sich in den Schlagschatten des Vorsprungs und blickte mit angehaltenem Atem nach oben. Eine ganze Zeit lang starrte er hinauf, darauf gefasst, etwas von dort oben hervorbrechen zu sehen, das grelle Lichtfinger auf ihn herabzüngeln ließ. Aber da war nichts weiter als der rhythmische, zerfasernde Tanz der Fäden, die alles einhüllten wie ein sich auflösendes Leichentuch.

Und doch hatte sich etwas verändert. Es dauerte eine Weile, bis Daart begriff, was es war: das Licht. Es wurde düsterer. Obwohl das vollkommen unmöglich war, kam es Daart so vor, als *strahlte* es auf eine dunkle, krankmachende Art, so als gäbe es irgendwo über ihm eine starke Lichtquelle, deren Energie aufgesogen, absorbiert und verändert wurde, bis fast schwarzes Licht daraus wurde, einem schwarzen Mantel ähnlich, der sich immer enger um ihn zog, um ihn zu ersticken. Bevor Daart überhaupt begriff, was mit ihm geschah, trieben ihn seine Gedanken fort. Innerhalb weniger Augenblicke fühlte er sich müde und kraftlos, nicht nur einfach erschöpft, sondern so schwach, als hauchte er sein Leben aus wie der Valkoner, dem er das Schwert in den Leib gerammt hatte. Sein Atem beschleunigte sich, ein, aus, ein, aus, und im selben Rhythmus, in dem seine Beklemmung wuchs, nahm auch das Gefühl zu, dass er seine Lebenskraft aushauchte, Atemzug für Atemzug.

Er stieß sich ab, taumelnd und unsicher und kaum noch in der Lage, sich auf den Beinen zu halten. Die Geräusche um ihn herum wichen zurück, zischend und gurgelnd, als flöhen sie vor ihm. Daart kniff die Augen zusammen. Eben war da noch eine Treppe gewesen, welche die anderen herabgeeilt waren. Aber jetzt konnte er sie nicht mehr erkennen. Vielleicht hatte er sich um seine eigene Achse gedreht, ohne es zu merken.

Er drehte sich um. Die Geräusche brandeten wieder heran, dem wütenden Aufschrei einer Kreatur gleich, die sich auf ihn stürzen wollte, weil sie begriff, dass ihr Ablenkungsmanöver misslungen war: lauter als zuvor, ein unerträgliches Durcheinander, sich überschlagend und nicht enden wollend. Daart presste die Hände gegen die Ohren. Es nutzte nichts. Die Geräusche waren um ihn und in ihm. Er blinzelte, versuchte zu erkennen, was da vor ihm war: die Treppe oder etwas anderes. Er war sich nicht sicher, aber er glaubte eine Gestalt genau dort zu erkennen, wo die Treppe ansetzen musste. Carnac, die gekommen war, um nach ihm zu sehen? Nein. Irgendetwas an dieser Gestalt war … merkwürdig. Es war, als umflösse sie ein konturenloser Mantel, als wäre sie nicht viel mehr als einer der Schemen, die er gesehen hatte, als der metallene Drache seinen Todeskampf gegen die heranbrandende Feuerwalze gekämpft hatte.

Der Gedanke alarmierte ihn. Er blickte nach oben, darauf gewappnet, jetzt doch noch gierige Energiefinger auf sich herabfahren zu sehen. Aber es war etwas ganz anderes; ein so unglaublicher Anblick, dass er einen Moment lang vergaß, wie verletzlich und ungeschützt er hier stand.

Ganz langsam nahm er die Hände, die er immer noch gegen die Ohren gepresst hatte, herunter.

Ein paar Fäden hatten sich aus dem Gespinst gelöst, fast schwarz und dunkel glitzernd in dem unwirklichen Licht. Sie glitten herab, sanft, federleicht und unbeirrbar. Er starrte ihnen entgegen, als ginge ihn das alles nichts an. Ganz langsam begriff er, dass die Fäden ein Ziel hatten: ihn selbst. Aus hervorquellenden Augen starrte er dem Gespinst entgegen, das sich zu ihm hinabhangelte, fast gemächlich und doch so schnell, das es ihn in wenigen Augenblicken erreichen musste. Etwas in ihm schrie auf. Etwas in ihm wusste, dass er nicht einfach tatenlos hier stehen bleiben konnte. Aber er war wie gelähmt.

Lauf!, schrie die Stimme.

Der Aufschrei brach den Bann. Er sprang aus dem Stand los. Es war fast zu spät. Etwas streifte sein Bein, versuchte sich daran festzuhalten und fiel ab, als er einen Schritt zur Seite machte. Er trat mit dem Stiefel gegen einen der Fäden, die ihm entgegenfingerten. Klebrige, filigrane Fasern fielen auf ihn herab, streiften ihn, gierigen Fingern gleich, die ihn festzuhalten gedachten. Er wollte einen der Fäden mit der Hand von der Schulter wischen; erst im letzten Moment begriff er, was er gerade im Begriff war zu tun. Eine tiefe Abscheu vor dem Gedanken, einen Teil des Gespinstes mit den ungeschützten Fingern zu berühren, stieg in ihm hoch. Er riss die Hand zurück, als hätte er sich verbrüht, zog den Dolch aus dem Gürtel hervor, stieß die Klinge unter den Faden und hob ihn an – aber er konnte ihn nicht zerschneiden. Die Dolchklinge war nicht aus Sternenstahl, aber so scharf, dass sie durch Fleisch und Knochen wie durch Butter schnitt.

Nicht aber durch den Faden.

Er taumelte weiter. Die Fäden, die er versucht hatte beiseite zu treten, wickelten sich um seine Stiefel, fingerten umher und bildeten dort, wo sie sich kreuzten, ein unüberschaubares Gewirr, so schnell und zielgerichtet, dass er kaum begriff, was mit ihm geschah. Er versuchte den Griff des Gespinstes zu sprengen, indem er einen gewaltigen Satz nach vorn machte, und wäre beinahe der Länge nach hingeschlagen. Er hing fest. Die Fasern waren dünn, aber ihr Griff so fest wie der eines Quorrl.

Mit der linken Hand riss er das Schwert hervor und wollte die Fäden zerteilen, die über seine Beine krochen, während er mit dem Dolch in seiner Rechten blind zustach. Er erwischte ein Knäuel, aber es fiel nicht ab, sondern fraß sich an dem Echsenleder fest, und sogleich zuckten ein zweiter, dritter und vierter Spinnenfaden hervor, jagte auf seinen Oberkörper zu und zog sich fest. Etwas Schwarzes, Dünnes kroch wie Hunderte von Spinnenbeinen auf seiner Schulter und seinem Arm herum und hüllte das schwarze

Leder ein, und Daart begriff, dass er dabei war, eingesponnen zu werden. Um ihn herum zog sich schwarzes, pulsierendes Geflecht zusammen, wie das Netz einer ungeheuerlichen Spinne, in deren Mitte er festhing. Die Fäden machten selbst vor seinen Waffen nicht Halt, sondern wucherten mit erschreckender Geschwindigkeit über die Schneiden, als wollten sie ihn verhöhnen. Er war verloren.

8 Der Gestalt, die auf Daart zustürmte, hielt ein Schwert in der Hand, und alles, was er im ersten Moment sehen konnte, war das Glitzern des schwarzen Lichts auf poliertem Sternenstahl. Es war nicht Carnac, der Jacurt genau so wie ihm selbst das Tschekal abgenommen hatte, es war der Barbar, der Hüne, der eben noch mit Ask über der Schulter die Treppe hinabgeeilt war. Zumindest glaubte Daart das.

Die Fäden zogen sich enger um ihn zusammen und woben sich schmerzhaft um seine Arme und Beine, doch sie berührten nicht die nackte Haut an seinen Händen und in seinem Gesicht, sodass er seine Umgebung noch erkennen konnte. Die Panik, die ihn angesichts seiner aussichtlosen Lage zu überschwemmen drohte, wich kaltem Entsetzen. Den Fasern war mit Schwerthieben nicht beizukommen, und abgesehen davon würde ein einzelner Mann, und sei er noch so ein geschickter Kämpfer, nichts gegen das Gespinst ausrichten können, das ihn in seinem unbarmherzigen Griff festhielt …

Dann war der Mann heran. Sein Schwert schnitt so schnell durch die Luft, dass Daart die Bewegungen nicht mit den Augen verfolgen konnte. Es jagte auf Daart zu, zischte haarfein vor ihm durch die Luft und sauste auf die Fasern nieder. Daart sah nicht, ob es traf, aber er spürte ein Vibrieren, das durch das Gespinst ging, ein wütendes, erbostes Zittern und Beben, und er sah die Fäden, die auf den Mann zuschossen …

Es war nicht der langhaarige Hüne, wie Daart zuerst angenommen hatte, sondern sein Begleiter, der gemeinsam mit ihm über Jacurts Männer hergefallen war. Dieser Mann war nicht weniger muskulös, aber älter. Er trug die gleiche Kleidung wie der andere Barbar, einschließlich des Lederbandes um seine wild wuchernden Haare, auf dem ein fünfzackiger Stern funkelte. Daart konnte sich nicht erklären, was den fremden Krieger dazu bewog, sein Leben für ihn einzusetzen. Auch wenn er den Attacken des Gespinstes mit erstaunlicher Geschicklichkeit auswich, so musste er letztlich scheitern. Die Fasern zischten haarscharf an seinem Gesicht vorbei, krümmten und überschlugen sich in dem Versuch, ihn zu packen. Noch war der Schwertkämpfer jedes Mal schneller, aber das würde nicht mehr lange so bleiben. Irgendwann würden ihn die Fäden erwischen. Es war nur eine Frage der Zeit, bis es ihm nicht anders ergehen würde als Daart selbst, und dann waren sie beide verloren.

Daart stockte der Atem, als er endlich begriff, dass er sich auch in diesem Punkt getäuscht hatte. Der Barbar tauchte unter Fasern hinweg, die wie dünne Tentakel auf ihn zujagten, riss sein Schwert gleich darauf nach oben und ließ es in das Gewirr der Fäden hineinfahren, die sich eben noch um ihn hatten winden wollen. Daart glaubte seinen Augen nicht zu trauen, als er sah, wie der Sternenstahl widerstandslos durch das Gespinst hindurchschnitt, als wäre es nicht mehr als dünnes Gezweig. Dürre Tentakel fielen herab und blieben zuckend und sich windend am Boden liegen wie die Brut eines Schlangennestes. Wieder und wieder schnitt die Klinge des Kriegers durch das Gewirr, das Daart im festen Griff hielt.

Bis das Gespinst zum Gegenschlag ausholte …

Der Barbar sprang zurück, gerade noch rechtzeitig, um sich vor den herabgefallenen Faserenden in Sicherheit zu bringen, die nach seinen Beinen zuckten. Wie vom Rest eines Eigenlebens beseelt, glitten sie über seine Stiefel und wollten sich um seine Beine winden. Mit mehreren schnellen Schnitten machte der Krieger den sich windenden Tentakeln den Garaus und sprang vor, um mit seiner Klinge auf das Gespinst einzuhacken, das Daart nach wie vor umklammerte.

Diesmal ließ der Erfolg nicht lange auf sich warten. Die Fasern, die sich um Daarts Schulter gewunden hatten, rollten sich auf und schrumpelten davon, als flöhen sie vor dem scharf geschliffenen Sternenstahl. So schnell wie es begonnen hatte, war es vorbei. Nach ein paar weiteren entschlossenen Schwerthieben kam Daart frei. Das, was von dem Gespinst noch übrig war, wand sich qualvoll wie unter Schmerzen. Das Gesicht des Barbaren aber zeigte keine Erleichterung, sondern eher einen Anflug von Verärgerung.

»Schnell jetzt«, sagte er mit dem gleichen Akzent wie sein Waffengefährte. Er warf einen wachsamen Blick nach oben, dorthin, wo das Gespinst bebte und zuckte wie ein Spinnennetz, in dem sich ein Insekt im Todeskampf wand. »Es ist noch nicht vorbei.«

Daart nickte knapp. Er steckte Dolch und Schwert weg – sie hätten ihm sowie nichts gegen eine erneute Attacke genutzt – und folgte dem Barbaren, der auf dem Absatz kehrtgemacht hatte und auf die Steintreppe zusteuerte.

»Was ist bloß in dich gefahren?« In der Stimme des Barbaren schwang etwas mit, das Daart unwillkürlich zusammenzucken ließ. »Del hat dir doch gesagt, dass es gleich losgehen würde.«

»Aber er hat nicht gesagt, *was* losgehen würde«, erwiderte Daart mit einem Anflug von Ärger.

Der Krieger ließ sich auf keinen Streit ein. Er polterte die brüchigen, unebenen Treppenstufen hinunter, und Daart blieb nichts anderes übrig, als ihm zu folgen, wobei er aufpassen musste, nicht über eines der vielen kleinen und größeren Trümmerstücke zu stolpern. *Del*. Das war ein seltener Name. Eigentlich hatte er diesen Namen nur ein einziges Mal gehört, und zwar aus dem Munde Skarissa Raborks, als er ihnen über die alte Zeit berichtet hatte und über die Wandlungen, welche die Satai im Lauf der Jahrtausende erfahren hatten.

Ein Zufall, dachte Daart, es kann nichts anderes als ein Zufall sein, dass einer der Barbaren ausgerechnet den Namen Del trägt.

Die Treppe führte tiefer hinab, als Daart vermutet hatte – und der Krieger war so schnell und geschickt, dass der Abstand zwischen ihnen wieder größer wurde. Es gab keine Beleuchtung hier unten, nur den kaum wahrnehmbaren Widerhalls des kalten schwarzen Lichts aus dem Dom über ihnen. Daart musste sich vollständig darauf konzentrieren, die Stufen zügig zu nehmen, ohne zu stolpern. Mehrfach stieß er gegen Steinbrocken – kein Felsgestein, das hatte er schon oben gesehen, sondern ein merkwürdig grauer Stein, der eher gegossen als gehauen wirkte –, und einmal trat er versehentlich einen dunklen Steinklumpen weg, der dicht an dem Barbaren vorbeipolterte, bevor er gegen irgendetwas schlug und liegen blieb. Der Krieger wandte nicht einmal den Kopf.

Schließlich endete die Treppe. Der Barbar verlangsamte seine Schritte. Daart glaubte seine Augen ärgerlich aufblitzen zu sehen, als er sich zu ihm umdrehte. Aber das war wohl nichts weiter als eine Täuschung, denn es war fast stockdunkel hier unten und der Besitzer des seltsam geformten Tschekals kaum mehr als ein dunkler Schatten, der fast vollständig mit seiner Umgebung verschmolz.

»Ist uns jemand gefolgt?«, fragte der Barbar rasch.

»Ich glaube nicht«, antwortete Daart.

»Dann sieh zu, dass dein Glaube zur Gewissheit wird«, sagte der Barbar auf eine so machtvolle Art, dass sich Daart der Autorität in seiner Stimme nicht entziehen konnte.

»Ich verstehe nicht ganz«, erwiderte er dennoch trotzig.

Der Barbar seufzte, ein Laut, der seltsam hohl von den Wänden widerhallte. Daart wurde sich bewusst, was hier unten fehlte: die Geräuschkulisse, die ihn oben in der Halle fast in den Wahnsinn getrieben hatte. Hier dagegen war es fast gespenstisch still. Er hörte nichts weiter als das Hämmern seines Herzens, seinen nach wie vor beschleunigten Atem und das leise Reiben gefetteter Lederkleidung, wenn er oder der Barbar sich bewegten.

»Halte Wache, falls du das kannst«, befahl der Krieger.

»Um dann mit meinem Schwert gegen das Gespinst zu kämpfen, wenn es uns hierhin folgen sollte?«, wandte Daart ein. »Ich glaube nicht, dass das eine gute Idee ist. Du hast doch gesehen, wie wenig meine Klinge gegen die Tentakel auszurichten vermag.«

»Natürlich«, sagte der Barbar. »Und ich habe ganz gewiss keine Lust, dich noch einmal rauszuhauen.«

»Wie kommt es, dass deine Klinge die Fäden durchschneidet?«, fragte Daart.

»Weil es ein ganz besonderes Schwert ist«, sagte der Krieger ruhig, »eines, dass mit der Kraft des Sternenfeuers geschmiedet wurde.«

»Ein Tschekal, ich weiß«, sagte Daart.

Der Barbar machte einen Schritt auf ihn zu. Daart spannte sich. Irgendetwas in der Bewegung wirkte bedrohlich. »Woher weißt du, was ein Tschekal ist?«, fragte der Krieger leise – zu leise für Daarts Empfinden. Er hatte gesehen, wozu dieser Mann fähig war. Es war keine gute Idee, ihn herauszufordern.

»Ich habe schon einmal eine solche Waffe gesehen«, sagte er.

»Ja.« Der Barbar blieb stehen. »Natürlich. Der Anführer der Männer, die den Quorrl verteidigt haben, trug auch eine Waffe aus Sternenstahl. Aber es war kein Tschekal. Zumindest keines, wie es auf Enwor zu finden ist.«

Die Wendung, die das Gespräch nahm, gefiel Daart überhaupt nicht. Er wusste nicht, wer dieser Mann war und was er vorhatte. Dass er ihn aus dem Gespinst befreit hatte, bedeutete nicht unbedingt, dass er ihm wohlgesonnen war. Daart hatte keineswegs vergessen, wie er zusammen mit dem Hünen – diesem Del – über Jacurt und seine Männer hergefallen war.

»Was hast du mit diesen Quorrl-Freunden zu schaffen?«, fragte der Krieger.

»Quorrl-Freunden?« Daart brauchte einen Moment, um den Sinn der Frage zu verstehen. »Soll das etwa heißen, ihr habt Jacurt nur angegriffen, weil ein Quorrl in seiner Begleitung war?«

»Nur?« Es war mehr Empörung als eine Frage. »Hältst du es etwa für normal, mit einem dieser Fischgesichter durch die Gegend zu spazieren – und dann auch noch Seite an Seite mit ihm zu kämpfen?«

»Nein, natürlich nicht«, beeilte sich Daart zu sagen, obwohl das eine glatte Lüge war. Der Barbar stammte entweder aus einer weit entlegenen Gegend, oder er war völlig verbohrt. Die Zeiten, in denen Quorrl und Menschen sich in unerbittlicher Feindschaft gegenüber gestanden hatten, waren endgültig vorbei. Entweder wusste das dieser Mann nicht, oder er ignorierte es einfach. »Aber ich kann dir leider auch nicht viel zu Jacurt sagen – oder dem Quorrl in seiner Begleitung.«

»Du willst mir nichts sagen«, stellte der Krieger richtig.

Daart hielt es für besser, den Vorwurf in seinen Worten zu ignorieren. »Wie kommt es, dass Sternenstahl diese … Fäden durchschneiden kann?«, fragte er stattdessen.

»Es hat schon einen Grund, warum unsere Waffen aus Sternenstahl geschmiedet sind«, sagte der Krieger unwillig. »Aber bestimmt nicht, um mit Leuten deines Schlags fertig zu werden. Dazu reicht schon ein einfaches Eisenschwert.«

Daart schwieg. Es war ungeheuerlich, so ganz nebenbei zu erfahren, dass die Satai nicht die Einzigen waren, die über Tschekals verfügten. Eine Kriegerkaste mit Lederstirnbändern, auf denen ein fünfzackiger Metallstern funkelte? Er war sich sicher, schon einmal von ihnen gehört zu haben. Aber er war beim besten Willen nicht in der Lage, sich daran zu erinnern, in welchem Zusammenhang das gewesen war.

Bevor er dazu kam, den Gedankengang weiterzuverfolgen, erklang das Geräusch einer sich öffnenden Tür. Dann flackerte es zu seiner Rechten auf, gefolgt von sich rasch nähernden Schritten. Der Krieger wirbelte herum und zog sein Schwert, den Hauch eines Augenblicks bevor auch Daart seine Waffe gezogen hatte.

»Nur keine Aufregung«, sagte eine tiefe, rauchige Stimme, und dann trat jemand mit einer Fackel in der Hand aus dem halb in sich zusammengesackten Türbogen.

Es war Del, der hünenhafte Barbar. »Gut, dass ihr endlich da seid«, sagte er. Sein Blick wanderte zu Daart, und sein Stirnrunzeln, das Daart schon vorher bei ihm bemerkt hatte, verstärkte sich. »Wir haben nicht mehr viel Zeit.«

»Wozu?« Daart spähte an Del vorbei. Hinter dem Hünen war nichts außer tiefer, nachtschwarzer Dunkelheit, die das Licht der rußenden Fackel schon nach wenigen Schritten vollständig zu verschlucken schien. Keine Spur von Carnac und Ask.

Del runzelte die Stirn und sah seinen Waffenbruder fragend an. »Du hast ihm noch nichts erzählt?«, fragte er.

Der andere schüttelte den Kopf. »Das wäre reine Zeitverschwendung«, sagte er. »Schatzjäger taugen nicht zu Verbündeten.«

»Wir brauchen jedes Schwert«, erwiderte Del knapp.

Sein Waffengefährte lächelte. »Ja«, sagte er mit einer kaum wahrnehmbaren Spur von Herablassung und machte damit den Eindruck zunichte, der sich Daart gerade aufgedrängt hatte – nämlich dass Del es war, der von den beiden das Sagen hatte. Offensichtlich war es umgekehrt. »Wir brauchen tatsächlich jedes Schwert«, fuhr er fort. »Vorausgesetzt, es ist aus Sternenstahl gefertigt.«

Er drehte sich wieder zu Daart um. Im Licht der Fackel wirkte sein Gesicht fast wie das Skarissa Raborks. Daart begriff endgültig, dass er den Mann vollkommen falsch eingeschätzt hatte. Dies war kein einfältiger Barbar, es war ein hochintelligenter Kämpfer. »Es wird Zeit, dass du uns ein paar Fragen beantwortest«, sagte er.

»Welche Fragen?«

»Zum Beispiel die nach deiner Herkunft«, antwortete ihm der Krieger prompt. »Und die nach deinem Namen.«

Daart schwieg. Die Augen des Mannes wurden schmal und hart. »Hast du dir die Zunge gebrochen?«, fuhr er fort, als Daart keine Anstalten machte zu antworten.

»Nein«, antwortete Daart. »Aber Del weiß doch schon längst, wie ich heiße: Daart. Und wenn du mir jetzt auch noch deinen Namen sagst, haben wir uns alle einander vorgestellt.«

»Die Fragen stelle ich«, versetzte der Krieger. »Dein Name ist also Daart? Und was bist du?«

Daart zögerte. Schließlich rettete er sich in ein gequält wirkendes Lächeln. »Das möchte ich selbst gern wissen«, antwortete er. »Anscheinend jemand, der ein gewisses Geschick darin entwickelt hat, von einer Schwierigkeit in die nächste zu stolpern.«

»Oder darin, direkten Fragen geschickt auszuweichen«, polterte Del. »Nicht wahr?«

»Der Mann, der euch gefangen hatte«, fuhr der Krieger mit befehlsgewohnter Stimme fort, ohne Daart die Gelegenheit zu geben, auf Dels Anschuldigung zu reagieren, »trug ein Tschekal. Woher stammt es?«

»Nun«, sagte Daart vorsichtig. »Er hat es verliehen bekommen. Das ist der einzig mir bekannte Weg, in den Besitz eines Tschekals zu gelangen.«

Der Krieger nickte. »Ja, das ist richtig. Nur wer vom Hohen Rat das Tschekal verliehen bekommt, darf es auch tragen.«

»Mit ein paar kleinen Ausnahmen«, sagte Del und lachte.

»Die hier nicht hingehören«, wies ihn sein Waffengefährte zurecht. »Also, was ist?«, fragte er Daart. »Wo hatte dieser Kämpfer die aus Sternenstahl geschmiedete Waffe her?«

Es lag eine unverhohlene Drohung in seiner Stimme, aber nicht das war es, was Daart schockierte. *Der Hohe Rat* ... Es war tatsächlich der Hohe Rat, der als Einziger das Recht hatte, einem Satai die gefürchtete Waffe aus Sternenstahl zu verleihen. Aber eben nur einem Satai – und niemand anderem. Es war vollkommen undenkbar, dass die beiden Barbaren ihre Waffen aus Skarissa Raborks Hand erhalten hatten. Und niemand – *niemand* – würde es wagen, die heilige Waffe der Satai nachzuahmen, ganz abgesehen davon, dass es keinen einzigen herkömmlichen Waffenschmied gab, der Sternenstahl so weit zu erhitzen wusste, dass er sich formen ließ. Und ein Haufen wilder Krieger, die irgendwo ein paar verlorengegangene Tschekals aufgetrieben hatten? Ebenso gut könnten sie sich gleich selbst die Kehle durchschneiden, denn jeder Satai würde sie bis ans Ende der Welt und noch darüber hinaus jagen.

»Ich weiß nichts über die Herkunft dieser Waffe«, log er.

»Mach dich nicht lächerlich«, sagte Del. »Der Tschekal-Träger war genauso gekleidet wie du.«

»Er trägt eine ähnliche Kleidung wie ich«, stellte Daart richtig. »Das ist alles.«

»Nein, das ist nicht alles.« Del schrie fast. »Nur ein Satai darf ein Tschekal tragen. Niemand, verstehst du, niemand sonst! Und schon gar nicht jemand, der einen Quorrl zum Begleiter wählt«, fügte er hinzu, als er Daarts Entsetzen bemerkte.

Del deutete Daarts entsetzten Gesichtsausdruck offenbar vollkommen falsch. Dabei ging es ihm nicht um die vollkommen überholte Vorstellung der beiden Krieger, dass Quorrl kaum mehr waren als reißende Bestien. Es ging ihm darum, dass Del so selbstverständlich von der Kriegerkaste gesprochen hatte, der Daart angehörte, als hätte er selbst eine enge Beziehung zu ihr.

»Ein *Satai?*«, fragte Daart tonlos.

»Ja, ein Satai«, sagte Del scharf. Gierige Flammenfinger züngelten aus seiner Fackel hervor, als er sie hochriss. »Ich nehme an, du hast schon von uns gehört?«

Daart nickte wie benommen. Das hatte er allerdings. Aber wie sollte er das Del begreiflich machen? Wenn dieser Mann wirklich ein Satai war, wie er gerade behauptet hatte ...

»Es scheint dich maßlos zu erschrecken, hier plötzlich zwei Satai gegenüberzustehen«, setzte Del nach.

Erschrecken? Das war wohl kaum das richtige Wort. Daart spürte ein Gefühl schrecklicher Hysterie in sich emporkriechen. Er war zwei Jahre lang in der Korona gewesen, und nach seiner intensiven Ausbildung wusste er mehr über die Satai als so mancher ältere Angehörige der Kriegerkaste, der weit ab von der Korona durch die Lande zog. Er wusste, wie Satai aussahen, welchem Ehrenkodex sie gehorchten, welche Waffen sie gebrauchten. Aber all das passte einfach nicht zu den beiden Männern, die ihn gerade ins Verhör nahmen, weder zu diesen grotesk geformten Tschekals noch zu ihrer lächerlichen Aufmachung oder der Art, wie sie mit ihm umsprangen. Das waren keine Satai, das konnten einfach keine sein ...

Aber was nun, wenn er sich in diesem Punkt täuschte? Was, wenn das hier nicht das Enwor war, das er kannte? Für einen Moment erwog er allen Ernstes, ob er in Wahrheit nicht vom Pferd gefallen und bewusstlos war, ob all die Ereignisse in dem Gewölbe und später in der Kuppel nichts anderes als ein entsetzlicher Albtraum waren, in den ihn Xers Trank gezwungen hatte und aus dem er nicht erwachen konnte. Aber dann spürte er die Feuchtigkeit des Kellergewölbes, die seine Oberschenkel emporkroch, den metallischen Geschmack in seinem Mund, das Hämmern seines Herzens ... Wenn es ein Traum war, dann war es der wirklichkeitnaheste, den er jemals geträumt hatte.

»Du siehst aus, als wärst du einem Gespenst begegnet«, sagte Del.

»Vielleicht bin ich das auch.« Daart schüttelte den Kopf. »Nicht so, wie du meinst. Aber sag mir: Was ist mit den Satai?«

Del kniff die Augen zusammen. »Was geht dich das an?

»Ich, ich … ach, ich weiß nicht.« In dem Bedürfnis, von dieser Frage abzulenken, deutete er nach oben, in die Richtung, aus der sie geflohen waren. »Ich hatte nicht erwartet, von Fäden eingesponnen zu werden wie eine Fliege im Netz einer Spinne – nachdem mich kurz zuvor fast eine Rattenschar niedergerannt hatte …«

»Was hast du denn sonst erwartet?«, fragte der Mann, der ihn aus dem Gespinst herausgeschnitten hatte. Seine Augen funkelten wie zwei polierte Edelsteine. »Etwa den kürzesten Weg zur Schatzkammer zu finden?«

»Was für eine Schatzkammer?«, fragte Daart.

»Meinst du etwa, wir wüssten nicht, warum sich deinesgleichen hier herumtreibt?«, donnerte ihn der Krieger an. »Aber glaube mir: Den Schatz, den du hier suchst, gibt es nicht – und es hat ihn nie gegeben. Und selbst wenn, hätte ihn das Feuer der Hölle schon längst verbrannt.«

Ein unangenehmes Gefühl kroch Daarts Rücken hinauf. Er hatte immer noch nicht den Schock über die Tatsache verdaut, dass diese beiden Männer behaupteten, Satais zu sein. Wenn sie keine Tschekals trügen, hätte er ihre Worte einfach beiseite wischen können, aber so musste er sich wohl oder übel damit auseinander setzen. Die Frage war, wie sie wohl darauf reagieren würden, wenn sie erführen, dass er selbst ein Satai-Sjen war.

»Es wird Zeit, dass wir das Ganze ein bisschen beschleunigen«, sagte der Satai. »Der Mann mit dem Schlangengürtel – der Quorrl-Freund – konnte entkommen. Wir müssen ihn finden. Und wir müssen wissen, wo er seine Waffe herhat. Und ob es dort vielleicht noch andere aus Sternenstahl geschmiedete Schwerter gibt.«

»Ich kann dir deine Fragen beim besten Willen nicht beantworten«, sagte Daart, obwohl das nur teilweise der Wahrheit entsprach.

Der Satai seufzte. »Diese Antwort habe ich befürchtet. Aber wenn du schon nicht an dich selbst denkst, dann sollte dir zumindest am Wohl deiner Begleiterinnen gelegen sein. Sie sind erschöpft und am Rande ihrer Kraft. Del hat sie in einem sicher wirkenden Raum untergebracht, aber es wäre natürlich trotzdem möglich, dass es dort Ratten gibt – oder ein Gespinst, das sich um seine leichtsinnigen Opfer windet. Und je eher du unsere Fragen beantwortest …«

»Schon gut«, unterbrach ihn Daart. »Ich habe verstanden. Es ist nur so … dass einige Dinge überhaupt nicht zusammenpassen. Es sind nicht mehr als ein paar Bruchstücke, die ich von all dem hier verstanden habe.«

Der Satai entspannte sich ein wenig, aber Daart machte nicht den Fehler, ihn deswegen zu unterschätzen. Er bezweifelte, dass es ihm gelingen könnte, diese beiden Männer zu überrumpeln wie den Endoraner und die zwei Valkoner – schon gar nicht, wenn sie das waren, was sie zu sein vorgaben. »Fang einfach damit an, woher du kommst und was du hier willst«, verlangte er.

»Ich habe hier eigentlich gar nichts vor …« Daart winkte ab, als sich der Satai aufrichtete. »Ich saß auf einem Pferd, in Ketten gebunden, und dann war es, als stürzte der Himmel selbst über uns zusammen«, fuhr er hastig fort. »Ich muss vom Pferd gefallen und ohnmächtig geworden sein – und als ich wieder aufwachte, befand ich mich in dem Gewölbe. Bevor ich mich orientieren konnte, waren auch schon die Ratten heran. Dann kamt ihr – und den Rest kennt ihr.«

Der Krieger nickte. »Ja. Aber nicht den Anfang. Du gehörst offensichtlich zu einer Kriegerkaste. Aber zu welcher?«

Daart starrte den Krieger an, der behauptete, ein Satai zu sein. Wie würde er auf die Wahrheit reagieren? »Ich habe meine Ausbildung noch nicht abgeschlossen«, sagte er.

»Welche Ausbildung?«

»Ich bin … ich bin ein Satai-Sjen.«

Die beiden Männer wechselten einen schnellen Blick. »Ein … ein Satai-*Sjen?*«, fragte der Ältere. In seiner Stimme schwang ein lauernder Unterton mit. »Ist es das, was du behauptest zu sein?«

Daart nickte hastig. »Ich weiß, es klingt eigenartig. Irgendetwas passt nicht zusammen …«

»Was«, unterbrach ihn der Satai, »ist ein Satai-Sjen?«

Daart starrte ihn eine Weile sprachlos an. Dieser Mann behauptete, ein Satai zu sein – und wusste nicht, was ein Satai-Sjen war? Das war völlig unmöglich.

Del stieß einen dumpfen, grollenden Laut aus, und Daart begriff erst nach einer Weile, dass es wohl ein Lachen war – aber eines der besonders grimmigen Art. »Was sollen Satai-Sjen schon sein?«, sagte er verächtlich. »Offensichtlich eine Gruppe Verrückter, die glauben, sich ungestraft mit unserem Namen schmücken zu dürfen. Und dieses *Sjen* – wirklich lächerlich.«

»Aber der Hohe Rat …«

»Ja?«, fragte Del lauernd. Die Fackel in seiner Hand flackerte gierig auf, als ein frischer Luftzug durch das Gewölbe fuhr. »Was ist mit dem Hohen Rat?«

»Der Hohe Rat selbst hat mich zum Satai-Sjen ernannt«, sagte Daart beinahe trotzig.

Del hob die Fackel ein Stück höher, und ihr unruhig zuckendes Licht blendete Daart, sodass er die Augen zusammenkneifen musste. »Der Hohe Rat von *was*, Daart? Der Hohe Rat der Rattenbrut, die wie verrückt durch die Gänge gesaust ist, kurz nachdem ihr hier aufgetaucht seid?«

»Der Hohe Rat der Satai, verdammt noch mal«, sagte Daart so heftig, dass es schon fast einem Aufschrei gleichkam. »Der Hohe Rat, der die Satai weiht und der in der Korona im Tormon-Gebirge residiert. Der Hohe Rat der dreizehn Unberührbaren, der die Geschicke aller Satai lenkt, wo auch immer sie in seinem Auftrag in Enwor unterwegs sind!«

Del senkte ganz langsam die Fackel. Das flackernde Licht spiegelte sich in seinen Augen, ein verwirrendes, unruhiges Spiel, das in krassem Gegensatz zu seinen eingefrorenen Gesichtszügen stand. »Sag das noch einmal«, verlangte er.

»Nein«, sagte Daart. »Du hast mich ganz richtig verstanden. Ich weiß, wie sich das anhören muss. Wenn ihr Satai seid und ich ein Satai-Sjen und wenn wir beide nichts von einander wissen – wenn wir einander fremd sind –, dann kann das nicht zusammenpassen. Aber es ändert nichts daran, dass es wahr ist.«

»Es kann nicht wahr sein«, beharrte Del. »Du lügst.«

»Ich lüge nicht«, sagte Daart müde. Er hatte das Gefühl, dass ihm schlagartig alle Energie entzogen wurde, jetzt, wo er sich dazu aufgerafft hatte, die Wahrheit zu sagen. »Wozu auch? Welchen Vorteil könnte ich mir davon erhoffen?«

»Das frage ich mich auch«, sagte der Ältere. Er warf Del einen warnenden Blick zu. »Satai-Sjen ... Hast du schon irgendwann einmal etwas davon gehört?«

»Natürlich nicht«, schnaubte Del. »Das ist doch lächerlich! Niemand darf den Namen der Satai tragen – genauso wenig wie ein Tschekal.«

Der Ältere der beiden – der ältere *Satai*, verbesserte sich Daart in Gedanken, denn er zweifelte nicht länger daran, dass der Mann tatsächlich der gleichen Kaste angehörte wie er selbst – drehte sich wieder zu ihm um. Sein Gesicht nahm einen nachdenklichen Gesichtsausdruck an. »Ja, Del«, sagte er, wobei er Daart nicht aus den Augen ließ, als spräche er in Wahrheit mit ihm und nicht mit dem Hünen, »da hast du vollkommen Recht. Nur ein Satai darf ein Tschekal tragen. Das führt zu der Frage, wer der Mann war, der gegen uns kämpfte – mit einem Tschekal in der Hand und so gekleidet wie dieser Satai-*Sjen* hier vor uns.«

Del straffte sich in der Art, wie sich ein Krieger zum Angriff spannt. Instinktiv wollte Daart es dem Hünen gleichtun, aber dann zwang er sich zur Ruhe. Wenn diese beiden Männer Satai waren, würde es ihnen kaum entgehen, wenn er sich zum Kampf spannte, und sie würden es unter Umständen als Vorbereitung zum Befreiungsschlag werten. Doch ihm lag nicht an einer Verschärfung der ohnehin schon verfahrenen Situation.

»Wer war der Mann, der mit dem Tschekal auf uns losging, als wir den Quorrl angriffen?«, fragte der Satai.

Daart ahnte, dass jetzt alles von seiner Antwort abhing. Dummerweise würde die Wahrheit die beiden Männer wie ein Faustschlag treffen.

»Er ist ein Mann, den ich gut zu kennen glaubte«, sagte er. »Ein Mann, der wie ich die Ausbildung zum Satai durchlief. Wir haben uns aus den Augen verloren – und erst vor einem Tag wieder getroffen.«

»Er ist also auch ein Satai-Sjen?«, fragte der Satai lauernd.

Daart schüttelte den Kopf. »Er *war* ein Satai-Sjen. Als wir uns wieder getroffen haben, hat er ein Heer unterschiedlichster Krieger angeführt. Unter ihnen waren auch einige Quorrl.«

»Einige Quorrl?« Der Satai beugte sich ein winziges Stück vor. Sein Blick brannte sich geradezu in den Daarts Augen ein. Hätte Daart noch eines Beweises bedurft, um zu begreifen, dass dieser Mann tatsächlich ein Satai war, dann hätte er ihn spätestens jetzt gehabt. Er strahlte eine spürbare Aura der Macht aus, eine ganz besondere Aura, wie sie auch einige Mitglieder des Hohen Rats verströmten, allen voran Skarissa Rabork; es war eine Art suggestiver Kraft, der sich auch Daart in diesem Augenblick kaum entziehen konnte.

»Ja«, sagte er knapp.

»Wie kann das sein?«, fragte der Satai. »Quorrl reiten nicht mit Menschen. Sie kommen fast nie aus ihren Reservaten im Norden heraus, und wenn, dann nur, um in Horden über Menschen herzufallen, sie zu töten und auszurauben. Sie sind wilde Tiere.«

Der Teil von Daarts Verstand, der klar blieb, mahnte ihn, wie gefährlich dieser Moment war, aber der größte Teil seines Denkens wurde von Entsetzen überschwemmt. So, wie der Satai es geschildert hatte, war es tatsächlich einmal gewesen – vor vielen Hunderten von Jahren. Er war zwar in der Lage, diesen Gedanken zu fassen, nicht aber seine Folgen.

»Ich habe Jacurt nicht gefragt«, antwortete er. »Unser Gespräch verlief nicht gerade freundschaftlich. Er ließ mich festsetzen, bevor ich überhaupt begriff, wie mir geschah.«

»Quorrl, die mit einem Satai reiten?« Der Satai unterbrach den Augenkontakt nicht einen Lidschlag lang. »Ein Satai mit einem ungewöhnlich geformten Tschekal und in schwarzer Lederkluft – aber ohne Stirnband? Welchen Sinn macht das alles?«

»Ich weiß es nicht«, sagte Daart. »Ich verstehe nichts von dem, was hier vorgeht.«

Der Satai streckte die Hand aus, packte ihn an der Schulter – aber nicht, um ihn zu schütteln, wie Daart zuerst gedacht hatte, und erst recht nicht, um ihn anzugreifen. Er hielt seinen Arm fest umklammert, genau an der Stelle, an der kurz zuvor noch das Gespinst Daart umfasst hatte. »Denk genau nach, Daart. Ich bin sicher, dass du die Wahrheit kennst. Vielleicht hast du uns angelogen, vielleicht hast du uns Einzelheiten verschwiegen – all das macht keinen Unterschied. Tief in dir kennst du die Wahrheit. Sag sie uns.«

»Die Wahrheit?« Daart hätte beinahe laut aufgelacht. Seit Nubina ihn dazu verführt hatte, selbst Carnac für seine Feindin zu halten – und wenn auch nur für kurze Zeit –, hatte das Wort *Wahrheit* einen bitteren Beigeschmack für ihn bekommen. »Wie soll ich die Wahrheit kennen, Satai? Ich sehe nur, dass Enwor im Chaos zu versinken droht. Carnac und ich – wir versuchen alles, um dagegen anzukämpfen. Aber ob ich die Wahrheit kenne? Nein, ich glaube nicht, dass ich es tue. Ich sehe nur einen winzigen Ausschnitt der Wirklichkeit, und in diesem Sturm der Verwüstung, der über das Land tobt, ist das nicht genug, um auch nur im Geringsten beurteilen zu können, was hinter all dem steckt.«

Der Satai sah ihn lange und schweigend an. »Vielleicht liegt das daran, dass dir die wahren Zusammenhänge bislang verborgen geblieben sind«, sagte er schließlich. »Aber auch mir ist noch einiges unklar. Del und ich sind Satai. So, wie du gekleidet bist, so, wie du redest, kannst du nicht zu uns gehören. Wie passt das zusammen?«

Daart zögerte einen Herzschlag lang. »Überhaupt nicht«, bekannte er dann. »Und dennoch bin ich ein Satai-Sjen. Und Jacurt ist ein Satai.«

»Ein Satai – ich habe doch gewusst, dass du uns diese Lüge mit aller Gewalt aufdrücken willst!« Del lachte bitter auf und machte einen Schritt auf Daart zu. »Es reicht nicht, dass wir uns mit bis an die Zähne bewaffneten Quorrl herumschlagen müssen – nein, jetzt gibt es auch noch angebliche Satai, die mit ihnen unter einer Decke stecken. Und wozu das alles? Weil euch die Sehnsucht nach Reichtum und verborgenen Schätzen hierhin gelockt hat?«

»So etwas kümmert weder Carnac noch mich«, erwiderte Daart steif. »Und wir stecken auch nicht mit irgendwelchen Quorrl unter einer Decke. Ich weiß ja nicht einmal, wo wir hier sind.«

»Das nehme ich dir nicht ab.« Auf Dels Stirn begann eine Ader zu pochen, bläulich schimmernd im flackernden Schein der Fackel. »Ihr seid doch auch nicht besser als das andere Gesindel, dass hier eingedrungen ist.«

»Daran ist kein Wort wahr«, sagte Daart scharf. »Carnac und ich wussten nichts von dieser Anlage. Wir haben versucht, Nubina aufzuhalten …«

»Gewäsch!« Der Augen des Hünen blitzten vor Zorn. Jetzt wusste Daart wieder, warum er ihn für einen Barbaren gehalten hatte. Die hohe Kunst der Zurückhaltung oder gar die der Selbstbeherrschung – all das schien dieser ungehobelte *Satai* nicht zu kennen. Er war in diesem Augenblick nichts weiter als brodelnder Zorn.

Sein Gefährte runzelte die Stirn und zog sein Schwert. Daart blickte wie fasziniert auf die Klinge aus glitzerndem Sternenstahl. Er konnte nicht glauben, was gerade geschah. Der Jüngere der beiden überhäufte ihn mit vollkommen überzogenen Vorwürfen, und der Ältere zog seine Waffe, um ihn niederzumachen? Das hätten die beiden einfacher haben können. Sie hätten ihn einfach seinem Schicksal überlassen können, als sich das Gespinst um ihn gewunden hatte.

»Wie viele dieser … *Satais* gibt es, die mit einem Tschekal bewaffnet gemeinsame Sache mit den Quorrl machen?«, fragte Del wütend. »Nur einen? Oder zehn? Zwanzig? Mehr?«

Sein Gefährte warf Daart einen flüchtigen Blick zu. Er schien nicht wirklich an dem heftiger werdenden Wortgefecht teilzuhaben.

Daart spannte sich in Erwartung des Angriffs, der bald kommen musste. Er würde sein Schwert erst im letzten Moment ziehen – und gleichzeitig nach rechts abspringen, in Richtung der Treppe. Sich in einen längeren Kampf mit den beiden Satai einzulassen kam nicht infrage. Er musste sehen, dass er von hier wegkam – um dann irgendwie zu Carnac und Ask durchzubrechen.

»Du bleibst mir die Antwort schuldig?«, höhnte Del. »Ich hätte es mir denken können.«

»Ich bleibe dir die Antwort schuldig, weil ich sie selbst nicht kenne«, sagte Daart mühsam beherrscht. »Aber ich kann dich beruhigen. Ich habe nur Jacurt hier gesehen, niemanden sonst, der außer euch beiden und ihm ein Tschekal trägt.»

»Aber es gibt mehr von ihnen, oder?«, hakte Del nach.

»Allerdings«, sagte Daart ärgerlich. »Weitaus mehr.« Sein Blick fraß sich auf dem Tschekal des Satais fest, und er verlagerte vorsichtig das Gewicht auf sein Standbein, bereit, das zu tun, was sich offensichtlich nicht mehr verhindern ließ …

9

»Del!«, schrie jemand auf, und dann stürmte eine Gestalt hinter dem Satai hervor, gekleidet in schwarzes Echsenleder und mit einem Schwert in der Hand. Es war Carnac. Im flackernden, gelblich-blutroten Licht der Fackel, die von einem frischen Luftzug neu angefacht wurde, sah sie aus wie ein Dämon, der gerade aus dem Innersten der Hölle hervorbricht. Und doch durchfuhr Daart ein Blitz ungeheurer Erleichterung, als er sie sah. Er hatte sich Sorgen um sie und Ask gemacht.

Del fuhr herum. »Was ist?«

»Ich habe Wache gehalten, wie du mir aufgetragen hast.« Die Worte sprudelten so schnell aus Carnac heraus, dass Daart Mühe hatte, sie zu verstehen. »Und dann habe ich Schritte gehört. Ich bin in ihre Richtung geschlichen, immer weiter, durch mehrere Tunnel, um herauszubekommen, wer sich außer uns hier noch herumtreibt …«

»Das hättest du nicht tun dürfen«, sagte Del ärgerlich. »Wir hatten doch ausgemacht, dass du hier in der Nähe wartest.«

»Ich weiß. Aber dann waren da … diese Geräusche.« Ihr Blick flackerte kurz, als sie dem Daarts begegnete, ein winziges Zeichen dafür, dass sie nach etwas Bestimmtem Ausschau gehalten hatte; vielleicht nach Jacurt und seinen Männern. »Ich musste einfach wissen, was sie zu bedeuten haben. Und es hat sich gelohnt.«

»Was hat sich gelohnt?«, fragte Del ungeduldig.

»Ich bin auf Quorrl gestoßen«, antwortete Carnac rasch. »Sie haben sich beratschlagt. Sie wissen, dass ihr hier seid. Sie wollen euch in die Zange nehmen – ein Trupp von oben, einer von hier unten. Und ich fürchte, es wird nicht lange dauern, bis sie demselben Weg folgen, den ich genommen habe.«

»Verdammt!«, keuchte Del. »Das wirft unsere ganzen Pläne über den Haufen.«

»Warum?«, fragte Daart.

»Warum?« Del hatte Mühe, seine Stimme wenigstens so weit im Zaum zu halten, dass er nicht schrie. »Weil wir uns mit Quorrl herumschlagen müssen, statt uns hier frei bewegen zu können!«

Bevor Daart etwas erwidern konnte, brachte der andere Satai mit einer ärgerlichen Bewegung sein Schwert hoch. »Wenn die Bobachtungen deiner Begleiterin überhaupt zutreffen.« Er drehte sich zu Carnac um. »Bist du sicher, dass es Quorrl waren?«

»Natürlich bin ich sicher«, begehrte Carnac auf. »Ich bin doch nicht blind!«

Der Satai ließ Carnac nicht aus den Augen. »Wenn du nicht blind bist?«, fragte er, »was bist du dann?«

Carnac starrte ihn verblüfft an. »Was soll die Frage?«

»Dein Freund Daart hat uns einiges über dich erzählt.« Der Satai steckte seine Waffe nicht weg, er brachte sie sogar noch ein Stück höher; eine stumme Drohung, die seine Worte eindrucksvoll unterstrich. »Ich wüsste jetzt gern, wie die Geschichte deiner Herkunft aus deinem eigenen Munde klingt.«

Carnac wandte den Kopf zu Daart und starrte ihn vollkommen fassungslos an. Daart konnte geradezu sehen, wie es hinter ihrer Stirn arbeitete. Er schüttelte leicht den Kopf – eine Geste, die weder Carnac noch den beiden Satai verborgen bleiben konnte. Aber es ging nicht anders. Er musste ihr klarmachen, dass er all das für sich behalten hatte, was Carnac ausmachte, ihre Herkunft als Prophetin und der geheime Auftrag, der sie zu den Satai geführt hatte.

Carnac schien das kein bisschen zu beruhigen. Ihr Blick flackerte, als sie zwischen den beiden Satai und ihm hin und her sah. »Ich habe euch gesagt, dass gleich die Quorrl hier auftauchen werden«, sagte sie. »Ich bin durch Tunnel und dunkle Gewölbe gehetzt, um euch rechtzeitig warnen zu können …«

»Was nicht zu überhören war«, sagte der Satai. »Zuerst dachte ich schon, du seist ein Quorrl, so laut wie du hier entlanggetrampelt bist.«

»Da bin ich ja beruhigt«, fauchte Carnac. Die Bemerkung des Satais war eine Frechheit. Carnac konnte gar nicht anders, als sich elegant, katzengleich und fast lautlos zu bewegen. »Wenn du mich schon gehörst hast, wirst du uns ja warnen können, wenn sich die Quorrl zu uns auf den Weg machen.«

Der Satai lächelte leicht, und jetzt, endlich, ließ er sein Schwert in die Lederscheide zurückgleiten. »Immerhin entnehme ich deinen Worten, dass uns noch etwas Zeit bleibt, bevor wir mit einem Angriff zu rechnen haben. Aber du hast mir meine Frage noch immer nicht beantwortet.« Er beugte sich ein Stück zu Carnac vor und fragte leise: »*Was* bist du?«

Carnac zuckte ganz leicht zusammen, ein Zeichen von Nervosität, der sie im Allgemeinen nicht nachgab. »Das müsstest du eigentlich an meiner Kleidung erkennen«, sagte sie nach einer Weile. »Es gibt niemanden außer uns, der schwarzes Echsenleder trägt.«

»Schön für euch«, sagte der Satai vollkommen humorlos. Seine Augen verengten sich zu engen Schlitzen. »Gehört dieser Trick mit den Augen dazu? Sind es schwarze Echsenaugen?«

Carnac hatte sich so gut unter Kontrolle, dass sie nicht noch einmal zu Daart hinblickte. »Ich bin Satai-Sjen«, sagte sie, als wäre das Antwort genug.

Der Satai starrte sie schweigend an, als hätten sie alle Zeit der Welt. »Satai-Sjen«, sagte er schließlich. »Das ist ein merkwürdiges Wort. Woher stammt es?«

Carnac wirkte jetzt wieder vollkommen ruhig, aber auf dem Grund ihrer tiefschwarzen Augen glaubte Daart einen leichten Anflug von Panik zu entdecken. »Es ist ein Ausdruck der Satai für die Schüler, die die zweijährige Ausbildung in der Korona durchlaufen«, antwortete sie.

»Gibt es keine andere Möglichkeit, Satai zu werden?«, fragte der Satai lauernd.

»Nein«, sagte Carnac. »Zumindest heute nicht mehr.«

Der Satai nickte, als hätte er diese Antwort erwartet. »Dann muss sich die Welt in den zwei Tagen, die wir uns jetzt hier aufhalten, sehr verändert haben. Denn da, wo ich herkomme, gibt es keine Satai-Sjen. Und erst recht keine Satai, die gemeinsame Sache mit den Quorrl machen.«

In Carnacs Augen floss tiefe, unendlich wirkende Schwärze, bis sie wie schwarze, glatt polierte Murmeln wirkten. Daart stockte der

Atem. Das waren keine Augen eines Menschen mehr. Das war … etwas vollkommen anderes.

»Ich kenne überhaupt niemanden wie dich«, sagte der Satai kalt. »Wenn du tatsächlich ein Satai-Sjen bist, wie du behauptest, dann frage ich mich, was das für Satai sind, in deren Auftrag du handelst. Und was das für eine Korona ist, über die du so freimütig sprichst.«

»Du hast nichts von der Korona gehört …«, begann Carnac mit tiefer, seltsam vibrierender Stimme.

»Schweig!«, fuhr sie der Satai an.

Daart war ihm fast dankbar dafür. Irgendetwas geschah mit Carnac. Vielleicht kündigte sich so ihre Verwandlung von der Satai-Sjen in die Prophetin an. Aber wenn dem so sein sollte, wäre das jetzt der denkbar schlechteste Augenblick – ganz abgesehen davon, dass Daart nicht im Geringsten darauf erpicht war, einen Verwandlungsprozess mitzuerleben, wie auch immer dieser im Einzelnen ablief.

»Du hast Recht«, sagte Carnac. Die Schwärze floh wieder aus ihren Augen, zumindest teilweise, doch ihre Stimme klang immer noch dumpfer und vibrierender als zuvor. Daart fragte sich mit einem Anflug von Hysterie, was geschehen wäre, wenn Jacurt sie so gesehen hätte. Wahrscheinlich hätte er ihr sein Tschekal ins Herz gestoßen, ohne ein weiteres Wort zu verlieren. »Wir müssen weg. Es kann nicht mehr lange dauern, bis die Quorrl hier sind.«

Der Satai nickte. »Vorausgesetzt es stimmt, was du uns erzählt hast.«

»Natürlich stimmt es«, sagte Carnac empört. »Welchen Grund hätte ich, dich zu belügen?«

»Ich weiß nicht«, sagte der Satai nachdenklich. Seine Hand strich geradezu liebkosend über den Griff seines Tschekals. »Ich kann mir aber auch keinen Grund vorstellen, warum ein Satai zwei seiner Schüler gefangen nehmen sollte, um sie von einem Quorrl und Kriegern fremder Völker bewachen zu lassen.« Er straffte sich. »Genug. Ein Stück weiter oben zweigt ein Gang von der Treppe ab. Wir ziehen uns dorthin zurück. Wenn die Quorrl wirklich kommen, werden sie ins Leere laufen.«

»Also los.« Del stieß Daart vorwärts. »Du hast gehört, was er gesagt hat. Aber ich warne dich: Wenn du uns in die Quere kommst, breche ich dir eigenhändig das Genick. Verlass dich darauf.«

Daart nickte flüchtig und wich aus, als Del an ihm vorbeistürmte. Statt dem Hünen zu folgen, packte er Carnac am Arm. »Was ist mit dir?«, fragte er leise. »Alles in Ordnung?«

Carnac starrte Del hinterher, wandte dann Daart den Kopf zu und nickte flüchtig. »Ja. Ich glaube schon.« Sie sah sich hastig um. »Aber wo ist Ask?«

»Ask?« Daart blickte sie verwirrt an. »Ich dachte, sie sei bei dir.«

»Nein«, widersprach Carnac. »Ich habe sie zu Del zurückgeschickt, als ich den Geräuschen nachgegangen bin.«

»Aber hier ist sie nicht.«

Carnac drehte sich einmal um die eigene Achse, die Fackel hoch erhoben. Das flackernde Licht leuchtete nur einen kleinen Teil um sie herum aus und gaukelte an den Rändern Bewegungen vor, wo keine waren. Von Ask war keine Spur zu sehen.

»Geh mit den anderen«, sagte Daart zu Carnac. Er griff nach der Fackel. »Ich sehe nach, wo Ask geblieben ist.«

»Nein, das wirst du nicht«, widersprach Carnac. Ihre dunklen Augen wirkten im Widerschein der Fackel wie ein brennender See voll schwarzem Öl, fremdartig und geheimnisvoll. Es war kein Wunder, dass Jacurt sie während ihrer Begegnung am Rand des Tales so lange angestarrt und sie für eine Magierin gehalten hatte. Was auch immer mit Carnacs Augen geschah, es wurde schlimmer. Was das zu bedeuten hatte, konnte Daart nicht einmal erahnen. Er hoffte nur, dass seine Entscheidung, ihr bedingungslos zu vertrauen, kein Fehler gewesen war.

Es änderte nichts daran, dass er nach Ask suchen musste. »Ich gehe sofort los«, sagte er rasch. »Ich hole Ask dort raus – und komme dann gleich nach. »

Carnac schüttelte in einer geradezu verzweifelten Geste den Kopf. »Das wäre vergebens. Dort, wo ich herkomme, kann sie nicht sein; ich hätte sie sehen müssen.«

»Auch wenn sie bewusstlos am Boden liegt?«

»Das tut sich nicht«, widersprach Carnac heftig. »Sie hat mit Sicherheit die Gelegenheit genutzt, um nach den anderen zu suchen.«

»Den anderen?«, fragte Daart verständnislos.

»Jacurt und seinen Kriegern.« Carnac packte Daart am Arm. »Ich weiß nicht, was zwischen euch ist. Aber eines weiß ich mit Sicherheit: Sie untersteht Jacurts Befehl. Und was würdest du tun, wenn du deinen Befehlshaber irgendwo in deiner Nähe vermuten würdest?«

»Ihn suchen«, sagte Daart unbehaglich. »Aber ich glaube nicht ...«

Carnac schnitt ihm mit einer ärgerlichen Handbewegung das Wort ab. »Du weißt ganz genau, dass ich Recht habe. Wie sollte es auch anders sein? Ask muss uns für Ungeheuer halten, nach allem, was geschehen ist. Sie kann uns nicht vertrauen. Also wird sie sich allein auf die Suche nach ihrem Trupp gemacht haben.«

»Und hier schutzlos durch die Gegend torkeln.« Daart wurde langsam ärgerlich. »Wie weit, glaubst du, wird sie kommen? Und wie soll sie sich wehren, wenn sie angegriffen wird? Nein«, er streifte entschlossen Carnacs Hand ab, »ich werde sie suchen gehen. Und zwar genau in der Richtung, in der du die Quorrl vermutest. Um zu verhindern, dass Ask ahnungslos in sie hineinstolpert.«

»Und warum gerade dort?«

»Weil es der einzige Ansatzpunkt ist, den ich habe.« Daart warf einen unruhigen Blick in die Richtung, in der die beiden Satai verschwunden waren. Er sah gerade noch Del die Treppe hocheilen. Er musste sich beeilen. »Wie weit sind die Quorrl entfernt?«

Carnac biss sich ärgerlich auf die Unterlippe. »Ein ganzes Stück«, sagte sie schließlich. »Wenn wir Glück haben, sind sie noch nicht aufgebrochen.«

Daart wand Carnac die Fackel aus der Hand. »Was bist du doch für ein Dickkopf«, sagte sie ärgerlich. »Aber bitteschön. Dann komme ich eben mit.«

»Das wirst du nicht«, sagte Daart heftig. »Ich hole nur eben Ask ...«

»Was ist jetzt?«, donnerte Del dazwischen. Er stand oben auf einem Treppenabsatz und beugte sich ein Stück vor. »Kommt jetzt endlich. Wenn Carnac die Wahrheit gesagt hat, werden die Quorrl bald hier sein.«

Daart drehte sich zu ihm um und starrte hinauf in das Grau des Treppenhauses, das von Dels Fackel in tanzende Schatten getaucht wurde. »Wir holen Ask. Dann kommen wir nach.«

Ohne die Reaktion des Mannes abzuwarten, der behauptete, Satai zu sein, sich aber eher wie ein ungehobelter Barbar benahm, drehte er sich um und stürzte los. Carnac blieb an seiner Seite. Er hatte nichts anderes erwartet.

»Verdammt, Skar!«, brüllte Del. »Die hauen ab!«

»Skar«, sagte Daart, als er neben Carnac in das baufällige, modrige Gewölbe drängte, das sich hinter der Tür auftat. »Er hat seinen Begleiter Skar genannt.«

»Na und«, stieß Carnac ungeduldig hervor. »Irgendeinen Namen muss er doch haben.«

»Aber nicht gerade Skar«, beharrte Daart. Er hielt die Fackel höher, um sich in ihrem unruhigen Licht besser orientieren zu können. So weit er es erkennen konnte, war der Raum bis auf ein paar Trümmerstücke leer. Ask war jedenfalls nicht hier. »Niemand auf Enwor heißt Skar.«

»Weil es die Satai nicht gestatten«, sagte Carnac, während ihr Blick unruhig über die grob behauenen Wände glitt. »Aber was, wenn diese Männer noch nie von den Satai gehört haben?«

»Doch, das haben sie«, sagte Daart grimmig. »Du hättest es mit anhören sollen, als mich dieser Skar verhörte.« Das Geräusch ihrer Stiefel hallte fast schmerzhaft in seinen Ohren wider, und er fragte sich, was er hier eigentlich tat. Wenn wirklich Quorrl in der Nähe waren und sie sich in einen Hinterhalt gelegt hatten, dann brauchten die Reptilienkrieger nur zu warten, bis sie an ihnen vorbeipolterten, um dann zuzuschlagen. »Sie behaupten sogar, selber Satai zu sein.«

»Del … und dieser Skar?« Carnac bewegte sich so schnell, dass sie im unruhigen Halbdunkeln zu einem verschwommenen Schemen wurde und Daart sich beeilen musste, um mit ihr mitzuhalten. »Das ist lächerlich.«

»Ist es nicht«, widersprach Daart. »Sie tragen Tschekals. Zwar solche, wie ich sie noch nie gesehen habe – und dennoch spricht das eher dafür, dass sie Satais sind. Wenn sie vielleicht auch irgendwo ... *anders* herstammen als wir.«

Carnac blieb so plötzlich stehen, dass Daart einen schnellen Ausweichschritt machen musste, um sie nicht über den Haufen zu rennen. »Was ist?«, keuchte er. »Sind die Quorrl ...«

Carnac drehte sich zu ihm um. Ihre Augen waren weit aufgerissen, und ihre Mundwinkel bebten. »Das kann nicht sein.«

Daart versuchte die Dunkelheit zu durchdringen, den Teil des Gewölbes vor ihnen, dessen alles umfassende Schwärze nicht von dem schwachen Licht seiner Fackel erhellt wurde. Er glaubte, dort tanzende Schatten wahrzunehmen, unruhig fließende Bewegungen – aber nichts, was auf einen Quorrl-Angriff hindeutete, keine massigen Körper und kein Aufblitzen blank gezogener Waffen.

»Was ist?«, flüsterte er.

»Es kann nicht sein«, sagte Carnac noch einmal. »Meine Güte – wie blind bin ich bloß gewesen!«

»Was meinst du?«, fragte Daart beunruhigt.

Carnac starrte ihn weiterhin fassungslos an, aber so, als sähe sie ihn gar nicht. »Versteht du denn nicht, Daart? Kennst du denn nicht die Bedeutung des fünfzackigen Sterns?«

»Doch, natürlich«, sagte Daart ärgerlich. »Es ist das heilige Zeichen der Satai ...«

Er brach ab. Jetzt verstand er, was Carnac gemeint hatte. Es konnte nicht sein. Es war vollkommen unmöglich.

»Die Satai haben sich im Lauf der Jahrhunderte verändert«, sagte Carnac, »so wie alles auf Enwor. Aber einiges ist erhalten geblieben.« Sie packte Daart an den Schultern und schüttelte ihn. »Verstehst du denn nicht? Früher haben die Satai Lederstirnbänder getragen, mit einem an ihm befestigten silbernen Stern als Zeichen ihrer Zugehörigkeit.«

»Wie diese beiden Männer ...« Daart stöhnte auf. »Und ausgerechnet wir als Satai-Sjen haben sie nicht erkannt!«

»Weil es lange her ist, dass die Satai diese Stirnbänder trugen«, sagte Carnac eindringlich. »Die Schlangengürtel haben schon längst die Lederstirnbänder abgelöst.«

»Aber wie kann das sein?«, fragte Daart entgeistert. »Wenn diese beiden Männer wirklich Satai sind – dann stammen sie ja aus der Vergangenheit!«

Carnac nickte. Ihr Blick flirrte umher. Der unruhige Schein der Fackel gaukelte ihnen Bewegungen vor, doch es blieb still. Daarts Nerven waren bis zum Zerreißen gespannt. Er hatte keineswegs vergessen, was oben im Kuppelbau geschehen war.

»Ich weiß nicht, wie so etwas möglich ist«, fuhr Carnac fort. »Aber wenn diese beiden Männer nicht nur Trugbilder sind – dann weiß ich, wer sie sind.«

Daarts Schwerthand zitterte leicht. »Ich auch«, flüsterte er. »Schon als Del mir seinen Namen nannte, ahnte ich etwas.«

»Ja«, sagte Carnac. »Es gab einen Del, der lange Jahre Skars Begleiter war. In der frühen Zeit. Vor einer halben Ewigkeit.«

Zwei innere Regungen trafen in Daart aufeinander. Es war die Fassungslosigkeit über das, was Carnac gerade gesagt hatte. Und es war seine beinahe explodierende Unruhe. Hier um sie herum war etwas – nicht das Scharren von Leder, das leise Klirren von Kettenhemden oder das metallische Klingen von Zackenschwertern, deren Knäufe auf die Metallnieten der Schwertgürtel trafen, wie Quorrl sie trugen. Es war etwas ganz anderes, ein leises Zischeln und Gleiten; ähnlich wie die Laute, die huschende, sich versteckende Ratten machten, und doch ganz anders.

»Es können nicht Skar und Del sein«, sagte Carnac schließlich. Ihr Blick schweifte immer noch über den Boden, und die Hand, mit der sie ihre Waffe umklammert hielt, war so angespannt, dass die Knöchel weiß hervortraten. »Es müssen zwei Betrüger sein. Es sind nichts weiter als zwei Männer, die irgendwo alte Satai-Kleidung und zwei Tschekals gefunden haben.«

»Und dann haben sie uns hier aufgelauert, sind über Jacurt und Xer hergefallen, nur um uns auf diese ganz subtile Weise klarzumachen, dass sie Skar und Del sind?« Daart hob die Fackel und beschrieb einen Halbkreis, um ihre Umgebung so weit wie möglich auszuleuchten. »Mach dich nicht lächerlich.«

Carnac schluckte trocken. Sie wirkte eindeutig nervös, und das, obwohl im flackernden Licht nichts weiter zum Vorschein gekommen war als altes Gemäuer – ganz ähnlich dem, wo die Ratten über sie hergefallen waren.

»Wo hast du Wache gehalten?«, fragte Daart.

»Noch ein Stück weiter«, sagte Carnac. »Die beiden haben sich offenbar gut auf den Ausflug in diese Unterwelt vorbereitet. Ich weiß nicht, ob dir das schon vorher aufgefallen ist: Aber Del hatte ein paar Fackeln in seinem Gürtel stecken. Er hat mir eine davon in die Hand gedrückt und mir dann gesagt, ich soll aufpassen, dass wir nicht aus den Tiefen des Gewölbes überrascht werden.«

»Seit wann lässt du dir von einem Betrüger Befehle geben?«, fragte Daart.

Carnac wollte etwas erwidern, aber Daart winkte ab. »Lassen wir das. Wir klären später, was es mit den beiden altertümlichen Satai zu tun hat. Zuerst müssen wir Ask finden.«

»Sie ist nicht hier.« Carnac drehte sich um und starrte Daart an, als erwartete sie eine bestimmte Reaktion von ihm. »Was ist überhaupt mit dieser Ask los? Warum ist sie für dich so wichtig?«

»Sie ist für mich nicht wichtig«, erwiderte Daart barsch. »Sie ist eine Satai-Sjen. Hast du vergessen, was wir uns untereinander schuldig sind?«

»Nein, natürlich nicht«, entgegnete Carnac ärgerlich. »Aber sie steht dir erstaunlich nahe dafür, dass du sie erst seit einem Tag kennst.«

»Blödsinn«, sagte Daart knapp, obwohl er wusste, dass Carnac durchaus Recht hatte. Es war etwas an Ask, das ihn faszinierte. Aber er hätte nicht einmal sagen können, was es war.

Darauf kam es auch nicht an. Sie mussten sie finden – und sich dann irgendwo in Ruhe zurückziehen, um weitere Schritte zu planen. Vor allem mussten sie herausbekommen, welche Rolle die beiden Satai spielten, die sich Skar und Del nannten. Wenn sie es tatsächlich mit *dem* Skar zu tun hätten, käme das einem Wirbelsturm gleich, der nur allzu schnell das sorgfältig errichtete Gedankengebäude zum Einsturz bringen konnte, welches die Satai um den wichtigsten Mann aus ihrer Mitte gezimmert hatten.

»Ich glaube nicht, dass wir zufällig hier sind«, sagte Carnac.

»Wahrscheinlich nicht.« Daart vollführte eine Geste mit der Fackel, und sie gingen weiter, langsamer diesmal als zuvor und noch wesentlich wachsamer. Daart brauchte Carnac nicht zu fragen, ob sie auch bemerkte, dass hier etwas ganz und gar nicht stimmte. Das Rascheln und Zischeln hatte sich zurückgezogen, aber es war immer noch da, beinahe so, als ob sie geradewegs in das gigantische Rattenest hineinmarschierten, von dem Ask gesprochen hatte.

»Hast du herausbekommen, worum es diesen beiden ... Satai geht?«, fragte Carnac leise.

»Nur im Groben«, antwortete Daart. »Sie suchen hier offensichtlich irgendetwas. Und darauf scheinen sie sich hervorragend vorbereitet zu haben.«

»Klar«, sagte Carnac verächtlich. »Gold, Edelsteine – irgendetwas, das ihnen schnellen Reichtum verspricht.«

»Nein«, sagte Daart bestimmt. »Wenn diese beiden Männer wirklich Skar und Del sind, dann sind sie hinter etwas ganz anderem her.«

Carnac blieb stehen und starrte ihn an. »Du glaubst es wirklich, nicht wahr?«

Daart packte sie an der Schulter und schob sie vorwärts. »Ich weiß nicht mehr, was ich glauben soll und was nicht. Es geschehen hier ... ganz merkwürdige Dinge. Es kommt mir beinahe so vor, als wäre die Zeit an diesem Ort durchlässig.»

»So, wie wir es schon einmal erlebt haben?« Carnac streifte seine Hand ab und beschleunigte ihre Schritte, als wollte sie vor etwas davonlaufen. »Damals in der Feuerhöhle. Als du dem Gezeitenwurm begegnet bist.«

»Als ich *irgendetwas* begegnet bin«, sagte Daart. »Ich habe nicht die geringste Ahnung, was es war – außer, dass es vollkommen fremd war. Und dass die Zeit unter seinem Einfluss nicht mehr das war, was sie sonst zu sein scheint: stetig fortlaufend. Es verschwamm alles in wirrem Zickzack ...«

»Und jetzt meinst du, dass wir hier tatsächlich auf Skar und Del gestoßen sind?«, fragte Carnac. »Du glaubst, dass sie durch eine Art Schlupfloch in der Zeit in unser Zeitalter gelangt sind?«

»Vielleicht«, sagte Daart. »Aber eigentlich glaube ich das nicht.« Er hätte Carnac von dem metallenen Drachen erzählen können, von dem Gefühl, durch die Zeit zu driften und Zeuge von Dingen zu werden, die längst geschehen waren. Aber es hätte nicht das ausgedrückt, was er in diesem Moment empfand, und so ließ er es sein. »Vielleicht ist es ja auch genau umgekehrt«, sagte er stattdessen.

»Du meinst, dass das hier die Vergangenheit ist?« Carnac lachte auf, ein Laut, der seltsam fremd und verzerrt von den Wänden des Gewölbes widerhallte, vielleicht weit genug, dass die Quorrl ihn hören konnten. »Es ist schon merkwürdig, nicht wahr? Ich habe uns Prophetinnen immer für die erste Instanz gehalten, wenn es um die Phänomene der Zeit ging. Und nun bist du es, der mir in diesem Punkt Nachhilfeunterricht erteilt.«

Daart warf ihr einen gequälten Seitenblick zu. »Das ist wohl nicht der richtige Zeitpunkt für Spott«, meinte er.

»Ich spotte nicht«, sagte Carnac ernsthaft. Sie strich sich eine Haarsträhne aus dem Gesicht. »Irgendetwas ist mit dir geschehen. Vielleicht war es schon immer in dir, vielleicht hat es aber auch damit zu tun, dass du eine Weile dem Einfluss des Gezeitenwurms erlegen warst. Ich weiß es nicht.«

Daart schwieg. Es hätte eine Menge gegeben, was er Carnac hätte erwidern können. Aber darum ging es jetzt nicht. Ein dumpfes Gefühl quälenden Unbehagens hinderte ihn daran, seiner Umgebung die Aufmerksamkeit zu schenken, die sie verdient hätte. Nach wie vor nahm er winzige Geräusche wahr. Wenn es Ratten waren, dann verhielten sie sich äußerst merkwürdig. Es schien eher so, als begleitete sie etwas auf eine hinterhältige Art, um zu einem passenden Zeitpunkt über sie herzufallen.

Daart leuchtete ihre Umgebung so weit wie möglich mit der Fackel aus. Eben noch waren sie in einem Tunnel gewesen, dessen Wände aus gemauertem, teils weggebröckeltem Backstein bestanden, ein Zeichen für den Verfall, dem dieser Teil des Labyrinths längst anheim gefallen war. Doch jetzt waren sie wieder in einem unübersichtlichem, halb verfallenen Gewölbe angekommen. Es roch nach Vergangenheit und Verwesung, ein süßlicher und gleichzeitig beißender Gestank, der davon ablenkte, warum sie eigentlich hier waren: um nach Ask zu suchen und dabei jede Konfrontation mit den Quorrl zu vermeiden.

»Vielleicht hast du Recht«, sagte Carnac mitten in seine gespannte Aufmerksamkeit hinein. »Dieses Labyrinth, durch das wir hier gehen, ist alt – älter als alles andere, was ich je gesehen habe, und auch wesentlich älter als die Kuppel über uns.«

»Du meinst, sie wurde von den Alten errichtet«, sagte Daart, während er die Fackel hob, den Schritt verlangsamte und in eine Ausbuchtung hineinleuchtete. In einer Ecke lagen aus dem Mauerwerk herausgebrochene Steintrümmer und etwas Unrat, und genau dort glaubte er ein leises Huschen zu bemerken. Doch als er einen Schritt auf die Ausbuchtung zumachte, die Fackel weit von sich gestreckt, gerann die unruhige Bewegung zu nichts anderem als dem diffusen Gleiten zwischen Licht und Schatten.

»Ich glaube, das alles hier wurde sogar von den *Ur*alten gebaut.« Carnac lächelte leicht, wie Daart feststellte, nachdem er sich wieder zu ihr umgedreht hatte. »Für uns sind die Alten ein fester Begriff – und doch meinen wir damit nur die letzte Epoche einer Zivilisation, die weit mächtiger war als die unsere. Aber auch sie haben ihre Welt aufbauen müssen, und vielleicht waren sie uns sogar lange Zeit nicht einmal überlegen. Erst im Lauf vieler Jahrtausende haben sie sich zu der Größe aufgeschwungen, aus der heraus sie sich mit den Sterngeborenen angelegt haben – woran sie letztlich auch gescheitert sind.«

Daart übernahm wieder die Führung. Das Licht der Fackel erschien ihm immer unsteter, zerrissener und kaum geeignet, Ask zu entdecken. »Du meinst also, dass dieses Labyrinth nicht aus der Zeit stammt, in der die Alten gegen die kämpften, die von den Sternen kamen?«, fragte er unbehaglich.

»Nicht unbedingt«, sagte Carnac. »Zumindest nicht der Teil der Anlage, durch den wir jetzt gerade gehen. Vielleicht ist sogar alles sehr viel älter. Was aber nicht bedeutet, dass die Alten sie nicht bis zu ihrem schrecklichen Ende benutzt haben.«

»Und was hat das mit den beiden Satai zu tun?«, fragte er.

»Ich nehme an, sie kämpfen genauso wie wir gegen die Kraft, die Enwor zu vernichten droht«, sagte Carnac. »Und vielleicht vermuten sie hier eine Waffe der Alten – oder irgendetwas anderes –, das ihnen bei diesem Kampf helfen kann.«

Daart nickte. Während seine Augen jeden Winkel absuchten, glaubte er gleichzeitig den metallenen Drachen vor sich zu sehen, der trotz seiner unglaublichen Kampfkraft den vom Himmel zuckenden Energiefingern zum Opfer gefallen war. Konnte es sein, dass es hier noch ein kampffähiges Exemplar seiner Art gab? Es war ein unvorstellbarer Gedanke, der Daart einen kalten Schauer über den Rücken jagte. Mit Hilfe eines oder gar mehrerer dieser Ungeheuer konnte man sich wahrscheinlich jeden beliebigen Landstrich Enwors untertan machen. Wenn es das war, was die *Schatzsucher* hierher gelockt hatte – die Aussicht auf Macht, verliehen durch so etwas Unvorstellbares wie einen stählernen Drachen der Alten –, dann musste er doppelt vorsichtig sein. Männer, die skrupellos genug waren, sich auf ein solches Unterfangen einzulassen, waren wahrscheinlich nicht gerade erfreut, wenn ihnen jemand in die Quere kam.

»Für den Anfang würde es mir schon reichen, wenn wir Ask wieder fänden«, sagte er. »Und dann sollten wir uns diese beiden Satai schnappen und ihnen einmal ein bisschen auf den Zahn fühlen.«

»Um was zu erfahren?«, fragte eine Stimme hinter ihm.

10

Daart fuhr herum, das Schwert griffbereit in der Hand und erschrocken darüber, dass er die Ankömmlinge nicht schon vorher gehört hatte. Der Mann, den der Hüne Skar genannt hatte, kam mit federleichten Schritten näher; seine Augen blitzten im Halbdunkel wie zwei polierte Edelsteine. Del folgte ihm auf eine bedrohlich wirkende Art. Er hielt die Fackel so in der linken Hand, als wollte er sie Daart zur Begrüßung über den Kopf ziehen; das Schwert in seiner Rechten blitzte rot auf, doch es war kein Blut, wie Daart auf den zweiten Blick erkannte, sondern nur der Widerschein des flackernden Lichts. Zumindest äußerlich war er damit wieder zu dem ungehobelten Barbaren geworden, für den ihn Daart von Anfang an gehalten hatte.

»Es ist nicht sehr klug, hier laut debattierend durch die Gegend zu marschieren«, sagte Skar. »Die Quorrl sind zwar kaum mehr als dumme Tiere, aber sie sind hinterhältig. Es würde mich nicht wundern, wenn sie uns hier irgendwo auflauerten.»

Daart machte den Mund auf, um zu antworten, aber Del kam ihm zuvor.

»Sollen sie doch«, polterte er und schwenkte die Fackel hin und her, als wollte er mit ihrem Feuer Insekten vertreiben. Vielleicht leuchtete er aber auch nur jede Ecke aus, um auszuschließen, dass sich Quorrl hier verbargen, die nur darauf warteten, sich auf ihn zu stürzen, dachte Daart ärgerlich.

»Quorrl sind keine Gegner«, fuhr Del fort. »Sie mögen stark sein, doch Stärke allein bringt nichts. Sie sind plump. Plump und langsam. Außerdem sind sie feige.«

»So feige wie diese Satai-Sjen, die vor uns davonlaufen wie aufgeschreckte Hühner?«, fügte Skar hinzu.

Sein Tonfall klang eher ärgerlich als belustigt, und Daart wechselte einen schnellen Blick mit Carnac. Sie schien genau so wie er begriffen zu haben, was dieses Theater sollte. Die beiden Satai wollten sie provozieren. Aber wozu? Wenn hier wirklich Quorrl in der Nähe waren, die einen Angriff planten, war das nicht nur höchst überflüssig – sondern auch ausgesprochen dumm.

Skar blieb ein paar Schritte vor ihnen stehen, mit gezogenem Schwert, dessen Spitze nach rechts zeigte, dorthin, wo die tiefschwarze Dunkelheit sich auch vom Licht zweier Fackeln nicht vertreiben lassen wollte. Del dagegen schien es direkt auf Daart abgesehen zu haben. Er kam mit langen, elastischen Schritten auf ihn zu. Mit kaum verhohlenem Zorn in seinen Augen donnerte er: »Ich hatte dir doch gesagt, dass ich dir das Genick brechen würde, wenn du uns verrätst.«

»Ich glaube, deine Wortwahl war etwas anders«, berichtigte ihn Daart. Er versuchte vergebens, den Blick des Hünen einzufangen. »Aber ich kann dich beruhigen. Wir haben niemanden verraten. Wir suchen Ask. Als ich sie das letzte Mal gesehen habe, hast du sie getragen. Vielleicht weißt du ja, wo sie abgeblieben ist.«

»Ich bin kein Kindermädchen«, murrte Del. »Und ich halte es

auch für keine gute Idee, euch hier durch die Gegend streifen zu lassen. Vielleicht wäre es besser, euch die Hälse durchzuschneiden, bevor ihr uns in den Rücken fallt – oder euch mit den Quorrl verbündet.«

In seiner Stimme schwang eine unverhohlene Drohung mit, und er kam in einer Art näher, die durchaus die Vorbereitung zu einem Angriff sein mochte. Daart hatte noch deutlich vor Augen, wie Del Jacurt vor sich hergetrieben hatte – obwohl Jacurt einer der besten Schwertkämpfer war, die er kannte. Er war nicht begierig herausfinden, ob er gegen den riesigen Satai besser bestehen konnte.

Del trat so nahe heran, dass nicht mehr viel gefehlt hätte, und er wäre ihm auf die Füße getreten. Daart spürte, wie sich seine Nackenhaare aufrichteten, als er in dieses finstere Gesicht mit dem frisch verschorften Schwerthieb auf der Wange blickte. Im Kettenhemd und mit dem überreich gefüllten Waffengurt wirkte der Hüne wie ein zorniger Kriegsgott, der von seinem Thron herabgestiegen war, um einen unwürdigen Erdenwurm in den Staub zu treten.

»Ich hatte noch nie das Vergnügen, einen Satai kennen zu lernen, der seinem Gegenüber nur auf Grund eines vagen Verdachts das Genick brechen will«, sagte Daart. »Das ist doch immerhin mal etwas Neues.«

Del sagte nichts darauf. Er setzte die Ausstrahlung seiner beeindruckenden Größe ohne jede Spur von Zurückhaltung ein. Die Bedrohung schien geradezu zu explodieren, als er sich zu Daart hinabbeugte, als wäre nun der rechte Zeitpunkt gekommen, sein zorniges Urteil zu vollstrecken.

Daart hob eine Augenbraue. Zurückzuweichen wäre ein Zeichen von Schwäche gewesen, und doch kostete es ihn alle Mühe, ein überlegenes Lächeln aufzusetzen, als er zu dem Hünen emporsah. »Ist das die Art, wie du die Ehre der Satai verteidigen willst?«

Dels Gesichtzüge entgleisten. »Pass auf, was du sagst.«

»Del«, sagte Skar scharf. »Übertreib es nicht.«

Del achtete nicht auf ihn. Daart sah die Wut, die in seinen Augen funkelte, ein elementarer Zorn, der sich mit dem flackernden

Feuer seiner Fackel zu etwas zu verbinden schien, was Daart nur zu gut kannte: allerdings von den Guhulan, den Todfeinden der Satai, und ihren Feuerritualen. Er hatte ihrer elementaren Macht widerstanden, und auch wenn er ihnen in den Jahren seines Heranwachsens nicht offen hatte gegenübertreten können, war er doch letztlich immer in der Lage gewesen, sich ihrer zu erwehren. Und da sollte er jetzt klein beigeben? Undenkbar.

»Ein Satai, der sich so gehen lässt wie du, ist eine Schande für unseren Stand«, sagte Daart inbrünstig.

»Schweig«, zischte Del. Seine Waffe sprang scheinbar wie von selbst in seine Hand, und die Klinge streifte so dicht an Daarts Wange entlang, dass er den Luftzug spüren konnte. »Ich sollte dich gleich hier und jetzt enthaupten.«

»Tu, was du nicht lassen kannst«, zischte Daart.

»Das werde ich«, sagte Del leise und mit einem bösartigen Funkeln in den Augen. »Verlass dich darauf.«

Er hob das Tschekal ein winziges Stück höher – und legte die Klinge dann in einer fast spielerisch wirkenden Bewegung auf Daarts Hals.

Für einen Moment hatte Daart das Gefühl, zu Eis zu erstarren. Er spürte plötzlich weder Hitze noch Kälte, noch Schmerz noch überhaupt etwas, das um ihn herum vorging, nur den kalten Sternenstahl des Tschekals. Die Welt schien aus einem winzigen grellen Kreis zu bestehen, in dessen Zentrum die schlanke Waffe loderte, die Del ihm an den Hals gesetzt hatte. Er ahnte, dass der Hüne vollkommen unberechenbar reagieren würde, wenn er auch nur eine winzige Bewegung machte.

»Was sagst du jetzt, du Großmaul?«, fragte Del.

»Ich sage dir, dass du offensichtlich der mutigste Krieger ganz Enwors bist«, sagte Daart. Ein Schweißtropfen rann in sein Auge, aber er wagte nicht, die Hand zu heben, um ihn wegzuwischen. »Auf mich macht es wirklich Eindruck, dass du dich für stärker hältst als mich – und das nur, weil du ein Stück länger bist und mir deine Waffe gegen den Hals drückst.«

»Ich lass mich nicht von dir provozieren«, zischte Del, obwohl alles in seiner Haltung das Gegenteil ausdrückte.

»Das ist doch schon mal was«, krächzte Daart. »Und wie wäre es, wenn du endlich mal dein Schwert herunternehmen würdest?«

»Nicht, bevor du mir gesagt hast, in welchem Auftrag ihr hier unterwegs seid«, sagte Del. »Und an wen du uns zu verraten gedenkst.«

»Ich habe nicht vor, irgendjemanden zu verraten«, entgegnete Daart. »Aber ich bin mir auch nicht sicher, woran ich mit euch bin. Nach meinem Geschmack seid ihr ein bisschen zu schnell mit dem Schwert in der Hand.«

»Das finde ich auch«, mischte sich Carnac ein. Ihre Stimme klang schneidend. »Es wäre besser, du würdest das Schwert wegstecken, bevor noch ein Unglück geschieht.«

»Wenn du so besorgt um deinen Freund bist«, fuhr sie Del an, »dann verrate mir doch einfach, was ich wissen will.«

»Und das wäre?«, fragte Carnac scharf.

»Was ihr mit den Quorrl zu schaffen habt, zum Beispiel«, sagte Del.

»Nicht mehr als du selbst«, sagte Carnac. »Die Quorrl sind ein Bestandteil unserer Welt. Ihnen auszuweichen ist unmöglich.«

»Es ist nur deshalb unmöglich, weil sie sich nicht an ihr eigenes Wort halten«, donnerte Del. »Sie haben geschworen, in ihrem Reservat im Norden zu bleiben. Nur deshalb haben wir keine Todfehde mit ihnen.«

Daart sah aus den Augenwinkeln, wie sich Carnac spannte. Die Lage konnte sich jederzeit verschärfen. Dabei wäre es absolut verrückt, ausgerechnet jetzt über die Quorrl in Streit zu geraten, die sie wahrscheinlich in eben diesem Augenblick einzukesseln versuchten.

»Du kannst unbesorgt sein«, sagte Daart. »Der erste Quorrl, der uns angreift, wird mein Schwert zu kosten bekommen.«

Del hatte ihn durchaus verstanden, das sah er an dem kurzen Aufblitzen in seinen Augen an, aber er schien Mühe zu haben, seine Wut zu zügeln. Daart fragte sich, ob in früheren Zeiten tatsächlich ein so ungehobelter Raufbold wie dieser Hüne zum Satai geweiht worden war. Er konnte es sich kaum vorstellen. Dieser Narr schien es geradezu darauf anzulegen, dass sie ihre Kräfte in einem vollkommen überflüssigen Kampf untereinander verschwendeten, als wären sie ein paar einfältige Straßenräuber, die sich um eine Beute stritten.

Skar schien das ganz ähnlich zu sehen. Mit einer demonstrativen Geste steckte er sein Schwert weg – und kam auf Daart zu. »Die Quorrl überschreiten die Grenzen ihres Reservats in fast regelmäßigen Abständen, um plündernd und mordend durch die Welt zu ziehen«, sagte er ruhig. »Aber es hätte nicht passieren dürfen, dass sie hier auftauchen. Das erschwert nicht nur die Dinge – es setzt uns auch unter Zeitdruck.«

»So kann man es auch nennen.« Del heftete den Blick auf Daart. »Mich hat heute schon einmal ein Krieger in schwarzem Echsenleder angegriffen. Willst du nicht auch dein Glück versuchen?«

»Widerspräche das nicht dem Ehrenkodex der Satai?«, fragte Daart leise.

»Vieles widerspricht dem Kodex«, sagte Del. »Aber nicht, gegen einen Mann zu kämpfen, der sich ungerechtfertigter Weise Satai nennt.«

»Nicht Satai«, berichtigte ihn Daart. »Sondern Satai-Sjen. Und das auch nicht ungerechtfertigter Weise.«

»Deine Spitzfindigkeiten bringen dir gar nichts«, sagte Del barsch.

Daart verzichtete auf eine Antwort. Seine Nervosität schwand, je näher die Auseinandersetzung rückte, die Del offensichtlich suchte. Er wusste durchaus, dass er sich in einer äußerst schlechten Ausgangssituation befand. Del fuchtelte zwar nicht mehr direkt mit dem Tschekal vor seinem Gesicht herum, aber er hielt die Klinge schlagbereit nur eine halbe Armlänge von ihm entfernt. Auch Daart hatte sein Schwert gezogen, aber er würde es beim ersten Schlagabtausch wohl kaum schnell genug hochbringen.

»Was sucht ihr hier?«, zischte Del.

»*Hier* haben wir gar nichts gesucht«, sagte Daart. »Wir waren auf dem Weg zur Korona, um unsere Satai-Sjen-Ausbildung abzuschließen.«

Del starrte ihn finster an. »Und der andere? Der sein Schwert zog und sich auf mich stürzte, um den Quorrl zu verteidigen?«

»Ein ehemaliger Waffengefährte von mir, ja, das ist richtig, falls du darauf anspielst«, sagte Daart ärgerlich. »Aber Jacurt ist nicht länger mein Freund – wenn er es überhaupt je war. Während Carnac und ich unterwegs waren, muss irgendetwas geschehen sein, das sein Weltbild vollkommen auf den Kopf gestellt hat. Als wir ihm wiederbegegnet sind, hat er mich und Carnac wie Feinde behandelt.«

»Das klingt dünn«, sagte Del. »Dünn und unglaubhaft.«

»Mag sein«, gab Daart ihm Recht. »Aber soll ich deswegen lügen? Soll ich mir eine andere Geschichte ausdenken, nur weil sie besser klingt?«

Der Blick des Hünen verfinsterte sich zunehmend. Aber etwas war aus seinen Augen gewichen: die Wut, die ihn dazu hätte veranlassen können, etwas Unüberlegtes zu tun. Vielleicht war sie aber auch niemals echt gewesen. Vielleicht hatte der Hüne den Zorn nur als Waffe benutzt, um die Wahrheit aus ihm herauszupressen.

»Du solltest uns erklären, was ihr hier macht«, sagte Skar.

»Du meinst, warum wir euch nicht gefolgt sind?« Daart nickte. »Das war meine Schuld. Ich wollte hier nach Ask suchen ...«

»Eure junge Begleiterin«, unterbrach ihn Skar, »scheint nicht sehr viel Geduld zu haben. Del hat mir gesagt, dass sie sich kaum auf den Beinen halten konnte. Und dann sucht sie trotzdem das Weite. Warum?«

»Vielleicht«, sagte Daart, »hat sie geahnt, wie Del mit uns umzuspringen gedenkt.«

»Wie springe ich denn mit euch um, he?« Del rammte sein Schwert mit einer so wuchtigen Bewegung in die Lederscheide, dass Daart schon fürchtete, es werde unten wieder herauspoltern. Dann trat er einen Schritt zurück und maß Daart von oben bis unten mit einem nachdenklichen Blick. »Ich habe Ask hier heruntergetragen, weil sie kaum laufen konnte. Und dann *läuft* sie euch weg? Das ist doch lächerlich.«

»Vielleicht«, sagte Daart. »Aber die ganze Sache ist etwas ... verworren.«

»Weil diese Kleine zu dem Mann gehört, den du Satai nennst?«, fragte Del.

»Nun …«, begann Daart gedehnt.

»Du kannst uns nicht belügen«, unterbrach ihn Del. Seine Stimme klang noch immer nicht unbedingt freundlich, aber die Wut war endgültig aus ihr verschwunden; und das ausgerechnet jetzt, wo er Daarts tatsächlichen Schwachpunkt entdeckt hatte. »Als Skar und ich den Quorrl angriffen, hatte dieser *Satai* zwei Gefangene. Euch beide. Niemanden sonst.«

»Ja«, sagte Carnac. »Ask ist Satai-Sjen wie wir. Aber sie war mit Jacurt unterwegs. Mittlerweile hat sie sich jedoch mit Daart … *angefreundet.*«

Daart entging keineswegs das leichte Zögern in Carnacs Stimme, bevor sie das Wort *angefreundet* aussprach. Abgesehen davon, dass es maßlos übertrieben war, schien es wie ein Stachel in ihrer Seele zu sitzen, dass sich Ask und Daart so schnell nahe gekommen waren.

»Und die Quorrl, die hier irgendwo vor uns lagern sollen?«, fragte Skar. »Gibt es die wirklich?«

»Ja«, sagte Carnac. »Aber ich fürchte, ich habe in diesem Labyrinth die Orientierung verloren.« Sie warf einen langen, nachdenklichen Blick in die Runde. »An das Gewölbe hier kann ich mich jedenfalls nicht erinnern. Wahrscheinlich sind wir schon längst an den Quorrl vorbei.«

»Trotzdem ist es ziemlich leichtsinnig, ausgerechnet hier ein Streitgespräch zu führen«, sagte Skar. »Also haltet euch von jetzt an etwas zurück.«

»Von jetzt an?«, fragte Daart überrascht.

Skar drehte sich ihm. »Ja, natürlich. Wenn ich das richtig verstanden habe, seid ihr als Satai-Sjen jedem Satai gegenüber Gehorsam schuldig. Dann wird es euch ja nicht schwer fallen, euch unserem Kommando zu unterstellen.«

»Wozu?«, fragte Carnac.

Del lachte rau auf. »Erst einmal, um eure Entflohene wieder einzufangen, diese Ask. Und dann, um den Quorrl ihre hässlichen Nasen noch flacher zu hauen, als sie sowieso schon sind.«

Daart hätte widersprechen können, aber das machte keinen Sinn. Die Vorstellung, Skar könne *der* Skar sein, um den sich so viele Legenden rankten und den zu retten Carnac und er in den Süden aufgebrochen waren, um die *Essenz des Lebens* zu holen, hatte etwas so Lächerliches, dass sich sein Verstand trotz des gegenteiligen Beweises mit sturer Beharrlichkeit weigerte, diesen Gedankengang weiterzuverfolgen. Skar war Legende, war tot und doch wieder nicht, wurde in den Tiefen der Korona am Leben erhalten, und das auf eine Art, von der Daart nicht die geringste Vorstellung hatte. Aber sicherlich war es nicht so, dass er seit Jahrhunderten zusammen mit Del in irgendeinem uralten Gemäuer aus der Zeit vor der großen Katastrophe herumgeisterte.

Es passte einfach nicht zusammen.

Ganz wie es Skar angeordnet hatte, verhielten sie sich ruhig. Dennoch stand etwas äußerst Machtvolles zwischen ihnen, etwas, das man nicht dadurch besiegen konnte, indem man Seite an Seite gegen einen gemeinsamen Feind schritt: Misstrauen. Del und Carnac hatten die Vorhut übernommen, er selbst und Skar hielten sich zwei Schritte hinter den beiden. Die Art, wie sich die Satai bewegten, hatte etwas gleichermaßen Vertrautes wie Fremdes. Ihre schweren Stiefel verursachten beim Aufsetzen kaum ein Geräusch, und ihre Haltung war von entspannter Wachsamkeit geprägt. Mit jedem Schritt, den sie tiefer in das Gewölbe eindrangen, war Daart mehr davon überzeugt, dass die beiden tatsächlich Satai waren, so ähnlich waren ihre Bewegungen den ihren.

Ähnlich, aber nicht gleich. Auch wenn er die Unterschiede kaum hätte benennen können, so waren sie doch vorhanden. Vielleicht war es die Ausstrahlung, die von den beiden altertümlich gekleideten Satai ausging. Sie hatten etwas ... *Raubtierhaftes*. Ob das allerdings dafür oder dagegen sprach, dass Skar wirklich der war, für den ihn zumindest Carnac zu halten schien, vermochte er nicht zu sagen.

»Skar«, fragte er nach einer Weile gerade so laut, dass ihn der Satai an seiner Seite verstehen musste. »Wie kann es sein, dass wir uns hier ...«

»... begegnen?«, beendete Skar seinen Satz. Er warf ihm einen kurzen, schwer zu deutenden Seitenblick zu. »Vielleicht, weil wir beide hierher geleitet wurden.«

»Hierher geleitet«, flüsterte Daart, und ein kalter Schauer rann ihm über den Rücken. *Durchaus möglich*, dachte er. *Und wenn, dann weiß ich sogar, von wem. Von der Stimme in meinem Inneren, die spricht und schweigt, wie es ihr gefällt.*

Aber das sagte er nicht laut. Abgesehen davon, dass er noch niemandem – noch nicht einmal Carnac – von der Stimme erzählt hatte, war die Vorstellung so absurd, so bizarr und undenkbar, dass er niemals gewagt hätte, seine Vermutung auszusprechen. So schüttelte er nur den Kopf und sagte: »Das verstehe ich nicht.«

»Da gibt es nicht viel zu verstehen«, erwiderte Skar. »Es ist dieser Ort. Er ist etwas ganz Besonders. Nur wenige Menschen wissen von ihm.«

»Was ist denn so Besonderes an ihm?«, fragte Daart.

Skar schwieg eine ganze Weile, bevor er sagte: »Ich glaube, das hast du längst gemerkt. Abgesehen davon wirst auch du irgendwann schon von diesem Ort gehört haben.«

»Um ehrlich zu sein, nein«, erwiderte Daart. »Ich weiß nicht, wo wir hier sind.«

»Aber vielleicht, wenn ich dir den Namen nenne, unter dem er in den alten Schriftrollen geführt wird: Eternity.«

»Eternity ...« Daart schüttelte den Kopf. »Nein. Tut mir Leid, davon habe ich noch nie gehört.«

»Es gibt Tausende von Legenden, die sich um diesen Ort ranken«, sagte Skar, »und doch sind sie nur einem kleinen Zirkel Eingeweihter bekannt. Und nur sehr wenige von ihnen verspüren den Wunsch, hierher zu kommen. Und diejenigen, die es tatsächlich geschafft haben, bis ins Innere dieser verschollenen Stadt vorzudringen ... nun, die haben ein Problem.«

»Ein Problem.« Daart blinzelte in das zerrissene Halbdunkel zu seiner Rechten, um die schattenhafte Bewegung festzuhalten, die er dort gesehen hatte. »Du meinst die Quorrl.«

»Nicht die Quorrl«, sagte Skar leise. »Die haben das gleiche Problem wie wir alle. *Irgendwann*.«

Das letzte Wort betonte er so eigentümlich, dass Daart ihm einen raschen Seitenblick zuwarf. Skars Gesicht wirkte wie versteinert. »Was meinst du damit?«, fragte er.

»Es ist sehr schwer, hierher zu gelangen«, sagte Skar. »Es gibt keine Karte, auf der Eternity eingezeichnet ist, und niemanden, den man nach dem Weg fragen kann. Und das ist vielleicht auch gut so. Denn noch viel schwerer, als den Weg in diese unterirdische, zeitlose Welt zu finden, ist es, von hier wieder wegzukommen.«

»Du meinst ... wir sind hier Gefangene?«, fragte Daart unbehaglich.

Skar schüttelte den Kopf. »Nicht im eigentlichen Sinn.«

»Das verstehe ich nicht«, bekannte Daart.

»Es ist auch schwer zu verstehen«, sagte Skar. »Weil hier nichts darauf hindeutet, was mit uns allen geschehen wird.« Er machte eine kleine abwehrende Geste, als Daart eine Frage stellen wollte. »Ich rede so, als ob ich es verstünde und es dir erklären könnte. Aber das ist nicht der Fall.«

Daart schwieg benommen. »Auch du bist doch Skar?«, fragte er nach einer Weile.

»Ja, natürlich«, sagte Skar. »Mein Name ist Skar.«

»Ich meine: *der* Skar«, beharrte Daart.

»*Der* Skar?« Skar warf ihm einen merkwürdigen Blick zu. »Was soll das heißen? Gibt es irgendeinen Skar, an dem etwas Besonderes ist?«

»Das kann man wohl sagen«, antwortete Daart. Am liebsten hätte er geschwiegen, hier mitten in diesem düsteren, halb verfallenen Labyrinth von Tunneln und Gewölben, die nirgends hinzuführen schienen – und schon gar nicht zu den Quorrl, die Carnac angeblich belauscht hatte. Aber er konnte es nicht. Er brauchte Gewissheit. »Wie viele Satai kennst du, die Skar heißen?«, fragte er.

»Außer mir?« Skar schüttelte den Kopf. »Mir ist noch nie ein Satai begegnet, der den gleichen Namen wie ich getragen hätte. Aber man stolpert in Enwor ja auch nicht gerade über Satais. Es gibt nicht viele von uns – wie du eigentlich wissen müsstest.«

»Das weiß ich nur zu genau«, sagte Daart. »Und ich weiß auch ganz genau, dass es überhaupt keine Satai mit dem Namen Skar gibt. Jedenfalls nicht dort, wo ich herkomme.« … *Sieht man einmal davon ab, dass im Heiligtum unter der Korona ein Skar liegt, regungslos und wie tot aussehend, dessen ganz besondere Form der Existenz ich und Carnac mit etwas erhalten sollten, das man die* Essenz des Lebens *nennt,* fügte er in Gedanken hinzu.

Aber das behielt er besser für sich.

»Soll das etwa heißen, dass du jeden Satai mit Namen zu kennen glaubst?«, fragte Skar scharf.

»Nein. Es bedeutet nur … dass es einst einen sehr bedeutsamen Satai namens Skar gegeben hat«, sagte Daart. »*Den* Skar.«

Skar lächelte sanft. Es war eine merkwürdige Reaktion auf Daarts Worte – und doch genau dem Skar würdig, von dem die alten Legenden berichteten. »Und jetzt glaubst du, ich wäre dieser Skar. Aber da kann ich dich beruhigen. Vielleicht wird ja mal aus Del etwas Besonderes – lass dich nicht von seinem Temperament täuschen, das setzt er ganz bewusst ein, um seine Ziele zu erreichen. Aber ich? Ich bin nichts Besonderes. Gäbe es nicht einen ganz speziellen Grund, der mich hierher geführt hätte, stünde ich jetzt vielleicht gerade in einer Arena und kämpfte für Geld – oder ich würde einen reichen malabesischen Händler gegen Gesindel verteidigen, das ihm seine Waren abnehmen will.«

»Als Satai?«, fragte Daart entgeistert.

»Ja, was dachtest du denn?« In Skars Stimme hatte sich ein leichter Ton von Ungeduld eingeschlichen. »Auch ein Satai muss leben. Und solange der Hohe Rat für unsereins keine besondere Verwendung hat, tun wir eben das, was wir schon immer getan haben: um unser Überleben kämpfen. Ist es da, wo du herkommst, etwa anders?«

»Nein«, sagte Daart, »eigentlich nicht. Aber abgesehen davon, dass ich noch nie davon gehört habe, ein Satai habe sich als Gladiator verdingt, musst du der Skar sein, um den sich so viele Geschichten ranken …«

»Ich muss gar nichts.« Skar schüttelte den Kopf. »Wenn an mir auch nur irgendetwas Besonderes wäre, müsste ich ja eigentlich etwas davon wissen, oder? Aber ich habe weder Aussichten, in den Hohen Rat aufgenommen zu werden, noch habe ich mich sonst irgendwie hervorgetan. Du meinst mit Sicherheit einen anderen Skar.«

»Möglich«, sagte Daart vage, doch er glaubte nicht daran. Es mochte ein Zufall sein, dass er hier zwei Satai namens Skar und Del begegnet war, nichts weiter als eine abenteuerliche Laune des Schicksals. Sein Gefühl aber sprach eine ganz andere Sprache.

»Es ist vielleicht weniger erstaunlich, dass wir uns hier begegnet sind, als du meinst«, sagte Skar. »Es gibt viele merkwürdige Orte auf Enwor. In Malab gibt es einen Hügel, auf dem die Dinge, die man in die Talsohle legt, bergauf laufen – ich hab es mit eigenen Augen gesehen. Und genau so, wie es einen Ort gibt, an dem die Schwerkraft außer Gefecht gesetzt ist, gibt es auch einen, an dem die Gesetze der Zeit auf dem Kopf stehen.«

»Und das soll hier sein?«, fragte Daart. Er war weniger überrascht, als er es vielleicht hätte sein sollen. Immerhin hatte er bereits in Nyingma einen Ort kennen gelernt, wo Zeit eine ganz andere Bedeutung hatte als sonst überall auf Enwor, wie er sich mit Grausen erinnerte.

»Glaubt man den alten Überlieferungen, dann war Eternity so etwas wie die letzte Bastion der Alten gegen die Sterngeborenen«, erklärte Skar. »Möglicherweise haben die Sterngeborenen diese unterirdische Festung nie vollständig eingenommen. Jedenfalls haben die Alten hier einen Teil ihres Erbes retten können.«

»Welches Erbe?«, fragte Daart. »Etwa dieses sich endlos ziehende alte Gemäuer? Wozu sollte es gut sein?«

Skar zuckte mit den Schultern. »Ich dachte, du hättest von den Gerüchten gehört«, sagte er. »Es muss ja einen Grund haben, dass du hier bist.«

Daart war enttäuscht. Skar hatte so getan, als wäre ihm tatsächlich an einem Gespräch gelegen. Doch jetzt stellte sich heraus, dass er nur das Verhör fortgesetzt hatte, das Del begonnen hatte, wenn auch auf eine subtilere Art. »Uns hat der Zufall hierher verschlagen«, sagte er nach einer Weile. »Aber was ist mit euch? Was sucht ihr hier?«

»*Niemand*, wirklich niemand kommt hier aus Zufall her«, sagte Skar deutlich lauter und schärfer. »Es gibt keinen Eingang, durch den man hier so einfach eindringen könnte. Es ist sehr viel schwieriger.«

»Und trotzdem haben die Quorrl es geschafft, diese dummen Tiere?«, fragte Daart ärgerlich.

Er wollte noch etwas hinzufügen, aber Del blieb so abrupt stehen, dass er einen Schritt zur Seite machen musste, um nicht in ihn hineinzulaufen.

»Was ist eigentlich mit dir los?«, zischte er, während er zu Daart herumfuhr. »Du brüllst hier herum, als wolltest du die Quorrl mit aller Gewalt auf dich aufmerksam machen.«

»Skar hat zuerst …«

»Skar hat überhaupt nichts«, schnaubte Del. »Du bist es, der uns hier in Gefahr bringt …«

Daart starrte an ihm vorbei. Irgendwo hinter Del, gar nicht weit entfernt, aber fast ganz verborgen durch den Schatten, den sein Körper warf, war ein Huschen ganz anderer Art als jenes, das er bislang wahrgenommen hatte … nicht bodennah, sondern so, als hetzte jemand vorbei, kaum sichtbar und doch unzweifelhaft ein menschlicher Umriss, der vor einer unglaublichen Gefahr zu fliehen versuchte. Ein feuriger Finger zuckte durch die Dunkelheit, grub sich in den Schemen … und verging. Es war nicht mehr als ein kurzes, kaum wahrnehmbares Aufblitzen gewesen, ein Zischen, mit dem die menschliche Gestalt verpufft war …

11

Daart sprang zurück und brachte sein Schwert hoch, darauf gewappnet, dass ihn jener unbekannte Gegner angriff, welcher der schemenhaften Gestalt zum Verhängnis geworden war. Del starrte ihn verblüfft an, ohne eine Spur von Verständnis dafür, dass Daart seine Waffe gezogen und in Angriffposition gegangen war. Wäre es eine andere Situation gewesen, dann hätte Daart wahrscheinlich aufgelacht, so fassungslos sah der barbarische Satai aus, bevor er sich wieder fing.

»Das kannst du haben«, fauchte er. Offensichtlich deutete er die Lage vollkommen verkehrt. Er musste glauben, Daart wolle ihn heimtückisch angreifen – und er reagierte darauf so schnell und genau, wie man es von einem Satai erwarten konnte.

Sein Tschekal zischte heran. Daart wich aus. »Hinter dir«, keuchte er. Er musste sein Schwert hochbringen, um die nächsten Schläge zu parieren, aber das hinderte ihn nicht daran zu brüllen: »Hinter dir! Ich wollte nicht dich …«

Dels Tschekal sauste mit geradezu unverschämter Wucht auf ihn nieder, und Daart musste zur Seite steppen, um nicht mit einem einzigen Schlag in zwei Hälften geteilt zu werden. »Verdammt!«, schrie er. »Komm zu dir, Del! Ich wollte dich nicht …«

Angreifen, wäre das Wort gewesen, aber Del ließ ihm einfach nicht die Zeit, es auszusprechen. Mit wuchtigen, schnellen Hieben drang er auf Daart ein. Die Art, wie Del das Schwert immer wieder hochbrachte, auf ihn niedersausen ließ und ihn zwischendurch mit kräftigen Schlägen vor sich herzutreiben versuchte, war Skar nicht ganz unbekannt; es war die Variation einer alten Satai-Kampftechnik, die ihnen Skarissa Rabork im ersten Jahr ihrer Ausbildung beigebracht hatte unter dem Hinweis, wo ihre Schwachpunkte lagen: im Wechsel zwischen Vorwärtstreiben und Vernichtungsschlägen. Daart hätte die Konter, die ihnen Skarissa Rabork beigebracht hatte, nicht einsetzen können, ohne sich oder Del ernsthaft zu gefährden; nur geriet er jetzt selbst in ärgste Bedrängnis angesichts des Hagels von Schlägen, die auf ihn niederprasselten.

»Del«, brüllte Skar. »Aufhören! Hinter dir!«

Del erstarrte nicht gerade in der Bewegung, ganz im Gegenteil, er prellte Daart mit einer letzten, kraftvollen Bewegung beinahe das Schwert aus der Hand, bevor er einen Schritt zurücksprang, sein Tschekal herumriss – und es im nächsten Moment auch schon wieder sinken ließ. »Was ist das?«, keuchte er.

Dels Ausruf war mehr als berechtigt. Daart starrte an seiner Schulter vorbei auf etwas so Unglaubliches, dass er völlig den Kampf vergaß, in dem er leicht den Kürzeren hätte ziehen können.

Es war kaum zu erkennen, was da vor ihnen tobte. Auf den ersten Blick hatte es Ähnlichkeiten mit einer Windhose, einem wirbelnden Luftphänomen, das alles in seiner Umgebung mit sich riss, was sich nicht schnell genug in Sicherheit bringen konnte. Daart, Carnac und die beiden Satai wichen zurück; Carnac huschte wie selbstverständlich an Daarts Seite, und Skar nahm neben Del Aufstellung. Daart fieberte dem entgegen, was kommen musste, dem Angriff, den es zu parieren galt.

Das Flackerlicht reichte nur wenige Meter weit und genügte keinesfalls, um die bizarre Szene vor ihnen so weit auszuleuchten, dass Genaueres zu erkennen war.

Es war keine Windhose, sondern eine huschende, ungleiche Bewegung, ein Kampf auf Leben und Tod. Drei, vier menschliche Schemen wurden bedrängt von etwas, das sich jeder Beschreibung entzog, ein verunstaltetes Ding, dessen Formen auf eine kranke Art ineinander liefen, sodass es vollkommen unmöglich war, sie mit den Augen einzufangen und etwas anderes als Abscheu zu empfinden. In Daart zog sich bei diesem Anblick alles zusammen, und das, obwohl die unglaubliche Szene vor ihm nicht stofflicher wirkte als der Todeskampf des stählernen Drachen gegen die zischenden Energiefinger.

Nicht stofflicher – und doch wirklicher. Kampfgeräusche ertönten und steigerten sich, nicht weil sich der Kampf steigerte, sondern weil das, was da vor ihnen stattfand, ein Stück weiter in ihre Welt hinüberschwappte. Das *Ding* – nicht viel größer als ein Quorrl, aber weitaus schrecklicher – packte einen der Schemen auf gierige Art. Es schien die flatternde, unstete Bewegung des Schemens geradezu in sich einzusaugen. Das, was eben noch menschliche Gestalt gehabt hatte, sackte in sich zusammen, rutschte weg, verlor an Substanz. Daart hörte einen gellenden Schrei, der ihm durch Mark und Bein ging.

Den anderen schien es genauso zu gehen. Del stieß einen Kampfschrei aus, riss sein Schwert nach oben und sprang vor.

»Nicht!«, schrie Skar.

Aber Del war nicht aufzuhalten. Sein Schwert zuckte auf die Kreatur nieder. Dort, wo seine Klinge aufschlug, zischte und brodelte es, und es entstanden flackernde, flirrende Kränze aus grellweißem Licht, das in sich zusammenbrach, als das Tschekal scheinbar ungehindert in die Kreatur schnitt. Dann aber prallte es zurück, so hart, als wäre Sternenstahl auf Sternenstahl getroffen.

Dels Arm wurde nach oben gerissen, das Tschekal segelte im hohen Bogen davon und gleich danach die Fackel, die er in der anderen Hand gehalten hatte. Wie ein Brandgeschoss zischte sie durch die Luft, Funken sprühend und einen Schweif aus gelb-rotem Licht hinter sich her ziehend, bevor sie weit hinter ihm auf den Boden schlug. Del taumelte mit wild rudernden Armen, so haltlos, als wäre er vom Flügelschlag einer startenden Flugechse getroffen worden, dann ging er in die Knie, kam wieder hoch – und knickte endgültig ein. Seine Hände glitten nutzlos über den Boden, aber irgendwie gelang es ihm, den Sturz im letzten Moment so weit auszugleichen, dass er auf die Knie ging, statt rückwärts aufzuschlagen. Sein Kopf kippte nach vorne weg, und es hätte Daart nicht gewundert, wenn er hart auf den Boden aufgeschlagen wäre, so kraftlos, ja, geradezu *leblos* wirkte Del auf ihn.

»Bei allen Göttern, was war das?«, keuchte er, während er mühsam den Kopf hochbrachte und in ihre Richtung starrte. »Meine Arme … ich kann sie nicht mehr bewegen.«

Daart und Carnac hatten sich so weit zu ihm umgedreht, dass sie den bizarren Kampf auf der anderen Seite aus den Augenwinkeln mitbekamen und sahen, wie der Schemen endgültig in der Kreatur verschwand.

»Zurück«, stieß Skar hervor. Seine Stimme klang gepresst.

Das war auch kein Wunder, denn die Bestie hatte von den Schemen abgelassen.

Sie wandten sich zur Flucht, hastig, stolpernd, überstürzt; doch gleichzeitig verloren sie mit jedem Schritt an Substanz, wurden nicht einfach nur von der tiefschwarzen Dunkelheit um sie herum aufgesogen, sondern entglitten ihrem Sichtfeld – weggetragen von einer Macht, die Daart zu begreifen nicht einmal ansatzweise in der Lage war.

Aber damit war es noch nicht zu Ende. Es fing gerade erst an …

… als sich die Bestie zu ihnen umwandte. Daart wusste nicht, ob es die Barrieren der Zeit waren, die sie bislang voneinander getrennt hatten. Doch was eben noch undeutlich gewesen war, manifestierte sich jetzt zu greifbaren, wenn auch seltsam flirrenden Umrissen. Ein scharfer Geruch nach Säure und Tod wehte zu ihnen herüber, und der Schemen selbst wandelte sich in Gestalt gewordenen Schrecken, den anzusehen fast unmöglich war. Daart empfand solch tiefen Ekel, dass er am liebsten den Blick abgewendet hätte. Doch stattdessen wandte er sich, den Griff seines Schwerts fest umklammernd, langsam zu der Bestie um.

Im nächsten Moment wünschte er sich, er hätte es nicht getan. Die Kreatur war schwarz und böse und abweisend, ein Albtraum aus Panzerplatten, besudelt mit schorfigen Auswüchsen und in sich gekrümmten Formen, die in seinen Augen schmerzten und seinen Verstand an dem Auftrag verzweifeln ließen, ihnen einen Sinn abringen zu wollen.

Daart versuchte sich einzureden, dass dieses Wesen nicht wirklich hässlich war, nur fremd, unsagbar fremd, so verschieden von allem, was er kannte, dass sein Geist nur mit Abscheu und Furcht darauf reagieren konnte. Aber das nutzte nichts. Plötzlich hatte er das Bedürfnis zu schreien. Er tat es nur deshalb nicht, weil er wie gelähmt war.

»Wir müssen weg hier«, sagte Skar tonlos.

Daart hatte Mühe, den Blick von der Bestie abzuwenden. Er erkannte nichts, was an Augen erinnerte, und dennoch hatte er das Gefühl, angestarrt zu werden. Die Kreatur bewegte sich ein Stück auf ihn zu, und es wurde schwarz um sie, viel dunkler, als es sein durfte, beinahe so, als flöhe das Licht vor ihr. Ihre Konturen zerflossen ständig, wogten hierhin und dorthin und wallten wie Nebel, sodass es Daart unmöglich war, ihre genauen Umrisse zu bestimmen.

Er wich zurück. Es waren unsichere, tappende Schritte, die er machte, beargwöhnt von der Bestie, die nur darauf zu lauern schien, dass er sie angriff – um dann weiter hineinzugleiten in ihre Welt, zu ihnen vorzustoßen und ihnen das Gleiche anzutun wie dem menschlichen Schemen, den sie vollständig in sich aufgesogen hatte.

»Hilf mir«, sagte Skar, der direkt neben ihm war, wie er mit einem schnellen Seitenblick erkannte. Skar hatte Del aufgerichtet, aber der Hüne schwankte haltlos, seine Augen waren glasig und der Gesichtsausdruck verzerrt. Es sah aus, als litte er Höllenqualen.

Skar griff Del von links unter die Schultern und wartete, dass

Daart die andere Seite übernahm. Er nickte – verspätet und hastig – und packte zu. Del schien Tonnen zu wiegen, so verkrampft war er. Obwohl ihm Skar dabei half, fiel es Daart erstaunlich schwer, Dels Muskeln in die Richtung zu zwingen, in der sie vor der Bestie fliehen konnten.

»Wir müssen uns beeilen«, stieß Skar hervor. »Das ist ein unguter Ort. Wir müssen weg von hier.«

Daart hätte beinahe laut aufgelacht. Ungut war eine maßlose Untertreibung. Er brauchte sich nicht umzudrehen, um zu spüren, dass sich die Kreatur mit dem Instinkt eines Raubtiers in Bewegung gesetzt hatte und nicht von der Jagd ablassen würde, bis es sein Opfer zur Strecke gebracht hatte. Er hatte gesehen, was mit Del geschehen war, nachdem er versucht hatte, die Bestie anzugreifen. Falls sie überhaupt mit ihr fertig werden konnten, dann sicherlich nicht, indem sie sich mit ihren Schwertern auf sie stürzten.

Carnac war ihnen vorausgeeilt. Als Daart sah, wie sie nach der fast erloschenen Fackel langte, erkannte er Dels Tschekal in ihrer anderen Hand, während der Knauf ihres Schwertes im Gürtel glitzerte.

»Gib mir mein Schwert«, lallte Del, als er sie gewahrte. »Ich werde es diesem Mistviech zeigen. Ich hacke es in kleine Stücke.«

»Sicher«, sagte Skar. »Aber nicht jetzt. Erst einmal müssen wir hier weg.«

Das, was eben noch ein Geruch gewesen war, wurde zu beißendem Gestank, und hinter ihnen klirrte und schabte es, als kröche eine riesige Hummerkrabbe hinter ihnen her, deren Fangscheren auf und zu schnappten. Gleichzeitig kroch Schwärze heran. Daart hatte sein Schwert wegstecken müssen, um Del zu stützen, aber er hielt noch die Fackel in der anderen Hand. Sie flackerte auf, als ein eisiger Luftzug von hinten über sie strich, und Funken brachen aus ihr hervor und stoben um Daarts Gesicht. Es war, als hätte jemand mit gewaltiger Kraft in ein Feuer geblasen, das dadurch an Kraft gewann und schließlich – sobald seine Glut weggeblasen war – zu verlöschen drohte. Die Seite der Fackel, die der Bestie zugewandt war, zischte und gloste, dann erstarb das schwache Feuer in ihr. Daart wusste, wie er es wieder entfachen konnte; von Zar'Toran hatte er gelernt, die Kraft des Feuers zu vervielfältigen, wann immer es nötig war.

Aber ihm blieb dazu keine Zeit. Das fürchterliche Getose konnte nur eines bedeuten: dass die Bestie näher kam, direkt auf ihn zuhielt. Daart kämpfte gegen den Impuls an, sich umzudrehen, um zu sehen, was hinter ihm geschah. Es würde ihn nur unnötig ablenken.

Wortlos beschleunigten sie ihre Schritte, hasteten los, als griffe sie ein wütender Feuerdrachen im Tiefflug an. Skar und Daart schleiften Del über den Boden, ohne auf das Protestgeschrei des Hünen zu achten und mit einem Mangel an Rücksicht, der schon fast an Körperverletzung grenzte. Irgendetwas war da hinter ihnen, das seinen eisigen Griff nach ihnen ausstreckte. Noch verströmte die Fackel einen Rest von Helligkeit; wenn sie vollends erlosch und die Dunkelheit wie ein schwarzes, erstickendes Tuch über ihnen zusammenschlug, wären sie endgültig verloren.

Die Geräusche hinter ihnen steigerten sich indessen zu einem infernalischen Lärm. Die Bestie kam näher. Sie griff nach Daart, nicht körperlich, noch nicht, sondern auf eine viel perfidere Art. Er konnte den eisigen Hauch spüren, der über ihn glitt, suchend und tastend wie eine Hand, die sich vergewisserte, dass ihr Opfer an der richtigen Position war, um dann erbarmungslos zuzuschlagen. Daart beschleunigte seine Schritte im gleichen Rhythmus wie Skar, aber er bezweifelte, dass sie es schaffen würden. Die Kreatur spielte mit ihnen. Sie würde kommen, um sie sich zu holen.

»Raus aus dem Gewölbe«, zischte Skar.

Daart fuhr herum, ohne Del loszulassen. Die Bestie setzte zum Sprung an. Er hätte nicht sagen können, woher er das wusste; es war nichts als eine unstete, wirbelnde Bewegung, die er spürte und hörte, aber nicht sah. Vor ihnen, nur wenige Schritte von ihnen entfernt, stand Carnac. Sie hatte das Schwert in Kampfposition erhoben und erwartete sie, zweifellos, um ihnen den Rücken zu decken. Ihre Augen waren angstvoll aufgerissen, aufgewühlte schwarze Seen, in denen es blutrot schimmerte – ein Widerschein dessen, was sich hinter Daart und Skar befand. Es musste etwas Grauenvolles sein, was sie gewahrte. Daart blickte in ihr Gesicht wie in sein eigenes Spiegelbild, nicht, weil sie sich ähnlich waren, sondern weil ihe Miene ebenso verzerrt war wie seine.

Hinter Carnac öffnete sich der Tunnel, durch den sie gerade gekommen waren. Es war eine finstere Höhle, aber die Dunkelheit war nicht so vollständig und greifbar wie die hinter ihnen.

»In den Tunnel, schnell«, zischte Skar.

Daart wusste nicht, woher er die Gewissheit nahm, dass sie dort eine Gelegenheit hätten, der Bestie zu entkommen. Vielleicht war es auch nur ein Reflex. Aber das machte im Grunde keinen Unterschied. Also verdoppelten sie beide ihre Anstrengungen, wieder im selben Rhythmus, als wären sie seit Jahren aufeinander eingespielt. Selbst Del gab seinen Widerstand gegen das unwürdige Schleifmanöver auf und versuchte sie unterstützen. Es wurden nur ein paar ungelenke Hüpfer daraus, die Skar und Daart fast aus dem Gleichgewicht gebracht hätten, so schlecht koordiniert waren die Bewegungen des Hünen.

Dann erwischte Skar etwas an der Schulter – ein tentakelähnlicher, durchsichtiger und zugleich dunkler Auswuchs, eine in sich gewundene Unmöglichkeit mit pockennarbigen Geschwüren und rasiermesserscharfen Auswüchsen – und der Satai strauchelte. Del drohte aus Daarts hartem Griff zu entgleiten, während Skar vorwärts taumelte und in die Knie ging. Im letzten Moment packte ihn Carnac bei der Hand und zog ihn zu sich heran.

Skar war unglaublich schnell. Noch in der Bewegung wirbelte er herum und riss sein Tschekal empor, geriet in Carnacs Fackel und zog Glut und Funken aus ihr. Sein Mund öffnete sich zu einem stummen Schrei, als er das gewahrte, was ihn vorwärtsgestoßen hatte; der Anblick war so schrecklich, dass seine Züge genauso entgleisten wie Carnacs. Seine Klinge fuhr empor und zischte haarscharf an Daart vorbei, in dem sinnlosen Versuch, die Kreatur wirkungsvoller zu treffen, als Del es vorgemacht hatte.

Daart zerrte mit aller Kraft an Del. Dem Hünen drohte seine Körpergröße zum Verhängnis zu werden, er ruderte wild herum und geriet ins Torkeln, während Skars Tschekal neben seinem Kopf in die Luft stach, mehrfach hintereinander, kraftvoll und entschlossen, aber ohne dass Daart einen Treffer registrieren konnte.

Carnac sprang vor. Sie hatte das Schwert nicht weggesteckt, sondern es so gekonnt hinter sich auf den Boden geworfen, dass es klirrend und Funken sprühend ein gutes Stück weiterschlitterte. Mit der freien rechten Hand packte sie Del, zog ihn vorwärts und sprang gleichzeitig zurück. Daart ahnte ihre Absicht, noch bevor sie diese in die Tat umsetzen konnte, und er unterstützte sie mit einer leichten Drehung und einem Sprung nach vorn.

Del hob ab; sein Oberkörper wurde regelrecht nach vorn geschleudert, und seine Beine konnten gar nicht anders, als zu folgen. Trotzdem kam die Verzweiflungstat einen Augenblick zu spät. Irgendetwas Schwarzes peitschte auf seine Beine zu. Der Hüne schrie auf, direkt in Daarts Ohren; gellend und entsetzt. Abrupt hielt er inne, und es kam Daart so vor, als würde ihm der Satai aus den Händen geprellt wie eine Waffe, die von einem mächtigen Gegner beiseite geschlagen wurde.

Skar jagte auf ihn zu. Dem Satai blieb keine Zeit, es Carnac gleichzutun und sein Schwert wegzuwerfen, um die Hände freizubekommen. Direkt zwischen Daart und Del zischte seine Funken sprühende Klinge hindurch, streifte Daarts Wange und riss sie auf, ohne dass dieser es bemerkt hätte.

Skar krallte sich in Del ein. Was dann folgte, war so unglaublich, dass Daart die Orientierung verlor. Skar rammte seine Füße in Dels Bauch, als wollte er ihn über sich hinwegschleudern, ein Manöver, das kaum gelingen konnte, selbst wenn sich Dels Beine nicht in dem unbarmherzigen Griff der Kreatur befunden hätten. Carnac sprang ab, vollführte eine Vorwärtsrolle und geriet damit hinein in Skars Bewegung. Dann, endlich, begriff Daart und tat es ihr gleich – einen Lidschlag nach ihr und gerade noch rechtzeitig genug, um ihre Sprungenergien auf dasselbe Ziel auszurichten. Durch Del ging ein Ruck, ein Reißen – auch er unterstützte die Bewegung zielgerichtet und kraftvoller, als Daart es ihm zugetraut hätte –, und dann schrie er erneut auf, so fürchterlich, als würden ihm bei lebendigem Leibe die Beine ausgerissen.

Während Daart durch die Luft wirbelte, fiel sein Blick für einen winzigen Augenblick auf die Kreatur, und das, was er sah, als die Welt scheinbar auf den Kopf gestellt war, erschütterte ihn mehr als alles andere in seinem Leben. All ihre Kraft würde niemals reichen, um Del aus dem unbarmherzigen Griff der Bestie zu befreien, denn schon zischte und flackerte es um seine Waden wie zuvor bei dem menschlichen Schemen. Gierige, bläuliche Energiefinger zischelten über seinen Körper und dann …

Es war ein Schemen, aber diesmal ein ganz anderer als die, welche vor der Kreatur geflohen waren. Es war eine schmale, schattenhafte Gestalt, gekleidet in schwarzes Echsenleder. Es war vollkommen unmöglich, und doch sah Daart, wie der schwarze Schemen die Bestie angriff. Eine hell lodernde Fackel zuckte auf das Ungeheuer nieder, und erst als sie alle zusammen – Skar, Carnac, er selbst und Del in ihrer Mitte – auf dem unebenen Boden des Tunnels aufschlugen, sich überkugelten und schmerzhaft ineinander verschränkt liegen blieben, begriff er, wen er gesehen hatte.

Ask.

Es war vollkommen unmöglich. Das zierliche Mädchen hatte die Kreatur mit einer Fackel angegriffen, und offensichtlich hatte sie das geschafft, was Del mit seinem wuchtigen Schwertangriff nicht gelungen war: Sie hatte die Kreatur zurückgetrieben. Del rammte ihm den Ellbogen ins Gesicht, als er wie eine auf dem Rücken liegende Schildkröte strampelte, und vor Daarts Augen flackerten bunte Sterne, bis es ihm gelang, sich auf die Seite zu rollen, weg von dem Hünen. Er stützte sich auf die Ellbogen auf und starrte zurück, dorthin, wo er eben noch Ask gesehen hatte.

Er konnte sie nirgends entdecken. Das Gewölbe drehte sich wie ein Karussell um ihn. Die zuckende, lebendig wirkende Schwärze und die Funken sprühende Fackel in seiner Hand, die er während es ganzen verrükten Flugmanövers umklammert hatte, schienen einen irrsinnigen Tanz aufzuführen. Sich ins Endlose dehnende Augenblicke hockte Daart wie erstarrt da, ohne den Blick von dem Bild wenden zu können, das sich ihm bot. Dann streckte er die Hand vor, hinein in den Bereich, aus dem er gerade noch geflohen war. Die Fackel flackerte auf, als wollte sie den Rest ihrer Energie der Dunkelheit entgegenschleudern. Und gleichzeitig zuckte etwas vor ihm auf, gierig und verlangend, als tastete es über die Grenzen der Zeit nach ihm …

12 »Bei allen Göttern«, stieß Carnac hervor. Sie zitterte am ganzen Leib. »Was war das?«

Skar lehnte sich mit dem Rücken an die raue Tunnelwand und schloss die Augen. Als er sie wieder öffnete, sagte er müde: »Ein kleiner Vorgeschmack auf das, was uns erwartet, wenn wir hier weiter entlanggehen.«

»Isch das Ding weg?«, nuschelte Del. Er sah furchtbar aus. Die verschorfte Wunde war wieder aufgeplatzt, ein Auge war blau, und auf seiner Stirn prangte eine Beule, so groß wie ein Vogelnest. Das Schlimmste aber war seine Haltung. Wie ein Besoffener lehnte er an der Wand, zu der sie ihn gezerrt hatten. Seine Beine waren weit vorgestreckt, und seine Arme lagen neben dem Körper, als hätte sie jemand dort abgelegt und dann vergessen.

»Ich weiß nicht, ob es weg ist.« Skar warf einen Blick in das Gewölbe, aus dem sie in letzter Sekunde entkommen waren. »Wahrscheinlich nicht. Aber ich denke nicht, dass es noch einmal ... aktiv wird. Es ist so etwas wie der absolute Herrscher über diesen Teil des Labyrinths. Mehr nicht.«

»Mehr nicht?«, ächzte Daart. »Es schien mir unbesiegbar. Nicht einmal mit einem Tschekal war ihm beizukommen!«

»Sternenstahl auf Sternenstahl verträgt sich nicht«, sagte Skar. Er sah auf. In seinem Blick war etwas, das Daarts Frage im Ansatz erstickte. »Aber es mag kein Feuer. Deswegen habe ich ja auch mein Tschekal in Carnacs Fackel getaucht, bevor ich es attackiert habe.«

»Und warum haben wir dann nicht einfach unsere Fackeln nach ihm geworfen?«, fragte Daart.

»Um dann im Dunkeln dazustehen, orientierungslos und jedem Angriff schutzlos ausgeliefert?« Skar schüttelte den Kopf. »Keine gute Idee. Abgesehen davon hatte ich gerade keine Fackel zur Hand, wie du vielleicht bemerkt hast. Es blieb mir also nichts anderes übrig, als mit dem Tschekal ein paar Feuerfunken von Carnacs Fackel zu fischen.«

»Ich verstehe nicht, woher Ask plötzlich aufgetaucht ist«, sagte Daart. Er strich sich über die verschwitzten Haare. »Ohne sie wären wir verloren gewesen.«

»Aschk?«, nuschelte Del. Er hatte Mühe, seine Mundwinkel nach oben zu ziehen, und irgendetwas schien mit seiner Zunge nicht zu stimmen; die Zungenspitze glitt suchend über die Lippen und war dann plötzlich verschwunden, wie eine erschreckte Schlange, die sich in ihr Erdloch zurückzieht.

»Ja, Ask«, sagte Daart ärgerlich. »Sie hatte als Einzige den rettenden Einfall. Als sie mit einer Fackel auf diese Kreatur losging, war der Spuk vorbei.«

»Aha«, machte Del. »Isch hab aber niemanden gesehen. Schon gar keine Aschk.«

Daart starrte schweigend in das zerschlagene Gesicht des Hünen, das aussah, als wäre es von einer Horde wütender Quorrl bearbeitet worden. Der Anblick führte ihm vor Augen, wie knapp es gewesen war. Wenn schon ein einziger kurzer Kontakt über das Tschekal dazu geführt hatte, dass sich dieser kraftstrotzende Barbar in einen sabbernden Idioten verwandelt hatte, dann wollte er lieber nicht wissen, was passiert wäre, wenn sie dumm genug gewesen wären, die Bestie mit der geballten Macht ihrer Schwerter anzugreifen.

»Wir sollten machen, dass wir weiterkommen«, sagte Skar. »Ein Stück zumindest. Bis Del wieder zu Kräften gekommen ist.«

Der Hüne schüttelte unbeholfen den Kopf. »Nischt nötig«, sagte er. »Isch bin vollkommen in Ordnung. Seht!« Er versuchte sich mit den Händen abzustützen und nach oben zu stemmen, aber seine Handflächen rubbelten über den rissigen Boden, bis sein leicht nach vorn gebeugter Körper wieder zurückfiel und er mit dem Hinterkopf so hart gegen die Wand knallte, dass ein wahrer Schauer von Dreck und Mörtel auf ihn herabregnete. »Hoppla«, sagte er. »Gleisch noch mal.«

Er machte Anstalten, das Manöver zu wiederholen, aber Skar winkte ab. »Gönn dir noch einen Moment. Wir alle sollten erst einmal Kraft sammeln, bevor wir aufbrechen. Schließlich wissen wir nicht, was uns erwartet.«

»Und vor allem wissen wir nicht, wo Ask geblieben ist.« Daart sah zu Carnac hinüber. Ihre dunklen Augen hatten sich erneut verändert und sich so voll abgrundtiefer Schwärze gesogen, dass Daart vor Schreck fast zusammengezuckt wäre. Genau die gleiche Art von Schwärze hatte er gesehen, als er in Richtung der Bestie geblickt hatte; es war mehr als nur Dunkelheit, es war die vollkommene Abwesenheit von Licht, die ihn so erschreckte. Die Frage nach Asks Verbleib blieb ihm im Hals stecken. Mit einem Ruck wandte er den Kopf ab. Er ertrug Carnacs Blick nicht mehr.

Es dauerte nicht lange, bis sie sich wieder auf den Weg machten. Der Grund für ihren übereilten Aufbruch war ein dumpfes Donnern und Grollen aus den Tiefen des Labyrinths, das auf sie zuzuhalten schien, dann aber wieder abbrach und in das harte – und erschreckend nahe – Prasseln von Steinen überging. Darauf folgte ein Knall, der den Boden unter ihnen zum Erbeben brachte. Sie begriffen, dass dieser Teil des Gewölbes alles andere als sicher war, und das in doppelter Hinsicht. Es war nicht nur die Kreatur, die ihnen den Weg versperrte, sondern auch das Labyrinth selbst. Während sie aufbrachen – Carnac als Vorhut, dann er selbst, Skar und Del –, fragte sich Daart, ob es wirklich nur Altersschwäche war, die diese ganze fragile Konstruktion bedrohte, und nicht etwas viel Gewaltigeres: vielleicht so etwas wie der große Bruder der Bestie, die sie angegriffen hatte.

Sicherheitshalber sprach er diesen Gedanken nicht laut aus. Es war auch so schon unangenehm genug, mit dem ständig vor sich hinlallenden Hünen durch das Gewölbe zu marschieren, das nur vom Licht zweier bereits verglimmender Fackeln erleuchtet wurde, und dabei der ungewissen Frage nachzuhängen, was mit Carnac los war. Er hätte es ihr gegenüber nie zugegeben, aber er war froh, dass sie zwei Schritte vor ihm ging. So blieb es ihm erspart, in ihre Augen zu sehen und sich die Frage zu stellen, deren Antwort er nicht hören wollte.

Stattdessen zerbrach er sich den Kopf über ein anderes Rätsel: Hatte er Ask wirklich gesehen oder es sich nur eingebildet, vielleicht ausgelöst durch den fast übermächtigen Wunsch, sie hier irgendwo in den Tiefen des Labyrinths zu finden?

»Isch hoffe nur, wir stoßen gleisch auf die Quorrl«, brabbelte Del undeutlich. »Isch hau denen so aufs Maul, dass die Schuppen nur so fliegen.«

»Ich glaube nicht, dass hier irgendwo Quorrl in der Nähe sind«, sagte Skar.

»Nischt«, murmelte Del. »Wie schade.«

Seine Augen flackerten, und seine Muskeln erschlafften. Daart hatte das Gefühl, von einer zentnerschweren Last zu Boden gerungen zu werden, als Del stolperte, mit dem Oberkörper nach vorn sackte und die Bewegung dann auch noch mit seiner nach wie vor immensen Kraft verstärkte, statt wenigstens locker zu lassen.

»He«, brüllte Daart ihm ins Ohr. »Vielleicht kannst du uns mal ein bisschen unterstützen.«

»Tu isch doch«, nuschelte Del. Sein Kopf fuhr hoch, und Daart musste seinen eigenen Kopf beiseite reißen, um keinen Kinnhaken verpasst zu bekommen.

Skar seufzte. »Er braucht Ruhe.«

»Aber was ist mit den Quorrl?«, fragte Carnac von vorn. Ihre Stimme klang wie immer, und so, wie sie vorauseilte, mit den elastischen, katzengleichen Bewegungen, die er so an ihr liebte, konnte Daart sich einreden, das alles mit ihr in Ordnung sei. »Da hat Del doch ganz Recht«, fuhr Carnac fort. »Wir hätten schon längst auf sie stoßen müssen. So weit bin ich vorhin gar nicht gelaufen.«

»Sie sind irgendwo anders«, sagte Skar. Er lachte heiser auf. »Oder sollte ich besser sagen: *Irgendwann* anders?«

»Ich verstehe nicht ganz«, sagte Daart steif, obwohl das nicht ganz richtig war. Die Wahrheit war: Er wollte es nicht verstehen. Er war es leid, sich mit dem Gedanken auseinander setzen zu müssen, dass die Zeit bei weitem nicht so festgefügt war, wie er das früher immer angenommen hatte.

Aber das war nicht einmal das größte Problem. Die Fackel in seiner Hand flackerte noch einmal auf, verschoss feurige Garben in die Dunkelheit – und erlosch dann ganz. »Verdammt«, fluchte er. »Was jetzt? Wenn auch noch Carnacs Fackel ausgeht …«

»… stehen wir im Dunkeln da«, ergänzte Skar ruhig. »Deshalb sollten wir uns jetzt unbedingt einen Platz suchen, an dem wir etwas ausruhen können.«

Carnac drehte sich zu ihnen um und runzelte die Stirn. Das Flackerlicht verfing sich in ihren tiefschwarzen Augen. Daart sah weg.

»Im Dunkeln?«, fragte Carnac.

»Wenn es nicht anders geht«, sagte Skar. Er zuckte mit den Schultern. »Del und ich haben noch ein paar Fackeln dabei. Wir wollen sparsam mit ihnen umgehen – und zusehen, dass wir so schnell wie möglich aus diesem Labyrinth herauskommen. Aber zuerst suchen wir uns einen Rastplatz. Für das, was vor uns liegt, brauchen wir frische Kräfte.«

Daart öffnete den Mund, um etwas zu sagen. Dann schloss er ihn wieder. Es war nicht allein der Schock über den Zusammenstoß mit der Bestie, der ihm in den Knochen steckte, und es war auch nicht nur das, was er als Widerhall davon in Carnacs Augen gesehen hatte, oder das plötzliche, schattenhafte Auftauchen Asks. Es war alles zusammen. Und das vielleicht Schlimmste war das ungeheure Gewicht der Jahrtausende, das auf diesem halb eingestürzten Gewölbe lastete, wie auch der eisige Hauch der unvorstellbar fremden Bestie, der sie wie eine Vision aus einer vollkommen anderen Welt gestreift hatte und etwas in ihnen allen hinterlassen hatte, nicht nur in Del.

Hinter ihnen polterte etwas, nicht einmal besonders laut, und dann glaubte Daart ein Rieseln zu hören, so als ränne Sand aus den Fugen der Wände.

»Und wir sollten uns besser beeilen«, sagte Skar mit einem unruhigen Blick zurück in die festgefügte Dunkelheit hinter ihnen. »Es könnte sein, dass wir sonst noch eine unliebsame Überraschung erleben.«

Daart nickte. Er wusste durchaus, was sie taten: Sie flohen. Vor wem oder was, das stand für ihn keinesfalls fest. Wenn Skar und Del in diesem Punkt mehr wussten als er, dann hatten sie darüber Schweigen bewahrt – zumindest bis jetzt.

Das beschloss Daart zu ändern. »Warum seid ihr eigentlich hier?«, fragte er.

»Um den Quorrl …«, begann Del undeutlich und verstummte dann, als hätte er den Faden verloren.

»Die Quorrl sind ein Problem – aber nicht der eigentliche Grund.« Skar warf Daart einen flüchtigen Blick zu. Sein Gesicht zeigte keine Regung, aber trotzdem glaubte Daart das Unbehagen zu spüren, das den Satai erfasst hatte. »Wir sind auf der Suche nach etwas. Um genauer zu sein: Wir sind auf direktem Weg in die Stadt, die es einst hier gegeben haben muss, in das Zentrum von Eternity. Oder in das, was von ihr übrig geblieben ist.«

»Eine Stadt der Alten?«, fragte Daart.

Das Rieseln wurde lauter. Und es veränderte sich. Es zischelte und schabte, als schleifte irgendetwas über den Boden. Ratten? Kaum vorstellbar.

»Vielleicht«, sagte Skar. Er beschleunigte seine Schritte, sodass Daart Mühe hatte, nicht zurückzufallen. »Vielleicht ist es auch etwas anderes.«

»Das geht den Kerl überhaupt nichts an«, brummelte Del. Er warf Daart einen schauerlich wirkenden Seitenblick mit seinem lädierten Auge zu. »Wir sind hier, weil wir hier sind.«

Daart beschloss, nicht auf diese Bemerkung einzugehen. Die Geräusche hinter ihm beunruhigten ihn mehr, als er sich eingestehen wollte. Aber da war noch eine ganze andere Art von Erregung in ihm. Soweit er wusste, gab es auf ganz Enwor keine Stadt der Alten mehr, nicht einmal Überreste. Die Alten waren ungeheuer mächtig gewesen, und etwas von ihrer Macht musste sich dort gehalten haben, wo Tausende von ihnen einst gelebt hatten.

»Was versprecht ihr euch davon?«, fragte er. »Was ist so wichtig in dieser Stadt, dass ihr das Wagnis eingeht, noch tiefer in dieses Labyrinth hier einzudringen?«

»Wir suchen etwas Bestimmtes«, sagte Skar. »Etwas, das unseren Feinden Kraft verleiht.«

»Und was ist es?«, fragte Daart.

Skar lächelte müde. »Es würde dir nicht gefallen, wenn ich es dir sagen würde. Also behalte ich es lieber für mich.«

»Aber wer deine Feinde sind, kannst du mir noch wenigstens verraten«, setzte Daart verärgert nach. »Sind es die Quorrl?«

Skar schüttelte den Kopf. »Nein. Die Quorrl sind uns in die Quere gekommen. Wir haben uns mit ihnen mehrmals herumschlagen müssen, aber ob du es glaubst oder nicht: Wir suchen keinen Streit mit ihnen.«

»Sondern nach etwas, was euren Feinden Kraft verleiht.« Daart presste die Lippen aufeinander. »Das klingt merkwürdig«, fuhr er fort. »Merkwürdig und gefährlich.«

»Ja«, sagte Skar. »Aber vielleicht sind wir auch nur das Opfer einer der vielen Legenden geworden, die sich um Eternity und die Stadt der Alten ranken. Wer weiß.«

»Ich habe aber noch nie etwas von dieser ... Stadt gehört.«

Skar warf ihm einen undeutbaren Seitenblick zu. »Nun, es ist ein geschlossener Zirkel, der die Erinnerung an Eternity in geradezu akribischer Form bewahrt. Du wirst sie nicht kennen. Sie nennen sich selbst Guhulan ...«

»Guhulan.« Daart musste sich zusammenreißen, um sich seine Erschütterung nicht allzu deutlich anmerken zu lassen. »Sind das nicht ... ich meine, haben die nicht irgendetwas mit Feuer zu tun?«

»Ja«, sagte Skar gepresst. »Das haben sie in der Tat. Und wenn wir nicht aufpassen, werden sie ganz Enwor in Brand stecken.«

Wie zur Antwort flackerte die Fackel vor Carnac hell auf. Ihr Lichtschein eilte ihnen voraus und riss rote, verschwommene Schemen aus der Dunkelheit, die wie huschende Schattentiere über die Wände und den schwarzen Boden eilten.

»Wie wollen sie das anstellen?«, fragte Daart unbehaglich.

Seine Frage wurde von einem erneuten Poltern verschluckt, dem ein Schleifen folgte, und dann rieselte wieder etwas ... leise, aber so eindringlich, dass vor Daarts innerem Auge das Bild einer riesigen Staubspinne erschien, die einen Teil ihres Netzes hinter sich herzog.

Skar hatte ihn dennoch verstanden. »Du fragst viel«, stellte er fest. »Und du kennst die Guhulan. Das wundert mich.«

»Ich ... habe von ihnen gehört«, sagte Daart rasch. »Die Guhulan haben vor allem im Norden großen Einfluss – rund um das Gebiet der Cor-Seen. Kein Satai setzt seinen Fuß freiwillig dorthin.«

»Dann sind sie bei euch mächtiger als bei uns«, stellte Skar fest. »Ich kann nicht sagen, dass mir das gefällt. Es muss uns gelingen, das Übel an der Wurzel auszurotten, bevor es auf ganz Enwor übergreift.«

Daart schwieg betroffen. Er teilte Skars Einstellung, für welches

Zeitalter auch immer sie gelten mochte. Aber er musste vorsichtig mit dem sein, was er preisgab. Wenn Del erführe, dass er bei den Guhulan aufgewachsen war, würde er ihn wahrscheinlich bei lebendigem Leib an die Ratten verfüttern, die Ask fast zum Verhängnis geworden waren.

»Was weißt du über die Guhulan?«, fragte Skar.

»Ich?« Daart räusperte sich unbehaglich. »So gut wie gar nichts.« Er spürte, dass Skar ihm das nicht abnahm. »Satai und Guhulan gehen sich aus dem Weg«, fuhr er so ruhig wie möglich fort. »Wenn sie aufeinander prallen, gibt es Ärger. Und das nicht zu knapp.«

Dels Kopf zuckte zu ihm herum. »Bist du schon einmal einem Guhulan begegnet?«, fragte er erstaunlich klar. »Hast du schon einmal in seine Augen geschaut? Das Feuer darin glimmen sehen?« Sein Kopf schwang ein Stück zurück, aber der Blick seines unverletzten Auges war klar. »Wenn du es getan hättest, dann wüsstest du, dass man ihnen nicht aus dem Weg gehen kann. Man muss sie vernichten, wo immer man ihnen begegnet.«

»Das … kann sein«, sagte Daart unbehaglich. »Aber ihr erwartet doch nicht wirklich, dass wir hier auf Guhulan stoßen, oder?«

»Doch«, sagte Skar ruhig. »Früher oder später werden wir auf Guhulan stoßen – auch wenn wir erst ein paar andere Hindernisse aus dem Weg räumen müssen. Einige hast du ja schon kennen gelernt …«

»Wie zum Beispiel das, was da hinter uns ist?«, fragte Daart.

Skar warf ihm einen erstaunten Blick zu. »Was sollte das sein?«

»Das, was die Geräusche verursacht«, sagte Daart ungeduldig. »Das Poltern, Rascheln und Schaben.«

Skars Gesicht wirkte wie eingefroren. »Du meinst das Donnern vorhin? Die Geräusche, die klangen, als ob das halbe Labyrinth einstürzte?«

»Nein. Oder nicht nur. Es sind nicht nur die Geräusche – es ist die ganze Ausstrahlung hier.«

»Hier strahlt nichts«, murmelte Del. »Die Fackeln sind doch fast am Ende. Aber keine Sorge. Ich habe noch ein paar von den Dingern im meinem Waffengurt.« Er klopfte auf seinen Gürtel, und es klirrte leise, als die Griffe zweier Stichwaffen aneinander schlugen.

Daart starrte Del sprachlos. Weder er noch Skar hatten verstanden, was er gemeint hatte. Das konnte doch nicht sein. Auch sie mussten es spüren: diese seltsame, knisternde Unruhe, die wie ein übler Hauch über dem gesamten Gewölbe zu liegen schien; ein schwer zu definierendes Gefühl der Erwartung, als hielte die Schöpfung selbst den Atem an und duckte sich unter der Vorahnung kommenden Unheils. »Hört ihr es denn nicht?«

»Das sind nur meine Füße, die über den Boden schleifen«, sagte Del. »Dabei kann ich selbst laufen. Seht!« Er richtete sich ein Stück auf und versuchte sich aus Skars und Daarts Griff zu winden, was ihm aber nicht gelang. Und das war auch besser so. Sein rechter und sein linker Fuß verhakten sich ineinander, und Del stieß einen ungeduldiges Knurren aus, als er begriff, dass er den Mund zu voll genommen hatte.

Natürlich waren es *nicht* die Schleifgeräusche von Dels Füßen, die Daart gemeint hatte. Aber er verzichtete auf eine entsprechende Bemerkung.

Es war da. Die schwarzen Wände aus gebrochenem Fels atmeten es aus, es kroch aus dem Boden und der Decke, war dasselbe finster dräuende Gefühl, das er vom ersten Moment an gespürt hatte, seit er in diesem Gewölbe unterwegs war, der Pesthauch des Labyrinths.

Vielleicht war er schlicht und einfach dabei, den Verstand zu verlieren – er, der fast ein Guhulan geworden wäre und selbst heute noch manchmal wie einer der verhassten Feueranbeter dachte. Aber auch wenn ihre Lage zum Verrücktwerden war, bedeutete das nicht, dass es tatsächlich Wahnsinn war, der ihn Dinge wahrnehmen ließ, die anderen verborgen blieben. Vielleicht hatte Carnac Recht, und es war die Begegnung mit dem Gezeitenwurm in Nyingma gewesen, die ihn derart empfänglich gemacht hatte. Und vielleicht war das, was er hörte – jetzt, in diesem Moment, und ohne dass seine Begleiter es mitbekamen –, etwas, das gar nicht im Hier und Jetzt passierte. Möglicherweise nahm er etwas wahr, das in einer anderen Zeit stattfand.

Und Ask? War sie auch in einer anderen Zeit gewesen, als sie die Kreatur mit einer Fackel angegriffen hatte?

Dieses Gedanken weiterzufolgen war gefährlich. Daart spürte, dass er sich auf der hauchdünnen Schneide zwischen Normalität und Wahnsinn bewegte. Es war besser, vor den anderen zu verbergen, was er aus anderen Epochen wahrzunehmen glaubte, das ferne Herüberschwappen von Geräuschen wie das des feinen Rieselns, das beständig lauter wurde, aufholte, als hätte es ihre Spur aufgenommen …

»… eindringt«, hörte er gerade noch, und er begriff, dass Skar etwas gesagt hatte.

»Was?«, fragte er betroffen. Es war kein gutes Zeichen, wenn er seinen Gedanken nachhing, auf Geräusche lauschte, die vielleicht gar nicht da waren, und darüber vergaß, auf seine Umgebung zu achten.

»Ich sagte, die größte Gefahr lauert am Ende auf jeden Leichtsinnigen, der hier eindringt«, antwortete Skar leicht gereizt.

»Welche Gefahr?«, fragte Daart.

»Auch wenn es nicht danach aussieht: Eternity ist wie ein riesiges Gefängnis.« Skar machte eine unangenehm lange Pause, bevor er weitersprach. »Es sind nicht die Mauern, die uns halten. Das Ganze ist wie ein Spinnennetz. Man kann strampeln, so viel man will, aber am Ende verstrickt man sich doch immer tiefer in seinen Maschen. Es ist fast unmöglich, hier wieder herauszukommen.«

Ein Spinnennetz … Daart fand das gar nicht witzig. Eben noch hatte er daran gedacht, wie sehr das beharrlich aufholende Geräusch hinter ihnen dem einer Spinne glich. Das mochte ein Zufall sein. Aber wenn, dann war es eine Eigentümlichkeit mehr, die sich zu einer unheilvollen Aura verdichtete.

»Da ihr das schon vorher wusstet«, sagte Carnac mit einem Blick zurück, »habt ihr doch bestimmt einen Plan, wie ihr hier trotzdem wieder herauskommt.«

»Kann sein«, brummte Del. »Aber den binden wir dir nicht auf die Nase.« Unbeholfen und tapsig wie ein Bär, zwischen dessen Schulterblättern der Schaft eines Speers herausragt, setzte er die Füße auf. »Lasst mich los«, sagte er. »Ich bin wieder vollkommen in Ordnung.«

Das war arg übertrieben, und doch kamen Skar und Daart seinem Wunsch nach. Del stolperte ein paar Schritte vorwärts und wäre fast in Carnac hineingelaufen, wenn Skar ihn nicht gepackt und seine Bewegungen ausgeglichen hätte.

»Danke«, beschied Del barsch und streifte seine Hand ab. »Ich komme schon allein zurecht.« Er stolperte wieder vor, aber diesmal sah es nicht nach einem Zufall aus, dass er dabei geradewegs auf Carnac zuhielt. Kaum bei ihr angekommen, packte er sie bei den Schultern und drehte sie mit einem Ruck zu sich um. »Und jetzt zu dir«, donnerte er. »Skar hat deinem vorlauten Freund alle Fragen beantwortet. Jetzt beantworte du die meinen.«

Daart blieb stehen, wütend vor allem über sich selbst, dass er Del nicht aufgehalten und seine Aufmerksamkeit auf sich gelenkt hatte. Doch seine Besorgnis war überflüssig, wie Carnac ihm gleich darauf bewies. Sie lächelte in Dels übel zugerichtetes Gesicht hinauf und fragte: »Soll ich dich die nächsten Schritte tragen – oder kommst du allein zurecht?«

»Danke, es geht schon«, sagte Del mühsam beherrscht, ließ sie aber immerhin los. Er schwankte wie ein besoffener Stadtwächter nach einer Kneipenschlägerei, aber jetzt gebot es sein Stolz, dass er Carnac nicht noch einmal packte. Es hätte zu sehr nach Schwäche ausgesehen statt nach der Stärke, die er verkörpern wollte.

»Also, was ist?«, schnappte er. »Warum seid ihr wirklich hier?«

Carnac hätte ihm eine ganze Menge erzählen können. Zum Beispiel, dass Daart ein halber Guhulan war – oder sogar weit mehr, wog man die Zeit, die er in Guan gelebt hatte, gegen die zwei Jahre seiner Satai-Sjen-Ausbildung auf. Oder dass sie selbst aus dem Orden der Prophetinnen stammte und sich bei den Satai eingeschlichen hatte.

Natürlich sagte sie nichts von alledem. »Ich habe immer noch keine Ahnung, warum wir ausgerechnet hier gelandet sind«, versicherte sie. »Das einzig Erfreuliche daran ist, dass wir damit Jacurts Gefangenschaft entwischt sind.«

»Und irgendwann wollt ihr wieder hier raus«, stellte Del fest, »und frische Luft schnappen.«

Carnac nickte. »Ja, natürlich. Ihr nicht?«

»Doch«, sagte Del. »Und wir sind auch die Einzigen, die es

schaffen werden. Du kennst uns ja.« Er drehte sich zu Daart um, packte ihn an der Schulter und schob ihn wie ein kleines Kind vorwärts, was dieser nur aus einem einzigen Grund geschehen ließ: Er war neugierig auf Dels nächste Worte. »Ihr beiden dürft uns begleiten. Das dürfen sie doch, Skar, oder spricht etwas dagegen?«

Skar schüttelte den Kopf. »Nein. Vorausgesetzt, sie sagen die Wahrheit.«

»Da hört ihr es«, sagte Del, wieder an Carnac gewandt. »Ihr dürft mit uns kommen. Solange ihr das tut, was wir sagen.«

»Das«, begehrte Carnac auf, »waren nicht Skars Worte.«

»Aber es sind meine, oder?« Del klopfte Daart so kraftvoll auf die Schultern, dass dieser in die Knie ging. »Du willst doch nicht etwa behaupten, ich wäre weniger wichtig als Skar, oder?«

»Keinesfalls«, sagte Carnac. »Nur gibt es keinen Grund, warum wir uns eurem Befehl unterstellen sollten.«

»Oh, doch, den gibt es.« Dels Gesicht verzog sich zu einem Grinsen, das umso bedrohlicher wirkte, als sein blaues Auge mittlerweile fast zugequollen war und die sowieso schon riesige Beule an seinem Kopf die Ausmaße eines Drachenhorns annahm. »Ihr habt doch behauptet, Satai-Schüler zu sein. Und Schüler unterstehen nun einmal dem Befehl wahrer Meister. Also meinem Befehl.«

Carnac seufzte. »Na, wunderbar. Du machst dabei nur einen kleinen Gedankenfehler.«

»Ich mache überhaupt keinen Fehler«, herrschte Del sie an. »Ihr habt jedem Satai zu gehorchen. Oder hast du da irgendwelche Einwände?«

»Im Prinzip nicht«, antwortete Carnac kühl. »Solange sich ein Satai an die Regeln hält. Es tut mir Leid, Del, aber das tust du nicht. Überhaupt nicht. Du benimmst dich wie ein Barbar auf einem Beutezug und nicht wie ein Satai. Und abgesehen davon: Du siehst auch genau so aus. Bist du ein paar Mal mit voller Wucht gegen die Wand gelaufen, oder was hast du gemacht?«

Del starrte sie mit offenem Mund an. In seinem unverletzten Auge flackerte blanke Wut.

Skar seufzte. »Ich hab dich ja schon das eine oder andere Mal darauf aufmerksam gemacht, dass ungestümes Vorwärtsstürmen nicht immer angebracht ist …«

»Ja, danke«, sagte Del wütend. »Wenn man dich als Freund hat, braucht man keine Feinde mehr …«

»Aber das ändert nicht im Geringsten etwas daran, dass Del Recht hat«, fuhr Skar ungerührt fort. »Ihr werdet das tun, was wir euch sagen. Das bedeutet: Ihr begleitet uns in die Stadt der Alten – und mit etwas Glück auch wieder heraus. Wenn alles glatt geht, können wir Eternity schon in wenigen Tagen verlassen.«

»Und was bedeutet das – ›wenn alles glatt geht‹?«, fragte Daart. »Ich meine: Um was geht es euch?«

»Wir müssen den Guhulan zuvorkommen.« Skar zögerte einen winzigen Moment, bevor er weitersprach. »Wir holen etwas aus der Stadt – und wenn wir es haben, machen wir uns so schnell wie möglich aus dem Staub.«

»Das klingt ein bisschen vage«, sagte Carnac. »Du musst uns schon mehr offenbaren, wenn wir unsere Schwerter im Kampf für dich und deine Sache einsetzen sollen.«

Skar seufzte. »Also gut.« Seine Stimme klang genau so wie die Skarissa Raborks, wenn er begriffsstutzigen Satai-Sjen auf die Sprünge helfen wollte. »Es geht um ein Amulett. Die Guhulan sprechen ihm eine geradezu unglaubliche magische Kraft zu. Und sie vermuten es hier, in Eternity. Wir dürfen es nicht in ihre Hände fallen lassen.«

»Weil sonst was geschieht?«, hakte Carnac nach.

Skar starrte sie eine Zeit lang schweigend an. »Dieses Amulett wird der Entwicklung der Guhulan neue Stoßkraft geben«, sagte er schließlich. »Es ist schädlich. Durch seine bloße Existenz legt es Dinge fest, die noch nicht bestehen. Es formt das Ungeformte.«

»Ich verstehe nicht ganz«, bekannte Carnac. »Was mag ein Amulett schon bewirken?«

»Alles«, sagte Skar ernst.

»Auch das ist nicht sehr … genau«, wandte Carnac ein.

»Vielleicht nicht«, räumte Skar ein. »Zumindest dann nicht, wenn man die Guhulan nicht kennt. Sie sind vollkommen auf ihre Feuer-Magie konzentriert. Und im Mittelpunkt ihres Glaubens steht eine Göttin. Eine sehr reale Göttin übrigens, denn man behauptet, sie sei aus Fleisch und Blut.«

Daart wollte etwas dazu sagen, aber er brachte kein einziges Wort hervor. Er hatte lange genug unter den Guhulan gelebt, um ihr vielschichtiges Glaubenssystem zumindest ansatzweise zu begreifen, und das passte zu dem, was Skar hierher geführt hatte. Seine Aufforderung, die Feueranbeter gnadenlos zu bekämpfen, kam für Daart allerdings dem Befehl gleich, gegen sich selbst zu kämpfen – gegen den Guhulan, zu dem ihn Zar'Toran hatte machen wollen, bevor ihn sein Weg zu den Satai geführt hatte. Denn ob er wollte oder nicht: Noch immer war etwas vom Erbe der Guhulan in ihm, angefangen von seinem Kampfstil bis hin zu seiner Gabe, der Kraft des Feuers ganz anders zu trotzen, als Satai-Sjen es vermochten.

»Also ist sie mehr eine Feldherrin als eine Göttin«, stellte Carnac fest. »Aber was hat sie mit diesem Amulett zu tun?«

»Warte kurz.« Skars Hand fuhr zu seinem Gürtel, aber dann brach er ab und sagte zu Del: »Ich habe es dir doch gegeben?«

Del zog die Braue seines gesunden Auges nach oben. »Was?«

»Das Pergament, das uns der Hohe Rat mit auf den Weg gegeben hat«, sagte Skar ungeduldig. »Du wolltest es doch noch einmal sehen, als wir hier eintrafen.«

Del kratzte sich am Kopf oder, genauer gesagt, mitten auf seiner gewaltigen Beule. »Ich kann mich nicht mehr daran erinnern«, murmelte er.

»Du hast es in den Ärmel gesteckt«, erinnerte ihn Skar. »In den rechten. Darf ich?«

Del seufzte und streckte ihm den Arm entgegen. Mit einer Bewegung, die so schnell war, dass Daart sie nicht einmal ansatzweise verfolgen konnte, fischte Skar etwas aus Dels Ärmel.

»Das ist es«, sagte Skar, während er das gesuchte Pergament glatt zog. »Das Amulett. Prägt euch das Bild gut ein.« Seine Stimme wurde eine Spur schärfer, als er erklärte: »Für den Fall, dass wir getrennt werden, müsst ihr wissen, wie es aussieht – und es unbedingt an euch bringen. Auf keinen Fall dürft ihr zulassen, dass es den Guhulan in die Hände fällt!«

Carnac versuchte Daarts Blick einzufangen, aber er war nicht in der Lage, darauf zu reagieren. Er hörte Skar zu, und er verstand den Sinn seiner Worte, doch gleichzeitig war da etwas anderes, das ihn verwirrte und ablenkte: die Geräusche um sie herum, die sich ein Stück weit zurückgezogen hatten, ohne ganz zu verschwinden, und deren Ursprung oder gar Sinn zu enträtseln ihm bislang nicht gelungen war. Was nun, wenn es dort jemanden gab, der sich ganz bewusst der Zeitphänomene von Eternity bediente, um sie auszuspähen und zu belauschen?

Es war ein erschreckender Gedanke, dessen Folgen er nicht im Entferntesten erfassen konnte.

»Wenn wir uns euch anschließen, werden wir deinen Ratschlag befolgen«, sagte Carnac. »Doch dazu müssen wir noch mehr über das Amulett wissen – und über seine Bedeutung für die Guhulan.«

»Selbstverständlich«, sagte Skar. »Nehmen wir einmal an, es gebe alte Überlieferungen, die diesem Amulett die Rolle eines Schlüssels zuschreiben.«

»Eines Schlüssels wozu?«, fragte Carnac rasch.

Skar lächelte auf eine gedankenverlorene, beinahe versonnene Weise. »Eines Schlüssels zur Macht. Diese Macht wird den Guhulan in die Hände fallen, wenn sie mit Hilfe des Amuletts Zugang zu ihrem ältesten, fast schon vergessenen Heiligtum finden.«

»Und was hoffen sie dort zu finden?«

Skars Lächeln gefror. »Das, was unsere bekannte Welt ins Chaos stürzen wird … wenn wir es nicht verhindern.«

Die Welt ins Chaos stürzen … das war eine Formulierung, wie Daart sie in letzter Zeit schon zu oft gehört hatte. Sie verknüpfte das, was Skar hier zu finden hoffte, mit dem, was Nubina antrieb. Aber wie war das möglich?

»Ja, ich glaube, ich verstehe, was du meinst«, sagte Carnac leise. »Aber jetzt würde ich das Abbild des Amuletts wirklich gern sehen.«

Sie beugte sich ein Stück vor. Ihre Finger glitten über das Pergament, wohl um es so zu wenden, dass genug Licht von der Fackel darauf fiel. Doch es dauerte nur den Hauch eines Lidschlags, da fuhr sie hoch.

»Das kann doch nicht sein«, keuchte sie.

»Was?«, fragte Skar alarmiert.

Carnac fuhr zu Daart herum. »Es ist unmöglich, Daart! Sag mir, dass das nicht wahr ist!«

»Was?« Daart machte einen Schritt nach vorn. Er griff nach dem Pergament.

Im nächsten Moment begriff er, was Carnac so entsetzt hatte. »Nubina«, sagte er. »Auf dem Amulett ist das Antlitz von Nubina zu sehen!«

Carnac nickte erschüttert. »Aber das kann nicht sein! Wie kann Nubinas Abbild ein uraltes Amulett zieren? Es ist vollkommen unmöglich. Es sei denn …«

Daart trat einen Schritt vor, packte sie bei den Schultern und schüttelte sie. »Es sei denn, was?«, herrschte er sie an.

In Carnacs Augen flackerte es, und dann sagte sie tonlos: »Dass Nubina der Anfang und das Ende aller Dinge ist.«

TEIL 3

Die Welt kann verändert werden.
Zukunft ist kein Schicksal.

Das Zwölfte Buch

1 Es war ein Wasserfall … wie hätte es auch anders sein können. Bei ihm und Carnac hatte alles an einem Wasserfall begonnen – seinerzeit in der Korona –, und es war mit einem Wasserfall weitergegangen, in Nyingma. An einem Wasserfall waren sie sich das erste Mal wirklich nahe gekommen. Wahrscheinlich würde es auch irgendwann einmal an einem Wasserfall enden. Vielleicht sogar an dem, der sich vor ihnen auftat.

Es war der erstaunlichste Wasserfall, den Daart je gesehen hatte. Das Wasser fiel über viele Kaskaden hinab, wild gurgelnd und über eine schier unermessliche Breite sprudelnd. Es rauschte und donnerte in die Tiefe; dort, wo es sich ungehindert seinen Weg bahnen konnte, schäumte und gischtete es wie in einem Sturm, der Meereswogen an eine Steilwand donnert. An seinen Rändern sprudelte und versickerte es auf eine verhaltenere, beinahe zarte Weise, aber nicht minder beeindruckend. Wahrscheinlich lag es an der Beleuchtung, dem Zusammenspiel verschiedenster Farben, welche die Felswand und mit ihr jeden Tropfen des tanzenden Nasses erstrahlen ließen wie Edelsteine, in denen sich das Licht brach. Daart hätte stundenlang hier stehen bleiben und hinabstarren können auf das unglaubliche Schauspiel. Am liebsten hätte er sich darin verloren, wäre hinabgetaucht in die farbige, überzischende Pracht, um die letzten drei Tage zu vergessen, die er mit den anderen durch das nicht enden wollende Labyrinth gezogen war auf der Suche nach den Guhulan – oder der Lösung des Rätsels, was Nubina mit ihnen zu tun hatte.

»Schön«, sagte Carnac neben ihm.

Daart drehte sich nicht zu ihr um. Ihre Bemerkung klang nicht nach reiner Bewunderung, es schwang auch eine Spur Ungeduld darin mit – worauf er im Augenblick getrost verzichten konnte. Sein Blick wanderte nach oben, dorthin, wo das Funkeln herkam, das den Wasserfall – und auch sie selbst – in ein fast unwirkliches Licht tauchte. Es war nicht der Himmel, der sich über ihnen spannte, sondern ein künstliches Gebilde – ähnlich dem in der Kuppel, in welcher der stählerne Drache gefallen war – und doch ganz anders. Ein helles Strahlen ging von dort oben aus, ein vielfältiges Funkeln und Gleißen, das alles andere in eine wahre Farbenpracht tauchte. Der Lichtquelle am nächsten war die Brücke, die sich in Schwindel erregender Höhe über den Wasserfall spannte. Ihre Stützen zogen sich in einem kühnen, weit geschwungenen Bogen über die Klamm; ein doppeltes, rautenförmiges Geländer, das sich irgendwo auf der anderen Seite in wehendem Nebel auflöste, kurz bevor es den Boden berührte. Die ganze Konstruktion schien zu beben und über dem tosenden Wasserfall zu tanzen; eine optische Täuschung, bedingt durch die Farbenspiele, die sie in ein wahres Lichtermeer tauchten.

»Wir stehen hier wie zum Abschuss freigegeben«, fuhr Carnac fort. »Wenn auf der anderen Seite Bogenschützen sind, können sie uns in aller Ruhe anvisieren und abschießen.«

»Aber da ist doch niemand«, widersprach Daart leise.

»Woher willst du das wissen?«, fragte Carnac.

»Weil ich niemanden sehe«, sagte Daart.

»Das ist kein Beweis. Oben in den Felsen, in den Vorsprüngen, die wie große steinerne Vogelnester geformt sind, könnte sich eine ganze Heerschar verborgen halten.«

»Natürlich«, sagte Daart gereizt. »Eine ganze Heerschar von Adlern. Oder, wie glaubst du, kommt man dort hinauf? Über die Brücke jedenfalls nicht – die endet unten auf der anderen Seite.«

»Es könnten Gänge dort oben hinführen.«

»Natürlich.« Daart drehte sich zu ihr um. »Es könnte auch der Boden unter uns aufbrechen und eine Heerschar von bis an die Zähne bewaffneter Regenwürmer ausspucken.«

Carnac starrte ihn einen vollen Herzschlag lang sprachlos an. Das kam selten vor. »Sehr witzig«, sagte sie schließlich.

»Ja«, sagte Daart ärgerlich. »Witzig. Die letzten Tage waren die Hölle. Ich dachte schon, wir würden nie wieder das Tageslicht sehen. Weißt du, wie ich mich in diesen stockfinsteren Gängen gefühlt habe, in denen es krachte, zischte und bebte, als bräche alles zusammen?«

»Du übertreibst«, sagte Carnac. Als sie den Kopf hob und hinauf in das starrte, was andernorts der Himmel war, flirrte bläuliches

Licht über ihr Gesicht, zart und kaum wahrnehmbar und doch stark genug, um ihrem Gesicht etwas Dämonisches zu verleihen. »Im Labyrinth war es vollkommen ruhig«, fuhr sie fort. »Für meinen Geschmack zumindest. Wenn ich in der Nacht Wache gehalten habe, habe ich meinen eigenen Herzschlag hören können – falls du nicht gerade geschnarcht hast.«

»Es war nur äußerst selten ruhig«, sagte Daart. »Zumindest für mich. Weil ich nämlich Dinge gehört habe, die ihr nicht wahrgenommen habt.«

»Regenwürmer?«, fragte Carnac bissig.

»Keine *Regen*würmer«, sagte Daart. »Obwohl es durchaus etwas Wurmähnliches hätte sein können. Zum Beispiel der Gezeitenwurm.«

Carnac runzelte die Stirn. Daart nahm es nur am Rande war. Er hatte sich schon wieder abgewandt und starrte auf die Grenze zwischen Wasserfall und Felsen. Irgendwann mussten Skar und Del dort auftauchen. Sie hatten sich vorgenommen, das Gelände unter ihnen zu erkunden, während Carnac und er ihnen von hier oben aus den Rücken freihalten sollten.

»Wie kommst du gerade auf den Gezeitenwurm?«, fragte Carnac.

»Wie komme ich wohl darauf?« Daart spielte ernsthaft mit dem Gedanken, einen Kiesel hinunterzuwerfen, um zu sehen, wie lange er flog. Es hätte ihm geholfen, die Entfernungen besser abzuschätzen. »Dir dürfte doch auch aufgefallen sein, dass die Zeit hier aus den Fugen geraten ist. Wie sonst hätten wir ausgerechnet auf Skar und Del stoßen können?«

»Keine Ahnung.«

»Eine schwache Antwort für eine Prophetin, oder?« Daart drehte sich wieder zu ihr um. »Was ist eigentlich mir dir los? Du bist doch so etwas wie eine Expertin für die Zeit.«

»Für zukünftige Entwicklungen.« Carnac senkte den Kopf und geriet in ein fahles Licht, das ihre eingefallenen Wangen und die dunklen Ränder unter den Augen unangenehm hervorhob, sodass sie kaum lebendiger als eine Tote aussah, die seit geraumer Zeit aufgebahrt dalag und sich nun wie durch ein Wunder erhoben hatte, um unter den Lebenden zu wandeln. »Und nenn mich bitte nie wieder eine Prophetin. Es könnte zufällig jemand hören.«

»Ein Regenwurm – oder ein Adler?« Daart schüttelte den Kopf, bückte sich und nahm jetzt doch einen Stein auf; vielleicht nur, weil er Carnacs Anblick nicht länger ertrug. Der Stein fühlte sich merkwürdig an, kalt und spröde, und als Daart sich aufrichtete, funkelte er wie ein Rubin, den man gerade ans Tageslicht holte. »Skar und Del sind weit weg«, sagte er, während er den Stein unbehaglich in der Hand drehte. Er veränderte seine Farbe. Von kristallklarem Rot wechselte er zu funkelndem Grün und dann zu kaltem Blau. Vielleicht lag es an dem merkwürdigen vielfarbigen Licht über ihnen, das mit Carnacs Gesicht spielte wie ein Maler mit Pinsel und Farbe. Aber eigentlich war das kaum möglich, denn dazu war die Verfärbung viel zu stark, und außerdem betraf sie nur den Stein selbst und nicht seine Hand, mit der er ihn hielt.

»Es ist mir egal, ob gerade jemand in der Nähe ist oder nicht«, sagte Carnac eisig. »Ich habe dich doch nur um einen kleinen Gefallen gebeten. Ist das etwa schon zu viel verlangt?«

Daart zog es vor, nicht auf diese Frage zu antworten – die eigentlich nichts weiter als ein verkappter Vorwurf war –, und starrte weiterhin auf den Stein. Dergleichen hatte er noch nie gesehen. Je nachdem, wie er den Stein hielt, veränderte er seine Farbe, und das nicht schleichend, sondern schlagartig. Ein System dahinter konnte er nicht entdecken – und erst recht keinen Zusammenhang mit dem farbigen Licht, das sie beide umspielte.

»Was hast du da?« Carnac streckte fordernd die Hand aus. »Gib mal her.«

»Nein.«

»Wie: nein?«, fragte Carnac empört.

Daart deutete mit der anderen Hand auf den Boden. »Hier liegt noch mehr davon auf dem Boden. Nimm dir selbst einen.«

Carnacs Haar schimmerte grünlich, dann flirrte es und wechselte wieder zu dem gewohnten Schwarz, als sie hinabsah zu dem Meer aus kleinen Steinen, auf dem Daart stand. »Das ist lächerlich«, sagte sie.

»Ja, nicht?«, murmelte Daart, sie ganz bewusst missverstehend.

»Es ist wirklich lächerlich. Ich habe solche Farbveränderungen noch nie gesehen.«

»Das meinte ich nicht«, sagte Carnac scharf.

»Nein?« Daart zog eine Augenbraue hoch und drehte sich langsam zu ihr um. »Was meintest du dann ... *Prophetin*?«

»Du sollst mich nicht Prophetin nennen«, fuhr ihn Carnac an.

»Ach ja, richtig, verzeih mir.« Daart lächelte unschuldig. »Aber dann solltest du das Wort Pro... ich meine, dieses bestimmte Wort nicht selbst durch die Gegend brüllen. Nicht wahr?«

Carnac starrte ihn an. Daart ertrug diesen Blick, und das sollte schon etwas heißen. Er hatte sich daran gewöhnt, dass sich ihre Augen extrem verändert hatten, seitdem sie in diese Unterwelt geraten waren. Er fragte sich nur, was geschehen würde, wenn Carnac ihren Blick ganz unschuldig über eine Menschenmenge schweifen ließe. Daart fürchtete, dass die Reaktion dann viel heftiger ausfiele, als wenn er quer über den Platz »Seht da, eine Prophetin!« riefe.

»Was ist mit dir los?«, fragte Carnac mühsam beherrscht. »Du hörst Dinge, die kein anderer hört. Du quatscht absonderliches Zeug von bewaffneten Regenwürmern. Du redest mich andauernd als Prophetin an. Kannst du mir verraten, was deine Seele so sehr zwickt, dass du dich wie ein angestochenes Warzenschwein aufführst?«

»Vielleicht ist es einfach nur Hunger.« Daart zog die andere Augenbraue hoch. »Oder hast du schon vergessen, dass wir kein großes Jagdglück hatten? Selbst Dels Waffensammlung hat uns nicht viel weiter gebracht.«

»Mit den Wurfsternen hat er immerhin drei wunderschön fette Ratten zur Strecke gebracht«, erinnerte ihn Carnac. »Rein rechnerisch war das immerhin ein Ratte pro Tag – allerdings durch vier geteilt.«

»Ja, danke.« Daart verzog angewidert das Gesicht. »Sterngespickte Ratten! Ohne Feuerholz hätten wir die auch noch roh verzehren müssen. Nein danke. Das habe ich dann doch lieber Del überlassen – und mich an diese zugegebenermaßen arg unappetitlich aussehenden Pilze gehalten, die wir von den Wänden abgekratzt haben.«

»Du hättest deine Speisekarte ja mit einem Stück Ratte aufbessern können.«

»Ein roher Rattenschenkel zum Knabbern?« Daart schüttelte den Kopf. »Dieses großzügige Angebot von Del habe ich dann doch lieber nicht angenommen. Im Gegensatz zu seiner Aufforderung, mir mit ein paar Waffen auszuhelfen – was ihm nicht weiter schwer fiel, schließlich ist er ein wandelndes Waffenlager.«

»Du scheinst in ihm ja einen Freund fürs Leben gefunden zu haben«, sagte Carnac säuerlich.

»Es geht so. Auf die zweischneidige Streitaxt, die an seinem Gürtel baumelte, habe ich dann doch lieber verzichtet ...« Daart brach ab und warf einen misstrauischen Blick auf den Stein in seiner Hand, der seine Farben immer schneller wechselte. Irgendwie war ihm das nicht ganz geheuer.

»Und was hast du stattdessen genommen?«

»Ein paar Kleinigkeiten, mit denen ich die Geheimfächer meines Gürtels aufgefüllt habe«, sagte Daart geistesabwesend. »Die hat mich Jacurt nämlich vorher komplett ausräumen lassen.«

»Was ist dir denn in Dels Waffensammlung besonders ins Auge gestochen?«

Daart sah blinzelnd zu ihr auf. »Pfeilspitzen, zum Bespiel. Und ein paar Wurfsterne. Die hat er mir förmlich aufgedrängt.«

»Das habe ich gar nicht mitbekommen.« Carnac schüttelte verwirrt den Kopf. »Skar hat mir nämlich auch ein paar Wurfsterne zugesteckt. Übrigens mit dem guten Rat, sie in meinem Gürtel zu verstauen – für alle Fälle.»

»Dann scheint es den beiden ja sehr am Herzen gelegen zu haben, uns gut auszustatten«, sagte Daart.

»Reiner Eigennutz«, behauptete Carnac. »Schließlich brauchen sie unsere Hilfe bei ihrer verzweifelten Suche nach dem Amulett. In den letzten Tagen haben sie von kaum etwas anderem geredet.«

»Das kann ich nicht gerade behaupten. Del hat mir andauernd in den Ohren gelegen, doch endlich auch auf Rattenjagd zu gehen ...« Daarts Augenlider flackerten, als das Ding in seiner Hand an Leuchtkraft zunahm und von innen heraus strahlte, als befände sich dort eine Leuchtquelle. »Sobald wir dieses Amulett gefunden haben, möchte ich wieder von hier weg. Dann suchen wir nach Zar'Toran und unseren Pferden und sehen zu, dass wir so schnell wie möglich zur Korona kommen ...«

»Um dort Skar mit der *Essenz des Lebens* zu retten?«, fragte Carnac. »Welchen Skar eigentlich? Der, welcher gerade hier mit uns den Guhulan ein Schnippchen schlagen will? Oder irgendeinen Halbtoten, der seit Ewigkeiten künstlich am Leben erhalten wird?«

»Ja«, sagte Daart, ohne den Blick von dem strahlenden Stein in seiner Hand abwenden zu können. »Das ist in der Tat eine gute Frage.«

»Nicht zu vergessen, dass man uns aller Wahrscheinlichkeit nach nicht gerade mit offenen Armen in der Korona aufnehmen wird«, fuhr Carnac fort. »Zumindest wenn es stimmt, was uns Jacurt erzählt hat – und wir dort als Verräter gelten.»

»Dann sollten wir vielleicht besser Skarissa Rabork suchen.« Daart war nicht wirklich bei der Sache. Er spürte ein leichtes Kribbeln auf der Handfläche, dort, wo das funkelnde Etwas auflag, das er kurz zuvor noch für einen einfachen Stein gehalten hatte.

»Natürlich«, sagte Carnac. »Dürfte ja auch alles ganz einfach sein, oder? Zar'Toran wieder einsammeln – und dann eben Skarissa Rabork auftreiben, der überall auf Enwor stecken kann. Mal ganz abgesehen davon, dass wir nicht wissen, was in der Zwischenzeit aus Skar und Del wird – und mit Skar meine ich den Skar, der mit uns hier durch die Unterwelt gezogen ist.«

»Das sollten wir vielleicht besser später klären«, sagte Daart. Etwas schien die Haut auf seiner Handfläche zusammenzuziehen; es war nicht mal ein unangenehmes, aber dennoch beängstigendes Gefühl. Bevor Daart überhaupt begriff, wie ihm geschah, veränderte sich die Wahrnehmung in seiner Hand. Es ging schnell, so furchtbar, so grausam schnell. Innerhalb eines einzigen Lidschlags schoss etwas Heißes in seine Handfläche, der feurigen Eruption eines Vulkans gleich.

Daart schleuderte das Ding von sich, oder vielmehr, er *wollte* es von sich schleudern, aber es biss sich fest und brannte sich förmlich in seine Haut ein. Die heiße Schockwelle jagte in seine Finger und bis hinauf ins Handgelenk, wurde langsamer, doch nicht angenehmer, ganz im Gegenteil. Es war ein brennender Schmerz, der sich ausdehnte, auf seiner Haut weiterkroch und ein taubes Gefühl hinterließ. Daart stieß einen Schrei aus und hüpfte hoch, während er gleichzeitig wie wild die Hand schüttelte, um den Stein endlich loszuwerden.

Es gelang ihm nicht. Sein wildes Manöver schien eher das Gegenteil zu bewirken. Wie von einem bösartigen Instinkt dazu getrieben, grub sich das Ding immer tiefer in seine Haut ein. Durch seine Adern schien plötzlich flüssiges Eisen zu strömen, dessen Hitze in pulsenden Schüben weiter emporkroch, wie der Vorbote von etwas noch viel Schrecklicherem.

»Verdammt!«, schrie er. »Was ist das?«

Der brennende Schmerz jagte weiter durch seinen Arm, füllte ihn überall dort aus, wo er ihn erobern konnte, Stück für Stück und immer weiter nach oben rasend. Sein Körper bebte unter dem unbarmherzigen Angriff. Es ging so schnell, so verdammt schnell. Seine Muskeln verkrampften sich, und seine Kräfte erlahmten, noch ehe er in der Lage war, auch nur einen klaren Gedanken zu fassen, eine Gegenmaßnahme zu ersinnen oder Carnac verständlich zu machen, was sich da vor ihren Augen abspielte.

»Es wäre vielleicht doch besser gewesen, mir den Stein zu geben«, sagte Carnac ungerührt.

»*Was!?!* Bist du verrückt?« Daart packte mit der anderen Hand zu. Seine Finger konnten den Stein nicht umschließen. Er begann zu pulsieren, als wollte er sich gegen seinen Griff wehren. »Hilf mir lieber«, zischte Daart. »Das Ding versucht die Kontrolle über mich zu übernehmen.«

»Das ist doch vollkommen zwecklos«, sagte Carnac. »Dich kann man nicht kontrollieren. Nicht einmal Nubina hat das geschafft. Was mich übrigens sehr gewundert hat …«

»Hilf mir, verdammt!«, herrschte Daart sie an.

Das wirkte. Carnac war mit einem Schritt bei ihm. Dass sie gleichzeitig den Dolch zog, beruhigte Daart allerdings nicht im Geringsten.

»Halt still«, rief sie, packte sein Handgelenk – ihre Finger wirkten angenehm kühl auf seiner überhitzten Haut – und setzte die

Spitze des Dolches an der Unterkante des Dings an, genau dort, wo es sich in Daarts Hand eingegraben hatte.

»Vorsicht!«, brüllte Daart. »Schneid mir nicht die Hand ab.«

Carnac sah kurz zu ihm auf. »Soll ich dir nun helfen – oder nicht?«

»Natürlich«, stöhnte Daart auf. Die Hitze in seinem Arm wurde unerträglich, und er spürte, wie sie weiterkroch, langsamer zwar, aber beharrlich auf seine Schulter zu. Der heiße Schmerz biss tief in seine Muskeln und verhärtete sie. Seine Gedanken erstarrten vor Schreck und ungläubiger Furcht. Das überwältigende Gefühl des Ausgeliefertseins drohte ihn noch stärker zu lähmen als die feurige Lohe, die durch seine Adern fuhr. Was geschehen würde, wenn die Lähmung auf seinen Hals übergriff und sich weiter ausbreitete, begriff er trotz seiner Panik nur zu gut. Schon jetzt konnte er den attackierten Arm nicht mehr richtig bewegen, und die Kontrolle über die Finger seiner rechten Hand hatte er bereits vollends verloren.

»Das ist ja komisch«, sagte Carnac.

»Ich lache ja schon«, stieß Daart zwischen zusammengepressten Zähnen hervor. »Aber mach endlich.«

»Das Ding versinkt in deiner Haut.« Sie bohrte in Daarts Handfläche herum. »Ich fürchte, ich muss es herausschneiden. Es frisst sich geradezu in dich hinein.«

»Raus mit dem Ding!«, schrie Daart. Etwas ganz und gar Fremdes durchlief ihn, gierig und rücksichtslos, fegte die Lähmung seines Arms beiseite – und seine Hand zuckte plötzlich vor und klatschte Carnac mitten ins Gesicht.

»Verdammt!« Carnac sprang einen Schritt zurück. »Was soll das?«

»Das bin nicht ich«, brüllte Daart. Er beobachte fassungslos, wie sein Arm zuckte und bebte und seine Hand erneut in Carnacs Richtung schoss. Doch diesmal war sie vorgewarnt und sprang zur Seite, bevor Daarts Hand mit einem unsicheren, aber kräftigen Schlag durch die Luft fegte.

»Das ist ja wohl das Blödeste, was ich je gehört habe«, sagte Carnac ärgerlich. »Haut mir die Nase blutig – und behauptet dann, ihm sei nur die Hand ausgerutscht.«

»So ist es aber!« Daart taumelte einen unsicheren Schritt zurück, zur Sicherheit, damit er – seine Hand! – Carnac nicht gefährlich werden konnte.

»He!«, rief Carnac. »Wo willst du denn jetzt hin?«

»Was?«, stammelte Daart. Das Ziehen und Zerren in seinem Arm verstärkte sich, und das brennende Gefühl in seiner Schulter kroch weiter auf seinen Hals zu.

»Noch einen Schritt …«, Carnac hetzte ihm hinterher, »und du stürzt über den Rand der Klippe!«

Der Sinn ihrer Worte drang mit einiger Verspätung in Daarts Gedanken. Schon hatte den Schritt zurück getan, vor dem ihn Carnac gewarnt hatte. Er spürte, wie sein rechter Fuß ins Nichts trat. Er kippte nach hinten. Seine Hand zuckte vor, die Finger wie zu Klauen gebogen, als wollte sie sich irgendwo einhaken. Aber da war nichts …

Sah man von Carnac ab, die nach vorn sprang und unter der Hand wegtauchte, als hätte sie begriffen, dass Daart tatsächlich keine Kontrolle mehr über sie hatte. Carnac schnappte sich den anderen Arm. Daart rutschte ab. Einen schrecklichen Moment kämpften sie beide gegeneinander, Carnac und die Schwerkraft, und dann fühlte sich Daart nach vorn gezogen. Seine Hand beschrieb einen Kreis, eine lächerliche und im Vergleich zu Carnacs Manöver langsame Bewegung. Trotzdem genügte sie, um Carnac am Kragen zu packen, gerade als sie Daart wieder auf beide Füße stellte.

»He!«, protestierte Carnac. Als sie begriff, welche Hand es war, die sie gepackt hielt und schüttelte, brach sie ab und fuhr in einer kunstvoll anmutenden Bewegung herum, um sich Daarts rechtes Handgelenk zu schnappen.

»Schneid das Ding raus!«, schrie Daart, der spürte, wie eine feurige Woge in seinen Hals fuhr. »Hack die Hand ab, wenn's sein muss …« Er brach mit einem gurgelnden Geräusch ab, als die Hitze in seine Kehle fuhr.

Carnac setzte das Messer an. Daart sah voller Angst, dass sie nicht gerade zimperlich vorging, während die Hand, die nicht mehr seinen Befehlen gehorchte, sie regelrecht durchschüttelte.

»Niiiiicht!«, entrang sich ein Schrei seiner Kehle. Ein scharfer Schmerz fuhr durch seinen Rachen, und er biss sich auf die Zunge, unfähig, seine Bewegungen zu koordinieren. »Tuuu es niiiiicht!«, brach es erneut aus ihm hervor.

Carnac hielt tatsächlich inne, doch das durfte sie nicht. Es war nicht Daart, der versuchte, ihr Einhalt zu gebieten. Es war etwas anderes. Das Ding in seiner Hand. Was, durchzuckte Daart ein panischer Gedanke, würde geschehen, wenn die Hitze seinen Kopf erreichte? Würde sie dann auch sein Denken und Fühlen kontrollieren?

»Warum nicht?« Es war nur ein hektischer Ausruf, den Carnac hervorbrachte, so sehr wurde sie von Daarts Hand, die doch nicht die seine war, gebeutelt. Aber Daart verstand ihr Zögern. Sie konnte nicht wissen, was in ihm vorging. Sie musste glauben, dass er ihr Einhalt gebieten wollte. Das durfte er nicht zulassen.

»Carnac!«, schrie er, nein, dachte er, während aus seiner Kehle nur ein ersticktes Röcheln drang. Das Blut in seinen Adern floss dick und zähflüssig wie in einem verstopften Kanal, und sein Oberkörper schaukelte hin und her, erst unmerklich und dann immer stärker.

Kämpfe dagegen an!, donnerte die Stimme in ihm. *Du darfst nicht aufgeben!*

Sie hatte Recht. Wenn er aufgab, war er verloren, das spürte er mit jeder Faser seines Körpers, die noch nicht von der heißen, pulsierenden Kraft übernommen worden war. Ihm blieb nicht mehr viel Zeit. Der Veränderung in ihm ging so rasend schnell vonstatten, dass er regelrecht überrumpelt wurde. Es konnte nur noch wenige Augenblicke dauern, bis er nicht mehr der Herr über seinen Körper war. Aber noch war es nicht so weit. Noch konnte er kämpfen.

»Carnac!«, schrie er, und diesmal war es wirklich ein Schrei und nicht nur ein Gedanke. Seine Stimme klang verzerrt, als die nächsten Worte aus ihm heraussprudelten, aber es war seine Stimme und nicht die des Dings, das heimtückisch in ihn gekrochen war.

»Raus mit dem Ding! Es übernimmt meine Stimme …« Er brach gurgelnd ab, unfähig, auch nur ein weiteres Wort hervorzubringen.

»Niiiicht«, entrang es sich erneut seiner Kehle, als Carnac den Dolch ansetzte. Hätte Daart noch die Kontrolle über seinen Körper gehabt, hätte er den Schmerz durch seinen Körper rasen gefühlt, als sich die Spitze von Carnacs Dolch in seine Handfläche bohrte. Sie konnte gar nicht anders, als mit roher Gewalt an ihm herumzuschnipseln; Blut spritzte hervor und besudelte die Messerklinge und das schwarze Echsenleder ihrer beider Unterarme. Sie konnte nicht wirklich verstehen, was in ihm vorging, aber sie handelte mit der Genauigkeit und der Folgerichtigkeit, mit der man schlechtes Fleisch herausschnitt, um gutes zu retten.

Kämpfe dagegen an!, donnerte die Stimme erneut.

Carnacs Dolch bohrte sich in seine Handfläche – und Daart stöhnte auf. Eine heiße Schmerzwelle pulste durch seinen Körper, aber sie schien nicht von der Hand zu kommen, sondern von weiter oben, von der Schulter – wo das Pulsen zum letzten, entscheidenden Schlag gegen ihn ausholte. Es war ein Wettkampf gegen die Zeit. Der Schmerz brachte ihn fast um den Verstand und ließ bunte Flecken vor seinen Augen tanzen; doch schlimmer war, dass sich sein bewusstes Denken verschleierte. Er begriff, dass er dabei war zu verlieren.

Nein!, gellte die Stimme. *Nicht so kurz vor dem Ziel!*

Es war ein Aufschrei, der seine eigene Panik widerspiegelte, und wenn er bei klarem Verstand gewesen wäre, hätte er begreifen müssen, dass das mehr als ungewöhnlich war. Gewöhnlich blieb die Stimme klar und überlegen wie die eines Ratgebers, der selbst nicht von den Folgen seiner Ratschläge betroffen war.

»Da!« Carnacs Stimme klang triumphierend. Daart nahm es kaum noch wahr. Ein Schleier senkte sich über sein Denken. Er sackte ab, verlor sich. Wirre, unzusammenhängende Erinnerungsfetzen tanzten vor ihm, drifteten hinweg …

»Nicht!«, schrie Carnac. »Du musst bei Bewusstsein bleiben! Stirb mir jetzt nicht unter den Händen weg!«

Die Worte drangen zusammenhanglos in Daarts verlöschendes Bewusstsein. Er sah sich mit Carnac am Rand eines Wasserfalls sitzen, er sah, wie sie sich umdrehte, sah Wassertropfen über ihre nackte Schulter tanzen, sah eine filigrane Brücke, die sich über einen anderen Wasserfall spannte, sah sich dort mit Carnac entlanggehen, Hand in Hand, scherzend und lachend ... Dann flackerte es vor seinen Augen, und ein Gesicht schälte sich dort heraus, wo eben noch ein Schleier von Wassertropfen vor ihm getanzt hatte ...

Es war das Carnacs.

»Komm zu dir«, flüsterte sie. »Komm zu mir zurück. Stirb nicht!«

Sterben. Ja. Da war etwas gewesen. Er war dem Tod ganz nahe gewesen, einem grausigem Tod durch etwas, das ihn vergiftet und ihm den Verstand geraubt hatte – beinahe.

»Ich ...«, sagte Daart schwach. Seine Augenlider flatterten. Doch Carnac wollte nicht zulassen, dass er der verlockenden Schwärze erlag, die ihm so nah war.

Genauso nah wie ihre Hand, die über seine Wange strich. Carnac redete auf ihn ein, sanft, zärtlich, aber auch fordernd, sie hielt ihn mit dem anderen Arm umklammert, verhinderte, dass er hinabglitt zu den Steinen, die verlockend auf dem Boden lagen. Irgendetwas in ihm wusste, dass er die Berührung mit den so unscheinbar wirkenden Steinen meiden musste wie die Pest. Aber da war auch etwas anderes, etwas von dem Rest, der in ihm verlieben war, nachdem ihm Carnac den Stein aus der Hand geschnitten hatte, der ihm fast zum Verderben geworden war.

Er glaubte den Sog des Vergessens zu spüren, das dumpfe, verlockende Raunen, das von den Steinen zu seinen Füßen zu ihm hochwehte. Am liebsten wäre er hinabgeglitten in die Ewigkeit, die bereit war, ihn aufzunehmen. Vielleicht, dachte er, wäre es das Beste: sich aus der Umklammerung Carnacs zu lösen, einen Schritt rückwärts zu machen, sich fallen zu lassen und auf den Aufprall zu warten.

»Bleib bei mir«, murmelte Carnac. »Gib nicht auf.«

Immer und immer wieder murmelte sie die Worte, wie eine Beschwörung, während sie ihn fest umklammert hielt und ihn mit der Kraft der Verzweiflung streichelte, mit der man einen geliebten Menschen dem Tod zu entreißen versucht. Und langsam, ganz langsam spürte Daart, wie die Lebenskraft in ihn zurückkehrte. Die stete Berührung brach die Starre weiter auf, die ihn nicht aus ihrem unbarmherzigen Griff entlassen wollte, und statt Chaos und Irrsinn kehrte so etwas wie Entspannung in ihn ein, zuerst noch unmerklich und dann immer deutlicher, bis sich eine warme Trägheit in ihm breit machte.

»Danke«, murmelte er schließlich. »Ich ... es geht wieder.«

Er versuchte sich aus ihrem Griff zu lösen, vorsichtig, um nicht den Halt zu verlieren, den sie ihm vermittelt hatte. Sie gab ihn nur zögerlich frei. Schließlich stand er, leicht schwankend, und sie hielt nur noch sein Handgelenk – das rechte Handgelenk, wie er mit einem leichten Schaudern bemerkte.

»Bist du wieder in Ordnung?« Frage, Feststellung, aber auch Ausdruck von Besorgnis, alles schien in diesen fünf Worten enthalten zu sein. Es dauerte eine Weile, bis Daart das Schwindelgefühl zwischen seinen Schläfen so weit unter Kontrolle hatte, dass er nicken konnte.

»Ich glaube ... schon«, sagte er stockend. Der Klang seiner eigenen Stimme versetzte ihn in Schrecken. Sie hörte sich an, als hätte er seinen Kehlkopf noch immer nicht vollständig unter Kontrolle. »Was ist mit dem Stein?«, fragte er.

»Ich habe ihn weggeworfen«, sagte Carnac. »Zu den anderen. Es ist faszinierend. Ich habe so etwas noch nie gesehen.«

»Und ich noch nie erlebt«, meinte Daart. Er blickte auf den Boden. Unter seinen Stiefeln und um ihn und um Carnac herum lag dieselbe Sorte von Glitzersteinen, von denen er unvorsichtiger Weise einen in die Hand genommen hatte. Er konnte sogar den Stein erkennen, den Carnac ihm herausgeschnitten hatte; er war blutverschmiert. Ansonsten sah er so harmlos aus wie jeder andere Stein. Nichts, aber auch gar nichts deutete auf die fatale Wirkung hin, die er bei der Berührung mit seiner Hand entfaltet hatte.

»Es war knapp«, sagte er leise. Er war heiser, und das Sprechen bereitete ihm Mühe. »Er hat mich fast ... ausgelöscht. Wenn du nicht gewesen wärest.«

»Sie brauchen offensichtlich direkten Hautkontakt«, sagte Carnac rasch und ohne ihn anzusehen. »Sonst können sie sich nicht richtig entfalten.«

»Entfalten.« Daart lachte heiser auf. »Das klingt so harmlos.«

Carnac nickte hastig. »Wenn du wieder gehen kannst, sollten wir so schnell wie möglich von hier verschwinden. Ich habe nämlich nicht vor herauszufinden, was passiert, wenn du ins Stolpern gerätst und hier hinfällst – mitten in die Steine hinein.«

Daart starrte auf ihre schmale und dennoch kräftige Hand, die nach wie vor sein Handgelenk umklammert hielt. »Deswegen zerrst du also an mir herum.«

»Ja.« Carnac zwang sich ein Lächeln ab. »Ich lasse dich erst wieder los, wenn weit und breit keiner dieser ... *Steine* mehr zu sehen ist. Und dann werde ich mich um deine Wunde kümmern. Ich habe nämlich leider ziemlich tief bohren müssen, um das Ding aus dir rauszuschneiden.«

»Also gut«, sagte Daart unbehaglich. Er versuchte einen Blick auf seine Hand zu werfen, aber Carnac hatte sie so gedreht, dass er die Handfläche nicht sehen konnte – wohl aber die Blutspur, die sich an seinem Handgelenk entlangzog und rote Sprenkel auf dem schwarzen Leder hinterließ. »Dann lass uns so schnell wie möglich von hier verschwinden. Damit ich nicht wie ein Hund von dir durch die Gegend gezerrt werde.«

»Gleich«, sagte Carnac. »Doch vorher will ich noch ein paar dieser Steine einsammeln. Nur für alle Fälle. Es könnte ja sein, dass sie uns einmal von Nutzen sind.«

Daart verschlug es die Sprache, als Carnac sich ohne ein weiteres Wort vor ihm in die Hocke niederließ und mit ihrem Dolch zwischen die Steine fuhr, als wollte sie das Schicksal herausfordern.

2

Als er zusammen mit Carnac das Ufer des Wasserfalls erreichte, hatte er noch lange nicht das Gefühl für Raum und Zeit wiedergewonnen. Seine Sinne erwachten nach und nach, aber ein Teil seines Denkens war noch immer verschleiert. Vielleicht nahm er deshalb alles so ruhig hin. Er erinnerte sich an jede Einzelheit, die geschehen war, aber es kam ihm so vor, als wären es nicht seine eigenen Erinnerungen, sondern die eines Fremden; Bilder, die irgendwo in seinem Gedächtnis waren, ohne dass er wusste, wie sie dorthin gekommen waren, und die ihn nichts angingen.

»Setz dich«, forderte ihn Carnac auf. Sie deutete auf einen spärlich bewachsenen, abgeflachten Felsen, feucht vom gischtenen Wasser, das seit ewigen Zeiten einen Kampf gegen das steinige Ufer führte, ohne es je ganz besiegen zu können. »Hier kann ich mir deine Wunde in Ruhe ansehen.«

Daart musterte den Felsen mit unverhohlenem Misstrauen. Er bot sich zum Sitzen an, so flach und breit wie er war, und nichts an ihm deutete darauf hin, dass etwas an ihm nicht in Ordnung sein könnte. Aber das hatte wohl nicht viel zu sagen, jedenfalls nicht, wenn er seine jüngsten Erfahrungen berücksichtigte.

»Du kannst dich ruhig setzen.« Carnacs Worte wurden von dem Tosen des Wasserfalls zerfetzt, und Daart erriet ihren Sinn mehr, als dass er sie verstand. »Schon vergessen? Die Steine brauchen direkten Hautkontakt.« Sie klopfte auf ihren Gürtel. »Sonst könnte ich schließlich nicht ein paar von ihnen in meinem Gürtel aufbewahren.«

»Und wer sagt dir, dass sie sich nicht irgendwann durch das Leder fressen?«, fragte Daart, ohne aufzusehen. »An deiner Stelle würde ich sie so schnell wie möglich wegwerfen. Und zwar ganz weit weg.«

»Ganz gewiss nicht«, sagte Carnac. Als sie den Kopf drehte, um zum Wasserfall hinüberzusehen, gischtete Wasser auf und verhüllte ihr Gesicht für einen flüchtigen Augenblick mit sprühendem Nebel. »Auch ein Schwert ist für seinen Träger gefährlich. Doch deswegen kämst du wohl kaum auf die Idee, deine Waffe wegzuwerfen, oder?«

Daart seufzte. Er ahnte, dass jede weitere Diskussion sinnlos war. Wenn sich Carnac etwas in den Kopf gesetzt hatte, war sie kaum noch davon abzubringen. Trotzdem zögerte er, bevor er sich auf dem Felsbrocken niederließ. »Eigentlich hätten Skar und Del hier auf uns warten müssen«, sagte er, peinlich darauf bedacht, dem Stein nicht mit ungeschützten Fingern zu nahe zu kommen. Es war nicht auszuschließen, dass er eine ähnliche Wirkung entfaltete wie seine weitaus kleineren Gegenstücke oben auf der Klippe.

»Oder wir auf sie.« Carnac setzte sich direkt neben Daart, packte sein Handgelenk und drehte es mit einem entschlossenen Ruck um. »Sieht schlimmer aus, als es ist«, behauptete sie. »Wenn es sich nicht entzündet, kannst du schon in ein paar Tagen wieder wie gewohnt mit deinem Schwert herumfuchteln.«

»In ein paar Tagen?« Daart starrte sie entsetzt an. »Ich denke nicht, dass wir so viel Zeit haben. Skar hat uns nicht nur aus reiner Menschenfreundlichkeit mitgenommen. Er geht davon aus, dass wir schon bald kämpfen müssen.«

»Ja, ja«, murmelte Carnac, was Daart ihr mehr von den Lippen ablas, statt es zu verstehen. Sie hielt ein Blatt in der Hand, das sie unterwegs aufgelesen hatte. »Ich kenne zwar die Pflanze nicht, von der dieses Blatt stammt«, sagte sie. »Aber so, wie es aussieht, könnte es durchaus entzündungshemmend wirken.«

»Du machst Witze«, vermutete Daart.

»O nein«, entgegnete Carnac. »Ich reinige deine Wunde. Das ist nicht witzig.«

»Ich meine ...«

»Ich hab dich schon verstanden.« Sie sah auf und lächelte flüchtig. »Ich habe ein gutes Gefühl für Pflanzen.«

»Ja«, sagte Daart bitter. »Und ich für Steine.«

Carnac lachte leise auf. Es war das erste Mal seit vielen Tagen, dass er diesen Laut von ihr hörte. Er versuchte sich dagegen zu wehren, aber irgendetwas in ihm entspannte sich – und das, obwohl Carnac bei der Reinigung seiner Wunde nicht gerade zimperlich vorging und das Donnern des Wasserfalls so laut war, dass er sich anstrengen musste, sie zu verstehen.

»Ich bin so froh, dass wir endlich diesem Labyrinth entkommen sind«, plapperte Carnac fröhlich drauflos. »Die Dunkelheit und die Stille haben ganz schön an meinen Nerven gezerrt.«

»Ich dachte, es hätte dir nichts ausgemacht«, sagte Daart erstaunt.

Carnac hielt mitten in ihrer Tätigkeit inne und grinste ihn an. »Ach ja? Und du bist sicher, Frauen zu verstehen, ja?«

»Nein«, sagte Daart verunsichert. »Aber ich dachte ...«

»Ja?«

»Ach, ich weiß auch nicht.«

»Aha.« Carnac beugte sich ein Stück vor und küsste ihn auf die Stirn. »Dann ist ja gut. Andernfalls hätte ich dir nämlich die Kehle durchschneiden müssen. Bevor du noch die Geheimnisse von uns Frauen ausplauderst.«

Daart war über den Stimmungswechsel wahrlich erstaunt. Das bedeutete allerdings nicht, dass er ihm nicht gefiel. »Skar und Del können hier irgendwo sein …«

»Das wollen wir doch wohl hoffen.« Carnac kniff ihn spielerisch in die Wange. »Es wäre kein schöner Zug von ihnen, wenn sie in dem Wasserfall abgesoffen wären. Damit wäre nämlich auch das Wissen untergegangen, wie man Eternity wieder verlassen kann.«

Daart gab es auf. Carnac wollte sich offensichtlich nicht von dem abbringen lassen, was sie vorhatte, und er beschloss, ihr Spiel mitzuspielen – solange sie nicht von ihm verlangte, irgendwelche *Steine* zu berühren.

»Ich habe Hunger«, bekannte er, kaum dass sie seine Hand losgelassen hatte.

»Wie gut, dass wir gerade ein paar Früchte gesammelt haben, nicht wahr?«, sagte Carnac fröhlich.

Daart starrte auf seine Handfläche. Es war unglaublich. Irgendwie hatte Carnac es geschafft, die Blutung der tiefen, quer über die Handfläche verlaufenden Wunde zu stillen. Offensichtlich hatte sie tatsächlich ein gutes Auge für Heilpflanzen – und kannte sich darüber hinaus auch mit ihrer Anwendung hervorragend aus.

»Hier, nimm«, sagte Carnac und reichte ihm eine Frucht.

Daart konnte sich nicht daran erinnern, auch nur einmal etwas Ähnliches gesehen zu haben. Die faustgroße Frucht war rotgelb und oval und wies auf allen vier Seiten kleine, schmale Auswüchse auf, die wie Hahnenkämme abstanden. Es sah irgendwie lächerlich aus.

»Du musst die vier Eckteile abreißen«, sagte Carnac. »Dann kannst du sie essen.«

»Woher weißt du das?«, fragte Daart. »Hast du schon einmal so etwas gegessen?«

Carnac schüttelte fröhlich den Kopf. »Auf gar keinen Fall. Aber ich sagte dir doch, dass ich ein gutes Gefühl für Pflanzen habe.«

Die Erklärung überzeugte ihn nicht. Trotzdem griff er ohne zu zögern nach der rotgelben Frucht. Seine Hand gehorchte seinem Willen, und seine Finger umschlossen das Furchtfleisch genau so, wie sie es sollten, nicht zu fest und nicht zu schwach – und doch war es merkwürdig. Sein ganzer Arm, nicht nur seine Hand, fühlte sich wie aufgepumpt an – und fremd.

»Ist irgendetwas nicht in Ordnung?«, fragte Carnac.

»Nein, nein«, beeilte sich Daart zu versichern. »Ich frage mich nur …«

»Was die Frucht mit dir anstellt, nachdem schon ein einfacher kleiner Stein dein Inneres nach außen gestülpt hat?«, unterbrach ihn Carnac. »Keine Sorge. Diesmal wirst nicht du es sein, der als Erster dran glauben muss, weil er ein Wagnis eingeht.«

Ohne dass Daart sie daran hindern konnte, nahm sie eine weitere Frucht, riss das ab, was für Daart Hahnenkämme waren, und biss hinein. »Siehst du«, sagte sie laut schmatzend, »es ist überhaupt nichts passiert …« Sie brach ab, packte sich an den Hals und stöhnte laut auf. Die Hand, die die Frucht hielt, zitterte. »Ohrrgh«, würgte sie.

Daart durchfuhr eiskaltes Entsetzen. Er hatte es ja gewusst. Nichts hier war ungefährlich.

Carnacs Hand fuhr in die Höhe – und klatschte ihm mitten ins Gesicht. Daart war so überrascht, dass er nicht reagieren konnte. Daran änderte sich auch nichts, als Carnac in schallendes Gelächter ausbrach.

»Du solltest mal dein Gesicht sehen.« Carnac grinste breit. »So habe ich dich noch nie erlebt. Dabei habe ich dir doch nur das zurückgegeben, was du mir verpasst hast!«

Daart konnte sich nicht daran erinnern, Carnac schon einmal so ausgelassen erlebt zu haben. Ganz offensichtlich hatte sie sich nur einen *Spaß* mit ihm erlaubt.

»Das war jetzt aber wirklich sehr witzig«, sagte er säuerlich. »Ich dachte gerade …«

»Ich weiß schon, was du gedacht hast«, winkte Carnac ab. »Vermutlich das Gleiche wie ich vorhin. Das war wirklich übel. Wie war das eigentlich für dich? Was ist in dir geschehen, als sich dieses Ding in deine Hand eingegraben hat?«

Daart führte die Frucht zum Mund und biss in der Hoffnung hinein, sich auf diese Weise um eine Antwort drücken zu können. Im nächsten Augenblick wünschte er sich auch schon, er hätte es nicht getan. Es schmeckte scheußlich. Sein Magen revoltierte schon nach dem ersten Bissen; Übelkeit stieg in dünnen, salzigen Linien in ihm auf. »Meine Güte, schmeckt das scheußlich.«

Carnac nickte. »Scheußlich – aber nahrhaft.« Sie biss erneut ein Stück ab und kaute so begeistert auf dem Fruchtfleisch herum, als wäre es eine Delikatesse. »Wir haben ein bisschen Gewicht verloren in letzter Zeit. Und wer weiß, was uns noch bevorsteht. Also iss dich satt.«

Daart verzog das Gesicht. »Hast du noch mehr so guter Ratschläge?«

Carnac lächelte leicht. »Wer weiß? Immerhin sind wir hier an einem Wasserfall. Und du weißt ja, dass ich das sehr anregend finde.«

Daart sah überrascht auf. »In welcher Beziehung?«

Carnac richtete sich ein wenig auf, aber sie erhob sich nicht, sondern beugte sich im Gegenteil zu ihm hinüber und schlang ihm die Arme um den Hals. »Iss erst einmal auf«, sagte sie leise, »dann sehen wir weiter.«

Daart schluckte hastig den Bissen herunter, gerade noch rechtzeitig. Carnacs Gesicht kam näher, und dann versiegelte sie seine Lippen mit einem Kuss und machte es ihm unmöglich, eine weitere Frage zu stellen.

Sie wäre auch überflüssig gewesen.

Als Daart aus kurzem, aber erholsamem Schlummer aufwachte, strich eine sanfte Brise über seine Haut. Neben ihm plätscherte und gurgelte es. Es waren die Ausläufer des Wasserfalls, der nur ein Stück weiter mit elementarer Wucht die Felsen herunterdonnerte, unverändert seit Ewigkeiten, vielleicht sogar seit der Zeit, als die Alten diese Anlage gebaut hatten – wenn sie diese nicht sowieso *um* den

Wasserfall herum errichtet hatten und er nicht noch viel, viel älter war. Sein nackter Arm lag auf feuchtem Gestein, wie er erschrocken feststellte; er riss ihn zurück und richtete sich ruckhaft auf.

Er war allein. Neben ihm ragte der Felsen auf, auf dem er mit Carnac gesessen hatte, bevor sie gemeinsam und fest umschlungen heruntergeplumpst waren, ohne sich von dem abhalten zu lassen, was sie beide vorgehabt hatten. Mit Carnac im Arm war er irgendwann eingeschlafen, so entspannt und ausgeglichen wie schon lange nicht mehr und von dem tiefen Gefühl friedvollen Glücks erfüllt, das er schon vollends verloren geglaubt hatte.

Jetzt war sie nicht mehr da. Sie musste aufgestanden sein, während er eingeschlafen war. Aber wo war sie? Er schlüpfte hastig in seine Hose, plötzlich besorgt über den Leichtsinn, der ihn und Carnac hatte vergessen lassen, wo sie waren. Wasserfälle waren für sie beide zu mystischen Orten geworden. Das bedeutete aber keinesfalls, dass es *sichere* Orte waren, und schon gar nicht hier, in dieser gigantischen Unterwelt der Alten, die sie Eternity getauft hatten wie zum Hohn für die Vergänglichkeit der Zeit. Er schnallte den Waffengurt um, den breiten Ledergürtel mit den zwölf Schlaufen und den vielen, dank Dels Leihgaben gut gefüllten Geheimfächern, und zog die schwarze Jacke aus Echsenleder zu. Damit wurde er wieder zu dem, der er gewesen war, bevor Carnac geradezu über ihn hergefallen war: zu Daart, dem Satai-Sjen.

Vielleicht hatte der Hohe Rat ja Recht, dass er Beziehungen zwischen männlichen und weiblichen Satai-Sjen verbot. Sie lenkten von dem ab, was wirklich wichtig war. Zum Beispiel der eigenen Sicherheit.

Daart warf einen hastigen Blick auf seine Hände – die Wunde in seiner rechten Handfläche war frisch verschorft, aber nicht wieder aufgebrochen – und dann auf seine Umgebung. Das Ufer lag vollkommen verlassen da. Der Wasserfall tobte über felsigen Grund, und wie nicht anders zu erwarten, wimmelte es an seinem Ufer von Steinen und Kieseln in unterschiedlichsten Formen und Größen. Es war ein unglaublicher Leichtsinn gewesen, mit Carnac auf dem steinigen, nur spärlich bewachsenen Untergrund halbnackt herumzutollen. Ein Leichtsinn, der eines Satai-Sjen unwürdig war.

Aber das beantwortete nicht die Frage, wo Carnac abgeblieben war.

Es sah ihr gar nicht ähnlich, so einfach zu verschwinden. Es musste einen triftigen Grund dafür geben, sonst hätte sie ihn niemals schlafend zurückgelassen. Irgendetwas musste sie weggelockt haben.

Zumindest hoffte er, dass nur das der Grund war, warum sie nicht mehr hier war.

Daart ging in die Hocke und fuhr mit den Fingerspitzen vorsichtig über die abgenickten Halme zu seinen Füßen. Er erkannte noch deutlich die Spuren von ihnen beiden, er sah, wo sie entlanggerollt waren, sich küssend, streichelnd, berührend, zwei ausgehungerte Körper, die sich auf der Suche nach etwas Nähe aneinander gepresst hatten. Er bebte vor Angst, dass Carnac etwas passiert sein könnte, und erneut ausbrechendem Verlangen, das er viel zu lange unterdrückt hatte und das jetzt hart und fordernd in ihm pochte. *Nicht gerade jetzt*, hämmerte es in seinem Kopf. Das Schicksal konnte nicht so grausam sein und ihm Carnac genau in dem Moment nehmen, in dem sie beide zusammengefunden hatten, in diesem zeitlosen Augenblick, in dem es nichts anderes als sie beide gegeben hatte.

Bis fast ins Wasser waren sie gerollt. Daart spürte jetzt noch die Feuchtigkeit auf seiner Haut, die der feine, gischtende Sprühnebel hinterlassen hatte, und die Druckstellen in seinem Rücken, als Carnac auf ihm zu liegen gekommen war, bevor er sie gepackt und herumgedreht hatte, leidenschaftlich und voller Wildheit … Die Spuren brachen genau dort ab, wo sie es sollten, kein Stück früher und kein Stück weiter. Er ging zurück, dorthin, wo es begonnen hatte. Auch hier bot sich ihm das gleiche Bild. Aber er fand nicht die Stelle, nach der er suchte: an der Carnac verschwunden war, nachdem sie ihn verlassen hatte.

Warum war sie gegangen? Er drehte sich einmal um die Achse und ließ den Blick über seine Umgebung schweifen. Rechts von ihm stieg die glitzernde Felswand empor, die das Licht über ihnen in vielfältigen Farben widerspiegelte, seltsam unwirklich, wie ein riesiger zerborstener Halbedelstein. Auch hinter ihm, dort, wo das

Wasser herunterschoss, stieg der Fels steil an, und wenige Schritte vor ihm fiel er, zerklüftet und vernarbt durch die immerwährende Wucht des Wassers, steil ab.

Es gab hier nicht viele Möglichkeiten zu verschwinden. Eigentlich blieb nur der Weg übrig, den sie heruntergekommen waren. In Daart brodelte ein Gemisch ganz unterschiedlicher Gefühle: Wut und Empörung darüber, dass Carnac ihn verlassen hatte, frisch angefachte Sehnsucht und Begierde, aber auch Angst davor, dass Carnac etwas Ernsthaftes passiert sein könnte.

Auf dem Weg zurück zum Wasserfall folgte er einer Eingebung und sah nach oben. Im selben Moment stockte ihm der Atem. Mitten auf der filigranen, fast zerbrechlich wirkenden Brücke erkannte er zwei Gestalten. Beide waren kaum mehr als schwarze Schemen, aber nicht so zerfließend und unstet wie die, die ihm bislang wie ein geisterhafter Spuk einen Streich gespielt hatten, sondern beide stofflich und real. Der geschwungene Brückenboden und das glitzernde, rautenförmige Geländer erschwerten es, auf die Entfernung Genaueres zu erkennen. Trotzdem war sich Daart sicher, dass es Skar und Del waren. Aber was taten sie dort oben?

Ohne die Brücke aus den Augen zu lassen, lief Daart ein Stück zurück, so weit, bis er mehr erkennen konnte. Doch erst als er stehen blieb, erkannte er seinen Irrtum. Das waren auf keinen Fall die beiden Satai. Es waren dunkel gekleidete Gestalten, und sein Herz setzte aus, als er Carnac zu erkennen glaubte. War die andere Gestalt Ask? Das wäre vollkommener Wahnsinn …

Und es stimmte nicht. Die Luft flirrte wie in der Wüste an einem heißen Tag, und er musste die Augen zusammenkneifen, als die Umrisse der Brücke unschärfer wurden, so als betrachtete er sie über den Rand eines riesigen Feuerwalze hinweg, über der die Luft von der aufsteigenden Hitze verzerrt wurde. Die beiden dunklen Schemen gestikulierten wie wild mit den Händen, vielleicht hoben sie auch etwas hoch, so genau konnte Daart das nicht erkennen, und dann wandten sie sich um. Irgendetwas an ihnen kam Daart vertraut vor, obwohl er sich mittlerweile sicher war, dass er die beiden nicht kannte. Ganz ihm Gegensatz zu der Kleidung, die sie trugen.

Eng geschnittene Gewänder mit lebendig wirkenden Flammenwirbeln.

Es waren Guhulan.

Und das war noch nicht einmal das Schlimmste. Die beiden Männer hievten etwas hoch, ein menschliches Bündel. Es war fast so groß wie sie selbst, schwarz, schlank – Carnac!

Daart stockte der Atem. Die Gestalten waren zu weit entfernt, als dass er Einzelheiten hätte wahrnehmen können. Aber trotzdem war er sich sicher, dass er sich nicht getäuscht hatte und es wirklich Carnac war. Ihre Haare flatterten über der Brüstung, und sie klammerte sich mit den Händen am Geländer fest. Aber warum wehrte sie sich nicht? Warum setzte sie nicht ihre reiche Kampferfahrung ein, um die beiden Guhulan aus dem Takt zu bringen und ihre eigenen Bewegungen gegen sie selbst zu richten?

Einen flüchtigen Moment erwog Daart, den Weg zurückzulaufen, den sie gekommen waren, und dann weiter hinauf, zum Aufgang der Brücke … Aber er würde zu spät kommen. Wenn er Carnac hätte retten wollen, hätte er nicht schlafen dürfen. Wenn ihm wirklich etwas an ihr etwas gelegen hätte, hätte er sich niemals auf sie einlassen dürfen. Er hatte die Kontrolle über sich und seine Handlungen verloren.

Die beiden Guhulan hatten Carnac jetzt bei den Beinen gepackt. Noch immer sah Daart alles wie durch einen feurigen, wallenden Schleier. Aber das war kein Wunder. Die Guhulan herrschten über das Feuer. Wahrscheinlich hatten sie seine verzehrende Kraft eingesetzt, um Carnac zu schwächen, denn noch immer wehrte sie sich nicht.

Bei allen Göttern, wie lange hatte er nur geschlafen?

Als ihre Beine in die Luft kippten und ihre Haare im Wind flatterten, durchfuhr Daart unglaubliche Erleichterung. Das war doch nicht Carnac, wie er geglaubt hatte, das konnte gar nicht Carnac sein, denn die Beine der Gestalt, die gerade über das Brückengeländer gekippt wurde, waren nicht tiefschwarz wie gefärbtes Echsenleder, sondern schimmerten rot …

Aus der Erleichterung wurde Entsetzen, als er seinen Irrtum begriff. Es musste Blut sein, das ihre Beine hinablief; und das war gewiss auch der Grund für ihre Schwäche. Daarts Schwertarm zitterte vor Anspannung, aber er verzichtete darauf, die Waffe zu ziehen; sie hätte ihm nichts genutzt. Diese verdammten Guhulan. Erst hatten sie versucht, Carnac niederzumetzeln, und jetzt entsorgten sie sie wie einen Haufen Unrat.

Carnac rutschte ab; ihre Beine standen erst senkrecht in der Luft und kippten dann nach vorn, ganz langsam, als wollte sie ein akrobatisches Kunststück vollführen und die Zuschauer möglichst lange in Atem halten. Während Daart das grausige Schauspiel hilflos beobachtete, zweifelte er wieder einen Herzschlag lang, ob es tatsächlich Carnac war.

Dann verlor sie endgültig den Halt. Die beiden Guhulan versetzten ihr noch einen kräftigen Stoß, und sie schoss über den Rand der Brüstung hinaus. Für die Dauer eines Lidschlags wirkte sie wie ein Vogel, der um sein Gleichgewicht kämpfte und gleich wieder an Höhe gewinnen würde.

Natürlich tat sie das nicht. Sie stürzte, fiel haltlos. Und dann schrie sie.

Es war nur ein langgezogenes Wort, das sich ihrem Munde entrang: »Daart!«

Es war Carnacs Todesschrei.

3

Mitten in einen Wasserfall zu springen, der über raue, zerrissene Felsstücke tobte, war so ungefähr das Törichteste, was man freiwillig tun konnte. Es hinderte Daart nicht daran zu springen. Ihn trieb die unsinnige Hoffnung an, dass Carnac noch am Leben sein könnte, nachdem sie ein ganzes Stück von ihm entfernt kopfüber in die Fluten eingetaucht und aus seinem Blickfeld verschwunden war. Es blieb ihm keine Zeit, sich seiner Kleidung zu entledigen, und das war vielleicht auch gut so, weil er somit immerhin in wenig geschützt war vor dem Aufprall gegen Felsen und Steine, die der Kraft des Wassers seit Jahrtausenden erfolgreich Widerstand geleistet hatten. Mit weit ausholenden Schritten jagte er in den Wasserfall hinein und flog geradezu über das Wasser, soweit er zwischendurch immer wieder festen Tritt auf den rutschigen Steinen fand. Er verschwendete keine Zeit damit, um sein Gleichgewicht zu kämpfen. Halb fallend, halb springend ließ er sich in eine Stelle sprudelnden, wild wirbelnden Wassers hineinfallen. Kaum war er in das schäumende Nass eingetaucht, als er auch schon die Kontrolle über seinen Körper verlor und mit der Schulter hart auf einem Felsen aufschlug. Das verstärkte Leder fing den größten Teil des Stoßes ab. Trotzdem jagte ein fürchterlicher Schmerz durch seinen Arm, und als reichte das nicht, wurde er haltlos herumgeschleudert.

Die elementare Gewalt des Wasserfalls riss ihn mit auf eine Reise, deren Ziel er nicht kannte. Es war unmöglich, nach Carnac Ausschau zu halten. Sie konnte schon an ihm vorbei sein oder auch hinter ihm; sie konnte sogar direkt neben ihm sein, ohne dass er es bemerkte. Das Wasser sprudelte über ihn hinweg, erstaunlich warm, fast heiß, als wäre er in einen kochenden See eingetaucht und nicht in einen Wasserfall. Er bekam etwas von der heißen Brühe in den Mund. Sie schmeckte nicht nur scheußlich, sie verbrannte auch fast seine Lippen. Zuvor, in der Gischt, war ihm gar nicht aufgefallen, wie unglaublich warm das Wasser hier war. Jetzt drohte es ihm den letzen Rest seiner Orientierung zu rauben.

Daart wurde erneut herumgeschleudert, nach unten gerissen, geriet immer und immer wieder unter Wasser, schlug gegen Kanten und Vorsprünge, wurde durchgeschüttelt und weichgekocht. Er wurde fast verrückt vor Angst. Wenn es schon ihm so erging – wie sollte es dann erst Carnac ergehen, die sich bei ihrem Sturz wahrscheinlich schwere Verletzungen zugezogen hatte?

Daart versuchte aus dem Zentrum der sich überstürzenden Wassermassen wegzukommen. Seine Kraulbewegungen, die er immer dann ausführte, wenn er nicht der Spielball der elementaren Gewalten war, waren nicht viel mehr als der Flügelschlag einer Fliege gegen die explosionsartige Kraftentwicklung eines Wirbelsturms. Immer wieder und wieder wurde er mit dem Kopf unter Wasser gedrückt. Schon längst ging es nicht mehr nur darum, Carnac zu suchen. Er kämpfte um sein Leben, und das vom ersten Augenblick an, in dem er in die Wassermassen eingetaucht war; zuerst hatte er es nicht wahrhaben wollen, doch er selbst hatte sich dieser Höllenfahrt ausgeliefert, bei der er immer weiter hinabgeschleudert wurde, von Vorsprung zu Vorsprung, gefedert nur durch das Wasser, das ihm gleichzeitig Rettung und Verhängnis war.

Es konnte nur in einer Katastrophe enden. Er hatte versagt. Carnac war in Gefahr geraten, weil er nach einem Moment der Schwäche eingeschlafen war, und jetzt wurde er dafür bestraft. Sie beide würden es mit ihrem Leben bezahlen.

Er hatte den Gedanken kaum zu Ende gedacht, als er tiefer in den Strudel hineingerissen wurde, erfasst von einem Sog, der ihn zur Mitte des Wasserfalls zog und damit weg von dem rettenden Ufer, das schon fast in Sichtweite gekommen war. Daart stieß einen gurgelnden Schrei aus, spukte heißes Wasser, kam mit dem Kopf wieder hoch – und sah sich auf etwas zurasen, keinen Felsen, sondern etwas viel Gewaltigeres, vielleicht einen geborstenen Torflügel, vielleicht auch nur einen riesigen, künstlich geformten Stein. Und dann, plötzlich, gewann er den Eindruck von Schriftzeichen, von feuerrot leuchtender Schrift, die aussah, als wäre sie von innen beleuchtet. Er versuchte im letzten Moment, sich irgendwo abzufedern, um sich von dem Monument der Alten zu entfernen, das hier seit einer Ewigkeit wartete, das Urteil über ihn und Carnac zu vollstrecken.

Vergebens. Er prallte mit dem Kopf gegen ein steinhartes Hindernis – und verlor das Bewusstsein.

Es dauerte eine ganze Weile, bis er begriff, dass er nicht tot war, weder zerschmettert noch ertrunken, noch bei lebendigem Leib zu Tode gegart. Er lag auf der Seite, in einer zwar warmen, aber keineswegs heißen Wasserlache, den Kopf gerade so weit aus der stinkenden Brühe erhoben, dass er atmen konnte. Irgendwo hinter sich hörte er Wassermassen donnern und schäumen. Er begriff nicht, was geschehen war. Warum schlug das Wasser nicht über ihm zusammen? Warum ließ es ihn hier in Ruhe?

Mühsam stützte er sich auf seine geschundenen Ellbogen auf. Sein ganzer Körper schmerzte, als hätten mehrere Quorrl mit Knüppeln auf ihn eingedroschen. Eine unmessbare Zeit lang war nichts als Schmerz und Qual in ihm; dann klärte sich sein Verstand so weit, dass er wieder wusste, was passiert war.

Carnac. Er hatte sie verloren. Sie war aus großer Höhe in den Wasserfall gestürzt, schwer verletzt, und hatte nicht die geringste Chance gehabt. Die Nässe, die über sein Gesicht lief, stammte nicht nur von dem Wasser, das ihn durchweicht hatte. Er trauerte um die einzige Frau, die er jemals wirklich geliebt hatte.

Als er sich ein Stück weiter hochstemmte, fiel sein verschleierter Blick auf ein dunkles Bündel, das nur ein paar Schritte von ihm entfernt auf dem Boden lag. Zwei, drei Herzschläge starrte er darauf, ohne wirklich zu begreifen, was er da sah. Dann begannen seine Hände zu zittern. Und nur einen Lidschlag später stöhnte er laut auf.

Er wollte aufstehen, zu hastig, er wollte zu dem Bündel hinüberrennen, um sich zu überzeugen, dass es nur die Ausgeburt seiner Phantasie war, dass er in ein Stück Holz, einen Stein etwas hineingeheimniste, was gar nicht da war. Seine Hände glitten in der schmierigen Brühe aus, in der er lag, und er schlug hart auf dem Rücken auf. In einer immer wieder geübten Bewegung rollte er auf die Seite, sprang auf – und hastete hinüber zu dem Bündel …

Ein kalter Schauer überlief ihn. Es war unmöglich. Die Gestalt, die dort im Wasser lag, hatte keine blutenden Beine wie jene, die von den Guhulan über die Brüstung geschleudert worden war, und doch … es konnte nur Carnac sein. Es *musste* Carnac sein.

Sie lag mit dem Gesicht zuunterst im Wasser. Daart hatte keine Ahnung, wie lange schon. Er wusste ja nicht einmal, wie lange er selbst bewusstlos gewesen war. Unsicher hockte er sich neben sie, gleichermaßen benommen wie hellwach.

Es war Carnac. Aber sie wirkte leblos. Es durfte nicht sein. Das Schicksal konnte nicht so grausam sein.

Hastig drehte er sie auf die Seite. Ihre Augen waren geschlossen, sie atmete nicht. Sie sah aus wie eine Tote. Daart griff nach ihrem Handgelenk. Zuerst konnte er nichts spüren. Doch dann glaubte er ein schwaches Pochen zu fühlen.

Wenn sie nicht schon tot war, dann war sie kurz davor. Er musste sich beeilen. Er legte die Hände auf ihr Brustbein – genau so, wie man es ihm beigebracht hatte – und begann im Rhythmus eines langsam schlagenden Herzens zu pressen. »Carnac«, flüsterte er. »Mach schon. Komm. Du kannst mich nicht verlassen.«

Carnac antwortete nicht, wie sollte sie auch. Er machte weiter, ohne Hoffnung und doch unfähig, den Versuch der Wiederbelebung abzubrechen. Er hatte von Menschen gehört, die man auf solche Weise ins Leben zurückgeholt hatte. Aber einige von ihnen waren danach kaum mehr als sabbernde Narren gewesen, lebende Zombies. Er wagte gar nicht daran zu denken.

Es schien eine Ewigkeit zu dauern, bis sich Carnac rührte, fast unmerklich erst, doch dann so deutlich, dass er es nicht mehr als Einbildung abtun konnte. Ihr rechter Arm zuckte plötzlich, dann fuhr sie hoch und spie eine Ladung Wasser aus. Daart hielt ihren Kopf, drehte ihn leicht auf die Seite, und Carnac spuckte erneut Wasser aus, bevor sie ein heftiger Hustenanfall zum Erbeben brachte. Sie sah bleich und elend aus, als sie sich ihm zuwandte, aber sie lebte.

Daart konnte sein Glück kaum fassen.

»Wie geht es dir?«, fragte er. Carnac starrte ihn so lange verständnislos an, bis er begriff, dass dies die wohl dämlichste Frage war, die man in einer solchen Situation stellen konnte. »Ist das Wasser raus?«, hakte er nervös nach.

Carnac atmete drei- oder viermal hintereinander laut aus. Ein Zittern ging durch ihren Körper. Sie schlang ihre Arme um den Körper, und Daart erschrak, als er Blut auf ihrer Brust sah. Doch dann begriff er, dass es von seiner eigenen Hand stammte; die Wunde war wieder aufgegangen, als er versucht hatte, Carnac das Wasser aus der Lunge zu pumpen.

»Welches Wasser?«, fragte Carnac. Ihre Stimme klang so heiser und rau, dass er sie kaum verstand. Carnac sah sich um. »Das ist doch bloß eine Pfütze hier«, fuhr sie fort. »In so etwas ertrinke ich doch nicht.«

Daart starrte sie eine Zeit lang schweigend an, bevor er begriff, dass sie versuchte, die Situation durch eine lockere Bemerkung zu entspannen. Ihm war nicht danach, darauf einzugehen, und trotzdem durchlief ihn ein Gefühl ungeheurer Erleichterung. Offensichtlich war sie trotz allem bei klarem Verstand.

»Ich kann mir nicht helfen«, murmelte Carnac fast unhörbar. »Ich fühle mich richtig zerschlagen. Ich wusste gar nicht, dass du so temperamentvoll bist.« Ihrer Brust entrang sich ein tiefer Laut, der in einem hysterisch klingenden Kickser endete. Sie spuckte Wasser, mehrfach und hart würgend wie zur Strafe, dass sie spöttisch zu lachen versucht hatte.

»Ganz schön temperamentvoll«, sagte sie noch einmal, dann sackte sie in sich zusammen. Ihre Augenlider flatterten. Ehe Daart sich versah, rutschte sie nach hinten ab, und er musste schnell zupacken und sie auffangen, damit sie nicht hart mit dem Hinterkopf auf den Boden schlug. Sie hatte erneut das Bewusstsein verloren.

Daart bettete ihren Kopf in seinem Schoß und damit hoch genug, damit das Wasser der Pfütze, wie Carnac es genannt hatte, ihr nicht mehr gefährlich werden konnte. Eine ganze Weile hockte er so da, schweigend, innerlich aufgewühlt und unfähig, auch nur einen klaren Gedanken zu fassen. Er wusste, dass es sehr knapp gewesen war. Carnac war bleich wie der Tod, und auch wenn ihr Atem jetzt regelmäßig strömte, so war er doch flach, so als könnte er jeden Moment wieder versiegen.

Schließlich hob er den Kopf und blickte hinter sich. So weit er sehen konnte, ließ ein feiner Sprühnebel alles verschwommen und seltsam unwirklich erscheinen. Nur ganz am Rand seines Sichtfelds riss der Nebel auf, dort, wo wahre Wassermassen gischteten und schäumten, als geiferten sie vor Wut, dass sie ihre Kraft nicht weiter mit ihrem Höllenritt über Felsen und Klippen ungestüm entfalten konnten. Mit aller Kraft, derer sie fähig waren, donnerten sie hinab und verschwanden tief unter ihnen, abgleitet durch eine gigantische Kanalisation, die aus den Tagen der Alten stammen musste und das Wasser wahrscheinlich irgendwohin transportierte, wo es weiter gezähmt werden konnte. Er und Carnac hatten großes Glück gehabt, dass sie über den Rand hinweggeschleudert worden waren, bevor sie der Strudel in die Tiefe hatte reißen können.

Er blickte wieder zu Carnac hinab und strich ihr eine nasse Strähne aus dem Gesicht. Er empfand ein Gefühl tiefer Zärtlichkeit für sie. Dennoch war seine Geduld nahezu am Ende. Nur Carnac konnte ihm sagen, was oben auf der Brücke passiert war – und was es mit den Guhulan auf sich hatte, die sie über die Brüstung geworfen hatten. Er ballte die blutende rechte Hand zur Faust, ungeachtet der Schmerzwelle, die durch seinen Körper jagte.

Die Guhulan. Die Verbündeten Zar'Torans. Er hasste sie. In ihm lauerte die alte Abscheu auf alles, was mit dem Feuerorden zusammenhing; und wenn er nicht aufpasste, würde sie in einer wilden Eruption ausbrechen, die alles andere beiseite fegen und sein Denken mit Rachegelüsten und Vergeltungsphantasien vergiften würde. Das durfte er nicht zulassen. Die Guhulan waren es nicht wert, dass er die Kontrolle über sich verlor. Nur wenn er kühl und beherrscht war, konnte er bestehen; das war schon immer so gewesen und würde auch für immer so bleiben. Wer dem Feuer mit Feuer begegnete – und wenn es nur das Feuer brennender Rachegelüste war –, würde untergehen.

Er zwang seine Gedanken weg von der pochenden Empörung. Er musste es hinnehmen, dass die Guhulan wieder brutal in seinem Leben aufgetaucht waren und dass sie um ein Haar Carnac umgebracht hätten. Jetzt kam es darauf an, ihre nächsten Schritte vorauszuahnen und einen Plan zu ersinnen, wie er sie in die Knie zwingen konnte. Dazu brauchte er Informationen. Und die konnte ihm nur Carnac liefern.

Er strich sanft über ihr Gesicht und murmelte ihren Namen. Carnac bewegte sich unruhig, und ihre Augenlider flatterten, aber sie erwachte nicht. »Carnac«, sagte er lauter. »Bitte, wach auf! Verdammt, ich muss wissen, was die Guhulan hier zu suchen haben.«

Carnac reagierte nicht auf seine Worte. Am liebsten hätte er sie geschüttelt, bis sie endlich die Augen aufschlug, und er hätte es vielleicht auch getan, wäre da nicht die ganze Zeit über das Bild vor seinen Augen gewesen, wie die Guhulan Carnac über die Brüstung geworfen hatten. Es war ein furchtbarer Moment gewesen. Er wusste, dass er es nur einem unglaublichen Glück verdankte, dass er Carnac lebend in den Armen hielt. So etwas durfte sich nicht noch einmal wiederholen. Er durfte nicht die Regeln vergessen, die ihm die Satai eingetrichtert hatten, und durfte sich während eines Kampfes nicht von Gefühlen beherrschen lassen.

Und ein Kampf war es, dessen war er sich sicher. Die Guhulan würden nicht eher Ruhe geben, bis sie jeden Satai in Eternity zur Strecke gebracht hatten. Doch er würde es nicht zulassen, dass die Guhulan unbeschadet davonkamen.

Während er auf Carnacs bleiches Gesicht starrte, zwang er sich, ganz nüchtern über ihre Situation nachzudenken. Hier zu bleiben, nicht weit entfernt von Wasserfall, in einem diffusen Halbdunkel, war in jedem Fall viel zu gefährlich. Er wusste nicht, wie viele Guhulan sich hier herumtrieben – oder was sie vorhatten –, aber er spürte ein wachsendes Unbehagen in sich aufsteigen, zumal nicht nur Ask, sondern auch Skar und Del spurlos verschwunden waren. Im besten Fall hatten sie die Guhulan bemerkt und waren gerade dabei, erfolgreich Jagd auf sie zu machen, im schlimmsten Fall war es genau umgekehrt, oder sie waren ihnen bereits in die Hände gefallen, Ask als Erste.

Sie mussten von hier weg. Er schob die Hände unter Carnacs Körper und hob sie auf. Sie schien kaum etwas zu wiegen. Obwohl er wusste, wie sehr die letzten Wochen sie ausgezehrt hatten, erschrak er bis ins Mark. Er hatte sie erbarmungslos vorangetrieben, in der Hoffnung, noch rechtzeitig die Korona zu erreichen. Ein Fehler mehr. Er hätte für regelmäßige Pausen sorgen müssen. Zwar hatte er sich nicht weniger abverlangt als Carnac, aber das machte es nicht besser. Geschwächt in eine Schlacht zu ziehen war purer Leichtsinn.

Er watete durch das Wasser, weg von dem Wasserfall, der hinter ihnen tosend in sein unterirdisches Gefängnis donnerte. Der Raum, durch den er schritt, war erstaunlich groß und hoch, mit glatten Wänden, die unten, zum Wasser hin, von einer grün-grauen Schmutzschicht bedeckt waren. Er schien deutlich später erbaut worden zu sein als das unterirdische Labyrinth, durch das sie tagelang geirrt waren, und doch hatte er eines mit ihm gemeinsam: Er atmete die gleiche düstere und Angst machende Atmosphäre aus wie das Gewölbe und die dunklen Gänge, in denen ihnen die schemenhafte Bestie begegnet war. Daarts Unbehagen verstärkte sich mit jedem Schritt. Und doch zögerte er nicht einen Moment weiterzugehen. Das, was sich hier in den Mauern eingenistet hatte, hatte nichts mit den Guhulan zu tun, sondern mit dem, was ganz

Eternity ausmachte: dem Gefühl der Ewigkeit, die die verschiedensten Epochen zu einem verschwommenen Ganzen verschmolz.

Erst nach einer ganzen Weile tauchte eine Wand vor ihm auf. Sie machte einen äußerst massiven Eindruck, und Daart glaubte schon, in eine Sackgasse geraten zu sein, bis er seinen Irrtum bemerkte. Rechts gab es eine Tür, ein metallenes Ungetüm mit einem stabilen stählernen Rad auf der rechten Seite, mindestens doppelt so hoch wie er selbst und breit genug, um vier nebeneinander laufenden Quorrl genügend Platz zu bieten.

Aber sie war geschlossen und verschmolz so vollkommen mit der Wand, dass Daart wohl kaum so schnell auf sie aufmerksam geworden wäre, wenn nicht ein Schild neben ihr in der Wand eingelassen gewesen wäre.

Daart trat näher an das Schild heran. Die Schriftzeichen konnte er nicht entziffern. Trotzdem hatte er zumindest eine vage Ahnung, was dort geschrieben stand. Das lag einzig und allein an dem daneben aufgemalten Symbol: einem Totenkopf.

Carnac regte sich, drückte geistesabwesend mit der Hand gegen Daarts Schulter und schlug die Augen auf. Ihre Lider flatterten, als sie zu ihm aufsah, und dann flackerte Begreifen in ihren dunklen Augen auf. »Wenn du glaubst, dass ich dich jetzt zur Abwechslung herumtrage, hast du dich aber getäuscht«, nuschelte sie. »Lass mich runter.«

Daart gehorchte und setzte Carnac ab. Dabei ließ er den Totenkopf nicht aus den Augen. Er war nicht als Einladung gemeint, das war klar. Aber wovor warnte er? Gab es etwas hinter dieser Tür, das jedem zum Verhängnis wurde, der dort hindurchtrat? Oder hatte er eine religiöse Bedeutung? War er vielleicht der Hinweis darauf, dass sich hinter der Türe ein Friedhof verbarg?

Carnac war noch ein wenig wacklig auf den Beinen, aber statt sich an ihm festzuhalten, drehte sie sich um und hielt geradewegs auf das Schild zu. Sie fuhr mit der Fingerkuppe über die Schrift, als hoffte sie so etwas über seine Bedeutung zu erfahren.

»Das ist die Schrift der Alten«, stellte sie schließlich fest.

Daart nickte. Er war nicht überrascht. »Kannst du das lesen?«

Carnac schüttelte den Kopf und drehte sich wieder um. »Niemand kann die Schrift der Alten lesen. Sie haben ganz andere Schriftzeichen verwendet als wir.«

»Schade.« Daart war enttäuscht. Er hatte gehofft, dass wenigstens die Prophetinnen etwas mit dem anfangen konnten, was Normalsterblichen verborgen blieb.

»Aber ich glaube, es soll uns vor etwas warnen«, fuhr Carnac fort. »Vielleicht vor dem, was hinter der Tür ist – vielleicht aber auch vor etwas, was in dieser Halle ist.«

Daart wandte den Kopf und sah sich um. Es waren kalte, feuchte Wände, die hoch aufragten und eine dunkle Decke trugen; eine riesige leere Halle, die vor unendlichen Zeiten als Lager für Dinge gedient haben mochte, von denen er sich nicht einmal eine Vorstellung machen konnte. »Wer sagt uns, dass der Totenkopf nicht vor einer Gefahr warnen sollte, die schon längst nicht mehr existiert?« Er wandte sich wieder an Carnac. »Was war mit den Guhulan?«

Carnac zuckte mit den Schultern. »Keine Ahnung. Sie waren plötzlich da.«

»Unten, am Ufer?«

»Nein, weiter oben.« Carnac fuhr sich mit der Hand durch die Haare und lehnte sich dann gegen die Tür. Sie schloss einen Moment lang die Augen, und als sie weitersprach, klang ihre Stimme gepresst. »Ich hatte ein Geräusch gehört. Und ich wollte dich nicht wecken …«

»Du wolltest mich nicht wecken?«, fragte Daart heftig. »Was soll denn der Unsinn? Du weißt doch, was die Regeln besagen.«

»Ja«, sagte Carnac leise. »Ich kenne ihren Wortlaut sicherlich besser als du. Und? War das, was wir vorher getan haben, nicht ein viel größerer Regelverstoß?«

»Ja«, sagte Daart ärgerlich. »Leider. Und trotzdem sind wir nach wie vor Satai-Sjen. Vergiss das nicht.«

»Das vergesse ich schon nicht.« Carnac wandte den Blick ab. »Leider«, wiederholte sie tonlos. »Ist das alles, was du dazu zu sagen hast?«

»Nein, natürlich nicht«, erwiderte Daart zerknirscht. »Entschuldige. Ich hatte es nicht so gemeint. Es war nur die Sorge um dich ...«

»Ich glaube, ich weiß schon, wie du das gemeinst hast«, sagte Carnac zur Wand, als stünde dort jemand, mit dem sie sprach. »Lassen wir das, ja?«

»Ich glaube nicht, dass du wirklich verstanden hast, wie ich es gemeint habe«, entgegnete Daart betroffen.

Carnac fuhr zu ihm herum. »Lassen wir das, habe ich gesagt, ja? Kannst du mir vielleicht diesen kleinen Wunsch erfüllen? Oder verstößt das auch gegen irgendwelche Regeln?«

»Nein, natürlich nicht«, sagte Daart unsicher.

»Dann ist ja gut«, erwiderte Carnac bitter.

Daart antwortete nicht. Stattdessen trat er auf die Tür zu. Das Rad an ihrer rechten Seite zog ihn an. Womöglich ließ sich damit die Tür öffnen. Er war bloß nicht sicher, ob es klug war, den Versuch zu wagen. Der Totenkopf war eine deutliche Warnung.

»Was war nun mit den Guhulan?«, fragte er, während er die Hände auf das Rad legte.

»Du blutest ja wieder«, sagte Carnac.

»Ja.« Daart betrachtete unbeteiligt den blutverschmierten Abdruck, den er auf dem Rad hinterlassen hatte. »Aber hast du nicht auch geblutet? Von unten sah es aus, als wären deine Beine blutüberströmt. Haben die Guhulan ...«

»Lass mich bloß mit den Guhulan in Ruhe«, fauchte Carnac. »Sie haben mich in eine Falle gelockt. Und ich bin ihnen wie ein dummes Bauernmädchen auf den Leim gegangen.«

»Oben auf der Brücke?« Daart versuchte das Rad zu drehen. Es gab nicht nach.

»Nein, ein Stück weiter unten«, sagte Carnac. »Während du selig geschlafen hast.«

Daarts Hände umklammerten das Rad, als wollte er es erwürgen, und drehte mit aller Kraft an ihm. Diesmal knirschte immerhin etwas. Und einen Augenblick später hatte Daart das Gefühl, als hätte sich das Rad ein winziges Stück gedreht. »Ich wäre gern an deiner Seite gewesen«, sagte er. »Aber dazu hättest du mich wecken müssen.«

»Ja, natürlich«, sagte Carnac. »Aber eigentlich hättest du merken müssen, dass ich aufgestanden war. Schließlich warst du ja nicht gerade meilenweit entfernt von mir.«

»Natürlich.« Daart nahm keine Rücksicht auf seine verletzte Hand und den Schmerz, der in ihr tobte, als er weiterdrehte. Es knirschte wieder, und diesmal drehte sich das Rad ein deutliches Stück weiter. »Ich hätte mich niemals auf dich einlassen dürfen.«

»Auf mich einlassen?« Carnac klang empört. »Wenn ich gewusst hätte, was für ein eingebildeter Narr du bist, wäre ich niemals auf den Gedanken gekommen, dich zum Satai-Sjen-Partner zu wählen!«

»Du hättest dich ja mit Jacurt zusammentun können«, keuchte Daart, während er mit aller Kraft an dem immer noch stramm sitzenden Rad drehte und es Stück für Stück zum Nachgeben zwang. »Ihr zwei wärt bestimmt ein schönes Paar gewesen. Und ganz nebenbei wärst du jetzt schon Satai.«

»Ja«, sagte Carnac mit mühsam unterdrücktem Zorn. »Da hast du eigentlich ganz Recht. Warum hast du mir das nicht schon früher vorgeschlagen?«

Daart hörte, wie sie sich umdrehte, und das Platschen im knöcheltiefen Wasser verriet ihm, dass sie sich mit raschen Schritten entfernte. Eigentlich hatte er jeden direkten Augenkontakt vermeiden wollen bei diesem sinnlosen Gespräch, das zu nichts führte und das zu beenden er dennoch nicht in der Lage war. Aber jetzt blieb ihm nichts anderes übrig, als sich umzudrehen.

»Was ist?«, rief er ihr nach. »Wohin willst du?«

»Dreimal darfst du raten«, sagte Carnac wütend und ohne ihre Schritte zu verlangsamen. »Wir haben Skar versprochen, das Amulett mit Nubinas Antlitz zu holen. Und genau das werde ich jetzt tun.«

4

Er wollte Carnac nicht gehen lassen, er *durfte* sie nicht gehen lassen. Das, was zwischen ihnen am Wasserfall gewesen war, hatte etwas in ihm entfacht, von dem er gar nicht mehr gewusst hatte, dass es da war, tief vergraben in ihm, damit er nur nicht spürte, welchen Mangel er litt. Doch nun brannte die Flamme des Verlangens nach Nähe und Vertrauen in ihm und griff gierig nach der Nahrung, die er ihr so lange vorenthalten hatte.

Nubina und das Amulett waren eine Sache, das, was zwischen ihm und Carnac war, eine ganz andere. Wenn er nicht das Kunststück fertig brachte, beides gleichzeitig im Auge zu behalten, würde er alles verlieren. Er musste Carnac folgen, als Satai-Sjen, als Waffengefährte, weil es höchst unvernünftig war, hier getrennte Wege zu gehen. Vor allem aber musste er ihr folgen, weil er dabei war, sich endgültig in sie zu verlieben.

Dennoch stand er eine Zeit lang untätig da und starrte Carnac hinterher. Auf den ersten Blick sah es so aus, als schritte sie kräftig aus, eine stolze Kriegerin, die bereit war, die Aufgabe zu erledigen, die man ihr aufgetragen hatte. Erst bei genauerer Betrachtung fielen einem die kleinen Unregelmäßigkeiten auf, das leichte Nachziehen des linken Beines, die kaum wahrnehmbare Pendelbewegung, mit der sie ihren Gang ausbalancierte, und die Versteifung der offensichtlich übel geprellten Schulter.

Ihr Gang war noch immer der einer Katze. Aber einer Katze, die gerade eine üble Balgerei mit ein paar Straßenkötern hinter sich hatte.

Daart überkam ein geradezu übermächtiges Verlangen, ihr hinterher zu laufen und sie in die Arme zu schließen. Er sehnte sich nach ihrem Körper, nach der Berührung ihrer Hände, ihres Haars. Aber selbst wenn es Carnac nicht anders erginge, würden sie im Moment nicht zusammenfinden. Es stand mehr zwischen ihnen als nur der Ehrenkodex der Satai. Es war eine Art Gereiztheit, die dazu führen konnte, dass sie sich gegenseitig mit hinterhältigen Bemerkungen bedachten, bis einer explodierte und etwas überaus Dummes sagte oder tat. Statt sich wehzutun, war es besser, sich für eine Weile aus dem Weg zu gehen.

Er verscheuchte die Gedanken.

Das Amulett. Sie hatten Skar und Del mit aller Vorsicht von Nubina erzählt, um nicht mehr zu offenbaren, als unbedingt nötig war. Aber es hatte ausgereicht, um die beiden Satai in höchste Erregung zu versetzen. Zwar war kein wirkliches Vertrauen zwischen ihnen in den wenigen Tagen entstanden, in denen sie einen Weg aus dem düsteren Labyrinth gesucht hatten, aber doch zumindest die Gewissheit, dass ihr Zusammentreffen hier kaum ein Zufall sein konnte. Es schien so, als hätten sie denselben Faden an zwei verschiedenen Enden aufgenommen, um dann ganz logisch irgendwann aufeinander zu stoßen, und zwar an dem einzigen Ort, wo das möglich war: in Eternity, der verschollenen Stadt der Alten, der Hüterin eines Geheimnisses, das zu lösen ihnen wahrscheinlich nicht einmal ansatzweise gelingen würde. Das hatte ihm und Carnac klar gemacht, wie wichtig es war, in den Besitz dieses Amuletts zu gelangen.

Jetzt stand er hier wie ein dummer Bauernjunge, der sich mit der Magd gestritten hatte, mit der er sich eben noch das Lager geteilt hatte, und sah Carnac hinterher, die sich – ohne sich auch nur ein einziges Mal umzudrehen – immer weiter von ihm entfernte. Wo wollte sie hin? In der Richtung, in der sie ging, war nichts weiter als der Wasserfall.

»Carnac!«, rief er.

Sie antwortete nicht. Stur watete sie weiter durch das knöcheltiefe Wasser. Daart ballte die Hände zu Fäusten. Es reichte wohl nicht, dass sie dem Mordanschlag der Guhulan mit viel Glück – und letztlich auch seiner Hilfe – entkommen war, nein, sie musste es jetzt unbedingt auf die Spitze treiben. Er hatte keine Ahnung, was sie sich davon versprach. Aber in einem war er sich sicher: Wenn irgendjemand anderes in der Nähe gewesen wäre, hätte sie sich nicht so gehen lassen. Es war zu viel Vertrautheit zwischen ihnen beiden. Und die kehrte sich nun gegen sie, sprengten die Regeln von Vernunft und Disziplin.

»Carnac!«, rief er noch einmal. »Sei doch vernünftig! Wo willst du überhaupt hin?«

Natürlich antwortete sie auch diesmal nicht. Aber er konnte sie nicht in ihr Verderben laufen lassen. Daart machte einen Schritt nach vorn. Er war unsicher, was er tun sollte. Bis er etwas hinter sich hörte, ein krachendes, schabendes Geräusch. Das Schwert sprang beinahe wie von selbst in seine unverletzte Hand, und als er sich umdrehte, war er auf alles gefasst – nur nicht auf den Anblick, der sich ihm jetzt bot.

Die Tür öffnete sich. Oder um genauer zu sein: Sie wurde nach außen gedrückt. Daart stockte der Atem. Er war darauf gefasst, Guhulan hervorstürmen zu sehen oder die Schatzsucher, von denen Skar gesprochen hatte, oder auch Quorrl. Aber es waren weder die einen noch die anderen. Es war ein Satai.

Zumindest glaubte Daart das, denn die Kleidung, die der Mann trug, war wohl ehemals ein tiefschwarzer Panzer aus Echsenleder gewesen. Jetzt war er blutbesudelt, eingerissen und so verdreckt, dass er kaum noch als solcher erkennbar war. Der Satai lehnte an der Innenseite der Tür, und wenn er das nicht getan hätte, wäre er wohl gestürzt. Sein rechter Arm hing schlaff herunter, mit dem anderen versuchte er sich festzuhalten. Daart hatte schon einmal einen Satai gesehen, der in ähnlicher schlechter Verfassung gewesen war, aber damals war er noch ein Kind gewesen und hatte kaum etwas über die Satai gewusst, außer dass sie die Todfeinde der Guhulan waren … und dann war der Satai in seinen Armen gestorben.

Er hatte keine Ahnung, warum er gerade jetzt daran dachte. Es war auch nicht wichtig. Sein Blick ruhte nur ganz kurz auf dem übel zugerichteten Mann, dann wanderte er weiter, so tief in den Raum hinein, wie der schmale Ausschnitt der Tür ihm das gestattete. Das Licht unterschied sich nicht wesentlich von dem in der Halle, es war bläulich und kalt, und doch war irgendetwas … anders. Daart hätte nicht genau sagen können, was es war, denn er hörte keinen Laut, nahm keinen Geruch war und erst recht sah er niemanden … Und trotzdem war ihm, als lauerte dort etwas auf ihn. Es war ein fast übermächtiges Gefühl, das all das in ihm hochsteigen ließ, was er während des langen Marsches durch das Labyrinth unterdrückt hatte: die Antwort auf das, was er während des Kampfes gegen den stählernen Drachen gesehen hatte, auf das, was er all die Tage gehört hatte, und auf das, was er während des kurzen Kampfes gegen die Bestie erlebt hatte, der Del beinahe zum Opfer gefallen war.

Es war nicht sichtbar, nicht hörbar, und es kam auch nicht näher, aber es war da. Es füllte den ganzen Raum hinter der Tür aus.

Daart konnte sich ihm nicht entziehen. Er hatte das Gefühl, geradezu angesogen zu werden von dem, was dort auf ihn wartete …

Der Satai wandte den Kopf in seine Richtung und stieß einen gurgelnden Laut aus. Sein Gesicht – oder besser gesagt das, was von seinem Gesicht übrig geblieben war – verzerrte sich. Die Haut war aufgerissen, als wäre er mit etwas Ätzendem überschüttet worden, und seine Haare waren bis auf die Kopfhaut verbrannt. Er wirkte alt, uralt, wie ein Wächter, der hier seit Ewigkeiten darauf gewartet hatte, bis jemand die Tür geöffnet hatte. Daart erkannte die Qual in seinem Blick, aber auch einen hasserfüllten Vorwurf, dessen Grund er nicht einmal ansatzweise verstand. Dem Mann musste Schreckliches widerfahren sein, etwas so Furchtbares, dass Daart bei seinem Anblick erstarrt wäre, selbst wenn nicht die Gestalt gewordene Furcht aus dem Raum gekrochen wäre, langsam, unfassbar tödlich, direkt auf die Tür zu. In Daart krampfte sich alles zusammen. Er hätte auf den Satai zueilen müssen, er hätte ihn nehmen und sanft auf den Boden legen müssen, um seine Wunden versorgen – aber er konnte es nicht. Es war mehr als offensichtlich, dass dieser Mann am Rand des Zusammenbruchs war. Aber das war es nicht. Als junger Guhulan war er in der Lage gewesen, das Sterben eines Satais zu begleiten. Er hatte ihn gepflegt, so gut es ging, in einer Höhle fernab von Zar'Toran, und er hatte seinen Geschichten gelauscht, die eine tiefe Sehnsucht nach einem anderen Leben in ihm wachgerufen hatten – und letztlich der Grund gewesen waren, warum er bei nächstbester Gelegenheit den Guhulan entflohen und zu den Satai gegangen war.

Nein, es war nicht der nahe Tod des alten Mannes, der ihn lähmte, und weder sein verheertes Gesicht noch seine sonstigen schweren Verletzungen stießen ihn ab. Es war etwas in seinen Augen. Ihr Blick war hart, kalt und fast ohne Leben.

Und plötzlich begriff Daart. Er keuchte. Es konnte nicht sein.

Aber es war so.

Der Augen des Mannes waren die eines Satais, den er nur zu gut kannte. Allerdings nicht als alten, sondern als jungen Mann.

Es war Jacurt.

Daart brauchte nur einen Herzschlag, bis er sich aus seiner Erstarrung gelöst hatte. Er drehte sich um. »Carnac!« Diesmal war Panik in seiner Stimme. »Komm zurück!«

Carnac war bereits an der Stelle angekommen, wo der Wasserfall sie beide ausgespuckt hatte, und ihre Gestalt verschwamm in der tobenden Gischt, wurde luftig und durchscheinend, als wäre sie nicht wirklicher als die Schemen, die von der Bestie angegriffen worden waren.

Sie reagierte auch jetzt nicht auf seinen Ruf. Entweder hatte sie ihn nicht gehört oder das Entsetzen in seiner Stimme falsch gedeutet.

»Carnac!«, schrie er. »Jacurt ist hier …«

Ein Geräusch hinter ihm lenkte ihn ab. Er fuhr herum. Jacurt – oder das, was von ihm übrig geblieben war – stand vor ihm. Daart hätte ihm keinen einzigen Schritt mehr zugetraut, aber er schien den Zustand seines einstigen Waffengefährten falsch eingeschätzt zu haben. Er schwankte nicht. Und er hatte es sogar geschafft, sein Tschekal zu ziehen. Die Spitze der Klinge zielte direkt auf Daart.

»Du hast mich also erkannt«, sagte, nein, röchelte er. Es klang so schrecklich, als wäre seine Kehle verätzt. Die vollkommen zerstörte Fratze, die einmal sein Gesicht gewesen war, verzerrte sich. Nur der Ausdruck in seinen Augen änderte sich. Es war eine Kälte darin, die Daart schaudern ließ.

»Was ist geschehen?«, fragte Daart erschüttert.

»Was geschehen ist?« Jacurt lachte auf, ein harter Laut, der fast wie das Bellen eines Hundes klang. Er machte einen Schritt vorwärts. Irgendetwas schien mit seinem rechten Bein nicht zu stimmen. Es schleifte nach, als hätte er keine Gewalt mehr über es.

Daart wich zurück. »Ich werde dir helfen.«

»Mir helfen.« Die linke Hand, in der Jacurt das Tschekal hielt, begann zu zittern – ob vor Wut oder vor Schwäche, wagte Daart nicht zu beurteilen. »Du willst mir helfen?«

»Aber ja«, sagte Daart rasch. »Du brauchst Hilfe …«

»Hör auf zu winseln«, röchelte Jacurt. »Ich habe genug Lügen von dir gehört. Es wird Zeit abzurechnen.«

Daart starrte weiter in dieses Gesicht, das eigentlich keines mehr war. Die Augenbrauen und die Haare waren versengt, die Haut war vollkommen zerstört, und das, was unterhalb Jacurts rechtem Auge hervorstach, konnte nichts anderes als der freigelegte Wangenknochen sein. Das schlimmste aber war seine Nase, die wie weggeschmolzen war. Es sah aus, als wäre Jacurt mit Feuer in Berührung gekommen, mit einer ganz besonderen Art von Feuer. Daart hatte solche Verletzungen schon einmal gesehen, und obwohl es lange her war, erkannte er sie sofort wieder: Irgendjemand musste Jacurt mit einer explosiven Flüssigkeit übergossen und angezündet haben.

Die Guhulan.

»Ich habe dir nichts getan«, sagte Daart eindringlich. »Ich bin nicht dein Feind, Jacurt.«

»Nicht mein Feind.« Jacurts verheertes Gesicht schien schmaler zu werden, sein Unterkiefer rutschte weg, und Daart begriff, dass er die Muskeln angespannt hatte, die ihm noch gehorchten. Der Effekt war grauenvoll. »Was dann? Mein *größter* Feind!«

»Hör zu, Jacurt«, sagte Daart eindringlich. »Es gab Missverständnisse zwischen uns. Aber nichts, was sich nicht aus der Welt räumen ließe.«

»Rede nicht mit mir wie mit einem Schwachkopf.« Jacurt schleppte sich weiter vorwärts, und Daart blieb nichts anderes übrig, als beständig zurückzuweichen. »Bist du zufrieden mit dem, was du mir angetan hast?«

»Ich dir angetan?« In Daarts Entsetzen schlich sich nun etwas anderes ein, noch kein Ärger, aber zumindest Ablehnung gegen den aus der Luft gegriffenen Vorwurf.

»Ja, du.« Jacurt schleppte sich weiter vorwärts, vollkommen sinnlos, denn es würde Daart nicht die geringste Mühe kosten, ihm auszuweichen, falls er ihn angreifen sollte. Dennoch wuchs Daarts Beklemmung ins Unermessliche. Es war nicht nur der fürchterliche Anblick des Mannes, mit dem er in den letzten Jahren mehr Zeit als mit irgendjemand anderem verbracht hatte, von Carnac einmal abgesehen. Es war die sture, geradezu hysterische Art, mit der ihm Jacurt nachsetzte, statt sich die Hilfe angedeihen zu lassen, die er dringend brauchte.

»Du bist das größte Unglück, das über uns Satai gekommen ist«, fuhr Jacurt fort.

Bei einer anderen Gelegenheit hätte Daart ihn einfach ausgelacht. Aber so blieb ihm jede Entgegnung im Halse stecken. »Carnac hat Haankraut dabei«, sagte er stattdessen.

»*Haankraut.*« Jacurt spuckte das Wort fast aus. »Meinen Verletzungen ist mit Haankraut nicht mehr beizukommen, und wenn ich darin baden würde.« Sein Kehlkopf zuckte, als er weitersprach. »Ich werde sterben. Aber vorher werde ich noch meinen Mörder richten. Dich.«

»Du weißt ja gar nicht, was du redest«, sagte Daart. »Dir ist etwas Grauenhaftes widerfahren. Du stehst unter Schock.«

»Ja«, gurgelte Jacurt hasserfüllt. »Es war ein Schock. Vielleicht der größte meines Lebens. Ich hätte alles geglaubt – aber nicht das!«

»Nicht was?«, fragte Daart voll unguter Ahnung.

»Die Falle der Guhulan war so einfach wie wirkungsvoll«, fuhr Jacurt in seiner Anklage fort. »Aber ich nehme an, das weißt du am besten.«

»Ich weiß nichts von einer Falle, verdammt!« Etwas ruhiger fragte Daart: »Wer hat dir gesagt, dass ich davon wüsste?«

»Es war nicht nötig, mir das zu sagen«, brachte Jacurt mühsam hervor. Durch seinen Körper ging ein Schaudern, und Daart fürchtete, dass seine Selbsteinschätzung stimmte und er starb.

»Ich wusste es schon eine ganze Weile«, flüsterte Jacurt. »Aber ich wollte es einfach nicht wahrhaben.«

»Was?« Daart hätte beinahe einen Schritt vorwärts gemacht, doch Jacurt Klinge hielt ihn davon ab.

»Das Geheimnis deiner Herkunft.« Jacurt blieb schwankend vor ihm stehen. Es sah aus, als gäben seine Knie jeden Moment nach, so sehr zitterte er. »Das Wissen, was du bist, Guhulan.«

Daart war sprachlos. Es war unmöglich, dass Jacurt davon erfahren hatte. »Wer erzählt solchen Unsinn?«, begehrte er auf.

»Ich kann dir sagen, wer mir verraten hat, was du bist, und wann es war«, keuchte Jacurt. »Es geschah in dem Augenblick, als Xer dich festsetzte.«

Daart blinzelte. »Im Tal? Aber wie?«

»Nicht *wie*. Sondern *wer*.« Jacurts zerstörtes Gesicht verzog sich zu einer Grimasse wilden Triumphes. »Es war Carnac.«

5

»Zurück! Schnell!« Es war Carnac, die ihm die Warnung zurief. Daart machte einen schnellen Schritt zurück, weg von Jacurt, und drehte sich erst dann um; er wollte den hasserfüllten Mann nicht zu nahe bei sich wissen, wenn er ihm den Rücken zukehrte. Carnac! Wie hatte sie ihm das nur antun können? Wie hatte sie ausgerechnet Jacurt verraten können, dass er ein halber Guhulan war?

Die Gedanken zerstoben bei dem Anblick dessen, was auf ihn zukam. Carnac lief in langen, gehetzten Schritten auf ihn zu. Hinter ihr tobte eine gischtende Welle mit der ungestümen Wucht des Wasserfalls heran, der ein anderes, neues Bett gefunden hatte. Schlagartig begriff Daart, woher das knöchelhohe Wasser kam, in dem er nach wie vor stand, und wozu diese hohe, breite Halle diente, in der er sich befand: Es war ein Auslaufbecken. Das bedeutete, dass der Wasserfall umgelenkt worden war und seine ungestüme Gewalt jetzt genau hierhin entladen würde.

»Zu spät«, sagte Jacurt hasserfüllt. »Du entkommst mir nicht mehr.«

Daart wirbelte herum, das Schwert auf Jacurt gerichtet. Aber das erwies sich als vollkommen überflüssig. Jacurt machte keine Anstalten, über ihn herzufallen. Ganz im Gegenteil: Er hatte sein Schwert gesenkt und zitterte am ganzen Leib, aber nicht aus Furcht vor der heranrasenden Flutwelle, sondern vor Schwäche, wie Daart sofort begriff.

Daart macht einen Satz auf ihn zu. »Wir müssen hier raus!«, brüllte er.

Er versuchte Jacurt bei den Schultern zu packen, wollte ihn mit sich ziehen, notfalls mit Gewalt, um mit ihm hinter die Tür zu flüchten, die einzige Rettungsmöglichkeit, die sich ihnen bot. Wenn es dafür nicht schon zu spät war.

Jacurt schien das anders zu sehen. Er brachte sein Tschekal in einer Bewegung hoch, der die Kraft und die Zielgenauigkeit fehlte und vor der sich Daart dennoch in Sicherheit bringen musste. Die Klinge aus geschliffenem Sternenstahl verfehlte ihn nur knapp.

»Du verstehst nicht«, brüllte Daart. »Wir müssen hier raus! Sonst werden wir alle sterben!«

»Du wirst sterben«, zischte Jacurt.

Seine Worte gingen im Donnern der heranrasenden Flutwelle unter. Aber das machte keinen Unterschied. Daart begriff ihren Sinn nicht. Es kam auf jeden Augenblick an. Wie konnte Jacurt Zeit mit einem sinnlosen Streit verschwenden wollen?

»Los jetzt!«, schrie er. »Zurück in den Gang!«

Jacurts zerstörtes Gesicht wurde zur Fratze. »Ich lass dich hier nicht durch! Du kommst nicht an mir vorbei!«

Endlich begriff Daart. Jacurt ging es gar nicht darum, sich in Sicherheit zu bringen. Er hielt sich für todgeweiht. Und er wollte Rache.

Daart tauchte unter seinem nächsten Angriff weg. Das Wasser schoss von hinten heran, und er bekam einen Schlag in die Kniekehlen, der ihn nach vorne taumeln ließ, direkt in Jacurt Klinge hinein.

»Jetzt stirb!« Der Aufschrei und der Stich der Klinge kamen gleichzeitig. Daart hatte keine Gelegenheit mehr, auszuweichen und Jacurts Tschekal mit seiner eigenen Waffe abzuwehren. Er tat das Einzige, was ihm noch übrig blieb: Er ließ sich nach hinten fallen, in die Flutwelle hinein. Das Wasser schoss über ihn hinweg. Daart wurde das Schwert aus der Hand gerissen; es sauste davon, und er selbst vollführte eine vollkommen verrückte Drehung. Bevor er auch nur begriff, wie ihm geschah, traf ihn ein zweiter tosender Schlag und katapultierte ihn nach vorn.

Daart war hilflos der tobenden Gewalt ausgeliefert, die über die Halle hereinbrach wie das Strafgericht einer zornigen Gottheit – oder wie Jacurts Strafgericht. Sein Kopf war unter Wasser, und es war ihm unmöglich, ihn wieder hochzubekommen. Er donnerte auf die Wand zu. Wenn er mit dem Kopf zuerst dagegen prallte, war er verloren. Der Aufprall würde seinen Schädel wie eine reife Melone platzen lassen.

Es blieb ihm kaum noch Zeit für einen Richtungswechsel. Er riss die Beine an den Leib und umklammerte sie mit den Armen. Im buchstäblich allerletzten Moment gelang es ihm, sie nach vorn zu bringen, als Schutz für seinen Kopf …

Der Aufprall war so hart, dass er das Gefühl hatte, seine Beine würden mit aller Gewalt in seinen Körper gerammt. Der kostbare Rest an Atemluft wurde schlagartig aus seinen Lungen gepresst. Aber damit war es noch nicht vorbei. Das nachströmende Wasser drückte ihn mit unbarmherziger Wut gegen die Wand. In seinem Kopf waren nur mehr Schmerz und Pein – und die Gewissheit, dass Jacurts Wunsch nach Rache ganz schnell in Erfüllung gehen würde, wenn es ihm nicht endlich gelang, von der Wand wegzukommen.

Ihm blieben nur zwei Wege: nach oben in der Hoffnung, dass die Halle nicht vollständig geflutet wurde. Oder zur Tür in der aberwitzigen Erwartung, dort durchzukommen und dahinter etwas anderes vorzufinden als nur endlos herandonnernde Wassermassen.

Die Strömung wirbelte ihn herum und hämmerte aus allen Richtungen gleichzeitig mit unsichtbaren Fäusten auf ihn ein, aber statt ihn nach oben zu tragen, drückte sie ihn weiter herunter. Der rettende Spalt über ihm, dort, wo zwischen Wasser und Decke noch Luft sein musste, rückte in unerreichbare Entfernung. Mit letzter Kraft gelang es ihm, sich so weit zu drehen, dass er mit Händen und Füßen an der Wand entlangglitt.

Rote und grüne Schleier tanzten vor seinen Augen, und in seinen Lungen tobte ein brennender Schmerz. Sein Luftvorrat ging zu Ende. Wie ein Krustentier versuchte er vorwärts zu robben, dorthin, wo er die Tür vermutete, immer wieder gepackt und gebeutelt von der Urgewalt des Wasserfalls, die sich ungehindert austobte, und ohne zu wissen, ob das Schott nicht längst geschlossen war.

Seine Gedanken wurden wirr. Jacurt hatte gewonnen, seine Rache an ihm vollzogen. Er hatte ihn getötet, nicht mit dem Schwert, sondern auf eine viel perfidere Art. Daart wusste es, aber er wehrte sich nicht mehr.

Dann rutschte seine rechte Hand plötzlich ab. Es ging alles blitzschnell. Er hatte die Öffnung des Schotts gefunden – oder sie ihn.

Mit dem Unterkiefer krachte er schmerzhaft gegen den Rahmen, als ihn das Wasser in die Öffnung drückte. Sein Bewusstsein flackerte noch einmal kurz auf, lange genug, um zu begreifen, dass ihm die Kraft des heranschießenden Wassers jetzt zu Hilfe kam. Er wurde nach vorn gerissen. Irgendetwas Dunkles, Gewaltiges sauste auf ihn zu, ein riesiger, massiver Schatten – und dann schlug er auf dem vom Wasser umspülten Boden auf.

Es dauerte eine Weile, bis Daart sich so weit gesammelt hatte, dass er sich aus dem Wasser hochdrücken, zur Wand robben und sich dort anlehnen konnte. In seinen Lungen war die reinste Qual, ein brennender Schmerz. Er sog gierig die Luft ein und stieß sie rasselnd wieder aus, wieder und wieder, bis sich sein Atem beruhigt hatte. Zwar hatte er nicht ganz das Bewusstsein verloren, aber er schwebte in einem Dämmerzustand zwischen Wachsein und Koma, in dem er zwar mitbekam, wo er sich befand und was um ihn herum geschah, jedoch nicht in der Lage war, die Eindrücke zu verarbeiten oder gar darauf zu reagieren. Das Donnern des Wassers hatte ein Ende gefunden. Hier, hinter der Tür, welche die Wassermassen zugedrückt haben mussten, kaum dass er durch die Öffnung katapultiert worden war, bedeckte nur ein wenig Nässe den Boden. Daart registrierte das zwar, aber er war nicht der Lage darüber nachzudenken, wie das möglich sein konnte.

Und es war auch nicht wirklich wichtig. Das Flackern vor seinen Augen ließ nur langsam nach, eine Mahnung des Schicksals, wie knapp er dem Tod entronnen war.

Aber was war mit Carnac? Mit Jacurt? Er hustete, krümmte sich voller Qual und kämpfte mit aller Macht darum, seine Umgebung wahrzunehmen. Der Raum hinter dem Schott war geräumig, aber kleiner als die geflutete Halle. Ein ganzes Stück entfernt, auf der gegenüberliegenden Seite des Schotts, ging das kalte blaue Licht in ein milchiges, verschwommenes Halbdunkel über. Daart glaubte dort einen Gang zu erkennen, eine mehr als mannshohe Röhre, vielleicht ein Abwasserkanal, vielleicht aber auch der einzige Weg hier heraus. Daart entdeckte Carnac weder dort noch in den geräumigen Kammern, die in die Wände eingelassen waren.

Er wandte den Kopf, um die Kammern auf seiner Seite zu mustern. Sie waren so breit wie zwei nebeneinander stehende Quorrl, waren vollkommen leer und endeten nach wenigen Schritten im verschwommenen Nichts, beinahe so, als wollten sie ihn verhöhnen. Bei ihrem Anblick begriff Daart plötzlich, dass sie tief unter der Erde gefangen waren, eingesperrt in einer Gruft, die so weit vom Sonnenlicht entfernt war, dass er die Erinnerung daran schon verlor. Er ahnte, was es bedeuten musste, ewig hier herumzuirren, ohne die Aussicht, jemals wieder nach draußen zu kommen und in dem verzweifelten Versuch, sich dem Sog des Wahnsinns zu erziehen, der die ganze unterirdische Stadt erfasst hatte.

Verzweifelt sah er sich weiter um. Jacurt konnte er nirgends entdecken. Dafür endlich Carnac. Sie hockte ein Stück weit von ihm entfernt in der Ecke neben dem Schott, vollkommen durchnässt, blass und erschöpft, aber ohne erkennbare Verletzung. Und sie erwiderte seinen Blick.

»Daart«, murmelte sie und wischte sich mit einer kraftlosen Geste die nassen Haare aus dem Gesicht. »Du lebst. Den Göttern sei Dank.«

Daart lehnte sich zurück und schloss die Augen. Das alles konnte nicht wahr sein. Carnac hatte ihn verraten. Sie hatte Jacurt gesagt, dass er bei den Guhulan aufgewachsen war, schlimmer noch, sie hatte so getan, als ob er noch immer ein Guhulan sei. Warum nur?

»Alles in Ordnung?«, fragte Carnac.

Daart hätte um ein Haar hysterisch aufgelacht. *In Ordnung?* Das war die Höhe. Nichts war in Ordnung. Und es würde auch nie wieder in Ordnung sein. Nicht zwischen ihm und Carnac.

»Was ist mit dir?«, fragte Carnac. Ihre Stimme klang ängstlich und besorgt. Kein Wunder. Sie musste mitbekommen haben, was ihm Jacurt erzählt hatte. Sie musste wissen, dass sie als Verräterin enttarnt worden war.

»Wer war das?« Carnac hustete qualvoll. »Mit wem hast du da gesprochen?«

Natürlich. Jetzt versuchte sie es anders. Sie wollte herausbekommen, was genau ihm Jacurt erzählt hatte. Vielleicht ging ihr Verrat noch viel weiter. Und vielleicht hatte auch Jacurt gelogen. Was, wenn Carnac ihm schon während ihrer Ausbildung erzählt hatte, was sie über ihn wusste? Was, wenn sie sich in den letzten zwei Jahren nur deshalb am Wasserfall unterhalb der Korona mit ihm getroffen hatte, um ihn auszuhorchen – und um sein Geheimnis dann gleich an Jacurt zu verraten?

»Wer war es, mit dem du dich unterhalten hast?« Carnacs Stimme klang jetzt schrill. Unschön. Verzweifelt. Es tat Daart gut, sie so zu hören. Sie sollte sich Sorgen machen. Das war nur gerecht.

»Er hatte ein Tschekal in der Hand.«

Endlich blickte Daart auf. Carnac starrte ihn an. Ihr Gesicht wirkte verzweifelt.

»Ein Tschekal, ja.« Daart erinnerte sich. Als er sich hochgestemmt hatte, war sein Blick auf ein glänzendes Stück Stahl gefallen. Auf eine Klinge aus Sternenstahl, um genau zu sein. Und tatsächlich, da lag sie, nur ein paar Schritte von ihm entfernt. Es musste Jacurts Schwert sein, das ihm die Flutwelle aus der Hand gerissen hatte.

»Es ist meins«, sagte Daart. Er versuchte aufzustehen, aber die Erschöpfung zwang ihn wieder in die Knie. Doch er ließ sich nicht davon abhalten. Er musste das Tschekal in die Hände bekommen, bevor Carnac es an sich nahm. Er wusste nicht, was sie vorhatte, und schon gar nicht wusste er, wie sie darauf reagieren würde, wenn er sie mit ihrem Verrat konfrontierte.

Er ging in die Hocke und versuchte es noch einmal. Diesmal kam er schwankend hoch. Grüne und blaue Kreise tanzten vor seinen Augen, aber das war ihm egal. Es waren nur ein paar Schritte bis zu dem Tschekal. Als er es erreichte, kniete er sich hin, nahm es auf und wog es in der Hand. Es fühlte sich gut an, wunderbar ausbalanciert und leichter als das Schwert des Valkoners, das er die letzten Tage getragen hatte. Mit einem entschlossenen Ruck schob er es in die Lederscheide.

»Jetzt habe ich endlich wieder mein Tschekal«, sagte er. Er sah Carnac nicht an, aber trotzdem entging ihm nicht, dass sie ihn nicht einen Lidschlag lang aus den Augen ließ.

»Das ist nicht dein Tschekal«, sagte sie leise. »Daart – was ist eigentlich mit dir los?«

»Mit mir.« Ungeachtet des scharfen Schmerzes, der durch seinen Nacken jagte, fuhr Daart zu ihr herum. »Mit *mir*, Carnac? War das wirklich die Frage, die du gestellt hast?«

Carnac starrte ihn aus tiefschwarzen Augen an. Aber diesmal ließ er sich nicht von diesem Blick ablenken. Sie konnte mit ihren Augen machen, was sie wollte, er würde nicht mehr darauf hereinfallen.

»Ich verstehe nicht ganz, Daart.« Ihre Stimme klang weich, nicht aggressiv. Sie wollte ihn einlullen. Sollte sie es nur versuchen. Er würde ihr schon klarmachen, dass sich die Zeiten geändert hatten.

»Wir haben unwahrscheinliches Glück gehabt«, sagte Carnac. »Wenn du das Schott nicht geöffnet hättest ...«

»Hätte ich nichts erfahren, nicht wahr?«, beendete Daart den Satz für sie – wenn auch sicherlich auf ganz andere Weise, als sie es vorgehabt hatte.

»Ich verstehe nicht ganz«, sagte Carnac steif. So wie sie dasaß und ihn anstarrte, wäre er fast auf sie hereingefallen. Aber er tat es nicht. Und würde es auch nie wieder tun.

»Du wirst es schon noch verstehen.« Daart lachte heiser auf. »Warum, Carnac? Sag mir nur, warum du das getan hast?«

»*Was* getan?«, fragte Carnac alarmiert.

»Das weißt du doch wohl am besten«, flüsterte Daart. »Ich hatte gedacht ... Aber lassen wir das. Ich verstehe immer mehr, warum es uns Satai-Sjen verboten ist, eine Beziehung anzufangen. Es ist zu gefährlich. Und es bringt alles durcheinander.«

Carnac schüttelte den Kopf. »Du bringst alles durcheinander. Sag mir endlich, was los ist!«

Daart sah, dass Ärger in ihr hochkroch wie ein unsichtbares Gift, das sie bald ganz ausfüllen würde. Sollte es doch. Er hatte nichts dagegen, dass sie sich ärgerte.

Carnac kniff die Augen zusammen. »Es ist dieses ... Ding gewesen, mit dem du gesprochen hast, nicht wahr?«

»Es freut mich, dass du ihn auch gesehen hast«, sagte Daart höhnisch. »In den letzten Tagen hast du ja immer wieder versucht, mir einzureden, dass die Geräusche nicht da wären, die ich gehört habe. Also ist es doch immerhin ein Fortschritt, dass du einen Mann ein *Ding* nennst.«

»Es war also ein Mann«, sagte Carnac mühsam beherrscht. Jetzt hielt sie es nicht länger aus. Aus dem Ärger wurde Wut, das erkannte Daart mit der Klarheit und Ruhe seiner eigenen Empörung, und die Wut zwang sie aufzustehen. Sie kam hoch, unsicher, aber zügiger, als Daart es gelungen war. »Die Flutwelle hat mich gepackt und an euch vorbeigeschleudert. Ich habe nicht viel sehen können. Nur etwas ... Missgestaltetes.«

»Nichts Missgestaltetes«, berichtigte sie Daart. »Jacurt.«

»Jacurt?« Carnac starrte ihn ungläubig an. »Das kann nicht sein. Jacurt hätte ich erkannt ...«

»Wenn er nicht eine kleine Begegnung mit den Guhulan gehabt hätte, nicht wahr?«, unterbrach sie Daart.

»Was?« Aus Carnacs Wut wurde Entsetzen; ihr Blick flackerte, und sie wurde noch bleicher als zuvor. »Bei allen Göttern ... Ist er ...«

»Er hat weniger Glück gehabt als du«, sagte Daart hart. »Er kam nicht mit Wasser in Berührung. Sondern mit Feuer. Er ist bei lebendigem Leib verbrannt worden, gerade so weit, dass er noch ein paar Stunden, höchstens ein paar Tage zu leben hatte.«

»Das ist ... schrecklich«, sagte Carnac tonlos. »Wo ist er jetzt?«

Daart machte eine Kopfbewegung zur Halle hin. »Das Wasser hat die Tür in den Rahmen gedrückt. Ihn wird es an der Wand zerschmettert haben. Und wenn nicht, ist er längst ertrunken.«

Carnac blickte entsetzt in Richtung des Schotts. »Wir müssen ihm helfen! Vielleicht lebt er noch!«

Daart schüttelte den Kopf. »Unmöglich. Das weißt du genauso gut wie ich. Jacurt war bereits dem Tod geweiht, ist tot. Aber er hat mir vorher noch etwas gesagt.«

Carnac fuhr sich mit der Hand durch Gesicht und Haare, und für einen flüchtigen Moment sah es so aus wie die Geste, mit der sich die Trauerweiber von Gatan voller Kummer die Haare ausrissen. »Jacurt«, murmelte sie. »Ein solches Ende hat er nicht verdient. Wenn schon, hätte er mit dem Schwert in der Hand sterben müssen.«

»Sein Schwert habe ich jetzt«, sagte Daart hart. »Nachdem mir Jacurt meines eigenes hat nehmen lassen. Ich bedauere wie du sein unrühmliches Ende. Umso mehr er sich vor seinem Tod in einer Weise hat gehen lassen, wie es keinem Satai würdig ist.«

»Ich verstehe kein Wort«, bekannte Carnac.

Daart spürte, dass er im Begriff war, zu weit zu gehen, dass er mit seiner Anklage einen Punkt in Carnacs Seele berühren würde, den er besser unangetastet lassen sollte. Trotzdem sagte er: »Jacurt hat mich Guhulan genannt.«

Carnacs Blick, der sich irgendwo an der Wand verloren hatte, hinter der das Wasser stand, wanderte in Daarts Richtung. »Also hat er kurz vor seinem Tod noch dein Geheimnis erfahren.«

»Nein«, sagte Daart. Er ließ Carnac nicht aus den Augen. »Nicht kurz vor seinem Tod. Sondern viel früher.«

Carnac hatte sich gut in der Gewalt, zu gut für Daarts Geschmack. Sie zuckte nicht zusammen, und keine Regung in ihrem Gesicht verriet, dass sie die Anschuldigung in Daarts Worten verstand. »Das wundert mich«, sagte sie. »Dass ich eine Prophetin bin, scheint sich ja bereits herumgesprochen zu haben. Aber dass du in Guan aufgewachsen bist, unter dem Einfluss der Guhulan und fast als Stiefsohn Zar'Torans …«

Sie brach ab. Ihr Gesicht erstarrte zur Maske. »Nein«, sagte sie dann. »Das kannst du nicht glauben.«

»Und warum nicht?«, fragte Daart. »Außer dir wusste keine Menschenseele von meiner Herkunft. Nur dir habe ich sie anvertraut, unter dem Siegel der Verschwiegenheit. Wie kann es dann sein, dass Jacurt davon wusste?«

»Nicht von mir.« Carnacs Gesichtsausdruck blieb erstarrt. »Und das weißt du. Wir haben geschworen, einander nicht zu verraten …«

»Aber nachdem Jacurt dir mitten ins Gesicht gesagt hat, dass du eine Prophetin bist, hast du dir gedacht, du könntest auch mich ans Messer liefern, nicht wahr?«, fragte Daart bitter. »Jacurt war ja ganz begierig darauf, mit dir allein zu reden. Was hast du ihm noch alles erzählt, während er mich von dem Quorrl hat festsetzen lassen?«

»Gar nichts«, sagte Carnac mit erzwungen wirkender Ruhe. »Ich habe ihm nichts erzählt.«

»Du hast nur ganz zufällig die Guhulan erwähnt – und dabei meinen Namen fallen lassen.«

Carnac presste die Lippen zusammen. »Nein«, sagte sie. »Jacurt hat von den Guhulan gesprochen. Nur ganz kurz. Aber nicht in deinem Zusammenhang.«

»Und das soll ich dir abnehmen?« Daart schüttelte den Kopf. »Nein. Tut mir Leid.«

»Wie kommst du überhaupt auf diesen verrückten Gedanken?«

Carnac blieb noch immer ruhig. Aber Daart spürte, wie es unter der Oberfläche brodelte. Er hatte sie in die Enge getrieben. Es fehlte nicht mehr viel, und sie würde explodieren. Es wurde Zeit, dass er seinen letzten Trumpf ausspielte. »Jacurt hat mir alles erzählt«, sagte er. Und als sie immer noch nicht reagierte, fügte er leiser und nach einer genau bemessenen Pause hinzu: »Das Versteckspiel ist zu Ende. Ich weiß, was du getan hast.«

Carnac reagierte ganz anders, als er erwartet hatte. Sie schrie ihn nicht an, sie versuchte sich nicht zu rechtfertigen, sie überschüttete ihn nicht mit Fragen. Sie wandte sich einfach ab.

»Dann ist ja gut«, murmelte sie. Sie deutete zu der kreisrunden, mehr als mannshohen Öffnung in der Wand, hinter welcher der runde metallene Gang begann, der ewig weiterführen konnte oder vielleicht schon nach wenigen Schritten auslief. Etwas an dem wattig-milchigen Licht, das ihn erfüllte, war seltsam, fand Daart, anders als in dem Gewölbe, in dem die Ratten über sie hergefallen waren, und doch ähnlich. Es war der Eindruck von Unwirklichkeit, von verwaschenen Umrissen und flüchtigen Schatten, der ihm ein größeres Unbehagen bereitete, als er sich selbst eingestehen wollte.

»Von dort muss Jacurt gekommen sein. Hat er erzählt, was passiert ist?«

»Was soll das heißen: ›Dann ist ja gut‹?«, fauchte Daart.

Carnac wandte sich ihm wieder zu. Sie lächelte traurig. »Wenn du weißt, was ich getan habe, dann weißt du auch, dass ich dich nicht verraten habe.«

Daart starrte sie verständnislos an. »Das ist doch nur ein billiger Trick.«

»Kein billiger Trick«, sagte Carnac leise. »Man nennt es Vertrauen, weißt du?«

»Ich habe dir vertraut«, sagte Daart. »Aber wie soll ich das jetzt noch? Woher sollte Jacurt mein Geheimnis kennen?«

Carnac tat einen Schritt auf Daart zu, und dann machte sie etwas sehr Seltsames: Sie legte ihm die Hand auf die Schulter. Am liebsten hätte er ihre Hand beiseite gewischt. Aber das konnte er dann doch nicht. Irgendetwas war an dieser Geste, das ihn verunsicherte.

»Du bist manchmal ein solcher Kindskopf, Daart«, sagte Carnac. »Wer außer mir wusste wohl, dass du bei Zar'Toran aufgewachsen bist?«

»Du … du meinst doch nicht …?«, stammelte Daart.

»Zar'Toran selbst?« Carnac nickte grimmig. »Aber ja. Er war an unserer Seite, vergiss das nicht. Und im Grunde genommen hatte er dich die ganze Zeit über in der Hand. Schon während unseres gemeinsamen Gesprächs mit Jacurt wäre er in der Lage gewesen, eine entsprechende Bemerkung zu machen.«

»Er wäre nicht sehr weit damit gekommen«, sagte Daart tonlos. »Ich hätte ihn schon aufzuhalten gewusst. Außerdem hätte im Zweifelsfall sein Wort gegen meines gestanden.«

»Was ihm natürlich klar war«, sagte Carnac. »Zar'Torans Stärke ist es doch gerade, das Unerwartete zu tun. Hast du mir das nicht selbst einmal erzählt?«

»Doch.« Daart fühlte eine wachsende Beklemmung in sich aufsteigen, und die Nähe Carnacs, deren Hand noch immer auf seiner Schulter ruhte, steigerte nur sein Unbehagen.

»Das war zu naheliegend, oder?« Carnac nahm ihre Hand wieder herunter, aber sie trat nicht zurück. »Zar'Toran ist ein Intrigant. Niemand sollte das besser wissen als du.«

»Aber Jacurt hat doch gesagt …«

»Jacurt war so verbrannt, dass nicht einmal ich ihn erkannt habe«, sagte Carnac. »Er muss halb verrückt vor Schmerz und Wut gewesen sein. Warum glaubst du wohl, hat er behauptet, dass ich dich verraten hätte?«

Daart nickte. Er wusste nicht, ob er ihr glauben sollte, aber ihre Worte machten Sinn. »Um einen Keil zwischen uns zu treiben.«

»Und um sich zu rächen«, sagte Carnac. Sie berührte noch einmal Daarts Schulter, aber diesmal ganz kurz und sanft. »Komm, Daart. Lass uns die Guhulan suchen, die Jacurt das angetan haben. Und das Amulett.«

6

Daart war in einer merkwürdigen Stimmung. Der zurückliegende Streit mit Carnac kam ihm absurd und lächerlich vor. Sie waren beide mehr tot als lebendig – zerschlagen von der Wucht des Wassers, Carnac noch erschöpft durch den Angriff der Guhulan, er noch immer verseucht von dem Gift des Steins, das in seinen Adern pulsierte –, und sie hatten nichts Besseres zu tun, als sich erbittert zu streiten. Aber auch während sie tiefer in die metallen glänzende Röhre eindrangen, die sich hinter dem Schott verborgen hatte, war er noch immer in Misstrauen gefangen. Es konnte durchaus sein, dass Carnac Recht hatte und Jacurt sich mit einer Lüge hatte rächen wollen, von der er gewusst hatte, dass sie Daart stärker treffen würde als ein heimtückischer Schwertstreich. Es konnte aber auch sein, dass er die Wahrheit gesprochen oder nur ein wenig übertrieben hatte. Vielleicht hatte Carnac ihm ja nicht direkt anvertraut, woher Daart stammte, vielleicht hatte sie aber eine unbedachte Äußerung gemacht oder sich schlicht und einfach verplappert.

»Das hier muss aus einer ganz anderen Epoche stammen als das Gewölbe, durch das wir gekommen sind«, sagte Carnac. »Und zwar aus einer viel späteren.«

Daart nickte geistesabwesend. Seine Halswirbel reagierten mit einem stechenden Knirschen auf die Bewegung, und zu allem Übel jagte auch noch ein scharfer Schmerz durch sein rechts Bein, der ihn fast einknicken ließ. Trotzdem zwang er sich, nach unten zu blicken. Der feucht schimmernde Gitterrost, über den sie gingen, erklärte, wo das Wasser geblieben war, das zusammen mit ihnen hier hereingebrandet war. Dafür warf er neue Rätsel auf. Unter ihm schimmerte diffuses Licht hervor, das ihre Gesichter geisterhaft erleuchtete. Aber das war noch nicht alles. Das Gitter war weder verdreckt, noch wies es irgendwelche Spuren von Abnutzung oder Rost auf. Auch die Wände des Gangs, den sie nun entlangschritten, schimmerten metallen und glänzten, als wären sie höchstens ein paar Jahre alt. Der Geruch, der in der Luft lag, passte dazu; es roch beinahe nach frischer Brandung, mit einem leicht beißenden Zusatz.

Der Zugang zu einer unterirdischen Stadt der Alten? Kaum vorstellbar. Dieser Gang und die hinter ihnen liegende leere Halle passten nicht zu dem Bild, das sich Daart nach Skars Erzählungen gemacht hatte. Er hatte eher eine riesige, künstlich beleuchtete Kuppel erwartet, unter der es von Gebäuden wimmelte, mit vereinzelten Plätzen und breiten Straßen; ähnlich wie Ikne und doch ganz anders, geprägt von einer fremdartigen Zivilisation, deren Überlegenheit sich in der Architektur und vielfachen Finessen widerspiegelte. Skar hatte ihn darauf vorbereitet, dass es eine Geisterstadt sein würde und die Gebäude bei genauerem Hinsehen nicht mehr als Ruinen, geschändet von der Kraft der Jahrtausende, halb zerfallen und modrig. Er hatte ihm aber nichts von einer Anlage erzählt, die so fremdartig war, als stammte sie aus der Epoche der Alten, aber andererseits viel zu neu, um sie in Übereinstimmung mit all dem anderen zu bringen, was sie hier vorgefunden hatten.

»Es wäre an der Zeit, dass du mir erzählst, was Jacurt sonst noch berichtet hat«, sagte Carnac mitten in sein Unbehagen hinein.

»Nichts«, murmelte Daart.

»Wie: nichts?«

»Was heißt wohl nichts? Vielleicht: nichts.«

»Das finde ich nicht besonders witzig.«

»Ich auch nicht.« Daart musste an sich halten, dass ihm nicht die nächste bitterböse Bemerkung entschlüpfte, von der er nicht sagen konnte, woher sie kam: aus seinem Groll darüber, dass Carnac mit ihrem Wissen über seine Vergangenheit vielleicht doch zu unvorsichtig umgegangen war, oder von dem scharfen Schmerz, der durch seinen Nacken fuhr wie ein glühend heißer Dolch. »Jacurt war in einem fürchterlichen Zustand«, fuhr er so beherrscht wie möglich fort. »Mir ging es zuerst genauso wie dir. Ich habe ihn nicht erkannt.«

»Ja«, sagte Carnac bitter. »Die Guhulan haben ganze Arbeit geleistet.«

»Sie haben ihn in eine lebende Fackel verwandelt«, bestätigte Daart. »Das ist eine ihrer Spezialitäten. Nichts ist so mächtig wie die Kraft des Feuers.«

»Solange es nicht vom Wasser erstickt wird«, sagte Carnac. Sie schwankte leicht, fing sich aber sofort wieder, offensichtlich mühsam darauf bedacht, sich nicht anmerken zu lassen, wie angeschlagen sie war. »Lassen wir das«, fuhr sie nach einer Weile fort. »Was hat dir Jacurt über die Guhulan erzählt?«

»*Erzählt?*« Daart hätte Carnac fast einen empörten Blick zugeworfen, besann sich dann aber eines Besseren. Er wollte seine Halswirbel nicht überstrapazieren. »Er hat nichts erzählt. Er hat mir Vorhaltungen gemacht. Mich einen Guhulan genannt.«

»Womit er ja nicht ganz Unrecht hat«, wandte Carnac ein.

»Natürlich«, sagte Daart ärgerlich. »Wenn man die Wahrheit verdreht. Wenn man außer Acht lässt, dass die Guhulan irgendwann in unserem Dorf aufgetaucht sind, allen voran Zar'Toran. Und wenn man vergisst, dass sie meine Freunde umgebracht und mich in ihre Dienste gezwungen haben.« Sein Blick verlor sich in der Ferne des Gangs, dort, wo das verschwommene Licht in einen verwaschenen, wallenden Dunst glitt. »Ich war nie ein Guhulan, und du weißt es. Ich hatte nur das Pech, unter ihrem Einfluss aufzuwachsen. Das ist alles.«

Während er auf eine Antwort Carnacs wartete, fiel ihm auf, wie laut das Geräusch ihrer Stiefel auf dem Gitter widerhallte. Das war mehr als ungewöhnlich. Sie hatten gelernt, trotz ihres festen Schuhwerks so federleicht aufzutreten, dass man ihren Schritt kaum hören konnte, und vor allem Carnac war eine Meisterin in der Kunst lautloser Bewegungen.

»Ich weiß genug von deiner Vergangenheit«, sagte Carnac unbehaglich. »Und darum geht es mir auch nicht. Ich will nur wissen, ob du von Jacurt noch irgendetwas anderes erfahren hast. Schließlich ist er aus dieser Richtung gekommen, in die wir jetzt gehen. Da wäre es doch ganz gut zu wissen, wo ihn die Guhulan abgefangen haben – und was genau sie mit ihm gemacht haben. Hat er dir wirklich nichts erzählt?«

»Nein«, sagte Daart. Er hatte mit einem Mal Mühe, das Tempo zu halten. Es war nicht sein rechtes Bein, wie er zuerst vermutet hatte, es war sein Knie. Von Schritt zu Schritt schmerzte es mehr. Das war kein gutes Zeichen. »Ich weiß nicht mehr als du. Ich weiß nur, dass sich hier tatsächlich Guhulan herumtreiben, genau wie es uns Skar erzählt hat. Und dass wir dieses verfluchte Amulett finden müssen. Aber da wir überhaupt keine Ahnung haben, wo es stecken könnte, sollten wir zuerst einmal Skar und Del auftreiben.«

»Das ist das erste Vernünftige, was ich seit langer Zeit von dir höre«, sagte Carnac. Sie lachte humorlos auf. »Allein schon, wenn ich Del an meiner Seite wüsste, wäre ich beruhigt.«

»Du wirst es mir nicht glauben: Aber trotz seiner ausgesprochen schlechten Manieren geht mir das ganz genauso.«

»Ach ja?«, fragte Carnac spöttisch. »Tatsächlich? Auch wenn ich dir sagen würde, dass ich lieber in seiner statt in deiner Begleitung wäre?«

Carnacs Worte trafen Daart wie ein heimtückisch abgeschossener Pfeil. Auch wenn sein Genick es mit einem Knirschen und einem scharfen Schmerz quittierte, konnte er nicht anders, als den Kopf in ihre Richtung zu drehen. Was er sah, erschreckte ihn. Da war kein Lächeln in ihrem Gesicht und keine Weichheit, sondern nur Vorwurf und Härte. »Was meinst du damit?«, fragte er.

Carnacs Gesicht blieb verschlossen und bleich in dem Licht, das sie nach wie vor von unten anstrahlte, aber da war noch etwas anderes: Bitterkeit. »Ich hätte das nicht sagen sollen«, presste sie hervor. »Verzeih mir.«

»Was soll ich dir verzeihen?«

»Das, was mir eben durch den Kopf geschossen ist.« Carnac machte nur eine ganz leichte Bewegung, aber Daart wusste, in welche Richtung sie zielte: in die des Wasserfalls. »Deine Freunde wussten, dass du da warst. Sie haben nach dir gefragt. Sie haben gesagt, dass du das gut gemacht hättest.«

Daart starrte sie fassungslos an. Der scharfe Schmerz in seinem

Knie wandelte sich zu einem bedeutungslosen Pochen. Trotzdem wurde er langsamer, Schritt für Schritt. Carnac passte sich seinen Bewegungen an, und in schrecklichem Gleichklang blieben sie schließlich beide stehen. »Welche Freunde?«

»Welche Freunde?« Da war ein Ausdruck von Schmerz in Carnacs Augen, der Daart fassungslos machte. »Fragst du mich wirklich, welche Freunde? Ist es nötig, dass ich dir das noch sage?«

Daarts Kehle war wie zugeschnürt. »Nein«, sagte er nach einem schrecklichen Moment, in dem er versucht hatte, ihren Worten eine andere, weniger dramatische Deutung zu geben. »Aber ... es sind nicht meine Freunde.«

»Nein«, sagte Carnac. »Natürlich nicht. Ich habe es auch nicht geglaubt, sondern für einen Trick gehalten.« Ihre Stimme wurde dünn. »Aber sie haben mich von der Brücke geworfen – und dich verschont.«

»Das haben sie«, sagte Daart. »Aber nur, weil ich geschlafen habe. Es war nichts weiter als ein Zufall.«

»Sicher. Es war nur ein Zufall, dass Zar'Toran damals in eurem Dorf aufgetaucht ist, nicht wahr? Es war nur ein Zufall, dass er alle anderen getötet hat, nur um dich zu verschonen und einen Guhulan aus dir zu machen. Ist es das, was du mir einzureden versuchst?«

Die Wendung ihres Gesprächs gefiel Daart ganz und gar nicht. Und schlimmer noch: Er fühlte sich dem in keinster Weise gewachsen. »Ich weiß nicht, worauf du hinauswillst«, sagte er unsicher.

»Wirklich nicht?« Carnacs Stimme sank zu einem Flüstern herab. Das machte es noch schlimmer. »Hast du dich nie gefragt, wie es kommt, dass du immer wieder auf Zar'Toran stößt? Hast du schon vergessen, dass es Nubina mit seiner Hilfe gelang, dich gefügig zu machen, zu einem Werkzeug, mit dem sie nach Belieben verfahren konnte?«

»Das ist mir jetzt zu albern«, sagte Daart in dem verzweifelten Versuch, sich zu rechtfertigen. »Du drehst den Spieß einfach um. Nachdem ich dir Verrat vorgeworfen habe, bist nun du es, die mir Vorhaltungen macht.«

»Ich war in meinem ganzen Leben noch nie weiter davon entfernt, albern zu sein«, sagte Carnac ernst. »Vielleicht habe ich es einfach nicht sehen wollen. Aber es lässt sich nicht leugnen: Zar'Toran hat einen giftigen Stachel in dir versenkt, und das Gift ist in deine Adern gekrochen, vielleicht ganz langsam, aber unaufhaltsam.«

»Das entbehrt doch jeder Logik«, entgegnete Daart heftig. »Warum hätte er es tun sollen? Er konnte schließlich nicht ahnen, dass wir uns irgendwann wieder begegnen würden. Und schon gar nicht, dass ich zuvor im Herzen seiner Todfeinde eine Ausbildung zum Satai absolvieren würde.«

»Bist du dir da wirklich sicher?«, setzte Carnac erbarmungslos nach.

»Ja.« Daart versuchte sich einzureden, dass sie ihn absichtlich verletzte, dass sie ihre eigene Hilflosigkeit und Verzweiflung damit auszugleichen versuchte, indem sie ihm wehtat. Aber in ihrem Gesicht las er einen ganz anderen Schmerz, ein Gefühl so abgrundtiefer Verunsicherung, dass es ihm nicht gelang, den Zweifel auszumerzen, den ihre Worte in ihm hervorgerufen hatten.

»Und was nun, wenn wir uns beide schuldig gemacht haben?«, fragte Carnac mit leiser, fast erstickt klingender Stimme.

»Was soll das heißen?«

»Das weißt du ganz genau«, sagte Carnac. »Wenn nun …«

»Nein«, fiel er ihr ins Wort. »Ich will nichts davon wissen. Lass es. Schweig. Rühr nicht an Dingen, die unausgesprochen bleiben sollten.«

»Doch, das werde ich«, erwiderte Carnac. »Es sollte zwischen uns nichts Unausgesprochenes geben. Nicht nach dem, was zwischen uns war.«

Bevor er es verhindern konnte, entschlüpfte ihm der einzige Satz, den er auf keinen Fall hätte sagen dürfen: »Was war denn schon zwischen uns?«

Ihre Reaktion überraschte ihn. Er wusste nicht genau, was er erwartet hatte – Spott vielleicht, Ablehnung, Zorn oder Herablassung. Aber es folgte nichts von alledem. Der einzige Ausdruck, den er für einen winzigen Moment auf ihren Zügen zu erkennen glaubte, war Trauer.

»Wenn ich nun tatsächlich so unvorsichtig war, eine Andeutung zu machen – eine winzige Andeutung, die jedem anderen als einem geschulten Zuhörer hätte entgehen müssen …« Carnac brach ab, und ihr Blick verlor sich in der Ferne des Gangs. »Es könnte sein. Jacurt hat mich auf die Guhulan angesprochen, im Tal. Ich habe nichts verraten, Daart, das musst du mir glauben! Aber vielleicht …«

»Hör auf«, unterbrach sie Daart mit einer Härte, die eher gegen ihn selbst als gegen Carnac gerichtet war. »Ich glaube dir. Aber selbst wenn es so gewesen sein sollte, dass du ihm irgendeinen Hinweis gegeben hättest: Jacurt kann daraus nicht die richtigen Schlüsse gezogen haben, jedenfalls nicht sofort. Er war so hasserfüllt bei unserem Gespräch im Tal, dass er mir alles ins Gesicht geschleudert hätte, selbst einen noch so vagen Verdacht.«

»Ja«, sagte Carnac. Ihre Augen füllten sich mit Schwärze, so umfassend wie schon häufiger in den letzten Tagen. »Vielleicht begriff er nicht sofort die Zusammenhänge. Aber später, als er hier auf Guhulan stieß – da muss er eins und eins zusammengezählt haben.«

»Ich habe gesagt, dass du damit aufhören sollst!« Daart schrie nun fast. »Es bringt nichts, in der Vergangenheit herumzustochern.«

Carnac senkte leicht den Kopf, und das von unten aufsteigende Licht schien ihre Augen zu fluten. Helligkeit und Schwärze lieferten sich einen stummen Kampf, der erst wieder endete, als Carnac zu ihm aufsah. »Wer sagt dir das?«

»Nun …«

»Wir sind an einem zeitlosen Ort.« Carnac machte eine vage Handbewegung, die alles umschloss, was um sie herum war. »Vergangenheit, Zukunft, Gegenwart – wer kann das hier schon unterscheiden.«

»Niemand.« Daart wollte nach Carnacs Hand greifen, aber sie entzog sich ihm. »Aber es macht keinen Unterschied. Lass uns endlich weitergehen.«

»Wozu? Um ein Amulett zu suchen, von dem wir noch nicht einmal wissen, ob es wirklich hier ist?«

»Es ist hier«, sagte Daart mit Bestimmtheit. »Sonst würden sich keine Guhulan in Eternity herumtreiben.«

»Und was wirst du tun, wenn du das Amulett findest?«

»Ich … ich verstehe nicht ganz.«

»Doch, das tust du«, behauptete Carnac. »Und vielleicht ist das die einzig entscheidende Frage.«

»*Falls* wir dieses Amulett tatsächlich finden sollten – dann werde ich es Skar übergeben«, sagte Daart. »So war es besprochen.«

»Und was nun, wenn du es nicht tust?«

Daart spürte eine Schwäche in sich aufsteigen, die stärker war als sein Wille, ihr nicht nachzugeben. Sein Knie gab nach. Die Umgebung verschwamm vor seinen Augen, und fast wäre er gestürzt, wenn Carnac ihn nicht im letzten Moment am Arm gepackt und gestützt hätte.

»Was ist?«, fragte sie in einem Tonfall, den zu deuten ihm unmöglich war.

»Nichts«, wehrte Daart ab. Dabei nahm er sie kaum war. Er sah sich wieder in Guan vor Zar'Toran stehen; ein hilfloser, kleiner Junge, der dem mächtigen Feuer-Magier hilflos ausgeliefert war, ein Kind, das nicht begriff, wie ihm geschah und das der Gewalt, die plötzlich in sein Leben Einzug gehalten hatte, nichts entgegensetzen konnte. Und mit einem Mal war er wieder der Schüler, das Opfer des Feuer-Magiers, und er spürte die seltsame Mischung aus Furcht und Faszination, mit der er seinen blumenreichen Erklärungen gelauscht hatte, als er die Dorfbewohner gefügig zu machen versucht hatte.

Er hörte wieder Zar'Torans Worte, und es stieg noch mehr in ihm hoch: Gedanken, die er gedacht, Gefühle, die er gehabt hatte. Was, wenn Carnac Recht hatte, so grausam und unmenschlich die Vorstellung auch sein mochte? Was, wenn ihn das Einzige, was ihn bislang vor dem Tod bewahrt hatte, ein Auftrag war, den ihm Zar'Toran auf Nubinas Befehl hin eingepflanzt hatte? Er wollte diesen Gedanken nicht denken, doch er konnte sich seiner nicht erwehren. Er machte sich selbstständig und ließ Bilder vor seinem geistigen Auge entstehen, die er längst vergessen geglaubt hatte.

Ganz langsam, fast zärtlich streifte er Carnacs Hand ab. Sein Knie pochte wie wild, aber darauf kam es nicht mehr an. Auch wenn er vielleicht ein Mann war, der blindlings Türen und Mauern einrannte und nicht begriff, dass hinter jeder Tür eine weitere und hinter jeder Wand eine noch höhere wartete: auch wenn er so war, änderte es nichts daran, dass er niemals bereit wäre, dem alten Drängen Zar'Torans nachzugeben und das zu tun, was die Guhulan von ihm erwarteten.

Er erschrak, als er begriff, was er gerade gedacht hatte. Es bedeutete, dass Carnac tatsächlich seinen wunden Punkt gefunden hatte. Aber es bedeutete auch, dass er niemals das tun würde, was Zar'Toran von ihm erwartete.

»Was ist, wenn du das Amulett Zar'Toran ausliefern willst?«, stellte Carnac die alles entscheidende Frage.

»Das werde ich nicht tun«, sagte Daart. »Wenn Zar'Toran tatsächlich dem Irrglauben verfallen sein sollte, mich beherrschen zu können wie einen Guhulan, wird er eine böse Überraschung erleben. Er hat mich schon früher nicht in die Knie zwingen können, und das wird ihm jetzt erst recht nicht gelingen.«

»Aber was ist, wenn du dich täuschst?«, beharrte Carnac. »Was ist, wenn du ihm trotz allem das Amulett aushändigen willst – und damit den Schlüssel zur Macht der Guhulan und Nubinas, den Schlüssel zu all dem Grauen, das in den letzten Monaten über Enwor gekommen ist? Was ist dann, Daart?«

Er starrte sie eine ganze Weile schweigend an. Das von unten kommende, von dem Gitter auseinander gerissene Licht machte Carnacs Gesicht zu einem verwaschenen Fleck, der kaum etwas Menschenähnliches an sich hatte. Einmal mehr erinnerte sie ihn an die Schemen, die er im Kampf gegen übermächtige Gegner gesehen hatte. Ihn überlief ein Frösteln bei dem Gedanken, dass dies vielleicht mehr als nur ein Zufall war.

»Was ist dann?«, wiederholte Carnac.

Daart riss sich mit Mühe zusammen. Carnac hatte ihm eine Frage gestellt, und er war ihr eine Antwort schuldig. »Wenn du jemals wirklich von mir glauben solltest, ich würde mich auf die Seite der Guhulan stellen, Carnac«, sagte er, »musst du mich töten.«

7 Daarts Sinne waren zum Zerreißen gespannt. Er spürte eine dumpfe, kribbelnde Erregung, ein Gefühl, das tief in seinem Körper entsprang und sich wie ein vibrierender Strom bis in sein rechtes Knie fortsetzte, genau dorthin, wo bereits der Schmerz tobte. Um ihn herum waren Geräusche – das Wispern, Raunen und Zischeln, das er schon im Gewölbe wahrgenommen hatte, durchwoben von einem knuspernden, raschelnden Geräusch, so als fräße sich etwas durch die glitzernden Metallwände. Vier lange Tage hatten Laute wie diese ihn fast in den Wahnsinn getrieben. Es reichte. Er war nicht mehr bereit, ihnen Aufmerksamkeit zu schenken. Er wusste, dass diese Geräuschkulisse jeder Realität entbehrte, zumindest im Hier und Jetzt. Wenn er sie nicht beachtete, würde sie irgendwann einfach von selbst nachlassen und dann schließlich ganz verstummen, so wie schon unzählige Male zuvor …

Carnac ging ein Stück hinter ihm, schräg versetzt und gerade weit genug entfernt, dass ein belangsloses Gespräch Anstrengung bedeutete hätte – vor allem für ihn, der nur unter Schmerzen den Kopf wenden konnte. Das war gut so. Er wollte sie weder sehen noch mit ihr sprechen, doch andererseits hätte es ihn auch nervös gemacht, wenn sie sich zu weit von ihm entfernt hätte. Schließlich wusste er nicht, was sie hier noch erwartete.

»Daart«, sagte sie jetzt.

Es störte ihn, ihre Stimme inmitten all der Geräusch zu hören, die aus den Wänden drangen, mit aller Gewalt jetzt, als umklammerte das Gebiss eines riesigen Drachen den Gang. Die Decke über ihnen knirschte, und Daarts Blick wanderte nach oben, nicht übertrieben schnell, aber immerhin doch zügig genug, dass er noch hätte reagieren können, wenn sich die Decke zu ihnen durchgebogen hätte.

Natürlich hatte sie das nicht.

»Daart!«

Es war etwas in Carnacs Stimme, dass ihn beinahe zum Umdrehen gebracht hätte – ungeachtet der Schmerzattacke, die zweifelsohne gefolgt wäre.

»Was ist das?«, fuhr Carnac fort. Bei all dem – eingebildeten – Krach fiel es Daart schwer, den Unterton richtig zu deuten, der in ihrer Stimme mitschwang. Aber er hätte schwören können, dass es Panik war. Warum?

»Verdammt noch mal.« Carnac griff nach seinem Arm. »Was ist hier los?«

Daart blieb stehen. Sein Blick war eine Spur wachsamer als noch vor einem Augenblick. Aber da war nichts. Keine Spur davon, dass die Geräusche diesmal einen wirklicheren Ursprung hatten als sonst – einen wirklicheren Ursprung *in ihrer Zeit* natürlich, verbesserte er sich in Gedanken. Denn irgendwo, da war er sich sicher, war tatsächlich etwas, das von dieser Geräuschkulisse begleitet wurde. Er war allerdings nicht besonders erpicht darauf herauszufinden, was es sein könnte. Denn es klang in der Tat gräulich.

Eine Erschütterung lief durch den Boden. Auch das war nichts Ungewöhnliches. Daart kannte das Phänomen in Verbindung mit den Geräuschen.

Durch das Gitter vor ihm lief ein Riss. Daart kniff die Augen zusammen. Das war ungewöhnlich, gelinde gesagt. Der Riss war kaum länger als sein Zeigefinger und weitaus schmaler ... aber es war nicht nur einer. Als Daart weiter nach vorn blickte, bemerkte er auch dort Risse, drei, vier oder fünf. Jedes Mal, wenn sich ein neuer Riss bildete, wurde er von einem harten, metallischen Knirschen begleitet.

»Wir sollten machen, dass wir von hier wegkommen«, sagte Carnac.

Da konnte Daart ihr nur Recht geben. Carnac ließ ihn los und machte einen Schritt nach vorn. Ihr Blick begegnete dem seinen, und er sah das gleiche Erschrecken und die gleiche Furcht in ihren Augen, die auch er verspürte. Ihre Hand fuhr instinktiv zum Schwertgriff, die Lippen waren zu einem dünnen, blutleeren Strich zusammengepresst. Ihr Blick wanderte an ihm vorbei und bohrte sich in die Dunkelheit vor ihnen. »Vor oder zurück?«, fragte sie.

»Vor«, sagte er prompt. Es war ein Gefühl, dem er folgte – und das seine Ursache vielleicht in dem Wissen hatte, dass hinter ihnen nichts war, was Sicherheit versprach.

Sie liefen gleichzeitig los.

Noch waren die wenigen Schadstellen im Gitter keine Gefahr. Aber das würde nicht mehr lange so bleiben, denn es knirschte und krachte unter ihnen, als gäbe die ganze Konstruktion langsam nach. Vor ihnen bildeten sich Haarrisse, Scharten und Spalten in so rascher Folge, dass sie Daart gar nicht mehr mit den Augen einfangen konnte.

»Was ist das?«, keuchte Carnac.

»Ich weiß es nicht.« Daart musste sich anstrengen, um mit Carnac Schritt zu halten. Das Pochen in seinem Knie war zu einem Dauerschmerz geworden, der seinen Höhepunkt immer dann fand, wenn er den Fuß aufsetzte. »Aber hörst du es auch?»

»Natürlich.«

»Alle Geräusche?«

Carnac warf ihm einen schnellen Seitenblick zu. »Ist es das, was du im Gewölbe gehört hast?«

»So ungefähr«, stieß Daart hervor.

»Wie hast du das nur ausgehalten?«

Daart verzichtete auf eine Antwort. Er konzentrierte sich darauf, sein Tempo zu steigern. Es dauerte nicht lange, bis er einen ganz eigenen Laufrhythmus fand, einen unregelmäßigen Schritt, bei dem er das rechte Bein kaum merklich nachzog und vor allem darauf achtete, den Fuß möglichst sanft aufzusetzen. So hielten sich die Schmerzen in Grenzen, zumindest im Augenblick. Es war jedoch abzusehen, dass das nicht mehr lange so bleiben würde. Schuld waren die Verwerfungen, die sich jetzt um sie herum bildeten. Sie nötigen ihm Ausweichmanöver ab, die seinem Knie alles andere als gut taten. Und es wurde schlimmer. Das Metall riss an einzelnen Stellen einfach weg, federte nach oben und sprang ihnen mit einer Wucht entgegen, dass Daart nur im letzten Moment den Kopf beiseite reißen konnte, um nicht getroffen zu werden. Es war wie der Angriff heimtückischen Ungeziefers, das einzeln machtlos ist, aber in flutender, hüpfender, springender Masse zu einem wahren Albtraum werden kann.

»Das ganze Ding bricht zusammen«, rief Carnac nervös. »Schneller!«

»Und wohin?«

Carnac antwortete nicht, sondern sprintete stattdessen los. Sie tat das einzig Richtige. Es nutzte ihnen nichts, darüber zu spekulieren, wie lang der Gang war und wohin er führen mochte; wenn sie hier nicht ganz schnell wegkamen, waren sie verloren. Daart versuchte mit Carnac mitzuhalten, aber sein Knie gab nach, und er taumelte haltlos voran. Seine Hände wirbelten durch die Luft in dem Versuch, im letzten Augenblick das Gleichgewicht wieder zu finden. Dann blitzte etwas direkt unter ihm metallisch auf. Daart wurde geblendet, blinzelte. Der kurze Moment reichte, um ihn die Orientierung verlieren zu lassen. Er stolperte nach rechts und wäre gestürzt, wenn dort nicht die Wand gewesen wäre. Seine Hand glitt über das kühle Metall. Aber noch während sein Handballen die Wand berührte, fühlte er, dass etwas nicht stimmte. Er spürte ein Kribbeln, eine unruhige Bewegung in der Wand …

Und dann sah er es. Es war nicht allein der Boden des Gangs, der sich auflöste. Der gleiche Prozess machte auch vor der Wand nicht Halt. Sie summte und vibrierte an tausend Stellen gleichzeitig, und winzige Punkte drückten sich nach außen, schwach und kaum wahrnehmbar, sodass Daart in einer anderen Situation vielleicht bereit gewesen, es für eine Täuschung zu halten. Aber nicht hier und jetzt.

Ehe er es sich versah, verlor er das Gleichgewicht. Nur mit Mühe fing er sich ab und rutschte an der Wand hinab. Einen Augenblick später hockte er auf dem Boden, durch den die Zerstörung raste. Er legte die Hand auf die Wand; was immer da von außen gegen sie drückte, würde sie früher oder später zum Bersten bringen. Wenn er diesen Prozess beschleunigte, hatten sie vielleicht die Gelegenheit, hier herauszukommen, ohne weiter ins Ungewisse laufen zu müssen.

»Daart!« Carnacs Schrei riss ihn in die Wirklichkeit zurück. In seinem Knie tobte blanker Schmerz, aber es gelang ihm dennoch, sich hochzustemmen.

Als er sich umdrehte, erstarrte er mitten in der Bewegung. Der Gang bebte. Nicht nur der Boden und das Gitter, auch die Wand und mit ihr jede einzelne Verstrebung schienen zu vibrieren. Da er sich selbst am äußerten Rand aufhielt, bekam er davon verhältnismäßig wenig mit, ganz im Gegensatz zu Carnac, die ein Stück entfernt stehen geblieben war und geschüttelt wurde wie von einem durchgehenden Pferd.

Das Beben des Bodens zu ihren Füßen war nicht heftig genug, um sie in Bedrängnis zu bringen. Es war das Aufbrechen dieses Bodens, das sie dazu zwang, ständig in Bewegung zu bleiben. Mittlerweile hatten sich erste Löcher gebildet, zackig und mit gefährlich hochstehenden Metallspitzen. So weit sein Blick reichte, bot sich ihm das gleiche Bild: Der Gang löste sich vor ihren Augen auf.

Und sie gleich mit ihm, wenn sie sich nicht beeilten.

Daart wusste, dass er sich schnell entscheiden musste. Entweder folgte er Carnac, oder er entschied sich, hier zu bleiben und abzuwarten, ob er durch die aufbrechende Wand nicht entkommen konnte.

Die Entscheidung wurde ihm abgenommen. Die Vielzahl der Zerstörungen wurde von hohen, sirrenden Lauten untermalt, die wie nun eine Woge über ihnen zusammenschlugen. Es klang, als ob ein Heer von Bogenschützen seine Pfeile auf die Wand niederhageln ließe, und es sah auch ganz so aus: Auf der ganzen Breite schienen sich Pfeilspitzen durch das Metall bohren zu wollen. Gleichzeitig blähte sich die Wand auf, zuerst nur an wenigen Stellen, so als hämmerten Quorrl-Fäuste mit aller Gewalt gegen das Metall, um den Zerstörungsprozess zusätzlich anzuheizen.

Carnac lief los. Nicht in die Richtung, in die sie zuvor geflohen war, sondern direkt auf ihn zu. Der Boden schien sich unter ihren Füßen regelrecht aufzulösen, und zusätzlich flogen ihr aus allen Richtungen Metallsplitter um die Ohren.

Daart spürte ein unheilvolles Vibrieren unter seiner rechten Hand. Es summte, zischte und quirlte, als wollte dort eine bösartige Kraft schlüpfen, die nur darauf wartete, über ihn und Carnac herzufallen. Er musste weg – aber wohin? Die Mitte des Gangs sah aus wie ein Miniaturtrümmerfeld, übersät von geborstenem Metall und durchlöchert, und nicht nur das. Daart bemerkte etwas vollkommen Unmögliches, und im ersten Moment weigerte sich sein Verstand einfach, es zur Kenntnis zu nehmen: Rost. Er blinzelte und sah genauer hin. Es konnte einfach nicht sein, und doch war er sich sicher, dass das, was sich nun über den Boden ausbreitete und nicht einmal die Wände verschonte, nichts anderes als Rost war. Wie Säure schien er sich durch das Metall zu fressen. Als Daart die Hand von der Wand wegriss und auf seine Finger blickte, sah er rostig braune Spuren.

Er stöhnte auf, und aus dem Verdacht, der ihm vor wenigen Augenblicken gekommen war, wurde Gewissheit: Der Gang alterte. Daart vermochte den Gedanken daran nicht mit dem Verstand zu fassen, schon gar nicht unter den Eindrücken, unter denen er jetzt stand – den kreischenden und berstenden Geräuschen, dem Splittern und Reißen des Metalls und der Gewissheit, dass sie in einer Falle saßen, aus der es kaum einen Ausweg gab.

Daart hatte keine Hoffnung, dass sie das überleben würden. Zumal der Prozess nicht langsamer wurde, sondern immer schneller vonstatten zu gehen schien. Carnac war bis auf wenige Schritte herangekommen und machte soeben einen geradezu komisch anmutenden Hüpfer zur Seite, auf die rostige, sich weiter ausbeulende Wand hin. Daart hatte keine Zeit, ihr mehr als einen flüchtigen Blick zu schenken, denn neben ihm, fast unter ihm, barst etwas. Hastig rutschte er ein Stück zur Seite, sah unter sich ... und erstarrte.

Unter ihm war ... nichts. Daart starrte hinab in das schwache, gleichmäßige Leuchten unter ihnen, das dort alles ausfüllte und keinen Anfang und kein Ende kannte. Er sah weder Boden unter sich noch den Ursprung des Leuchtens und erst recht keine Verstrebung, auf welcher der Gang ruhte. Das war unmöglich; es konnte keine freischwebende Konstruktion dieses Ausmaßes geben. Trotzdem blieb Daart nichts anderes übrig, als den Anblick zu akzeptieren und damit auch die Folgen, die sich aus ihm ergaben.

Carnac sprang zur Seite; dort, wo sie eben noch gestanden hatte, riss ein gewaltiges Loch auf. Ihr Aufprall war so heftig, dass die morsche Gitterstruktur unter ihrem rechten Fuß aufriss und sie hindurch ins Nichts trat. Sie ließ sich nach vorn fallen, direkt auf Daart zu. Er fuhr zu ihr herum und riss die Arme nach oben, um sie aufzufangen. Zu spät! Ihre Schulter rammte ihn so hart unter dem Kinn, dass sein Kopf zurückgeschleudert wurde. Seine Hand fuhr durch das Loch, durch das er gerade nach unten gestarrte hatte, und verschwand in dem milchigen Licht, vergeblich nach Halt suchend. Es war nicht das Gefühl, ins Nichts zu greifen, sondern in einen stickigen, heißen Brei einzutauchen. Daarts Mund öffnete sich zu einem stummen Schrei. Das Licht umfloss seine Finger und seinen Handrücken wie eine gierige, klebrige Substanz, und damit war es nicht zu Ende: Es umschloss seine ganze Hand mit erstaunlicher Kraft und zerrte an ihm, um ihn hinabzuziehen in die Unterwelt.

Bevor er endgültig das Gleichgewicht verlor, riss ihn Carnac an sich. Seine Hand kam mit hoch, aber widerstrebend, so als würde sie aus einem Sumpf gezogen und nicht aus substanzlosem Licht. Carnac presste ihn an sich, Halt suchend, und zerrte ihn ein weiteres Stück nach vorn. Eng aneinander geklammert, starrten sie fassungslos auf das, was sich zu ihren Füßen abspielte.

»Wir müssen hier raus!«, schrie Daart.

Carnac drehte den Kopf zu ihm. Sie starrte ihn an, als hätte sie es mit einem Wahnsinnigen zu tun. »Wohin?«

»Durch die Wand.«

Einen winzigen Augenblick sah es so aus, als verstünde sie ihn nicht. Doch dann sah er Begreifen in ihren Augen aufblitzen. Als sie sich umwandte, kamen ihre Lippen den seinen so nah, als ob sie ihn küssen wollte, und er erwiderte die Bewegung durch eine winzige Drehung des Kopfs. Ihren Lippen berührten sich für einen flüchtigen Hauch, bevor sie herumfuhr und das Schwert aus der Scheide riss. Mit aller Wucht hieb sie auf die Wand ein.

Die Waffe federte zurück und sprang ihr fast aus der Hand. Die Wand, rostig, unansehnlich, aufgebläht und eingebeult war offensichtlich fester, als sie aussah. Aber sie bestand nicht aus Sternenstahl, und das war ihre Chance. Daart packte Carnacs Schwertarm, bevor sie ein weiteres Mal sinnlos ihre Kraft verschwendete, und zog seine eigene Waffe. Hinter ihm knirschte etwas, und dann hörte er, wie ein Teil des Gitters zerfetzt wurde und ein wahrer Hagel von Splittern und Bruchstücken durch die Luft flog. Etwas traf seine Schulter, zischte an seinem Hals vorbei und prallte gegen die Wand. Auf den ersten Blick hielt Daart es für ein Wurfmesser, und erst als es auf dem Boden aufschlug, auf einer der wenigen noch intakten Stellen, erkannte er, dass es lediglich ein Stück des Gitters war, das wie ein Messer geformt war. Ein Zufall?

Das Tschekal schien ihm wie von selbst in die Hand zu springen. Er holte zu einem mächtigen Hieb aus. Im selben Augenblick, als die Klinge nach vorn sauste, gab es einen gewaltigen Knall hinter ihm, und der Gang bäumte sich auf und erbebte. Daart knickte ein, unfähig, schnell genug das Gewicht auf sein gesundes Bein zu verlagern, und wäre Carnac nicht gewesen, die ihn gepackt und nach oben gerissen hätte, wäre er unweigerlich gestürzt, in das Loch hinein, das jetzt mitten im Gang gähnte.

Einen kraftvollen Schwerthieb anzubringen war ihm aus dieser Position nicht möglich. Alles, was ihm noch blieb, war ein Stich. Das Tschekal zuckte vor, traf Funken sprühend und krachend auf die Wand. Es hätte widerstandslos durch das Metall schneiden müssen, aber das tat es nicht. Daart spürte einen fürchterlichen Ruck in seinem Handgelenk, und er musste das Schwert seitlich wegreißen, damit es ihm nicht entglitt. Dabei war sein Angriff im Gegensatz zu Carnacs nicht erfolglos geblieben; dort, wo der Sternenstahl die Wand getroffen hatte, glänzte eine böse Scharte. Es hätte nicht viel gefehlt, und er hätte ein Loch in die Wand gehackt.

»Schnell, Daart!«, schrie ihm Carnac ins Ohr.

Der Gang gebärdete sich wie wild, sackte erneut ein Stück durch, und Carnac klammerte sich so fest an ihn und stützte ihn, als wüsste sie ganz genau, dass Daart allein nicht in der Lage war, das Gleichgewicht zu halten. Das Zittern und Beben das Gangs vermischte sich mit ihrer eigenen, unruhigen Anspannung. Daart hätte nicht zu sagen vermocht, was Ursache und Wirkung war.

Die Klinge zuckte erneut vor, biss wütend ins Metall und riss eine zweite Scharte in die Wand. »Weiter!«, schrie Carnac.

Hinter dem Spalt in der Wand war irgendetwas, ein unübersichtliches Wuseln und Wimmeln, abschreckend und widerlich. Unter anderen Bedingungen hätte Daart gezögert, der Aufforderung Carnacs nachzukommen. Aber das stand jetzt außer Frage.

Der Gang brach endgültig zusammen. Die Decke sackte durch, bizarr geformte Trümmerstücke flogen durch die Luft, und der Boden, eben noch rostig und durchlöchert, löste sich in immer größeren und zusammenhängenden Stücken auf. Wieder und wieder schlug Daart zu, vollkommen konzentriert darauf, eine Bresche in die Wand zu schlagen, durch die sie entkommen konnten, bevor es zu spät war.

Und dann ging plötzlich alles ganz schnell. Eine stählerne Platte löste sich, fuhr wie ein Fallbeil vor Daarts Füßen in den Boden, und die Wand brach in sich zusammen …

8

Daart und Carnac saßen vollkommen erschöpft auf dem feuchten Waldboden, der so weich war, als hätte es tagelang auf ihn niedergeregnet, und der auch genau so roch: nach Frische und Leben, nach Grün, das überall spross, und nach der Verheißung eines Neuanfangs. Carnac hatte den Kopf an Daarts Schulter gebettet, eine vertraute Geste, zu der sie sich nie durchgerungen hätte, wenn sie nicht am Rande ihrer Kräfte gewesen wäre. Auch Daart war vollkommen erschöpft. Er spürte den harten und kühlen Felsen im Rücken, und über sich sah er die Sonne, die ihr warmes, mildes Licht zu ihnen sandte, als wollte sie ihnen Trost spenden für das, was ihnen angetan worden war.

Es war keine Kunstsonne, kein verwirrend farbiges Lichtspiel, sondern die Sonne, die sie ihr ganzes bisheriges Leben begleitet hatte: die richtige Sonne. Sie waren wieder draußen. Eternity hatte sie ausgespuckt wie einen unverdaulichen Bissen, nachdem sie sich mit plumper Gewalt einen Weg durch die berstende Wand gehackt hatten. Das Gewusel, die zuckenden und unbeschreiblich abstoßenden Bewegungen unzähliger kleiner Parasiten hatten sie genauso hinter sich gelassen wie die Überreste des Gangs, der ihnen fast zum Verhängnis geworden war. Und trotzdem war alles vergebens. In Reichweite einer Trutzburg, die sie hier empfing wie die Mahnung, dass Enwor mehr als nur ein Geheimnis zu bieten hatte, blieb ihnen nichts weiter als das Bewusstsein ihrer vollständigen Niederlage.

Zum wiederholten Mal starrte Daart zwischen den Bäumen hindurch und über zwei Erhebungen hinweg dorthin, wo die Burg aufragte, obwohl dieser Ausdruck sie höchst unzutreffend beschrieb. Es war ein wasserumtostes Monument einer längst vergangenen Zeit, eine gigantische, in sich verschachtelte Festungsanlage, ein kantiges Durcheinander aus Gebäuden, Türmen und Mauern, das nirgends anzufangen und nirgends aufzuhören schien. Die Wassermassen tobten und fauchten mit ungezähmter Kraft um die Anlage herum, Ursprung des Wasserfalls, auf den sie in der unterirdischen Stadt der Alten gestoßen waren, und gespeist durch den Fluss in dem Tal, durch das sie geritten waren, bevor Eternity sie verschluckt hatte.

Es war kein schöner, aber ein beeindruckender Anblick, der eine ganze Menge Fragen aufwarf. Aber keine davon war wirklich wichtig. Es zählte allein der Mann, der ein Stück von ihnen entfernt auf einem Felsen hockte wie ein Fürst, welcher auf das Feldlager seines Heeres hinabblickte. Er hatte den Kopf in einer triumphierend wirkenden Geste aufgestützt und blickte auf das Treiben zu seinen Füßen hinab. Ein Heer schwarz gekleideter Männer und einige wenige Quorrl bereiteten sich auf einen hastigen Abmarsch vor; sie sattelten ihre Reittiere, beluden Packtaschen und befestigten prall gefüllte Wasserschläuche an den Sattelschlaufen. Als der Mann Daarts Blick bemerkte, drehte er sich zu ihm um und schenkte ihm ein so überhebliches Lächeln, dass Daart ihm am liebsten die Faust ins Gesicht geschmettert hätte. Aber leider war ihm das verwehrt – und das nicht nur deswegen, weil er gefesselt war. Der viel größere Hinderungsgrund waren die beiden riesigen Gestalten, die sich nur wenige Schritte vor ihnen aufgebaut hatten. In Nyingma war Daart schon mehrmals mit ihnen zusammengestoßen, aber bislang war er ihnen glücklicherweise immer entkommen.

Nur ganz aus der Ferne hätte man meinen können, es mit zwei besonders hoch gewachsenen Quorrl zu tun zu haben. Doch ihre Körper waren viel zu mächtig und unförmig und ihre Schädel zu wuchtig. Die schuppigen Kolosse hatten Zackenschwerter im Gürtel stecken und hielten dreizackige Wurfspeere in den Händen, die fast doppelt so lang waren wie Daart. Es war fraglich, ob sie die Waffen überhaupt benötigten, um mit ihm oder Carnac fertig zu werden. Aus ihren Schultern, den Ellbogen und Handgelenken und sogar aus dem wulstigen Schädel stachen Dutzende nadelspitzer, gebogener Stacheln, die bedrohlicher wirkten als der Eisenbeschlag einer bryanischen Keule.

Ihr Herr stand auf. In seinem Feuermantel wirkte er beeindruckend und gefährlich, wenn auch auf eine ganze andere Art als die beiden Zorrq. Als er auf sie zuschritt, wirkte er geradezu zerbrechlich im Vergleich zu den beiden missgestalteten Reptilienkriegern; und doch strahlte er eine Aura von Macht aus, die vergessen ließ, dass die beiden Giganten ihn mit einem einzigen wuchtigen Faustschlag hätten in den Staub schicken können.

»Mein lieber Daart«, sagte er in einem Tonfall falscher Herzlichkeit. »Ich habe dir doch gesagt, dass wir uns wiedersehen würden. Umso mehr freut es mich, dass sich ausgerechnet hier unsere Wege kreuzen.«

Carnac rückte so weit von ihm ab, wie es ihre Fesseln erlaubten, und Daart spannte sich. »Noch viel lieber wäre mir, unsere Klingen würden sich kreuzen«, sagte er.

Zar'Toran lachte. Es war ein kraftvolles, dröhnendes Lachen, das nur einen Fehler hatte – ihm fehlte jeglicher Humor. »Du bist noch immer der gleiche Hitzkopf wie früher. Aber auch nicht minder verlässlich. Eine seltsame Kombination.»

»Verzeih mir, wenn es mir einmal mehr nicht gelingt, einen Sinn in deinen Worten zu finden«, erwiderte Daart gereizt. »Genauso wenig, wie bei der rauen Behandlung durch deine Männer, die uns auf der wilden Suche nach irgendeinem Kleinod beinahe die Kleider vom Leib gerissen haben.«

»So viel Unmut in deinen Worten«, sagte Zar'Toran spöttisch. »Und das, obwohl ich euch sogar den Gefallen getan habe, euch eng aneinander binden zu lassen.« Sein Grinsen wurde noch eine Spur unverschämter. »Die Prophetin und der Guhulan: welch ein schönes Paar.«

»Das siehst du falsch.« Carnac richtete sich so weit wie möglich auf, und ihr Ellbogen schrammte über Daarts Kehlkopf, als wollte sie ihm diesen eindrücken. »Wir beide sind Satai-Sjen. Und als solche werden wir dich bis ans Ende der Welt jagen, wenn es sein muss.«

»Wie schön, dass es dann gar nicht sein muss, nicht wahr?« Zar'Toran grinste breit. »Das Hinterherjagen ist Toten nun einmal nicht möglich.«

»Deine Drohungen nutzen dir gar nichts«, sagte Daart. »Du hast schon einmal verloren, und du wirst es wieder tun. Oder hast du schon vergessen, wie kleinlaut du warst, als du dich in unserer Gewalt befandest?«

»Ich mich in eurer Gewalt?« Zar'Toran blickte auf Daart hinab, als zweifelte er an seinem Verstand. »Nur merkwürdig, dass ich davon gar nichts mitbekommen habe, nicht wahr?«

»Dann muss dein Geist die ganze Zeit über umnebelt gewesen sein«, sagte Carnac. Sie hatte es endlich geschafft, ihren Ellbogen von Daarts Hals wegzubekommen, doch dafür stachen nun die durch Hunger und Entbehrung spitz gewordenen Knöchel ihrer rechten Hand in seinen Oberarm. »Oder hast du schon die Wochen vergessen, als du, auf ein Pferd gefesselt, hinter uns hergeritten bist, den langen Weg von Nyingma über Tikar bis hoch zu den soranischen Ebenen?«

Zar'Toran tat etwas sehr Merkwürdiges: Statt in der durchaus imponierenden Haltung des Feuer-Magiers vor ihnen zu verharren, ließ er sich in die Hocke nieder. Er war kaum mehr als eine Armlänge von ihren Gesichtern entfernt, als er sprach. »Man kann mich nicht binden. Zumindest nicht gegen meinen Willen.«

Bevor Carnac etwas darauf erwidern konnte, verzerrte sich sein Gesicht zu einer höhnisch-triumphierenden Maske, dem erstarrten, machtvollen Ausdrucks des Magiers, der die Kraft des Feuers gezähmt hatte, um über sie machtvoll zu gebieten. Sein Gewand flatterte und rauschte, als führe ein frischer Wind hindurch.

»Vorsicht!«, schrie Daart.

Er riss den Kopf herum, weg von dem Magier, der sich anschickte, sie seinen Feueratem von Angesicht zu Angesicht spüren zu lassen. Carnac begriff nicht die Gefahr, in der sie schwebte, und blickte stattdessen dem Magier trotzig ins Gesicht, als gälte es, ein Blickduell zu gewinnen. Wenn es Daart möglich gewesen wäre, hätte er die Hände nach oben gerissen, um wenigstens ihr Gesicht vor der zu erwartenden Feuerlohe zu schützen.

Zar'Toran öffnete den Mund. Seine Gesichtszüge verzerrten sich zu der Fratze des Feuer-Gottes, die kaum mehr etwas Menschenähnliches an sich hatte. Dem Magier trotzen zu wollen war Torheit, dass wusste Daart aus eigener bitterer Erfahrung. Doch Carnac konnte das nicht wissen. Als Zar'Toran den Mund öffnete wie ein Feuerdrache, war sie vollkommen ahnungslos. Die Flamme, die Zar'Toran ihr entgegenspie, war so heiß und gewaltig, dass Daart die Hitze noch auf seinem Gesicht fühlte. Carnac bekam den Feueratem von Angesicht zu Angesicht zu spüren. Sie stieß einen schrillen Laut aus, in dem sich Überraschung und Schmerz paarten. Daarts Kopf ruckte zu ihr herum. Die hell lodernde Stichflamme hinterließ grelle Nachbilder auf seinen Netzhäuten, sodass er kaum etwas erkennen konnte. Erst als sein Blick sich klärte, sah er, dass ihre Augenbrauen versengt und ihre Haut gerötet war.

Sie hatte Glück gehabt, wie er mit einer Mischung aus Entsetzen und Erleichterung erkannte. Er war darauf gefasst gewesen, ihr Gesicht vollkommen verbrannt vor sich zu sehen. Zar'Toran hätte sich nur ein Stück weiter vorbeugen müssen, und sie wäre für immer entstellt gewesen. Er hatte sie nur gewarnt.

»Welche Fessel«, sagte Zar'Toran, während er wieder aufstand, »könnte mich wohl halten?«

»Wie wäre es mit einer stählernen Kette, die jedem Feuer widersteht?«, brachte Carnac mühsam hervor. Ihre Augen waren vollkommen klar; die Schwärze hatte sich aus ihnen zurückgezogen, beinahe so, als hätte Zar'Torans Feueratem sie aus ihr herausgebrannt. »Oder wenn ich dich Feuermaul beim nächsten Mal, wenn ich dich in meine Gewalt bekomme, einfach kneble?«

Zar'Toran stemmte die Hände in die Hüften und stieß ein dumpfes, grollendes Lachen aus. Es hatte kaum etwas Menschliches an sich.

»Hör auf mit dem Theater!«, schrie Carnac. »Das sind doch alles nur billige Tricks! Damit kannst du mich nicht beeindrucken.«

Zar'Toran brach tatsächlich ab. Sein Kopf zuckte zu Carnac herunter. »Tricks«, zischte er. »Sagtest du wirklich *Tricks?*« Nach einer genau bemessenen Pause fuhr er fort. »Ich bin gern bereit, dir zu zeigen, wie weit meine Macht wirklich reicht. Es war nur ein leichter Hauch, mit dem ich dich angeblasen habe.«

»Bitte, Zar'Toran«, stieß Daart gepresst hervor. »Sie kennt deine wahre Kraft nicht.«

Zar'Toran Blick wanderte zu ihm wie der einer Schlange, die mit kalten Augen ihr nächstes Opfer anvisiert. »Es ist gut, dass du dich erinnerst«, sagte er. »Es wurde auch Zeit. Schließlich bist du nach wie vor einer von uns. Ein Guhulan.«

»Nein, das bin ich nicht«, erwiderte Daart trotzig. »Und das weißt du ganz genau. Ich bin ein Satai-Sjen – und das solltest du nie vergessen. Wenn es sein muss, werde ich als solcher sterben.«

Der Zorn, auf den Daart gewartet hatte, blieb aus. »Wenn du tatsächlich in diesem Glauben sterben willst, soll es mir recht sein«, sagte Zar'Toran kalt. »Es ändert nichts daran, dass du in deinem Herzen ein Guhulan bist. Und dass du bis zu deinem Ende unserem Ziel dienen wirst.«

Nein!, schrie etwas in Daart auf – nicht die Stimme, die schon seit Tagen geschwiegen hatte, sondern die Empörung darüber, dass der Magier stur und unerbittlich so tat, als hätte er Macht über ihn, als könnte er an unsichtbaren Fäden ziehen und Daart seinen Willen aufzwingen. »Du irrst, wenn du glaubst, ich sei ein Guhulan«, sagte er mit mühsam beherrschter Stimme. »Ich war es nie, und ich werde es auch nie sein.«

»Ganz wie du meinst«, antwortete Zar'Toran unbeeindruckt. »Es gibt viele Möglichkeiten, sich etwas vorzumachen. Du scheinst mir eine ganz eigene Variante gewählt zu haben – ein Guhulan mit einer Prophetin an seiner Seite, das hat etwas. Aber es hat nicht viel von dem, was ihr beide behauptet zu sein. Glaubt ihr wirklich, ihr wäret ganz gewöhnliche Satai-Sjen?«

Bevor einer von ihnen antworten konnte, erhob sich Zar'Toran, eine beeindruckende Gestalt in seinem auffälligen Feuergewand, die die Worte so einzusetzen verstand, dass man sich ihnen kaum entziehen konnte – vielleicht, weil ein Funken Wahrheit in ihnen war, gerade genug, um den Stachel des Zweifels im Gegenüber zu versenken. Allein dafür hätte ihn Daart erwürgen können.

Ein dumpfes Grollen riss ihn aus seinen düsteren Gedanken. Es kaum aus der Tiefe unter ihnen, und es war so gewaltig, als gäbe es dort einen Hohlraum, in dem ein Drache gerade aus tiefem Schlaf erwacht war und sich nun aus seinem düsteren Gefängnis befreien wollte. Gerade als Daart sich fragte, ob er sich getäuscht haben könnte, wiederholte sich der tiefe, grollende Laut, und diesmal vibrierte der Boden unter ihren Füßen.

»Es wird Zeit, dass wir von hier wegkommen«, sagte Zar'Toran. Er wandte sich um und starrte gedankenverloren zu der Trutzburg hinüber. »Eternity hat noch ein paar Überraschungen zu bieten, die man nicht unbedingt aus nächster Nähe genießen sollte.«

Er machte ein paar Schritte vor und winkte jemandem, der sich außerhalb von Daarts Gesichtsfeld befand. Carnac nutzte die Gelegenheit, um ihr Gesicht so nah wie möglich an seins zu bringen. Der Geruch angesengten Fleisches stieg Daart in die Nase. »Das gilt auch für uns«, flüsterte sie. »Wir müssen hier weg. Damit uns das gelingt, muss ich Zar'Toran dazu bringen, dass er mich meinen Gürtel öffnen lässt.«

Daart starrte sie verständnislos an.

»Die Steine«, flüsterte Carnac.

Jetzt endlich verstand Daart. Mit Grausen erinnerte er sich an den Glitzerstein, der sich in seine Hand eingegraben hatte, an den brennenden, beißenden Schmerz, der in seine Adern geschossen war. Es war etwas, was man seinen schlimmsten Feinden nicht wünschte – von Feuer-Magiern einmal abgesehen. Was hatte Zar'Toran gesagt? Eternity hatte noch ein paar Überraschungen zu bieten. Daart wollte ihm gern bei der Bestätigung dieser Aussage behilflich sein.

»Ich habe die Steine zusammen mit ein paar von Skars Wurfsternen in meinem Gürtel versteckt«, fuhr Carnac fort. »Vielleicht schaffst du es, daran zu kommen.«

»Ich werde es versuchen«, sagte Daart, brachte sein Ohr ganz dicht an das Carnacs und flüsterte tonlos: »Vorsicht: Er kommt zurück.«

Das war nicht ganz richtig, denn Zar'Toran hatte sich nicht mehr als ein paar Schritte von ihnen entfernt. Aber er war für einen kurzen Moment in ein Gespräch mit einem der Krieger vertieft gewesen, gab jetzt noch eine letzte Anordnung und drehte sich schließlich um.

Der Krieger aber, der sich eilig entfernte, trug nicht das traditionelle schwarze Kampfgewand mit den lebendig wirkenden Flammenwirbeln, sondern war durchgehend schwarz gekleidet – und sein Gesicht, dass Daart für einen Augenblick im Profil sah, wurde von einer glänzenden Silbermaske verdeckt.

Es war ein Aralu, einer von Nubinas Silberkriegern.

»Ich hoffe, Daart hat die Zeit genutzt, um dir mehr von mir zu erzählen«, sagte Zar'Toran, nachdem er zurückgekehrt war.

»Ich denke nicht, dass er mir viel Neues über dich hätte berichten können«, sagte Carnac abfällig. »Ich sehe doch selbst, was mit dir los ist.«

Für den Bruchteil eines Atemzuges flackerte Zorn in Zar'Torans Blick auf, dann hatte er sich wieder in der Gewalt. »Da bist du im Irrtum. Oder war dir etwa doch bewusst, dass ich nie euer Gefangener war?«

»Das ist lächerlich«, sagte Carnac rasch, aber mit leichter Unsicherheit in der Stimme.

»Ich war etwas ganz anderes«, sagte Zar'Toran gewichtig. »Euer Führer.«

Carnac starrte ihn an, als wollte sie in ein spöttisches Gelächter ausbrechen, doch als sie die Härte in Zar'Torans Augen bemerkte, blieb es ihr im Halse stecken. »Es war die einfachste Art, euch hierher zu lenken, in das Tal des Vergessens. Das Schwierigste war, den richtigen Zeitpunkt abzupassen. Schließlich musste ich dafür sorgen, dass auch der bis aufs Blut gereizte Jacurt zur selben Zeit hier auftauchte. Der Rest war ein Kinderspiel.«

Die Erklärung war so ungeheuerlich, dass es Daart die Sprache verschlug. Carnac ruckte vor, bohrte in ihrer Erregung den Ellbogen in Daarts Wange, ohne es zu merken, und sah fast so aus, als wollte sie sich trotz der Fesseln, die sie und Daart aneinander banden, auf Zar'Toran stürzen.

»Du bist das Schlimmste, was Enwor passieren konnte«, schnaubte sie, »aber du bist nicht allmächtig. Niemand kann das vollbringen, was du behauptet hast.«

Zar'Toran zog eine Augenbraue nach oben. »Tatsächlich nicht? Dann unterschätzt du mich aber gewaltig. Es kommt nur auf die richtige Wahl der Verbündeten an. Frage den Mann, an den zu gefesselt bist: Er wird es dir bestätigen.«

Carnac tat nichts dergleichen. Ihre Muskeln spannten sich in dem scheinbaren Versuch, die Fesseln zu sprengen und Zar'Toran wie eine Wildkatze anzuspringen; was dabei echt war oder nur geschauspielert, wagte Daart nicht beurteilen. Er versuchte die Gelegenheit zu nutzen, seine linke Hand mehr in Richtung ihres Gürtels zu schieben, blieb aber hoffnungslos auf Höhe ihres Bauchs stecken.

»Daart ist mir nicht Rede und Antwort schuldig«, sagte Carnac, ohne auch nur einen Augenblick in ihren Bemühungen nachzulassen. »Aber du, Magier ...«

»Aber *Ihr*, Magier, heißt es«, verbesserte sie Zar'Toran.

»Was?«

Zar'Toran blickte hochmütig auf sie herab. Offensichtlich fand er Gefallen daran, dass sich Carnac vor ihm dehnte und wand in dem Versuch, die Fesseln zu lockern – was immerhin bedeutete, dass er nicht misstrauisch wurde, als sich Daarts Hand gegen Carnacs Bauch presste und beständig ein Stück tiefer wanderte. »Meinem alten Freund Daart gestatte ich eine vertrauliche Anrede«, sagte er herablassend, »nicht aber dir. Die Posse, bei der ich euch glauben machte, ich sei euer Gefangener, ist beendet. Sprich mich also so an, wie es sich gehört.«

»Das ist ...«

»Das Mindeste, was du mir schuldig bist«, fiel ihr Zar'Toran ins Wort.

Daart erwartete, dass Carnac ihre Anstrengungen verdoppeln würde, um sich eine bessere Ausgangsposition zu verschaffen, aber sie tat das genaue Gegenteil: nämlich nichts. Sie verharrte mitten in der Bewegung – wobei sie leider auch ihren Ellbogen dort beließ, wo er war, nämlich so fest an Daarts Ohr gedrückt, als wollte sie ihn bis zu anderen Seite durchbohren – und starrte Zar'Toran hasserfüllt an. »Ganz wie es *Euch* beliebt, Magier. Ich lasse Euch gern alles zukommen, was Euch gebührt. Zu gegebener Zeit wird das meine Schwertspitze sein. Doch habt zuerst die Güte, mir zu erklären, wie Ihr Eure Worte belegen wollt? Ich glaube Euch nämlich kein Wort.«

»Nicht, dass es darauf ankäme«, sagte Zar'Toran. »Aber ich will dir nicht das Vergnügen rauben zu erkennen, dass du dich die ganze Zeit über in meiner Gewalt befunden hast – und nicht umgekehrt.«

Er drehte sich um und deutete auf die Festung hinter sich. »Das ist Fortress, die Burg der Nachfahren derer, die aus sich den Trümmern von Eternity erhoben, lange nach der großen Katastrophe und doch Ewigkeiten, bevor der erste Satai ein aus Sternenstahl geschliffenes Schwert in die Hand nahm. Einst gab es einen direkten Zugang von der Burg in die Unterwelt, hinab nach Eternity – und vor allem einen Tunnel, durch den man auch wieder zurückgelangen konnte. Doch durch gewisse ... Vorkommisse ist der Tunnel mittlerweile verschüttet.«

»Wirklich fesselnd«, sagte Carnac kalt. »Aber was hat das mit deiner ... mit *Eurer* Erklärung zu tun?«

Daart war es mittlerweile gelungen, den Kopf so weit zu drehen, dass Carnac den Ellbogen herunterziehen konnte, und als er jetzt den Kopf in Zar'Torans Richtung drehte, erkannte er an dessen Gesichtsausdruck, dass er das Spiel langsam Leid wurde.

»Fortress ist in Gefahr«, sagte Zar'Toran. »Alles ist in Gefahr. Oder ist euch nicht der Himmel aufgefallen, der hier über dem Tal hängt wie eine riesige erzgegossene Platte?«

Daart und Carnac reckten beide gleichzeitig die Hälse nach oben und knallten mit den Köpfen gegeneinander.

»Nicht ganz so stürmisch«, spottete Zar'Toran. »Der Himmel läuft euch nicht davon.«

»Einen Augenblick«, sagte Carnac. »Erst ich, ja?«

Daart wollte nicken, zuckte im gleichen Moment aber auch schon zusammen: Carnac stützte sich ausgerechnet auf seinem nach wie vor lädierten Genick auf, und ein scharfer, stechender Schmerz zuckte durch seinen Nacken.

»Vorsicht«, protestierte er. »Das ist nicht gerade angenehm.«

»Es stimmt«, murmelte Carnac. »Wir sind tatsächlich noch in dem Tal. Wenn auch in einem Ausläufer, dem wir zuvor keine Beachtung geschenkt haben. Sieh nur, Daart!«

»Ich würde ja gern«, murrte Daart. »Aber solange du meinen Kopf nach unten drückst, ist das kaum möglich.«

Carnac rutschte ein Stück zurück, aber das machte es nicht besser. In seinem Genick knirschte etwas, als sie die Schulter gegen die seine drückte. Die Fesseln ließen ihnen so wenig Spielraum, dass sie dahockten wie miteinander verwachsene Zwillinge. Trotzdem hätte er jetzt den Kopf heben können, um in dieselbe Richtung zu blicken wie zuvor Carnac.

»Was ist?«, fragte Carnac. »Bist du gar nicht neugierig?«

»Doch«, sagte Daart. »Aber mein Genick ist verknackst. Ich kann den Kopf nicht drehen.«

Bevor Carnac etwas darauf sagen konnte, machte Zar'Toran eine kleine Geste mit der rechten Hand, und einer der beiden schuppigen Giganten hinter ihm setzte sich in Bewegung. Wie eine Gestalt gewordene Bedrohung stapfte er auf seinen gewaltigen Säulenbeinen auf sie zu. Daart vergaß den Schmerz in seinem Genick. Wenn er gekonnt hätte, wäre er aufgesprungen und hätte sein Tschekal gezogen, das nach wie vor in der Lederscheide steckte – eine weitere Demütigung, mit der ihm Zar'Toran hatte zeigen wollen, wie unbedeutend die Satai und ihre gefürchteten Waffen in Wirklichkeit waren.

»Die beiden Herrschaften hätten gern einen besseren Ausblick«, sagte Zar'Toran. Der Zorrq nickte. Er machte einen weiteren Schritt nach vorn, und es hätte nicht viel gefehlt, und er wäre auf Carnacs Fuß getreten, den sie trotz aller Anstrengungen nicht schnell genug zurückziehen konnte.

»Was …?«, begann Carnac

Sie brach die Frage ab, als sich der Zorrq herabbeugte, den Wurfspeer ablegte und mitten in die stabilen Lederstricke griff, mit denen sie beide aneinander gebunden waren. Sein Schädel kam ihnen dabei so nahe, dass die stacheligen Auswüchse über das Leder ihrer Echsenpanzer strichen. Daart konnte das Funkeln in seinen Augen erkennen, und er hätte schwören können, das es Spott war, der da funkelte, und nicht Bösartigkeit. Der Eindruck verkehrte sich ins Gegenteil, als der Zorrq sich wieder aufrichtete – und sie dabei ohne die geringste Anstrengung hochzog.

Carnac zappelte einen Herzschlag lang, bevor sie begriff, dass sie damit nichts erreichte, außer dass sie beide ein Stück weit zur Seite kippten. Der Zorrq drehte sich mit ihnen einmal halb um seine Achse.

Der stechende Schmerz in Daarts Genick nahm dadurch nicht ab, eher im Gegenteil. Dafür aber genoss er einen nahezu freien Blick. Sie befanden sich zweifelsohne noch immer in dem Tal, in das sie vor wenigen Tagen hineingeritten waren, wenn auch in einem seitlichen Ausläufer, der ihnen zuvor nicht aufgefallen war. Über der Mitte des Tals hing nach wie vor das schwere, erdrückende Grau, und obwohl es nicht ganz bis zu ihnen reichte, in das von der Festung Fortress dominierte Seitental, so war es doch beeindruckend.

»Diese Wolken speichern eine Unmenge Energie«, sagte Zar'Toran. »Aber sie hat über die Jahrtausende nachgelassen. Einst zog sich die dunkle, bleierne Schicht bis weit über das Tal hinaus. Mittlerweile ist sie eingeschrumpft und an den Rändern zerfaserst. Der Tag ist nicht mehr fern, an dem dieser letzte Gruß der Alten, der Schutz über ihrer unterirdischen Stadt, zusammenbrechen wird. Dann ist unsere Zeit gekommen. Wir werden ungehindert in Eternity eindringen und uns seiner Bestände bedienen können.«

Zar'Torans Erklärung war so ungeheuerlich wie der harte Griff des Zorrq um die Lederstricke, die von Moment zu Moment stärker einschnitten und selbst durch das Echsenleder hindurch jetzt schmerzhaft zu spüren waren. In der Luft zu schweben, nur gehalten durch die Pranke eines missgestalteten Quorrl-Abkömmlings, war entwürdigend; aber viel schlimmer war das, was Zar'Toran angedeutet hatte. Für die Dauer eines Lidschlages kam es Daart so vor, als bewegten sich in seinem Kopf die Teile eines zerbrochenen Ganzen aufeinander zu. Einzelne Informationen, Gedankenfetzen und Eindrücke, die ein Teil von ihm seit seiner Ankunft in Eternity registriert und abgelegt hatte, ohne dass sie bisher irgendeinen Sinn ergeben hätten, fügten sich zu einem einzigen Bild zusammen. Es war so gewaltig und bedrohlich, dass er erschauerte. »Welche Bestände?«, fragte er mit heiserer Stimme.

»Einige sollten dir aufgefallen sein, dort unten, in Eternity.«

Zar'Toran ging ein paar Schritte weiter auf die Anhöhe hinauf und spähte zu dem sprudelnden Wasser hinüber, das die Trutzburg umtoste wie die Meeresbrandung die Festung von Tikar. Der Zorrq folgte ihm und damit auch Daart und Carnac. »Dieses Tal war einst die letzte Hoffnung der Alten«, sagte Zar'Toran. »Ihr Kriegsgerät haben sie dem Schutz metallener Giganten anvertraut. Da passt es doch, dass wir Guhulan das geheime Wissen bewahrt haben, wie man sie lenken kann.«

Die Bestie, der Del beinahe zum Opfer gefallen wäre, und der metallene Drache, dessen Todeskampf er miterlebt hatte ... Es fiel Daart schwer, sich sein Entsetzen nicht anmerken zu lassen, als er begriff, was Zar'Toran mit *Giganten* gemeint hatte. Dass es ausgerechnet den Guhulan gelingen könnte, dieses Erbe der Alten an sich zu reißen, war eine mehr als beunruhigende Vorstellung. »Ich verstehe«, sagte er mühsam beherrscht. »Und wie wäre es, wenn du jetzt deinem missratenem Schuppenkrieger befehlen würdest, uns wieder abzusetzen?«

Zar'Toran hob die Hand und schnipste ganz leicht mit dem Finger. Der Zorrq reagierte prompt. Er öffnete die Pranke. Daart und Carnac plumpsten herunter und schlugen mitten in dem Matsch auf, an dessen Rand Zar'Toran stand. Feuchter Schlamm spritzte ihnen auf die Kleidung und ins Gesicht.

»Ich kann mir nicht helfen«, sagte Zar'Toran. »Irgendwie seht ihr aus wie zwei Erdferkel, die im Matsch spielen. Zum Erbarmen.«

Bevor sie etwas erwidern konnten, wandte er sich wieder um, zur Festung. Daart zögerte keinen Augenblick. Er schob seine immer noch eingeklemmte Hand weiter in Richtung von Carnacs Gürtel. Ein seltsames Vibrieren drohte ihn abzulenken. Es dauerte ein, zwei heftig pochende Herzschläge lang, bis er begriff, dass es weder von Carnac noch von ihm selbst kam, sondern aus einer ganz anderen Richtung, vom Boden her. Im nächsten Augenblick hörte er auch schon wieder das dumpfe, drachenähnliche Grollen, lauter und dröhnender diesmal und vor allem *näher* an ihnen dran, so als schöbe sich etwas in ihre Richtung.

»Also«, sagte Zar'Toran ungeduldig. Er drehte sich mit einer schnellen Bewegung zu ihnen um. »Wer von euch hat es?«

Daart erstarrte mitten in der Bewegung, darum bemüht, sich nicht anmerken zu lassen, was er gerade im Begriff gewesen war zu tun. »Was?«, fragte er in einem möglichst harmlosen Tonfall.

»Das weißt du ganz genau«, sagte Zar'Toran.

»Nein, das tue ich nicht«, behauptete Daart. Er beugte sich ein Stück vor, um die Aufmerksamkeit von seiner Hand abzulenken, die Carnacs Gürtel schon merklich nahe gekommen war. Wenn Zar'Toran mitbekam, was er im Begriff war zu tun, wäre die letzte Gelegenheit dahin, sich aus eigener Kraft zu befreien.

»Oder ist es etwa nicht so, dass ihr für mich etwas aus der Stadt der Alten holen solltet?«, setzte Zar'Toran nach.

»Was?« Daart war einen Herzschlag lang ehrlich verwirrt. Doch dann begriff er, was Zar'Toran gemeint hatte. Mitten in sein Entsetzen hinein fragte der Magier: »Wo ist das Amulett, das ihr in meinem Auftrag holen solltet?«

9

Kälte breitete sich in Daart aus, eine mit dem Wissen gepaarte Kälte, dass es Schlimmeres gab als den Tod: die Gewissheit, sein Leben verschwendet zu haben. Er wusste nicht, was Zar'Toran sagen würde, er hatte keine Angst vor seinen geschliffenen Worten oder gedrechselt hervorgebrachten Anklagen. Er hatte Angst vor dem, was er in sich selbst vorfinden würde, Angst vor dem dunklen Bereich tief in sich, vor der gewaltsam unterdrückten Bewunderung, die er vor vielen Jahren trotz allem für die Guhulan empfunden hatte – und die ihn hatte Dinge tun lassen, die er jetzt nicht mehr wahrhaben wollte. Er fürchtete den Abgrund in seinem Innersten, zu dem ihn Zar'Toran mit seinen nächsten Worten führen würde, vor der Wahrheit, die sich hinter einem Gestrüpp leichtfertiger Ausreden und Rechtfertigungen verbergen mochte.

»Ein Amulett?« Carnac spannte sich, wurde so hart wie ein Brett. Daart registrierte das nur ganz am Rande.

Zar'Toran schwieg.

»Was für ein Amulett?« Carnac versuchte zu lachen, aber es wurde ein kläglicher, vollkommen humorloser Laut daraus. »Ich wusste gar nicht, dass Ihr eine Vorliebe für Schmuck habt, großer Magier.«

»Dein Spott soll dir den Hals verkleben«, sagte Zar'Toran beinahe freundlich. »Wenn du mir meine Frage nicht beantworten willst, kann ich dich auch aufschlitzen lassen – nur für den Fall, dass du das Amulett verschluckt haben solltest. Oder dir von meinen Männern dein verdrecktes Echsenleder vom Leib reißen lassen, damit sie dich noch gründlicher als beim ersten Mal durchsuchen können. In dieser oder auch in der entgegengesetzten Reihenfolge. Es bliebe sich gleich.«

Carnac Lippen zitterten leicht, und Daart durchfuhr eine kalte Wut. Wenn er es nur gekonnt hätte, wäre er aufgesprungen, um Zar'Toran das überhebliche Grinsen mit einem einzigen Faustschlag aus dem Gesicht zu vertreiben. »Wenn deine Männer Carnac auch nur ein Haar krümmen …«, begann er.

»Was dann?«, unterbrach ihn Zar'Toran schroff. »Willst du mir etwa drohen?«

»Nein, das will er nicht«, sagte Carnac wütend. »Ich kann zufällig sehr gut auf mich selbst aufpassen. Und außerdem hast du vollkommen Recht, Magier: Es bliebe sich in der Tat gleich, was Ihr mit mir anstellen würdet. So oder so würdet Ihr bei mir nichts finden.«

Zar'Toran musterte sie kalt und wandte sich dann von ihr ab, als hätte er schlagartig das Interesse an ihr verloren. »Ich habe dich ausgewählt, Daart«, sagte er. »Du bist ein miserabler Feuer-Magier, und niemals hättest du deinen Fuß in den Tempel der Guhulan setzen dürfen, so wenig Sinn hast du für die Allmacht des Feuers. Aber eines muss ich dir lassen: Du hast alles getan, um mich bei meiner wichtigsten Aufgabe zu unterstützen.«

»Ich dich unterstützen?« Daart ruckte so weit hoch, wie ihm die Fesseln es gestatteten. Carnacs Gesicht war für ihn in diesem Moment nicht mehr als ein heller Fleck, in dem zwei Augen voller Wut blitzten; Wut, die sich ebenso gut gegen ihn wie auch gegen Zar'Toran richten konnte. »Ich spucke auf dich, Zar'Toran. Auf dich, die Guhulan, den Feuer-Tempel und alles, was du verkörperst!«

Zar'Torans Gesichtszüge entgleisten, und genau in diesem Moment tat Carnac das, was Daart nur angedroht hatte: Sie spuckte Zar'Toran mitten ins Gesicht. Zar'Toran zuckte zurück und wischte sich mit der Hand über den Mund ... und dann holte er auch schon aus, und es sah so aus, als wollte er Carnac eine kräftige Ohrfeige verpassen. Einen Herzschlag lang kämpften die unterschiedlichsten Regungen auf seinem Gesicht; Wut, Hochmut und ein wilder, kaum nachvollziehbarer Triumph. Er stieß einen verächtlich klingenden Laut aus und ließ die Hand wieder sinken.

»Ich glaube, ich habe dich überschätzt«, sagte er gefährlich ruhig. »Du bist nichts weiter als die Gespielin eines unbedeutenden Guhulan, der sich für einen Satai-Sjen hält. Dabei solltest gerade du als Prophetin wissen, wie mächtig wir Guhulan einst waren – und dass wir unsere unumschränkte Macht wiedererlangen werden, sobald wir nur den Schlüssel dazu in den Händen halten. Das Amulett.«

Carnac lachte, aber es klang eher wie ein unterdrückter Aufschrei der Qual. »Das *Amulett?*« Sie spie das Wort regelrecht aus. »Ein Schmuckstück, nach dem Nubina dürstet – genauso wie nach der Macht, nach der Ihr nun selbst greifen wollt? Ich glaube nicht, dass es sie freuen wird zu hören, dass Ihr sie nur als Werkzeug seht – wo sie doch glaubt, in Euch einen treuen Diener ihrer Sache gefunden zu haben.«

Sie schien noch mehr sagen zu wollen, aber eine plötzliche Windbö verfing sich in ihrem Haar und warf es nach vorn, sodass es wie ein dichter schwarzer Schleier vor ihrem Gesicht wehte. Daart war es nur recht. Zar'Torans Worte hatten ihn mehr getroffen, als er sich das eingestehen wollte.

Die Gespielin eines unbedeutenden Guhulan, der sich für einen Satai-Sjen hält. Daart ballte in hilflosem Zorn die Fäuste. Zar'Toran hatte mit diesem Satz einen glühenden Nagel in eine offene Wunde getrieben. Die boshafte Verzerrung der wirklichen Beziehung zwischen ihm und Carnac machte es auch nicht besser. Eher im Gegenteil.

Zar'Toran ließ ihm nicht die Zeit, eine angemessene Antwort zu finden. »Händige mir das Amulett aus, Daart«, sagte er zu ihm.

»Und schwöre dieser frechen kleinen Prophetin ab. Dann sollst du mir so willkommen sein wie all die Jahre, in denen du als mein getreues Werkzeug bei den Satai gewirkt hast.«

Bevor Daart die Ungeheuerlichkeit dieser Anklage vollends begriff, versetzte ihm Carnac einen so heftigen Stoß mit der Hüfte, dass eine scharfe Schmerzwelle durch seinen Körper jagte. Daart war es fast recht, dass sie ihn so behandelte. *Die Gespielin eines unbedeutenden Guhulan.* Das konnte sie sich einfach nicht gefallen lassen. Selbst wenn sie Zar'Torans Worten keinen Glauben schenkte und verstand, dass er nichts weiter wollte, als sie beide zu provozieren und sie zu einer Unbedachtsamkeit zu verleiten versuchte, konnte sie gar nicht anders, als ihm die Schuld dafür zu geben.

Als sie ihm wiederum einen Stoß verpasste, ahnte er, dass er sie falsch eingeschätzt haben könnte. Was, wenn ihr heftiger Schubser nicht ihren Unmut, sondern ihre Ungeduld verdeutlichen sollte?

»Was hast du dazu zu sagen?«, zischte sie. »Bist du wirklich nicht mehr als das Werkzeug dieses Scheusals?«

Es war der Moment, in dem alles auf der Kippe stand. Er konnte ihre Worte als direkten Angriff oder auch als Aufforderung verstehen, nun endlich ihren Plan umzusetzen.

»Natürlich nicht!«, sagte er, gerade zerknirscht genug, dass man seine Worte in beide Richtungen deuten konnte.

»Dann tu, verdammt noch mal, endlich das, was du tun musst!«, fauchte sie.

»Und was genau soll Daart deiner Meinung nach tun?« Zar'Toran winkte ab, als Carnac Anstalten machte zu antworten. »Erspar mir deine Lügen. Sag mir jetzt, wo ihr das Amulett gelassen habt, bevor ich euch meinen beiden Freunden hier überlasse.«

»Nirgends.« Carnac rückte wieder ein Stück von Daart ab, aber nur so weit, wie es nötig war, damit er die Hand weiter hinabschieben konnte. Dabei drehte sie sich so, dass Zar'Toran es nicht direkt sehen konnte – was nicht hieß, dass ihm Daarts verkrampfte Haltung und sein langsames Herunterrutschen nicht früher oder später ins Auge fallen würde.

»Wir haben dein Amulett nun einmal nicht«, fuhr Carnac fort.

»Woher sollten wir es auch haben? Wir sind ein paar Tage halb verhungert durch dunkle Gewölbe gekrochen, irgendwann an einem unterirdischen Wasserfall gelandet – und kurz darauf haben wir uns auch schon nach draußen gehackt. Schmuck oder irgendwelche anderen Schätze sind uns dabei leider nicht in die Hände gefallen.«

»Es geht auch nicht darum, dass euch etwas in die Hände fallen sollte«, sagte Zar'Toran, ohne den Blick von Daart zu wenden. Das war gerade im Moment sehr ungünstig. Seine Hand steckte wieder fest. Er zog den Bauch ein, so weit es ging – was nicht sehr weit war, so ausgehungert und dünn wie er war – und er spürte, dass Carnac dasselbe tat, im wortlosen Verstehen. Er hoffte nur, dass Zar'Toran die Schweißtropfen auf seiner Stirn und seine angespannte Gesichtsmuskulatur als Reaktion auf seine haltlosen Anschuldigungen wertete. Zar'Toran war alles andere als ein Dummkopf, und vor allem war er ein ziemlich aufmerksamer Beobachter.

»Es ging niemals darum, in der Stadt der Alten etwas zu *finden*», sagte Zar'Toran. »Es ging vielmehr darum, etwas *herauszubringen*.«

Daarts Hand kam wieder frei, rutschte ein Stück nach unten. »Ja«, brachte er kurzatmig hervor. »Das klingt logisch. Das Amulett lag Jahrtausende einfach so herum und wartete auf den Erstbesten, der es sich um den Hals hängen wollte.«

»Bravo, Daart«, sagte Zar'Toran spöttisch. »Du hast es erfasst.« Er brach ab und blickte stirnrunzelnd auf den Boden, durch den erneut ein Grollen ging. Diesmal kam es Daart noch gewaltiger vor als beim letzten Mal. »Deswegen habe ich auch dafür gesorgt, dass ihr in die Stadt gelangt«, sagte Zar'Toran wie geistesabwesend.

»Also doch.« Daart wollte den Kopf schütteln, aber der Schmerz in seinem Genick ließ ihn mitten in der Bewegung erstarren. »Ich habe es doch gleich gewusst, dass du dabei deine Hände im Spiel hattest«, sagte er, und um Zeit zu gewinnen, fügte er hinzu: »Wie hast du es geschafft?« Er wusste, dass Zar'Toran diesem Köder nicht widerstehen konnte; dafür war seine Eitelkeit viel zu groß.

»Ich sagte doch schon, dass es auf die richtige Wahl der Verbündeten ankommt. Ich selbst habe dafür gesorgt, dass ihr beide zum richtigen Zeitpunkt im Tal des Vergessens wart.«

Obwohl Daart ahnte, was jetzt kommen würde, loderte in ihm

ein Zorn auf, der nach Bestätigung verlangte. »Worauf willst du hinaus?«, fragte er mit erstickter Stimme.

»Ich habe Jacurt von demjenigen lenken lassen, dem er voll und ganz vertraute«, sagte der Magier.

»Ich kenne Jacurt länger als du«, sagte Daart. »Er hat noch nie jemandem voll und ganz vertraut.«

»O doch, das hat er.« Zar'Toran grinste. »Er hat jemandem Vertrauen geschenkt, den er von früher kannte. Oder sollte ich besser sagen: zu kennen glaubte?«

Die Bemerkung zielte darauf ab, einen Stachel in Daarts Seele zu treiben, und das gelang Zar'Toran mit erschreckender Mühelosigkeit. »Xer«, sagte Daart tonlos. »Du meinst Xer.«

»Ja, natürlich«, bestätigte der Magier selbstgefällig. »Ist das nicht eine hübsche Idee? Einen Quorrl zu benutzen, um einen Satai zu lenken?«

»Du hast ihn reingelegt und gegen uns aufgehetzt«, sagte Daart wütend.

»Eigentlich waren dafür nur ein paar gezielte Indiskretionen nötig«, sagte der Magier, leise und jede Silbe übermäßig betonend. Die Worte trafen Daart wie Ohrfeigen.

»Das kann nicht sein«, widersprach Daart.

Zar'Toran grinste breit. »Was kann nicht sein, mein lieber Daart? Dass ich selbst es war, der den Hohen Rat über den Verrat Skarissa Raborks in Kenntnis setzte?«

»Das ist unmöglich«, beharrte Daart. Er wollte nicht, dass Zar'Toran weitersprach. »Du warst in Nyingma. Du kannst dein Intrigennetz nicht gleichzeitig im Tormon-Gebirge gesponnen haben, während du im tiefsten Süden Enwors dein Unwesen getrieben hast.«

»Ein Kleingeist wie du kann natürlich nicht begreifen, wozu jemand wie ich fähig ist.« Zar'Torans Grinsen wurde noch eine Spur überheblicher. »Es hat mich Jahre gekostet, an den richtigen Fäden zu ziehen. Unter dem Namen Cor Har'Kanarro habe ich die ganze Zeit über engste Verbindungen zum Hohen Rat unterhalten. Erst als es notwendig war, euch nach Nyingma zu locken, habe ich diese Verbindung gekappt.«

»Das ist …«, begann Daart wütend.

»… natürlich noch nicht alles«, beendete Zar'Toran seinen Satz. »Denn auch in den zwei Jahren, in denen ich mich der offiziellen Beziehung zum Hohen Rat enthielt, habe ich weiterhin meine Verbindung gepflegt. So war es mir ein Leichtes, zum richtigen Zeitpunkt die geheime Beziehung Skarissa Raborks zu den Prophetinnen zu offenbaren. Die Folgen habt ihr ja mitbekommen.« Er grinste anzüglich. »Der Hohe Rat hat sich selbst zerfleischt. Und ihr beide könnt euch bei den Satai nicht mehr blicken lassen.«

»Du bist es also, dem wir all das zu verdanken haben«, zischte Carnac.

Daart zwang sich trotz des schmerzhaften Knirschens in seinem Genick, sich zu ihr umzudrehen. Ihr Gesicht wirkte grau und eingefallen, und in ihren Augen spiegelte sich eine ganze Palette unterschiedlicher Gefühle – Furcht, Hass, Verzweiflung, aber auch Hoffnung und trotziges Aufbegehren. »Doch selbst wenn dem so wäre«, fuhr Carnac fort, »hast du noch lange nicht gewonnen. Die Prophetinnen sind besser über deine Schritte informiert, als du glaubst.«

Zar'Toran zuckte gleichmütig die Achseln. »Und wenn schon. Die alten Strukturen brechen auseinander, und die Veränderung macht weder vor den Satai noch vor den Prophetinnen halt. Im Augenblick geht es mir nur um das Amulett. Da wir es bei euch nicht gefunden haben, werdet ihr es wohl versteckt haben, bevor wir euch aufgegriffen haben. Aber keine Sorge: Meine Männer durchkämmen das Gelände – und sobald ich von ihnen die Meldung bekomme, dass sie das Amulett gefunden haben, bist du entbehrlich, Prophetin.«

»Damit kannst du mich nicht schrecken«, sagte Carnac heftig. Gleichzeitig versetzte sie Daart mit ihrer Hüfte einen erneuten Knuff. Das wäre gar nicht nötig gewesen. Er hatte den Wink auch so verstanden.

»Vor allem glaube ich dir nicht«, sagte Daart. »Es war reiner Zufall, dass ich mich plötzlich in einem alten Gewölbe unterhalb der Festung wieder gefunden habe. Wahrscheinlich hat nur die Decke des Labyrinths nachgegeben, als wir mit unseren Pferden darüber geritten sind – und dann bin ich aus dem Sattel gefallen und irgendwo mit dem Kopf aufgeknallt.«

»Schon möglich, dass du ein paarmal zu hart mit dem Schädel aufgeschlagen bist«, sagte Zar'Toran. »Aber das hat nichts damit zu tun, wie du nach Eternity gelangt bist. Xer hat euch Drogen verabreicht – nicht nur euch, sondern der ganzen traurigen Truppe, die Jacurt angeführt hat.«

Zar'Torans Überheblichkeit begann in Prahlerei auszuarten, eine Schwäche, mit der er zu packen war. Daart beschloss, das auszunutzen. »Von Drogen, die einen Ortswechsel bewirken, habe ich noch nie etwas gehört«, sagte er in bewusst stichelndem Tonfall.

»Es nutzt dir überhaupt nichts, hier den Narren zu spielen«, sagte Zar'Toran heftig. »Xer hat die kärglichen Wasservorräte – sagen wir mal – manipuliert. Die Droge, die er euch dabei ganz nebenbei verabreicht hat, hat eure Sinne verwirrt, bis ihr schließlich sanft entschlummert wart. Euch hinabzuwerfen in den Schlund, der in dem Gewölbe unterhalb von Fortress endet, war dann ein Kinderspiel.«

»Also deswegen hat Xer alles getan, um zu verhindern, dass ich Jacurt zum Fluss führe, um frisches Wasser aufzunehmen«, sagte Daart gereizt. »Dann hätten sich Mensch und Tier dort den Bauch voll geschlagen, und er wäre auf seinem verpesteten Wasser sitzen geblieben.«

»Wenn er das getan hat, dann wird das wohl der Grund gewesen sein«, sagte Zar'Toran gleichmütig. »Ist das von irgendeiner Wichtigkeit?

Es war von irgendeiner Wichtigkeit. Zar'Torans Antwort hatte es Daart ermöglicht, bei Carnac tiefer vorzustoßen, bis zum Metall der Gürtelschnalle.

Zar'Toran drehte sich um und starrte hinüber auf eine Stelle hinter Daart; vielleicht, weil er dort die Quelle dessen vermutete, was jetzt ständig den Boden erzittern ließ; der Vorbote von etwas, das ihn nicht weniger zu beunruhigen schien als Daart und Carnac – nur mit dem Unterschied, dass er jederzeit gehen konnte, während Daart und Carnac in ihren Fesseln keine Möglichkeit hatten zu fliehen, wenn der Hügel nachgab – oder etwas aus dem Boden hervorbrach.

Als er sich ihnen wieder zuwandte, erschien er Daart größer als noch vor einem Moment und vor allem ... gewaltiger. »Also«, sagte er. »Wer von euch hat das Amulett versteckt? Oder wart ihr es etwa gemeinsam?«

Daart hätte vielleicht darauf geantwortet, wenn er in diesem Augenblick nicht die Gürtelschnalle ertastet hätte. Carnac stöhnte leise auf, als seine Finger in das Metall der Spange schnitten, ob vor Schmerzen oder Überraschung, wusste er nicht; es war sehr ungewöhnlich für sie, in solch einem Moment die Beherrschung zu verlieren – ungewöhnlich und höchst gefährlich.

»Ich verliere langsam die Geduld«, herrschte Zar'Toran sie an. Sein Blick ruhte einen Herzschlag lang stirnrunzelnd auf Carnac, bevor er sich in den von Daart bohrte. »Ich will das Amulett. Jetzt sofort.«

»Weil dir die Zeit davonläuft?«, fragte Daart. »Weil hier irgendetwas vor sich geht, was es euch unmöglich macht, in aller Ruhe weiter nach dem Amulett zu suchen?«

»Ich kann dir sagen, wem die Zeit davonläuft«, sagte Zar'Toran barsch. »Euch beiden.«

Daarts Finger gehorchten ihm nicht so, wie sie es sollten, doch dann hatte er endlich den Öffnungsmechanismus der Gürtelschnalle gefunden. Er wusste, dass ihm nicht mehr viel Zeit blieb, ihren verzweifelten Plan in die Tat umzusetzen. Irgendetwas braute sich zusammen. »Ich habe dieses ominöse Amulett nicht ein einziges Mal in den Händen gehalten«, sagte er. »Das bin ich bereit, mit meinem Satai-Sjen-Eid zu beschwören.«

»Der was wert ist?«, fragte Zar'Toran höhnisch.

»Du zweifelst an dem Satai-Sjen-Eid?«, brüllte Daart. Seine Finger bogen sich fast durch; Carnac hielt die Luft an, und trotzdem war es fast unmöglich, den Verschluss der Schnalle so weit umzubiegen, dass er sich öffnete. »Kein Satai-Sjen würde eine Lüge auf seinen Eid nehmen, keiner, Zar'Toran! Es ist die Grundlage unserer Gemeinschaft. Wie kannst du es also wagen, daran zu zweifeln?«

Trotz seines Wahrheitsgehalts war es ziemlicher Blödsinn, den er Zar'Toran ins Gesicht schleuderte – aber er bot ihm die Möglichkeit, sich in seinen Fesseln aufzubäumen, hin und her zu rucken und sich genug Spielraum zu verschaffen, um Carnacs Gürtelschnalle aufzureißen.

»Du missversteht mich, Daart«, sagte Zar'Toran kalt. »Ich will keinen Schwur. Ich will das Amulett. Wenn ich wiederkomme, erwarte ich eine Antwort.«

Mit diesen Worten drehte er sich um und ging an den beiden monströsen Schuppenkriegern vorbei in dieselbe Richtung, in der kurz zuvor Nubinas Silberkrieger verschwunden war.

10

»Nun mach schon«, hauchte Carnac, kaum dass Zar'Toran aus ihrem Blickfeld verschwunden war. »Die Steine stecken rechts in meinem Gürtel.«

Daart warf einen misstrauischen Blick auf den ihm am nächsten stehenden Zorrq. Der Gigant blickte aus seinen kalten Augen auf ihn herab, als wäre er nichts weiter als ein unwürdiger Wurm, den er mit einem einzigen, achtlosen Tritt zerquetschen konnte. Angesichts seiner gewaltigen Säulenbeine war dieser Gedanke gar nicht einmal so weit hergeholt. Daart vermochte nicht zu sagen, ob er Carnacs Worte gehört hatte; deshalb verzichtete er lieber darauf, ihr zu antworten. Wenn die Steine rechts waren, mussten Skars Wurfsterne links sein. Zumindest hoffte er das. Der Gedanke, dass er mit nackten Fingern in die Steine greifen könnte, behagte ihm überhaupt nicht. Ein Rest der Panik war immer noch in ihm, die er ihn ergriffen hatte, als sich einer der so harmlos aussehenden Glitzersteine in seine Hand eingegraben hatte …

»Was machst du da eigentlich?«, fragte Carnac laut. »Kannst du dich nicht mal ein bisschen nach rechts neigen? Damit würdest du nämlich meinen Rücken entlasten.«

»Da ist es mir aber zu steinig«, sagte Daart.

Der Augen des Zorrq blieben ausdruckslos. Aber wanderten seine Mundwinkel nicht soeben ein Stück nach oben? Daart wollte lieber nicht darüber nachdenken. Die beiden Giganten bereiteten ihm mindestens genauso viel Unbehagen wie die Steine in Carnacs Gürtel. Beides konnte er nicht recht einordnen – und wenn er ehrlich war, überstieg es seinen Horizont.

Aber darauf kam es jetzt nicht an. Sondern auf die Wurfsterne. Bereits eine einzige der fünf scharfen Zacken eines Sterns würde reichen, um die Lederfesseln einzuritzen. Der Rest würde sich ergeben.

Er zwängte den Zeigefinger in den schmalen Spalt des Geheimfachs im Gürtel, ganz vorsichtig und in der Erwartung, sich nun die Fingerkuppe aufzuritzen. Aber er erlebte eine unangenehme Überraschung. Es war etwas Weiches, Nachgiebiges, in dem er fast versank. Es dauerte einen Augenblick, bis er begriff, worin er da herumfingerte: in dem kleinen Rest des Haankrauts, mit dem Carnac Asks Rattenbisse versorgt hatte. Der Gedanke an Ask lenkte Daart für einen Moment von seinem Vorhaben ab. Er empfand fast so etwas wie ein schlechtes Gewissen, dass er während des Gesprächs mit Zar'Toran gar nicht mehr an sie gedacht hatte. Das letzte Mal, dass er sie gesehen hatte – oder zu sehen geglaubt hatte –, war beim Kampf gegen die Bestie gewesen, in einem Reich zwischen den Zeiten, das ihm jetzt, fernab der bizarren Unterwelt der Alten, so fremd und unverständlich erschien wie ein Traumfetzen.

Sein Finger berührte etwas Scharfkantiges, und bevor er ihn zurückziehen konnte, piekste etwas schmerzhaft in seine Fingerkuppe.

Um die Aufmerksamkeit der beiden Zorrq von dem abzulenken, was er vorhatte, fragte er: »Weißt du, was Zar'Toran mit diesem Amulett meint?«

»Ich weiß nichts von einem Amulett«, sagte Carnac mürrisch. »Ich hoffe nur, dass das hier bald ein Ende hat. Ich finde das nämlich langsam unerträglich.«

Daart begriff durchaus, dass damit seine unangenehmen Tastversuche gemeint waren. Trotzdem war der schwierigste Teil noch nicht überstanden: Er drückte Zeige- und Mittelfinger um den *Shuriken*, vorsichtig und darauf bedacht, sich nicht erneut zu schneiden. Doch wie sollte er den Wurfstern herausziehen, ohne sich dabei um Carnac zu winden wie ein tabanesischer Tempeltänzer?

Hilfe kam von unerwarteter Seite, von dem Grollen unter ihnen, das von einem Augenblick auf den anderen lauter wurde, bedrohlicher. Einmal mehr erinnerte es ihn an das wütende Poltern und Schnauben eines Drachen, der sich aus einem zu engen Gefängnis befreien will. Er versuchte den Gedanken zu verscheuchen, aber es gelang ihm nicht – und das schon gar nicht, weil das Vibrieren unter ihnen in etwas anderes überging, in einen Schütteln und Beben, die Vorboten eines Erdbebens oder einer anderen Urgewalt, die urplötzlich die Erde aufriss und Häuser und Festungsanlagen einstürzen ließ, als bestünden sie aus lockerem Weidengeflecht und nicht aus Stein und Holz.

Daart und Carnac wurden zur Seite gedrückt, und Daart nutzte die Bewegung aus, um daraus ein Schleudern zu machen, das Carnac erst von ihm wegjagte, so weit es die Fesseln zuließen, und dann wieder auf ihn zurückprallen ließ. Der winzige Augenblick relativer Freiheit musste reichen, um den Shuriken aus dem Gürtel zu befreien, nicht sehr feinfühlig und sicherlich nicht, ohne böse Kratzer auf ihrer beider Echsenpanzer zu hinterlassen.

Damit hätte es nach seinem Geschmack enden können, aber das tat es nicht. Aus dem Beben wurden regelrechte Stöße. Ohne Rücksicht auf die Zorrq zu nehmen, zwang Daart seine rechte Hand zu einer schmerzhaften Verrenkung, die den Shuriken in die Nähe von Carnac gebundenem Handgelenk brachte. Einer der beiden Giganten machte einen stampfenden Schritt auf ihn zu. Daart sah nicht auf. Er wusste, dass es jetzt um alles oder nichts ging. *Das Chaos geht über Enwor hinweg,* hatte ihm Carnac immer wieder eingehämmert, *alles beschleunigt sich. Wenn wir es nicht aufhalten, wird sich das Schicksal aller Menschen überschlagen, bis sie jeglichen Halt verloren haben und untergehen.*

Einmal mehr schienen sich ihre Worte zu bestätigen. Panisches Wiehern der Pferde, Hufgetrappel, aufgeregte Schreie und das Klirren von Waffen mischten sich zu einem wüsten Durcheinander. Die Unruhe des Bodens übertrug sich auf Mensch und Tier, zwang sie, darauf zu reagieren, ob sie nun wollten oder nicht. Der

Zorrq, der sich auf ihn zubewegte, blieb wieder stehen, ein dunkler Schatten, der wie ein Mahnmal vor ihnen aufragte. Wie eine leidenschaftliche Geliebte lag Carnac halb auf Daart, verbarg die verräterischen Befreiungsversuche mit ihrem Körper, während sie ihr Handgelenk fest und geschickt gegen den Shuriken drückte. Es war unwahrscheinlich, dass der Koloss mitbekam, dass Daart gerade eine ihrer Hände befreite. Aber vielleicht verfügte er ja über viel feinere Sinne als ein Mensch und war daher sehr wohl in der Lage zu erkennen, was da nur zwei Schritte von ihm entfernt vor sich ging.

»Ihr kommt besser mit«, sagte der Zorrq mit einem fürchterlichen Akzent. Seine raue, laute Stimme ging fast unter in dem Donnern und Krachen, das aus den Tiefen direkt unter ihnen zu kommen schien. Daart war das egal. Er setzte den Shuriken an der Fessel von Carnacs zweiter Hand an, und diesmal ging es schneller. Ein schneller, scharfer Schnitt, und der Riemen um ihr zweites Handgelenk löste sich.

Der Zorrq beugte sich zu ihnen herunter. Daart hatte mehrere diese Kolosse bereits rennen und kämpfen gesehen, und daher war ihm klar, dass er die Situation falsch eingeschätzt hatte: Der Zorrq war nicht darauf aus, einen Befreiungsversuch zu unterbinden, sondern wollte etwas anderes – vielleicht sie in Sicherheit oder zu dem vereinbarten Treffpunkt mit Zar'Toran bringen.

Daart beschloss, ihm einen Strich durch die Rechnung zu machen. Aber es musste blitzschnell gehen, und Carnac musste mitspielen.

Sie hatte die Hände jetzt frei, und sie reagierte prompt. Daart spürte ihre Finger auf den seinen, und dann riss sie ihm auch schon den Shuriken aus der Hand. Dass sie im Gegensatz zu ihm die Hände frei hatte, während sie den Wurfstern als Messer einsetzte, machte es einfacher für sie. Daart sah die Pranke des Zorrq herunterkommen, auf Carnacs Rückenfessel zu, sicherlich, um sie daran hochzuziehen. Genau in dem Moment, als er sie packte, war Daarts rechte Hand frei; als der Zorrq sie beide zu sich hochzog, auch die zweite.

Carnac ließ den Shuriken fallen. Daart griff zu. Er bekam die Mitte des Wurfsterns zu fassen; alles andere wäre verheerend gewesen. Ohne zu zögern riss er die Hand unter Carnac hervor, den silbrig glänzenden, fünfzackigen Metallstern in der Hand.

Der Zorrq erstarrte in der Bewegung. Er war schnell, unglaublich schnell. Er ließ die Lederfessel los und sprang zurück.

Während sie auf die zitternde, bebende Erde fielen, um gleich wieder hochzuschnellen, schleuderte Daart den Wurfstern. Der Shuriken jagte davon, riss eine blutige Linie in seine Hand und verwandelte sich in ein lautloses, tödliches Rad aus Licht. Der Zorrq stieß einen Schrei aus – einen halblauten, erstickten Ton, der inmitten des Donners nur wenige Schritte weit zu vernehmen war –, griff sich ans, nein, ins Auge und zog den Wurfstern heraus, der mühelos in seinen Kopf eingedrungen war. Dabei wirkte der Shuriken eher wie ein bizarres Schmuckstück als wie die fürchterliche Waffe, die er in Wirklichkeit war. Der Wurf war ein Volltreffer gewesen; dort, wo eben noch das kalt glitzernde Auge gewesen war, gähnte eine blutige, gezackte Höhle …

Daart hätte erwartet, dass der Koloss aufschrie, wankte oder zusammensackte. Aber nichts dergleichen geschah. Hätte Daart die Zeit gehabt, hätte er den schuppigen Giganten für seine kaltblütige Reaktion bewundert. Die Bewegung, die er mit der Hand vollführte, die Art, wie er seinen Arm schwang, war eindeutig: Er wollte den Shuriken auf denjenigen zurückschleudern, der ihm die klaffende Wunde in der Augenhöhle zugefügt hatte.

Es war ein Kampf um den Hauch eines Augenblicks, um die Präzision der Bewegungsabläufe. Daarts linke Hand war bereits in Carnacs Gürtel, wollte dort tasten und drang jetzt doch wie in Räuber ein. Seine Finger rissen bei der Berührung mit den Stacheln auf – unwichtig, zeitraubend, störend – und beeilten sich, mit ihrer Beute das Werk der Zerstörung zu beenden, das er mit seinem ersten Wurf begonnen hatte.

Der Zorrq warf den Stern.

Daart begriff, dass er zu langsam war. Es war unglaublich. Der Zorrq hätte gelähmt sein müssen durch den Schmerz, der durch seine Augenhöhle raste. Stattdessen reagierte er mit kaltblütiger Präzision.

Daart hatte dem nichts anderes entgegenzusetzen als die Erfahrung unendlicher Trainingsstunden mit Carnac und Jacurt. Sein Shuriken schoss einen winzigen Augenblick später ab als der des Zorrq. Es war keine Aussicht mehr, den Giganten zu treffen, bevor sich der auf ihn zurückgeschleuderte Wurfstern in ihn selbst bohren würde.

Es konnte nur Shuriken gegen Shuriken geben.

Die beiden Sterne, drehenden Lichtgewittern gleich, prallten mitten ihm Flug aufeinander, überschlugen sich, sausten sirrend zur Seite und prallten irgendwo weit entfernt gegen Felsen. Der Zorrq sprang vor. Daart fingerte erneut in Carnacs Gürtel herum. Sie lag noch immer auf ihm, wie ein lebendiges Schutzschild, und Daart war sich nur zu bewusst, dass sie es wäre, die als Erste den Zorn des zur Hälfte geblendeten Giganten zu spüren bekäme.

Er bekam Haankraut in die Finger, und einen schrecklichen Augenblick füllte ihn die entsetzliche Gewissheit aus, dass Carnac nur zwei Shuriken eingesteckt hatte. Doch dann ertastete er den dritten Stern, und diesmal, ohne sich blutige Finger zu holen.

Der Zorrq war schnell, viel zu schnell. Er riss seinen Fuß nach oben, um sie zusammenzustampfen. Daarts linker Arm zwang Carnac in eine Drehbewegung, die sie unterstützte, sofort und mit erstaunlicher Elastizität und Kraft, und doch zu langsam. Gleichzeitig brachte er den Arm hoch. Ihm blieb keine Zeit zum Zielen. Er starrte in das Gesicht des Giganten, auf den mit schrecklichen Stacheln bewehrten Schädel, er sah die Qual, aber auch die Siegessicherheit in dem einen verbliebenen Auge aufblitzen, die erste wirkliche emotionale Reaktion, die er je bei einem der missgestalten Schuppenkrieger beobachtet hatte.

Der Shuriken jagte davon, als Carnacs Schulter sich in Daarts Gesicht bohrte und ihn zu Boden drückte. Er hörte das erstickte Keuchen des Giganten, er unterstützte die Drehbewegung, in der jetzt Carnac den Ton angab, und mehrfach hintereinander rollten sie über den bebenden Boden wie ein Liebespaar im Rausch, das nur sich selbst und seine Gefühle kennt.

Dicht neben ihnen donnerte der Fuß des Zorrq auf den Boden. Nur für einen flüchtigen Moment sah Daart sein Gesicht. Der zweite Wurfstern hatte genau getroffen und den Giganten endgültig geblendet. Seine Bewegungen waren nach wie vor kraftvoll, aber unkoordiniert. Wäre nicht der infernalische Lärm um sie herum gewesen, das Donnern und Tosen, das jetzt genau von dort zu kommen schien, wo sie hinrollten, dann hätte er ihre Bewegungen gehört und sich zweifelsohne trotz seiner schweren Verletzungen auf sie gestürzt.

Nicht, dass das nötig gewesen wäre. Der zweite Koloss hatte sie genau im Blickfeld, und er katapultierte sich geradezu auf sie zu. Carnac stieß Daart den Ellbogen unters Kinn – zum letzten Mal, wie er hoffte – und riss den Dolch aus ihrem Gürtel. Jetzt kam ihnen Zar'Torans Überheblichkeit zugute, der es nicht für nötig befunden hatte, ihnen die Waffen zu nehmen. Die scharfe Klinge von Carnacs Dolch jagte auf Daarts Fesseln zu, wühlte sich unter sie, riss sie in zwei, drei schnellen Schnitten auf. Zu spät! Der Zorrq war schon heran. Gewarnt durch das Schicksal seines Artgenossen, riss er den Arm nach oben, den Wurfspeer fest umklammert: Er wollte sie aufspießen.

Erst im allerletzten Moment gelang es Carnac, die Fesseln zu durchtrennen, die sie beide zusammengebunden hatten. Daart hatte plötzlich genug Bewegungsfreiheit für ein verzweifeltes Manöver. Er riss die Knie an den Leib und rammte sie Carnac in den Magen. Der Speer zuckte vor. Carnac kam nach oben und sauste über Daart hinweg, als der Dreizack niederfuhr. Daart riss in einer verzweifelten Bewegung die Beine auseinander, als er den Speer auf sich niedersausen sah. Auch diesmal war er wieder den Hauch eines Augenblicks zu langsam. Die beiden äußeren Zacken der Waffe schrammten Leder und Haut an seinen Oberschenkeln, und der Speer fuhr mit solcher Heftigkeit in den Boden, dass Daart das Gefühl hatte, seine Beine würden mit riesigen Nägeln in die Erde gehämmert.

Daart kam nicht dazu, das Glück auszukosten, dass der Speer seinen Unterleib knapp verfehlt und seine Beine nicht durchlöchert, sondern nur das Leder in den Boden genagelt hatte. Der Koloss blieb dicht vor ihm stehen, um ihm die Faust ins Gesicht zu rammen und ihn die nadelspitzen Stacheln an seinen Handgelenken auskosten zu lassen. Daart wäre nach hinten weggesprungen, aber der Dreizack hatte ihn halb aufgespießt wie ein lästiges Insekt, sodass ihm nichts anderes übrig blieb, als sich an Ort und Stelle zu verteidigen. Seine Hand fuhr zum Schwertgriff. Er war blitzschnell, aber das war der Zorrq auch, trotz seiner plumpen Erscheinung. Daart hatte das Schwert gerade halb gezogen, da traf die Faust des Reptilienkriegers sein Handgelenk. Mit der Wucht eines Vorschlaghammers jagte er seinen Arm in den aufgeweichten Boden.

Der Zorrq holte zum zweiten, entscheidenden Schlag aus. Daart konnte seine rechte Hand nicht mehr bewegen, aber seine Linke war noch voll einsatzbereit, und so langte er nach seinem Dolch, einer lächerlichen Waffe gegen das stachelbewehrte Ungetüm, aber besser als nichts – vor allem, wenn es ihm gelang, mit dem Dolch nach seinen Augen zu hacken.

Der Koloss bot ihm jedoch keine Gelegenheit. Das Ziel seines zweiten Schlags war nicht der Kopf, wie Daart vermutet hatte, sondern wiederum seine Hand, nur diesmal die Linke.

Doch bevor der Zorrq seinen zweiten Trümmerschlag anbringen konnte, war Carnac heran. Sie sprang vor, mit gespreizten Beinen und um einen sicheren Stand bemüht. Ihr Schwert zuckte auf den Zorrq zu.

Noch immer machte der Koloss sich nicht die Mühe, sein Zackenschwert zu ziehen. Er wich ein kleines Stück zurück, gerade so, dass Carnac ihn nicht treffen konnte, und ließ erneut seine Faust vorfahren, diesmal gegen die Breitseite ihres Schwerts. Es gab einen hässlichen, eindeutig metallisch klingenden Laut, der das Donnern und Grollen mühelos übertönte, und dann flog Carnacs Schwert in hohem Bogen davon.

»Verschwinde«, brüllte Daart. »Bring dich in Sicherheit!«

Aber Carnac dachte gar nicht daran. Sie sprang zur Seite, geduckt wie eine Katze, die dem Angriff eines gefährlichen Straßenköters ausweichen will. Die Spitze ihre Stiefels schrammte dabei über Daarts Nase, ein Schönheitsfehler, der den Nachteil hatte, dass Daarts Gesichts dadurch zur Seite in den Schlamm gedrückt wurde.

Mit einem Satz war Carnac neben dem Zorrq. Sie tauchte nach

unten ab, packte das Schwert, das sich halb in den Schlamm gebohrt hatte, vollführte mit ihm zusammen eine Rolle, die sie aus der Reichweite des Zorrq brachte. Daart war sofort klar, was sie vorhatte: Sie wollte die Aufmerksamkeit des Ungetüms von ihm selbst ablenken und damit verhindern, dass der Zorrq ihn mit dem nächsten Schlag endgültig ausschaltete.

Es war sinnlos. Daart konnte den Kopf frei bewegen, und als er ihn jetzt aus dem Schlamm hochriss, erkannte er die dunklen Schatten mehrerer Krieger, die mit gezogenen Schwertern und weit ausholenden Schritten auf sie zuhetzten. Carnac hatte nicht geringste Chance. Selbst wenn es ihr gelang, den Zorrq lang genug zu beschäftigen, bis er sich befreit hatte, würde es letztlich vergebens sein.

Daart beugte sich so weit wie möglich vor. Ungeachtet des Schmerzes, der durch sein rechtes Handgelenk tobte, packte er den Schaft des riesigen Dreizacks mit beiden Händen und riss daran. Sein Handgelenk war nicht gebrochen, denn dann hätte er diese Bewegung gar nicht ausführen können. Trotzdem war es die reinste Qual. Der Zorrq hatte ganze Arbeit geleistet; hätte der Dreizack Carnac erwischt, hätte er sie wie ein wehrloses Insekt aufgespießt.

11

Daart hatte sich selten zuvor jemals so gedemütigt gefühlt, und das, obwohl es nur ein Zufall war, der ihn in entwürdigender Pose auf dem Boden festnagelte. In jeder anderen Lage wäre es ihm nicht so bewusst gewesen wie jetzt, als Hufgetrappel, aufgeregte Schreie und Waffengeklirr an sein Ohr drangen und sich mit dem wütenden Grollen, dem Zittern und Beben zu einem ohrenbetäubenden Lärm verbündeten.

Ein Pferd sprengte an ihm vorbei und nahm ihm die Sicht. Kurz darauf geriet Carnac in sein Blickfeld. Sie attackierte den Zorrq mit einer schnellen Folge von Schwerthieben, die der Koloss mit seinem Zackenschwert parieren musste. Carnac machte nicht den Fehler, sich auf eine Kraftprobe einzulassen – die ihr schlecht bekommen wäre. Sie beschränkte sich auf leichte, elastische Schläge und Stiche, die der Zorrq abwehrte wie ein Erwachsener den Angriff eines Kindes mit einem Holzschwert – bevor er sich plötzlich umdrehte, Carnac an Ort und Stelle stehen ließ und hinabstürmte, dorthin, wo das Wiehern der Pferde und das Kampfgeschrei am lautesten waren.

Daart verdoppelte seine Anstrengungen, und jetzt, endlich, gab der Dreizack ein wenig nach, wenn auch so widerwillig, als verfügte er über ein Eigenleben. Die steinige Anhöhe wimmelte inzwischen von Kriegern unterschiedlichster Herkunft, die aus zwei, drei oder mehr Richtungen aufeinander zustürmten, teilweise zu Fuß, teilweise zu Pferd. Es war ein unglaubliches Gewimmel, in dessen Mittelpunkt Daart wie ein vor Ewigkeiten vergessener Gefangener hockte, immer noch mit beiden Händen den Speerschaft umklammernd und mit aller Kraft an ihm zerrend. Es war keine Jagd auf ihn, es war ein erbitterter Kampf Mann gegen Mann, dessen Fronten Daart auf den ersten Blick völlig unklar waren. Vielleicht lag es daran, dass er sich zu sehr darauf konzentrierte, endlich freizukommen, und er währenddessen nach Carnac Ausschau hielt, ohne sie zu entdecken. Dafür bemerkte er zwei Guhulan, die direkt auf ihn zuhielten.

Außerdem gab es noch jemanden, der seine Aufmerksamkeit auf sich lenkte: der geblendete Zorrq. So unglaublich es anmutete, wirkte der Titan inmitten des Chaos doch vollkommen in seinem Element. Seine Pranke fuhr herum und wischte einen Reiter vom Pferd. Das daneben laufende Tier war weniger glücklich: Mit einem Schlag auf den Schädel donnerte er das bedauernswerte Tier kopfüber in den Boden; die Hinterhufe kamen hoch, als es sich überschlug, und sein Reiter sauste davon und über Daart hinweg, als wäre er von einem Katapult abgeschossen worden.

Daart hatte nicht den Eindruck, dass der Zorrq besonders wählerisch vorging. Er wischte alles beiseite, was ihm in die Quere kam, Freund und Feind gleichermaßen. Und er hatte ein Ziel.

Daart.

Auch wenn sein Augenlicht nicht mehr intakt war, so arbeiteten sein Gedächtnis und sein Orientierungssinn offensichtlich prächtig. Er stapfte direkt auf ihn zu. Daart riss und zerrte mit aller Kraft an dem Speerschaft. Als er ihm endlich gelang, das gewaltige Kampfwerkzeug ein Stück hochzureißen – an dessen beiden äußeren Zacken Leder-, Haut- und Blutreste wie makabere Trophäen klebten –, war es schon fast zu spät. Der Gigant war nur noch zwei Schritte entfernt, die beiden Guhulan bereits in Reichweite.

Daart wartete, bis der erste Guhulan heran war. Er machte sich nicht die Mühe, den Dreizack umzudrehen – das hätte zu viel Zeit gekostet –, sondern kombinierte sein Manöver mit einem Angriff auf den Feuerkrieger, indem er den massiven Schaft vorschnellen ließ. Der Guhulan hatte damit gerechnet, riss den Kopf zur Seite und gleichzeitig sein Schwert hoch.

Es war das Letzte, was er in seinem Leben tat. Sein Fehler war, den bis aufs Blut gereizten Zorrq für einen gutmütigen Verbündeten zu halten. Ohne jegliches Feingefühl, und sicherlich auch ohne zu wissen, wer ihm da eigentlich den Weg versperrte, donnerte ihm der Koloss die Faust in den Rücken. Der Guhulan machte einen haltlosen Satz nach vorn und rammte sich in den Dreizack hinein, den Daart in einer verzweifelten Anstrengung inzwischen herumgedreht hatte. Der Aufprall riss Daart die Waffe aus der Hand.

Der zweite Guhulan regierte blitzschnell. Der Zorrq war außer sich vor Wut, aber blind und damit hilflos der Attacke des Feuerkriegers ausgesetzt, als dieser mit seinem Schwert zustach – nicht in sein Gesicht, sondern ein kleines Stück tiefer. Daart beobachtete fassungslos, wie er sein Schwert in den Hals des Zorrq hieb – und dieser daraufhin seinen Arm packte und umdrehte. Es knirschte fürchterlich. Der Zorrq wankte nicht einmal, als er den Guhulan hochriss und von sich schleuderte.

Erst jetzt sah Daart, dass der Koloss bereits zahlreiche, zum Teil heftig blutende Treffer abbekommen hatte. Es schien ihn ebenso wenig zu kümmern wie die Klinge, die in seinem Hals steckte. Er packte ihren Griff und riss sie heraus, und jetzt endlich erwachte Daart aus seiner Erstarrung. Es war zu spät, um aufzuspringen. In der Hoffnung, ihm so noch am ehesten entgehen zu können, kroch er rücklings vor dem blinden Ungetüm davon. Der Zorrq wandte den Kopf zu ihm, als er ob er ihn sehen könnte, und Daart starrte unversehens in die blutenden, leeren Augenhöhlen, in denen die Wurfsterne furchtbare Verheerungen angerichtet hatten. Einen fürchterlichen Augenblick lang quälte Daart der absurde Verdacht, dass der riesige Schuppenkrieger in Wirklichkeit gar nicht sein Augenlicht verloren habe, und als der Koloss mit dem Fuß nach ihm stampfte und ihn nur um Haaresbreite verfehlte, wurde aus dem Verdacht Gewissheit. Auch wenn ihn den Zorrq nicht wirklich sah, nahm er ihn doch auf irgendeine geheimnisvolle Art wahr, und das reichte. Sein nächster Tritt würde unweigerlich treffen.

Der Gigant brüllte vor wütender Siegesgewissheit, hob den Fuß und zielte genau in Richtung von Daarts Kopf. Sein riesiger Stiefel fuhr herab … doch da traf ein gewaltiger dunkler Schatten mit solcher Wucht auf das Ungetüm, dass es zur Seite gestoßen wurde und wegtaumelte. Der Fuß, der um ein Haar Daarts Kopf zermalmt hätte, zermalmte einen faustgroßen Stein nur eine Handbreit neben seinem Gesicht.

Der Titan kämpfte mit rudernden Armen um sein Gleichgewicht, aber auch das Pferd, das ihn gerammt hatte, bäumte sich wiehernd auf, sodass sein Reiter mit aller Kraft darum kämpfen musste, nicht aus dem Sattel geschleudert zu werden. Daart erkannte an der schwarzen Lederkleidung, dass es ein Satai sein musste. Irgendetwas Furchtbares schien mit ihm passiert zu sein, denn die Kleidung war zerfetzt, eingerissen und angeschmort, so als wäre eine Feuerwalze über ihn hinweggegangen. Die Erkenntnis, dass er das schon einmal gesehen hatte, in einer ganz anderen, aber nicht minder verrückten Situation, traf Daart wie ein Schlag. Fast vergaß er darüber die Gefahr, in der er immer noch schwebte. Der gigantische Schuppenkrieger kämpfte weiterhin um sein Gleichgewicht. Der Stich in seinem Hals, aber auch die anderen furchtbaren Verletzungen hatten ihm so übel zugesetzt, dass er den Kampf trotz seiner fast unglaublichen Robustheit zu verlieren drohte. Daarts Herz krampfte sich zusammen, als er sah, wie sich der Zorrq wie ein gefällter Baum in seine Richtung neigte. Verzweifelt warf er sich herum, und der Koloss stürzte mit einer Gewalt dicht neben ihm zu Boden, dass die Erde bebte.

Der Reiter, der ihn aus dem Gleichgewicht gebracht hatte,

sprengte davon. Daart erhob sich mit einem Satz und sah ihm nach. Der Satai hing halb auf dem Pferd, als hätte ihn der Angriff aus dem Sattel geworfen. Und trotzdem war etwas in seiner Haltung, das Daart vertraut vorkam. Nur allzu vertraut.

Es war vollkommen unmöglich, und doch konnte es nicht anders sein: Der Mann, der ihm gerade das Leben gerettet hatte, war Jacurt. Beim letzten Mal, als sie sich gesehen hatten, wäre er ihm am liebsten an die Gurgel gesprungen, und danach hatten ihn die tobenden Wassermassen unter sich begraben. Jacurt war tot – es konnte gar nicht anders sein. Und trotzdem war er jetzt hier, und wenn auch nicht in bester Verfassung, so doch immerhin in der Lage, ein Pferd zu reiten und in den Kampf einzugreifen, der mit unverminderter Härte um ihn herum tobte.

Ein Pfeil zischte dicht an Daart vorbei, und er begriff wieder, wo er war. Mit einem Satz sprang er über den sterbenden Zorrq hin zu dem Guhulan, der sich selbst aufgespießt hatte. Er hatte es auf das Schwert abgesehen, dass der Zorrq hier auf den Boden geschleudert hatte. Aber das erwies sich als unnötig; dicht daneben lag sein Tschekal im Schmutz. Daart packte es mit der linken Hand, da seine Rechte im wahrsten Sinn des Wortes zu angeschlagen war, und fuhr wieder zum Kampfgeschehen herum.

Jacurt war nicht allein gekommen, natürlich nicht. In seiner Begleitung waren die Krieger, die er gegen die Verräter in den eigenen Reihen hatte führen wollen. Jetzt waren sie in einen erbitterten, Kräfte zehrenden Kampf gegen Silberkrieger, Guhulan und Quorrl verwickelt. So schwungvoll sie ihren Überraschungsangriff vorgetragen hatten, so rasch geriet er jetzt ins Stocken. Daart erkannte mit einem Blick, dass Jacurts Männer auf verlorenem Posten kämpften. Zar'Torans Kriegern war es gelungen, sie auseinander zu treiben, und nun schnitten sie sie voneinander ab, wo immer das möglich war.

Daart stürmte vorwärts, auf zwei Silberkrieger zu, die gerade einen Valkoner vor sich hertrieben. Jacurts Krieger blutete aus einem üblen Schnitt am Hals, und seine Bewegungen zeugten davon, dass ihn der Blutverlust bereits schwächte. Daart konnte nicht zulassen, dass der Mann so einfach niedergemacht wurde. Auf eine widersinnige Art fühlte er sich gar verpflichtet, diesen Krieger zu retten; und sei es nur, um damit seine Schuld am Tod der beiden Valkoner ein Stück abzutragen, die er vor wenigen Tagen in einer Mischung aus Notwehr und Befreiungsschlag hatte ausschalten müssen.

Mit einem Aufschrei stürzte er sich auf den Silberkrieger, der ihm am nächsten war. Der Mann fuhr zu ihm herum, das Schwert emporgerissen. Als er Daart sah, funkelte es in den Augen hinter seiner Silbermaske auf, als hätte er ihn erkannt. Der winzige Moment der Ablenkung genügte Daart, um einen Stich anzubringen. Seine Klinge bohrte sich in die Schulter des Mannes, bevor dieser begriff, wie ihm geschah. Und trotzdem kam der Angriff zu spät: Der Valkoner taumelte zurück, ließ sein Schwert fallen und brach in die Knie. Als Daart zu ihm herumfuhr, erkannte er, dass er tödlich getroffen war; in seiner Brust klaffte eine riesige Wunde.

Daart blieb nichts anderes übrig, als ihn zu rächen. Er tauchte unter der Klinge des zweiten Silberkriegers hindurch und trat dem Mann mit so großer Wucht vor die Brust, dass dieser zurücktaumelte – genau in das Schwert eines Soraners hinein, der wohl dem Valkoner zu Hilfe hatte eilen wollen, aber zu spät gekommen war. Der Silberkrieger mit der klaffenden Schulterwunde wandte sich zur Flucht, als er seinen Waffengefährten zusammenbrechen sah und unvermittelt allein einem Soraner und einem Satai gegenüber stand.

Daart wandte sich mit einer Mischung aus Ekel und Kampfbereitschaft um. Der Geruch von Blut, Schweiß und Schlimmerem lag über dem Hügel, und auf dem Boden lagen Tote und Sterbende aus allen Regionen Enwors. Es bereitete ihm keine Genugtuung zu sehen, dass etliche Männer in den schwarzen Feuergewändern der Guhulan und einige Silberkrieger darunter waren. Die meisten Gefallenen trugen die Kleidung der Soraner; sie hatten wohl die Hauptwelle des ersten Angriffs getragen. Aber darauf kam es jetzt nicht an. Er hielt nach Carnac Ausschau.

Es dauerte eine Weile, bis er sie inmitten des Chaos entdeckte. Sie war ein ganzes Stück weit abgedrängt worden, in die Richtung, in der Zar'Toran verschwunden war, und das bestimmt nicht, ohne erbitterten Widerstand zu leisten. An diesem Teil des Hügels war der Angriff von Jacurts Heer bereits vollständig zum Erliegen gekommen, und die wenigen seiner Krieger, die sich dort noch halten konnten, sahen nicht so aus, als täten sie das ganz freiwillig. Zar'Torans Männern war es gelungen, sie gruppenweise einzukreisen. Offensichtlich wollten sie sie nacheinander niedermachen.

Bei Carnac waren noch nur zwei andere Männer: ein Söldner aus Ikne – und Jacurt. Der Satai hatte sein Pferd verloren und kämpfte zu Fuß weiter, wenn auch auf verlorenem Posten. Es waren mindestens ein Dutzend feindlicher Krieger, die sie eingekreist hatten. Jacurt, Carnac und der Söldner schwangen ihre Klingen und wehrten sich mit verbissener Wut. Aber der Kreis zog sich unbarmherzig enger zusammen; es konnte nicht mehr lange dauern, bis der Erste von ihnen fallen würde – und dann waren auch die beiden anderen verloren.

Daart stürzte los. Der Boden unter ihm bockte wie ein durchgehendes Pferd, und zwei- oder dreimal musste er sich heftiger Angriffe erwehren. Er merkte es kaum. Er hatte nur Augen für Carnac. Und das aus gutem Grund. Unter den Angreifern war ein Quorrl, der versuchte, einen Keil zwischen sie und Jacurt zu treiben. Daart wusste nur zu gut, was passieren würde, wenn ihm das gelänge: Dann würde sich Carnac plötzlich ganz allein mehreren Angreifern gegenübersehen, denen sie auf Dauer kaum gewachsen sein würde.

Im Vergleich zu dem Zorrq, der es eben noch auf Daart abgesehen hatte, wirkte der Quorrl fast winzig. Aber das täuschte. Der Quorrl war nicht nur viel stärker als Carnac, er war auch erschreckend schnell. Seine Klinge hämmerte mit ungestümer Wucht auf sie ein. Carnac hatte Mühe, seine Schläge zu parieren, ohne dass ihr die Waffe aus der Hand geprellt wurde. Ihr Gesicht war verzerrt. Es war offensichtlich, dass sie nicht mehr lange durchhalten würde ... Der Quorrl holte aus, und in dem Moment, als sein Schwert auf Carnac niedersauste, erkannte ihn Daart.

Es war Xer, Jacurts verräterischer Stellvertreter.

Da war Daart heran. Wie ein Wirbelwind fuhr er unter die Angreifer. Drei von Zar'Torans Kriegern starben, bevor sie überhaupt begriffen, wie ihnen geschah; einem von ihnen stieß Daart das Tschekal in den Nacken, dem zweiten hieb er es in die Brust, gerade als er sich zu ihm umdrehen wollte, und dem dritten versetzte er einen heftigen Streich gegen den Kopf. Xer fuhr zu ihm herum. Das brachte Carnac den dringend benötigten Feiraum, um zurückzuspringen und sich aus der Umklammerung ihrer Gegner zu lösen – und Daart in höchste Bedrängnis zu bringen.

Er hatte schon aus der Ferne gesehen, wie gut Xer zu kämpfen verstand, und er bekam auch gleich eine Kostprobe davon zu spüren. Die Schläge und Finten des Quorrls deckten Daart so ein, dass er in die Defensive gedrängt wurde, statt seinerseits zum Angriff übergehen zu können. Sein Versuch, den Quorrl zurückzudrängen, um sich zu Carnac durchzukämpfen, scheiterte kläglich; und das nicht zuletzt deswegen, weil sich ausgerechnet jetzt der pochende Schmerz in seinem Knie zurückmeldete, und das mit einer Gewalt, die ihm früher oder später das Bein wegknicken lassen würde. Nur mit Mühe erwehrte er sich der harten Schläge von Xers Zackenschwert, der mit unverminderter Wucht auf ihn eindrang. Statt sich vorwärts zu kämpfen, wich er weiter zurück.

Da wirbelte ein schwarzer Schatten heran. Jacurt. Sein Gesicht sah nicht so aus, wie Daart es erwartet hatte, sondern noch viel schlimmer. Hautfetzen hingen, roten Pusteln gleich, herab, und dort, wo das Kinn hätte sein sollen, war nur mehr eine bis auf den Knochen verschmorte, grau-rote Schicht. Aber in seinen Augen glühte das alte Feuer: ungebrochene Kampfeslust und Siegeswillen, gepaart mit der Erkenntnis, dass es jetzt um alles oder nichts ging.

Auch Xer blieb das nicht verborgen. Er rief ein laut donnerndes Kommando, das sogar den Kampflärm übertönte, und von überall strömten Guhulan und Silberkrieger heran. Daart hatte keine Zeit, sich Gedanken über das seltsame Bündnis zu machen, bei dem Feuer- und Silberkrieger Seite an Seite kämpften und sich dem Befehl eines Quorrls unterstellten. Er tauchte unter Xers nächstem Angriff hinweg und sprang nach vorn, beinahe in das Schwert des auf ihrer Seite kämpfenden Söldners hinein. Er musste zu Carnac, egal, was sonst geschah, er musste sie hier herausbringen – damit sie sich gemeinsam Zar'Toran vornehmen konnten. Es durfte nicht sein, dass der Mann ungestraft davonkam, dem sie all das hier zu verdanken hatten.

Der Quorrl machte keine Anstalten, ihm nachzusetzen; warum sollte er auch. Daart hatte sich freiwillig mitten ins Zentrum eines sich immer enger ziehenden Rings feindlicher Krieger begeben, und Xer konnte davon ausgehen, dass er das nicht überleben würde. Der einzige Verbündete, der noch Seite an Seite mit Carnac kämpfte, war der Söldner aus Ikne, und der blutete bereits aus zahlreichen, teilweise recht üblen Wunden und wirkte so angeschlagen, dass es nicht mehr lange dauern konnte, bis ihn ein feindliches Schwert niederstreckte. Daart wehrte den Angriff eines Guhulan ab … und erstarrte.

Der Kampf verlagerte sich zu Jacurt hin. Xer hatte offensichtlich vor, seinem Verrat die Krone aufzusetzen, indem er den Mann ausschaltete, der ihm rückhaltlos vertraut hatte. Frische, unverletzte Krieger stürzten sich auf den Satai, während sich Xer ein Stück zurückzog und mit kalten Augen und gezogenem Schwert zusah, wie sein Heerführer abgeschlachtet wurde.

Jacurt wehrte sich verzweifelt und mit einer Kraft und Schnelligkeit, die die ersten beiden Angreifer das Leben kostete. Sein Schwert fuhr nieder wie ein zu schneidendem Stahl erstarrter Blitz, enthauptete einen Silberkrieger und bohrte sich scheinbar mühelos durch den Brustpanzer eines zweiten, dann wurde er selbst getroffen und taumelte haltlos zurück. Ein Schwert schlug mit der flachen Seite auf seinen Rücken, ohne ihn ernsthaft verletzten zu können, doch der Stoß brachte ihn endgültig aus dem Gleichgewicht. Er fiel auf die Knie, stieß noch aus der Bewegung heraus mit dem Schwert nach einem Angreifer, ohne ihn zu treffen, und riss gleichzeitig den Dolch aus dem Gürtel, um ihn nach einem Guhulan zu werfen.

»Nein!«, schrie Daart. Jacurt und er waren niemals wirkliche Freunde gewesen, und doch stand er ihm näher als jeder andere aus der Satai-Gemeinschaft, Carnac und Ask einmal ausgenommen. Der Konflikt, den sie in den letzten Tagen ausgetragen hatten, war dem Intrigenspiel Zar'Torans und Xers zu verdanken. Es durfte nicht sein, dass es jetzt so endete; dass ihn Xer vor seinen Augen umbringen ließ, um dann ihn selbst und Carnac niedermetzeln zu lassen.

Daart wehrte den hastig vorgetragenen Angriff eines Silberkriegers ab, der offenbar verhindern sollte, dass er Jacurt zu Hilfe eilte. Während Klinge auf Klinge prallte, bemerkte Daart aus den Augenwinkeln, dass Jacurt durchaus noch in der Lage war, gegen die Übermacht der Angreifer zu bestehen. Das bewies allein schon der haltlos zurücktaumelnde Guhulan, der verzweifelt nach dem Heft von Jacurts Dolch hangelte, das aus seinem Herzen ragte. Wenn Skar und Del nur dabei gewesen wären! Daart war sich sicher, sie hätten gemeinsam die ganze verdammte Brut zurückgeworfen.

Aber es musste auch so gehen.

Er trat dem Silberkrieger so kräftig vor die Brust, dass der Mann zurücktaumelte, und sprang dann vor, direkt auf Xer zu. Der Quorrl starrte so gebannt auf das grausige Schauspiel vor seinen Augen, dass er vollkommen überrascht wurde. Es gelang ihm zwar noch, sein Schwert hochzubringen, aber er war nicht mehr in der Lage, sich vollends zu Daart umzudrehen.

Daart schlug ihm den Kopf ab.

12

Es gibt Augenblicke im Leben eines Menschen, da muss er sich entscheiden, was zu tun ist – schnell und kompromisslos. Es mag sein, dass er die falsche Entscheidung trifft, es kann aber auch sein, dass er das Einzige tut, was ihn aus einer vermeintlich ausweglosen Lage zu befreien vermag. Über diese zweischneidige Seite taktischer Überlegungen wusste Daart alles; er war auch in diesem Punkt ein äußerst aufmerksamer Schüler Skarissa Raborks gewesen. Womit er aber nicht gelernt hatte umzugehen, waren die verwirrenden und sich zum Teil widersprechenden Gefühle in seinem Innern, die genau dann hervorbrachen, als er sie am wenigsten gebrauchen konnte. Es war der Hass auf den toten Quorrl, der zu seinen Füßen inmitten einer Lache schaumigen Blutes lag, und der noch viel größere Hass auf Zar'Toran, den Mann, der sich wie ein abgrundtief böser Stiefvater in sein Leben gedrängt hatte, um seinen *Sohn* ins Verderben zu stürzen. Es waren seine Gefühle für Carnac, die stärker waren, als sie es eigentlich sein sollten, weit stärker, als sich das aus den bislang nur zwei Gelegenheiten erklären ließ, in denen sie sich als Mann und Frau begegnet waren und nicht als Satai-Sjen; seine Sorge um sie, die vollkommen unbegründet und übertrieben war, denn sie war eine Kriegerin wie er ein Krieger, und es gab nichts, was rechtfertigte, dass er ständig das Verlangen danach spürte, sie in Sicherheit zu wissen, während er selbst bereit war, im Zentrum des Sturms zu kämpfen.

Aber das war noch nicht alles. Er stand inmitten eines Blutbads schlimmsten Ausmaßes, auf bebendem Boden, und blickte auf den Satai mit dem verheerten Gesicht, der auf dem Boden kniete und der todgeweiht gewesen war bis zu dem Moment, in dem Daart den Quorrl getötet hatte. Sein zwiespältiges Verhältnis ihm gegenüber hatte letztlich zu der Katastrophe geführt, die sie hier und jetzt zu vernichten drohte. Wäre ein Band des grenzenlosen Vertrauens zwischen ihnen gewesen – so wie er es trotz aller Gegensätze bei Skar und Del zu spüren geglaubt hatte –, dann wäre Xers Intrige nichtig gewesen, und Zar'Torans Plan wäre gescheitert.

In dem zeitlosen Augenblick, als er vor dem Leichnam des Quorrls stand, schossen Daart die verrücktesten Gedanken durch den Kopf. Aber nicht sie drohten ihn zu lähmen, sondern seine verworrenen Gefühle. Der Zeit war tatsächlich erstarrt, wenn auch vielleicht nur für den Hauch eines Augenblicks, der Daart wohl deshalb so lang vorkam, weil sein Zeitempfinden nicht mehr denselben Gesetzen gehorchte wie das anderer Menschen. Jacurts Kopf ruckte hoch wie der eines Mannes, der aus einem tiefen Traum erwacht, und dann erhob er sich mit einer so schnellen und flüssigen Bewegung, dass seine Gegner nicht dazu kamen, einen erneuten Angriff zu vollführen.

Es war vorbei, und sie alle wussten es, und trotzdem würde es weitergehen. Die Guhulan und die Silberkrieger Nubinas, die den weiten Weg von Nyingma bis hierhin in das Tal des Vergessens gefunden hatten: Sie würden weiterkämpfen und alles daran setzen, dass Jacurt, er selbst, der Söldner und Carnac stürben – schnell und kompromisslos. Aber den Auslöser der besonderen Konstellation, die sie hier zusammengeführt hatte, gab es nicht mehr; er lag tot zu Daarts Füßen.

»Daart!«, schrie jemand, und noch bevor er einen schnellen Schritt zurück machen konnte, weg von dem Guhulan, der sich ihm gerade zuwandte und sich anschickte, seine Waffe gegen ihn zu erheben, wusste er mit absoluter Gewissheit, wer den Schrei ausgestoßen hatte.

»Fang!«, schrie Carnac.

Daart drehte sich um. Carnac, gut zehn Schritte von ihm entfernt und eingerahmt von zwei Guhulan, holte mit der linken Hand aus und warf etwas zu ihm herüber.

Daart erstarrte, diesmal aber nur innerlich, während seine Hand automatisch hochzuckte. Das, was dort auf ihn zuflog, hatte auf den ersten Blick eine verteufelte Ähnlichkeit mit den Steinen, die Carnac vom Wasserfall mitgebracht hatte. Er wollte nicht auffangen, was dort mit erstaunlicher Geschwindigkeit auf ihn zugeflogen kam, und doch tat er es. Seine Finger schlossen sich wie von selbst um den Gegenstand. Sofort spürte er ein Pulsieren in der Handfläche, das sogar noch das harte Pochen in seinem geprellten Handgelenk übertönte. Er sprang zur Seite, als ihn zwei Krieger gleichzeitig angriffen, ein Guhulan und einer von Nubinas Silberkriegern, wie als Sinnbild für den Schulterschluss zweier ganz unterschiedlicher Gemeinschaften, die zusammengefunden hatten, um einen Plan zu verwirklichen, den Daart bislang nicht einmal ansatzweise verstanden hatte.

Er hatte nicht vor, sich auf einen Kampf mit ihnen einzulassen, nicht in diesem Augenblick. Er wollte das Ding in seiner Hand loswerden und sprang zur Seite …

Der Stoß, der diesmal durch den Boden ging, war so heftig, dass er ins Taumeln kam, als er wieder aufsetzte. Ein vielstimmiger Aufschrei fegte über die Anhöhe. Überall brach die Erde auf, schleuderte Steine und Dreck in den Himmel, und gleichzeitig sackten mehrere Stellen weg, brach der Boden ein und riss Freund und Feind mit sich in die Tiefe, hinab in das, aus dem Carnac und

Daart geflohen waren – in die unterirdische Festungsanlage der Alten, nach Eternity.

Alles begann sich um Daart herum zu drehen. In seinen Ohren rauschte das Blut, und er hörte ein immer lauter werdendes Singen und Brausen, das rasend schnell anwuchs und jedes andere Geräusch zu verschlingen schien. Dass es kein gewöhnliches Erdbeben war, hatte Daart längst begriffen, aber die Erkenntnis nutzte ihm nichts. Er rutschte hinab, haltlos, überschlug sich mehrmals und knallte irgendwo mit dem Kopf dagegen …

13

… und als er die Augen wieder öffnete, sah er in ein Gesicht, das ihm nur allzu bekannt vorkam und das er hier überhaupt nicht erwartet hätte.

»Ich hatte das Gefühl, du könntest ein bisschen Hilfe gebrauchen«, sagte Ask und grinste.

Daart war so überrascht, dass er kein Wort hervorbrachte. Nach all den Kämpfen unvermittelt in Asks Gesicht zu blicken war fast mehr, als er ertragen konnte. Seine Gedanken und Gefühle liefen Amok. Ask kam ihm in diesem Moment so wunderschön vor wie ein Engel, der herabgestiegen war, um sich seiner anzunehmen – und das, obwohl sie von einer verkrusteten Schicht aus Schweiß, Dreck und Blut verunstaltet war, gar nicht zu reden von dem Rattenbiss an ihrem Kinn, der noch lange nicht verheilt war. Noch schöner wäre es allerdings gewesen, nicht in Asks, sondern in Carnacs Gesicht zu blicken. Was war nur passiert – und was machte ausgerechnet Ask hier? In seinem Kopf war ein solches Durcheinander, dass er die Gedanken kaum festhalten konnte. Blitzende Klingen tanzten vor seinen Augen, die geblendeten, blutigen Augen eines Zorrq starrten ihn an, und Zar'Toran spie seinen Feueratem auf ihn; alles wild durcheinander, sich überlagernd, sich drehend, erschreckend wirklich und doch nur ein schwacher Nachhall des Chaos, dem er allein durch den unter seinen Füßen einbrechenden Boden entkommen war.

Er schloss die Augen, versuchte sich zur Ruhe zu zwingen und dem Chaos in seinem Kopf Klarheit entgegenzusetzen. Es gelang ihm nur ganz allmählich, die flirrenden Erinnerungsfetzen an den Kampf zurückzudrängen …

»Hallo, Daart«, sagte Ask. »Werde mir bloß nicht wieder bewusstlos. Ich brauche dich noch.«

Daart öffnete die Augen wieder, langsam und fast wiederstrebend. Ask hatte seinen Kopf in ihren Schoß gebettet, etwas, das Daart erst begriff, als er mit flatternden Augenlidern an ihr vorbei zur Decke des Raumes starrte, in dem sie sich befanden. Er hatte erwartet, sich in einer Erdspalte wiederzufinden oder auch in den Trümmern eines zusammengebrochenen Gewölbes – vielleicht sogar in einer gigantischen Halle der unterirdischen Stadt. Aber all das traf nicht zu. Es war ein Raum, der vielleicht einmal Geräte und technische Einrichtungen der Alten beherbergt hatte, aber jetzt bis auf ein paar leere Metallschränke und ein Gewirr abgeschnittener Kabelenden leer stand, die wie lauernde Schlangen auf dem Boden lagen. In der Decke klaffte ein gewaltiges Loch, und darunter bedeckte eine wahre Geröll- und Drecklawine den Boden, die so frisch aussah wie der Matsch, der sich auf einer feuchten Spur weit in den Raum hineingeschoben hatte.

»Was ist passiert?« Er hob den Kopf, etwas zu ungestüm, denn so stieß er beinahe mit Ask zusammen, die sich im selben Moment zu ihm herabgebeugt hatte. »Wo sind die Guhulan? Und die Silberkrieger?«

»Nicht ganz so eilig.« Ask drückte ihn wieder zurück, was ihr nicht besonders schwer fiel; ein scharfer, leider allzu bekannter Schmerz zuckte durch seinen Nacken und machte ihn fast wehrlos. »Du hast einiges abbekommen.«

»Stell dir vor, das wäre mir fast gar nicht auffallen.« Daart versuchte sich erneut hochzudrücken, aber Ask legte ihm die Hand auf die Stirn; selbst diese leichte Berührung reichte schon, um ihn unten zu halten. Er war in weitaus schlimmerer Verfassung, als er geglaubt hatte.

»Es ist alles gut«, sagte Ask. »Zumindest im Augenblick.«

»Wo sind all die anderen?«, fragte Daart. »Jacurt, Carnac …?«

»Sie sind fort«, sagte Ask. Sie seufzte leise. »Es ging alles sehr schnell. Ein Teil des Hügels ist zusammengebrochen – als Folge vom Zusammensturz des Tunnels, durch den wir aus Eternity haben fliehen können. Das, was noch von Jacurts Heer übriggeblieben ist, hat das Chaos genutzt, um zu fliehen.«

Daart starrte sie einen Herzschlag lang verblüfft an. »Dann sind wir hier also wieder in der Stadt der Alten«, stellte er fest.

»Ja. Nein.« Ask lachte leise auf, als sie Daarts verwirrten Gesichtsausdruck bemerkte. »Eternity liegt unter uns. Dieser Raum hier gehört zu einem Gebäudekomplex, der später gebaut wurde, lange nach der Katastrophe. Und du darfst mir glauben: Es war nicht ganz einfach, dich inmitten des Chaos hierhin zu schleifen.«

Daart sah sich genauer um. Er hatte sich getäuscht, der Raum war nicht ganz so leer, wie es auf den ersten Blick den Anschein gehabt hatte. Die Wände waren baufällig, der ursprüngliche Verputz abgebröckelt. Das, was er sah, schien Asks Worte zu bestätigen: Eine Wand war aus groben Felssteinen aufgeschichtet worden wie eine Burgmauer, die anderen Wände aus verschieden großen, zum Teil von einer enormen Hitze geschwärzten, fast glasig wirkenden Ziegeln errichtet worden. An den Wänden zeichneten sich tiefschwarze, in Stein und Ziegel gebrannte Abdrücke fremdartiger Gerätschaften sowie einige Umrisse ab, bei derer genauerer Begutachtung Daart ein kalter Schauer über den Rücken lief. Direkt vor seiner Nase war eine Gestalt in den Stein gebannt, deren Hände in einer panischen Abwehrhaltung nach oben gerissen waren, sodass der Schattenriss des vor Ewigkeiten mit der Wand Verschmolzenen fast wie der eines Gekreuzigten aussah.

Die Metallschränke schienen der gleichen Hitze ausgesetzt gewesen zu sein wie das in die Wand gebrannte menschliche Opfer. Sie lehnten seltsam schief und fast zusammengesackt an zweien der Wände. Es hätte offensichtlich nicht viel gefehlt, und die unvorstellbare Hitze, die hier einst geherrscht haben musste, hätte sie zu Metallklumpen verschmolzen. Was sie einst beherbergt hatten, war bis auf ein paar spärliche, nicht mehr zu bestimmende Reste weggebrannt. Ähnliches galt für das, was hier einst auf dem Boden gestanden hatte: Auch dies war zur Unkenntlichkeit verbrannt. Das Einzige, was in erstaunlicher Menge übrig geblieben war, waren die Kabelreste. Aber vielleicht waren sie ja auch erst später in den Raum gelangt.

»Es sieht beinahe so aus, als hätte Zar'Toran hier einst ein Freudenfeuer entzündet«, sagte Daart.

Ask legte den Kopf zur Seite, als lauschte sie. »Ja«, sagte sie dann. »So etwas Ähnliches wird es wohl gewesen sein. Aber jetzt hat Zar'Toran keinen Grund mehr für ein Freudenfeuer. Er wird eher vor Wut kochen.«

»Warum? Seine Männer haben die Schlacht doch gewonnen.«

»Welche Schlacht?« Ask schüttelte den Kopf. »Das war keine Schlacht, Daart. Allenfalls ein Scharmützel. Dass es Jacurt so genanntes Heer überhaupt geschafft hat, Zar'Torans Männer zu überrumpeln, haben sie nur der Tatsache zu verdanken, dass ich dabei ein bisschen nachgeholfen habe.«

»Du?«, fragte Daart überrascht.

»Ja, ich«, sagte Ask mit kaum überhörbarem Stolz in der Stimme. »Xer wollte uns vergiften – uns alle.«

»Das hat er ja wohl auch getan«, sagte Daart. »Zar'Toran hat sich mir gegenüber gebrüstet, dass Xer uns alle auf einen Schlag mit einem Betäubungsmittel ausgeschaltet habe.«

»Betäubungsmittel für die einen – tödliches Gift für die anderen«, sagte Ask ernst.

»Was?«, fragte Daart entsetzt. »Du meinst doch nicht etwa ...«

»... dass er die wenigen noch gefüllten Wasserschläuche auf den Packtieren mit zwei unterschiedlich giftigen Substanzen versetzt hat? Doch, genau das meine ich. Damit wollte er sichergehen, dass ihm anschließend niemand in den Rücken fiele.«

Daart starrte sie entgeistert an. »Dieses verdammte Fischgesicht! Ich habe nicht geahnt ...«

»Das wäre aber besser gewesen«, sagte Ask hart. Sie nahm ihren Worten die Schärfe, in dem sie versonnen lächelte und ruhiger fortfuhr: »Xer hat eine nette kleine Ampullensammlung in seinen Satteltaschen mitgeführt – wobei die einen ein tödliches Gift, die anderen einen Betäubungstrank enthielten. Sämtliche Giftampullen habe ich gegen harmlosere – solche mit Betäubungsmittel – ausgetauscht. Xer selbst hat zwar dafür gesorgt, dass das Wasser nur zu ganz bestimmten Zeiten ausgegeben wurde, damit das Mittel alle auf einen Schlag erwischte. Aber dennoch ist sein Plan nur zur Hälfte aufgegangen. Die Krieger sind zwar genau zu dem berechneten Zeitpunkt vom Pferd gefallen oder auf ihren Tieren zusammengesackt, doch statt sich in tödlichen Krämpfen zu winden, sind sie bald darauf mit einem Brummschädel wieder aufgewacht. Bis auf ein paar Knochenbrüche ist alles glimpflich abgegangen.«

»Ein gefährliches Spiel«, sagte Daart erschüttert. »Abgesehen davon verstehe ich seinen Sinn nicht. Wenn du tatsächlich Xers Intrigen durchschaut hast: Warum hast du nicht einfach Jacurt gewarnt?«

»Weil das nicht meinen Zielen entsprach.« Sie nahm Daart Kopf in die Hände, zog die Beine unter ihm weg und erhob sich hastig. Erst dadurch wurde Daart bewusst, in welch entwürdigender Position er sich befunden hatte. Er wollte es ihr nachtun und ebenfalls aufstehen. Aber jetzt war es nicht nur der Schmerz in seinem Nacken und ein starkes Schwindelgefühl, das ihn hinderte – sondern etwas anderes: Fesseln, mit denen seine Hände gebunden waren.

Daart blickte entgeistert an sich herab. Es waren Kabelreste, mit denen er gefesselt war – und nicht nur seine Hände. Auch um seine Beine schlangen sich die Kabel, und sie waren so fest verzurrt, dass er noch nicht einmal die Knie an den Körper ziehen konnte.

»Was soll das?«, fragte er scharf. Er drehte den Kopf, ungeachtet des stechenden Schmerzes, der durch sein Genick zuckte, und starrte Ask wütend an. »Mach mich sofort los!«

»Nein, das werde ich nicht tun.« Ask entfernte sich ein paar Schritte und starrte zu dem Loch in der Decke empor, durch das Daart hereingerutscht war. »Du bleibst erst einmal so wie du bist.« Sie drehte sich wieder zu ihm um. Ihr Gesicht wirkte vollkommen ausdruckslos, aber in ihren Augen funkelte ein merkwürdiges Feuer, wie er es noch nie bei ihr bemerkt hatte. »Gib mir das, was du in deiner Hand so fest umklammerst, als hinge dein Leben davon ab.«

»Was?« Daart blickte an sich herab. Sein rechtes Handgelenk war angeschwollen und schimmerte blau-violett; vielleicht lag es daran, dass er die Hand zur Faust geballt hatte, ohne es selbst zu merken. In ihr hielt er umklammert, was Carnac ihm zugeworfen hatte: den Glitzerstein.

Aber warum merkte er noch nichts von seiner Wirkung? Warum war nicht sofort eine Feuerwoge durch seinen Arm gejagt, warum fühlte er sich zwar zerschlagen – aber nicht hilflos einer fremden Macht ausgeliefert?

»Ich würde dir raten, es mir freiwillig zu geben«, sagte Ask ruhig. »Es würde mir nämlich gar nicht gefallen, wenn ich dir die Finger brechen müsste, um an das Amulett zu kommen.«

»Du willst mir die Finger brechen?« Daart lachte humorlos auf. »Das würde ich an deiner Stelle nicht versuchen. Denn diese Art von Scherzen finde ich überhaupt nicht lustig.«

»Es ist kein Scherz«, sagte Ask kalt. »Ich will das Amulett haben. Und ich werde es mir nehmen. Du wärst besser beraten, es mir freiwillig zu geben. Ich möchte ungern Gewalt anwenden.«

Daart las in ihren Augen, dass sie es durchaus ernst meinte. »Du bist verrückt«, sagte er andächtig. »Abgesehen von deiner völlig unangemessenen Drohung bin ich nicht im Besitz dieses eigenartigen Amuletts. Das, was ich in der Hand halte, ist nichts weiter ein völlig harmloses Andenken aus der Stadt der Alten. Ein Stein vom Rand des Wasserfalls, um genau zu sein. Und jetzt mach mich los, verdammt noch mal. Ich muss Carnac suchen.«

Ask starrte ihn eine Zeit lang schweigend an. »Das ist nicht besonders klug.«

»Was ist nicht besonders klug?« Daart ließ sie nicht einen Moment lang aus den Augen. »Mich zu fesseln? Mir etwas mit Gewalt abnehmen zu wollen, was dir nicht zusteht? Zu verhindern, dass ich mich um Carnac kümmerte? Wer bist du, Ask – oder sollte ich besser fragen: Was bist du, dass du mir das verwehren willst?«

»Ich denke, das weißt du ganz genau«, sagte Ask ruhig. »Aber abgesehen davon spielt es keine Rolle. Gib mir das Amulett. Mehr will ich nicht.«

»Und wenn nicht …«

»Notfalls würde ich dir die Hand abschneiden«, unterbrach ihn Ask rüde. »Ich hoffe nur, dass du mich nicht dazu zwingst.«

Daart starrte ihr in die Augen. Was er da las, beunruhigte ihn. Er war sich zwar nicht sicher, ob Ask ihre Drohung wahrmachen und ihm die Hand *abschneiden* würde, aber er zweifelte keinen Augenblick daran, dass sie ihm tatsächlich ein Messer zwischen die Finger zwängen würde, um sie gewaltsam zu öffnen.

»Also gut«, sagte er. »Ich zeige dir, was ich in der Faust halte. Aber versprich dir nicht allzu viel davon. Zar'Toran hat uns durchsuchen lassen. Carnac kann das Amulett gar nicht bei sich gehabt haben, selbst wenn sie es mir hätte verschweigen wollen.«

»Natürlich kann sie das«, widersprach ihm Ask. »Zar'Toran weiß zwar viel über die Satai. Aber er weiß nichts von den Geheimfächern in euren Gürteln.«

»Die wohl kaum groß genug sind, um dieses blödsinnige Amulett aufzunehmen, hinter dem alle her sind«, erwiderte Daart.

»Ich glaube, du machst dir eine falsche Vorstellung von dem Amulett«, sagte Ask. »Es wurde nicht für einen schuppigen Quorrl-, sondern für einen zierlichen Frauenhals entworfen.«

»Ich dachte, für den Hals eines Feuer-Magiers«, wandte Daart ein. »Immerhin soll es doch der Schlüssel zum verschollenen Heiligtum der Guhulan sein.«

Ask zog eine Augenbraue nach oben. »Wer sagt dir, dass die frühen Feuer-Magier Männer waren?«

»Ich …«

»Die Feuer-Magie war einst die mächtigste Kraft auf Enwor«, sagte Ask. »Vielleicht hat sie anfangs aus der Macht der Sternengeborenen geschöpft, aus der gewaltigen, verheerenden Energie, die sie einst von den Sternen mit zu uns brachten. Vielleicht haben ja auch die alten Überlieferungen Recht, die von einem göttlichen Funken berichten, der ihre Macht entfacht hat. Es heißt jedenfalls, dass sich ein Teil des göttlichen Funkens in dem verschollenen Amulett bewahrte, das jahrtausendelang in der Stadt der Alten auf einen Abkömmling der wahren Macht gewartet hat. Denn nur dieser, so heißt es, sei in der Lage, das Amulett aus Eternity zu holen und es wieder seiner wahren Bestimmung zuzuführen.«

»Und dieser Abkömmling soll ich sein? Mach dich nicht lächerlich!«

Ask zuckte mit den Schultern. »Wer weiß. Tatsache ist jedenfalls, dass du zusammen mit Carnac das Amulett aus Eternity geholt hast.«

»Und du glaubst tatsächlich, dass das Amulett einen göttlichen Funken bewahrt hat?«

In Asks Augen blitzte es ärgerlich auf. »Die Guhulan glauben es, und die Prophetinnen wissen um die besondere Form der Kraft, die es speichert. Oder hältst du es etwa für einen Zufall, dass das Amulett ausgerechnet ins Tal des Vergessens gelangt ist?«

»Was sollte es denn sonst sein?«

»Das kann ich dir sagen«, fauchte Ask. »Vor unvorstellbar langer Zeit hat der Rat der Prophetinnen entschieden, es in der Stadt der Alten zu verstecken. Eine Prophetin musste sich dafür opfern – denn wie du ja weißt, ist es zwar möglich, nach Eternity zu gelangen, aber nicht mehr heraus.«

»Das habe ich zwar ganz anders erlebt«, wandte Daart ein. »Aber gehen wir einmal davon aus, dass stimmt, was zu behauptest: Wozu dann das alles?«

»Um die verheerende Macht des Feuers, dass die Sternengeborenen über unsere Welt brachten, endgültig zu brechen«, sagte Ask ärgerlich. »Das musst du wissen. Und auch, dass der Tag nahe ist, an dem die Guhulan wieder nach ihrer alten Macht greifen werden – vorausgesetzt, das Amulett gelangt in ihren Besitz.«

»Und jetzt willst du es im Auftrag der Prophetinnen in Sicherheit bringen«, vermutete Daart.

»Kann schon sein«, herrschte ihn Ask ungeduldig an. »Aber nun mach schon. Ich habe es eilig.«

»Und was geschieht, wenn ich dir das aushändige, was du für das alte Amulett der Guhulan hältst?«

Ask seufzte. »Was soll schon geschehen? Nichts. Jedenfalls nicht viel. Ich nehme es an mich und verschwinde.«

»Aber was wird mit mir?«, fragte Daart ungeduldig.

»Das wird sich schon zeigen«, antwortete Ask knapp. Sie streckte die Hand aus. »Und jetzt her mit dem Ding.«

Daart dachte gar nicht daran. Er konzentrierte sich, zwang seinen Atem zu ruhigem Ein- und Ausströmen, bereitete seine Muskeln auf die explosive Energieabgabe vor, mit dem der die Fesseln zu sprengen gedachte.

»Was tust du da?« Asks Stimme klang schrill und das erste Mal wieder so jung, wie sie ja war. Daart hatte schon fast vergessen, wie sie bei ihrer ersten Begegnung auf ihn gewirkt hatte: zart, angeschlagen, fast zerbrechlich. Mit seiner Menschenkenntnis schien es in letzter Zeit nicht zum Besten bestellt zu sein.

Die störenden Gedanken glitten davon, als er zu einem gleichermaßen ruhigen wie kraftvollen Atemrhythmus fand. Er spürte, wie die Energie in seine Arme und Beine wanderte, genau dorthin, wo er sie brauchte, um sie in einem einzigen kraftvollen Stoß zur Entfaltung zu bringen.

Obwohl Ask diese alte Satai-Technik noch nicht erlernt haben konnte, begriff sie offensichtlich sehr genau, was er vorhatte. Sie machte einen Satz auf ihn zu und riss ihr Schwert hervor. Daart versuchte die Bedrohung auszublenden, die von ihr ausging; er brauchte nur noch wenige Augenblicke – aber diese Zeit ließ ihm Ask nicht. Ihr Schwert zischte auf sein Handgelenk hinab. Im allerletzten Moment ließ Daart die Spannung in seinen Muskeln in einem einzigen, vollkommen aufeinander abgestimmten Bewegungsablauf explodieren. Er zuckte zur Seite, riss das rechte Bein und den Arm hoch und warf sich herum, so gut ihm das in seiner Lage möglich war. Asks Klinge schlug Funken sprühend auf dem Boden auf – genau in dem Moment, in dem er mit dem Kinn auf dem Boden aufknallte, hart und so heftig, dass ihm schwarz vor Augen wurde. Einen Herzschlag lang kämpfte er gegen den Schleier der Bewusstlosigkeit an, der sich über ihn legen wollte. Er hatte nicht viel gewonnen. Auf dem Bauch liegend, war er Ask noch hilfloser ausgeliefert als zuvor.

»Du Verrückte willst mir doch nicht wirklich die Hand abschlagen, oder was?«, schnaubte er, kaum dass er wieder dazu in der Lage war. Der Schmerz verschleierte seinen Blick und machte ihn fast handlungsunfähig, aber alles, was er spürte, war eine grenzenlose Wut – und kein bisschen Angst. »Warte nur, bis ich mich losgemacht habe. Dann kriegst du die Tracht Prügel deines Lebens.«

»Gib nicht so an«, fauchte Ask. »Außerdem habe ich nur mit der

Breitseite zugeschlagen. Da wäre deine Hand schon noch drangeblieben, keine Sorge.«

»Vielen Dank«, knurrte Daart

Ask stand seitlich hinter ihm, wie er aus den Augenwinkeln sah. Das Schwert hatte sie wieder weggesteckt. Offenbar hielt sie es nicht mehr für nötig, damit zu drohen. »Und jetzt her mit dem Amulett.«

»Also schön«, sagte Daart. Er wollte die Hand öffnen, aber sie war so verkrampft, dass er sie nur mit Mühe aufbrachte. Etwas fiel polternd heraus und rollte ein Stück davon, bevor es gegen die Unterkante eines schiefen, unansehnlichen Metallregals stieß und liegen blieb. Ask bückte sich, nahm es auf und drehte sich triumphierend zu Daart um.

»Da«, sagte sie. »Sieh doch.«

»Aha«, machte Daart. Sich wieder zurück auf den Rücken zu drehen kam einem artistischen Kunststück gleich. Die Fesseln schnitten in seine Arme und Beine und ließen ihm sowenig Handlungsspielraum, dass er alle Mühe hatte, sich auf die Seite zu drehen, um sich dann – vorsichtiger diesmal, damit er nicht auch noch mit dem Hinterkopf aufschlug – auf den Rücken gleiten zu lassen. Ask kam näher, mit wiegendem Gang, so selbstvergessen wie ein kleines Mädchen, das eine besonders schöne Blume gepflückt hatte, die sie nun voller Stolz und Andacht einer Freundin zeigen wollte. Daart erkannte schon auf den ersten Blick, dass es sich tatsächlich nicht um einen Glitzerstein handelte, sondern um ein Schmuckstück. Es konnte nur das Amulett sein. Irgendwie hatte er es sich größer, beeindruckender vorgestellt. Er war fast enttäuscht ...

... bis ein verirrter Lichtstrahl durch die Öffnung im Dach fiel, direkt auf das Amulett, beinahe so, als zöge das Schmuckstück das Licht auf magische Weise an. Das Bildnis in seiner Mitte entfaltete sich, wuchs, wurde immer größer, und obwohl Daart wusste, dass es sich nur um eine optische Täuschung handeln konnte, war es ihm unmöglich, sich dem Zauber zu entziehen. Das Bild zeigte das Antlitz einer Frau – nicht irgendeiner Frau, sondern einer eiskalt wirkenden Schönheit mit hohen Wangenknochen und schmalen, leicht schräg stehenden Augen.

Nubina.

Sie schien ihn zu mustern, und selbst als Daart leicht den Kopf drehte, hatte er das Gefühl, dass ihre Augen ihn verfolgten und sich die Spur des Erkennens in ihnen widerspiegelte.

»Das ist die Göttin der Guhulan«, sagte Ask, bevor sie das Amulett mit der Faust umklammerte und wegsteckte. »Und auch die der Aralu, gegen deren Silberkrieger du heute gekämpft hast. Sie ist das vereinende Element zwischen dem Norden und dem Süden. Sie ist die Mitte. Deshalb war das Amulett auch all die Jahrtausende im alten Herrschaftsbereich der Mitte verborgen, ganz in der Nähe des Tals des Vergessens übrigens.»

»Es kann nicht sein«, sagte Daart. Er war sich immer noch seiner unwürdigen Lage bewusst, hatte nicht vergessen, dass er gefesselt vor Ask lag – aber das spielte jetzt keine Rolle. »Ich habe Nubina noch vor wenigen Wochen von Angesicht zu Angesicht gestanden.«

Ask tat etwas sehr Seltsames – sie lachte glockenhell auf. »Wenn das stimmt – und daran zweifle ich keinen Augenblick –, dann musst du es doch gespürt haben, Daart. Nubina ist keine Frau. Sie ist eine Göttin.«

»Eine Göttin?« Daart versuchte sich gegen das Gefühl der Ehrfurcht zu wehren, das ihn zu ergreifen drohte. »Was soll das sein, Ask? Nur Narren glauben daran, dass Götter wirklich und leibhaftig zu uns Sterblichen hinabsteigen …«

»Die Sterngeborenen …«, begann Ask.

»Du willst mir doch nicht erzählen, dass sie eine Sterngeborene ist, oder?«, sagte Daart hart. »Die Sterngeborenen sind uns vollkommen fremd. Es genügt schon, ihnen ins Gesicht zu sehen, um den Verstand zu verlieren. Und das sind keine Ammenmärchen, das ist die Wahrheit. Ich habe es gespürt, als wir dort unten in der Stadt der Alten waren. Etwas von den Sterngeborenen ist dort geblieben, nachdem sie die Alten besiegt haben.«

»Das mag ja alles sein«, sagte Ask beinahe sanft. »Aber dann sage mir, was du empfunden hast, als du Nubina gegenübergestanden hast.«

»Nicht das, was du andeutest«, sagte Daart entschieden. »Nubina ist keine Sterngeborene.«

»Nein.« Ask seufzte. »Das ist sie wohl nicht. Und es spielt auch keine Rolle. Zumindest im Moment nicht. Ich werde jetzt gehen.«

»Dann wird es Zeit, dass du endlich meine Fesseln durchtrennst«, sagte Daart.

Ask schüttelte den Kopf. »Alles zu seiner Zeit. Ich werde dich hier zurücklassen. Aber es wird jemand kommen, der sich deiner annimmt.«

»Schwachsinn.« Daart wand sich unruhig in seinen Fesseln, bemüht, einen Schwachpunkt in der Fesslung zu finden. Aber Ask war gründlich gewesen. »Ich will nicht, dass sich irgendwer meiner annimmt. Wer sollte das überhaupt sein?«

Asks Gesicht war eine erstarrte Maske, als sie antwortete. »Sie sind bereits unterwegs. Sie werden sich um dich kümmern.«

Daart beschlich ein ungutes Gefühl. »Wer? Wer wird sich um mich kümmern?«

»Die Krieger, die jetzt wieder uneingeschränkt über das Tal des Vergessens herrschen«, sagte Ask ruhig. »Zar'Torans Männer.«

14

Daarts Magen war hart und verkrampft, ein einziger eisiger Klumpen, und seine Gedanken und Gefühle liefen Amok. Er spürte keine Schmerzen in seinem Genick oder seinem Handgelenk, jetzt, in diesem Moment, als sich Ask an dem fast unversehrt wirkenden Metallregal an der Wand gegenüber zu schaffen machte. Immer wieder zerrte er an seinen Fesseln, aber es war ihm nicht möglich, sie zu sprengen. Ask war kein Risiko eingegangen. Sie hatte ihn so fest eingeschnürt, dass wohl selbst ein Zorrq Schwierigkeiten gehabt hätte, die Fesseln auf die Schnelle zu sprengen.

»Verdammt!«, schrie er. »Du kannst mich hier doch nicht zurücklassen. Zar'Toran wird mich auf einem offenen Feuer rösten, wenn ich Glück habe – und wenn ich Pech habe, sich etwas tausendmal Schlimmeres ausdenken.«

Ask warf ihm einen kühlen Blick über die Schulter zu. »Ich kann dich sehr wohl zurücklassen. Und keine Sorge: Die Chancen, dass Zar'Toran dich am Leben lässt, stehen durchaus gut.«

»Na, das ist ja beruhigend«, antwortete Daart mit beißendem Spott. »Aber verrate mir eins: Warum tust du das?«

Ask zögerte er. Dann fuhr sie zu ihm herum. »Es tut mir Leid, Daart, das musst du mir glauben. Es mag sein, dass zwischen uns nichts geschehen ist, was mein Verhalten dir gegenüber rechtfertigt. Aber wir haben nicht mehr allzu viele Trümpfe in dem Spiel, dessen Regeln Nubina und Zar'Toran vorgeben. Du bist ein solcher Trumpf. Es gibt niemanden außerhalb der Guhulan, der Zar'Toran besser kennt als du: Wahrscheinlich kennst du ihn sogar besser als die *anderen* … als die *meisten* Guhulan«, verbesserte sie sich rasch. »Du musst an ihm dranbleiben.«

»Aber wozu?«

»Das kann ich dir nicht sagen.« Ask winkte ab, als Daart dazwischenfunken wollte. »Ich kann es dir ganz einfach deshalb nicht sagen, weil ich es nicht weiß. Ich bin zu den Satai geschickt worden, um Carnac und dich zu unterstützen.«

»Zu unterstützen?« Daart machte kleine trippelnde Bewegungen mit den Füßen, die er so gut wie es ging mit den Händen unterstützte, um sich in Asks Richtung zu drehen. »Nennst du das hier etwa Unterstützung?«

»Aber ja.« Ask schrie jetzt fast. »Carnac hat von den Guhulan das Amulett zugesteckt bekommen, dort unten am Wasserfall – direkt auf Zar'Torans Weisung hin.«

»Das ist doch Wahnsinn!«

»Nein«, widersprach Ask heftig. »Zar'Toran ging davon aus, dass ihr beide einen Weg aus Eternity finden würdet, und er war gut beraten damit. Den Guhulan selbst, die Zar'Toran dort hinabgeschickt hatte, war dies verwehrt, genauso wie Xers Quorrl, die euch als Überbringer des Amuletts vor Zar'Torans Feinden abschirmen sollten.«

»Also doch«, sagte Daart bitter. »Auch Carnac hat mich verraten.«

»Sie hat dich überhaupt nicht verraten«, erwiderte Ask heftig. Ihr Kopf ruckte zu dem Loch in der Decke herum, und dann war sie wieder mit einem schnellen Schritt bei dem Metallregal und zerrte mit aller Kraft daran. »Das Amulett war bereits in der Hand der Guhulan«, keuchte sie. »Früher oder später hätten sie es aus der Stadt herausbekommen – auch ohne eure Unterstützung. Indem Carnac so tat, als fügte sie sich dem Spiel, bekam sie das Amulett immerhin in die Hände. Alles, was sie tun musste, war, es vor Zar'Toran und Xer in Sicherheit zu bringen.«

»Und genau das hat nicht geklappt.«

»Xer hat sie geschnappt, bevor sie mir das Amulett übergeben konnte. Und das ist kein Zufall. Xer ist nicht irgendein unbedeutender Verräter. Er konkurriert mit einem Quorrl-Führer namens Rarr um die Vormachtstellung bei den Quorrl ...«

»Ich kenne Rarr«, unterbrach sie Daart. »Ich bin ihm in Nyingma begegnet.«

»Umso besser«, sagte Ask. »Dann wirst du auch wissen, dass Rarr auf unserer Seite kämpft. Er hat einen Teil seiner Elitetruppe geopfert, um euch in Eternity zu beschützen ...«

»Wir sind dort unten auf einen toten Quorrl gestoßen, der offensichtlich mit einem Zackenschwert niedergemacht worden war, also von einem Artgenossen«, unterbrach Daart sie. »Hat es etwa damit etwas zu tun?«

Ask nickte. »Es war entweder einer von Rarrs Leuten – oder von seinem Gegenspieler Xer.« Sie wischte sich mit einer fahrigen Geste über die Stirn. »Du solltest dich vor Xer in Acht nehmen. Er ist gefährlich.«

»Deine Warnung kommt zu spät«, sagte Daart. »Ich habe ihm gerade den Kopf abgeschlagen.«

»Oh!«, rief Ask. Es war ihr gelungen, das Regal ein Stück zur Seite zu schieben. Dahinter kam ein gezackter Riss im Mauerwerk zu Vorschein, und als sie das Regal noch ein Stück weiterwuchtete, sah Daart das Loch in der Wand. Er ahnte, wohin sie mit dem Amulett verschwinden wollte.

»Binde mich los, dann helfe ich dir«, sagte er.

»Den Rest kennst du«, fuhr Ask fort, ohne auf seinen Vorschlag einzugehen. »Nachdem ich Jacurts üble Brandverletzungen aufs Notdürftigste versorgen hatte, gelang es mir, ihn davon zu überzeugen, dass nicht du, sondern Xer der Verräter war. Als er das erst einmal begriffen hatte, war er kaum noch zu halten.« Sie suchte sich einen festen Stand, gab einen langgezogenen Kampfschrei von sich, und dann ruckte das Regal noch ein Stück weiter, scheppernd und rumpelnd, als wollte es sich gegen Asks rauen Zugriff wehren. Ask stieß keuchend die Luft aus und lehnte sich an die Wand. Ihr Atem ging heftig und stoßweise, aber trotzdem bewunderte Daart sie: Es war erstaunlich, dass sie allein in der Lage gewesen war, das schwere Regal so weit wegzuschieben.

»Jacurt hat sich an die Spitze seiner Truppe gesetzt, die gottlob noch dort lagerte, wo ihr Feldherr mit ein paar seiner Getreuen – und uns – verschwunden war«, fuhr Ask fort. Ihr blinzelnder Blick richtete sich nicht auf Daart, sondern auf das Loch in der Decke. Offensichtlich erwartete sie von dort Besuch. »Jacurt hat für ein Ablenkungsmanöver gesorgt, während ich mir hier unten meinen Plan zusammengebastelt habe. Dabei kam mir zugute, dass das Erdreich zusammenbrach, nachdem du die Gangfalle der Alten auf ganz eigene Weise zum Einsturz gebracht hattest.«

»Warte«, sagte Daart. »Das ist mir jetzt alles ein bisschen viel. Von welcher Falle sprichst du? War der Gang, der plötzlich unter uns zusammenbrach, etwa nur ein Hinterhalt?«

»Hast du schon einmal gehört, dass das Metall, das die Alten verwendeten, rostet?«, stellte Ask eine Gegenfrage.

»Nein, aber …«

»Nichts aber. Es war eine Falle. Ein Zugang zum Innersten der Anlage, der zur eigentlichen Stadt unter der Erde zu führen schien, in Wirklichkeit aber als blinder Gang konstruiert worden war. Sein einziger Zweck war der, denen Verderben zu bringen, die ihn benutzten.«

»Dieses schnelle Wegrosten …«

»Die Zeitphänomene in Eternity sind den Alten am Ende aus den Händen geglitten«, erklärte Ask und stieß sich von der Wand ab. »Und wenn ich nicht aufpasse, gleitet mir noch die Situation aus den Händen, nur weil du es geschickt verstehst, mich mit immer neuen Fragen hier festzuhalten.«

»Aber ich muss doch wissen …«

»Nein«, unterbrach ihn Ask schroff und drehte sich zu ihm um. »Ich glaube, sie kommen. Wir haben nicht mehr viel Zeit.«

»Zeit wofür?«, fragte Daart bitter.

»Um dir all deine Frage zu beantworten«, sagte Ask hastig. »Um dir klarzumachen, dass du Carnac vertrauen kannst – vertrauen musst, genau wie mir, sollten wir uns je wieder begegnen.« Erneut warf sie einen gehetzten Blick zur Decke. »Ich war kurz hinter euch, in der Stadt der Alten. Zusammen mit Jacurt, den ich halb tot in einer Kammer hinter dem Schott gefunden hatte. Wir wollten euch warnen, aber ihr wart zu schnell weg. Hätten wir uns nicht an eure Fersen gehängt, wäre Eternity für uns zur ausweglosen Falle geworden – und alles wäre verloren gewesen.«

»Das kann ich kaum glauben«, sagte Daart. »Du scheinst mir doch besser in die Geheimnisse von Eternity eingeweiht zu sein als jeder andere. Und du warst die Einzige, die wusste, wie die Bestie zu bekämpfen war, die Del fast zum Verhängnis wurde.«

Ask lächelte flüchtig. »Del, ja. Es war eine beeindruckende Begegnung, nehme ich an.«

»*Beeindruckend* ist ein bisschen untertrieben«, antwortete Daart. »Es war unglaublich, plötzlich wirklich und wahrhaftig Skar gegenüberzustehen, dem Mann, der die ganze Satai-Kultur geprägt hat. Auf Del hingegen hätte ich zur Not auch verzichten können.«

»Vielleicht, weil du keinen Blick für seine wahren Qualitäten hast.« Sie winkte ab, als Daart ihr widersprechen wollte. »Ich könnte – ich müsste – dir dazu eine Menge erklären. Zum Beispiel, wie es zu dieser Begegnung kam. Und warum Zar'Toran nichts davon mitbekommen hat, dass euch ausgerechnet Skar die entscheidende Waffe im Kampf gegen ihn in die Hand gegeben hat.«

»Die Wurfsterne?« Daart blinzelte. In der Tat hätten er und Carnac sich ohne Skars Shuriken nicht befreien können. Aber der Gedanke, dass Skar genau das geplant haben könnte, war so ungeheuerlich, dass Daart sich weigerte, ihn weiter zu verfolgen …

»Es geht weniger um irgendwelche Wurfsterne«, sagte Ask. »Es geht darum, wie er euch geleitet hat.«

»Geleitet?« Daart hätte beinahe laut aufgelacht »Wie meinst du das?«

Ask winkte erneut ab. »Ich fürchte, das lässt sich nicht so einfach in Worte fassen. Abgesehen davon bliebe mir dafür nun auch wirklich nicht mehr die Zeit.« Sie schloss die Augen und lauschte, und als sie sie wieder aufriss, wirkte sie noch gehetzter als zuvor. Daart konnte es ihr nicht verdenken. Irgendetwas war dort draußen, kratzte und schabte am Erdreich. Es würde nicht mehr lange dauern, bis Zar'Torans Männer hier waren.

»Warum war sich Zar'Toran so sicher, dass wir Eternity verlassen konnten?«, fragte er dennoch.

»Ich weiß nicht einmal, ob er sich dessen wirklich sicher war«, sagte Ask fahrig. »Aber er sah darin wohl seine einzige Chance. Schließlich kennt er ja das Geheimnis deiner Herkunft.«

»Das Geheimnis meiner Herkunft?« Daart war jetzt ehrlich überrascht. »Was hat die denn damit zu tun?«

»Die ist der Grund dafür, warum dir Zar'Toran so viel Beachtung schenkt.« Ask sah Daart direkt in die Augen. »Oder glaubst du wirklich, er hätte sich sonst so intensiv um dich gekümmert? Es muss dir doch aufgefallen sein, welch eine Sonderstellung du bei ihm einnimmst. Es ist an der Zeit, dass du dir einmal darüber Gedanken machst.«

Daart war über die neuerliche Wendung des Gesprächs so verblüfft, dass er erst einmal kein Wort hervorbrachte. Seine Herkunft? Er war nicht in Guan geboren worden, in dem Dorf, das die Guhulan unter ihre Fittiche genommen hatten – und er wusste nicht, wer seine Eltern waren. Seine *Herkunft*? Was hatte das wohl zu bedeuten?

»Für alles andere bleibt uns leider keine Zeit«, sagte Ask in einem Ton des Bedauerns, der durchaus aufrichtig wirkte. »Ich muss dich jetzt verlassen.«

»Du willst mich also tatsächlich Zar'Torans Zorn ausliefern?«

»Nein«, sagte Ask. Eine steile Furche entstand auf der Schmutz- und Blutschicht auf ihrer Stirn. »Ich will überhaupt nicht. Aber ich muss.«

»Es kann keine Rechtfertigung für das geben, was du mir antun willst«, begehrte Daart auf. »Zar'Toran ist mein Todfeind. Das war er schon immer. Es ist …«

Ask legte den Zeigefinger auf Lippen. »Pscht«, machte sie. »Sie kommen. Ich muss jetzt los.«

Trotz der Unruhe, die in ihren Worten mitschwang, und obwohl auch Daart jetzt die Geräusche hörte, die von oben herab drangen und die sich anhörten, als wühlte sich ein wütender Zorrq mit bloßen Händen durch Schutt und Dreck, um möglichst schnell zu ihnen vorzustoßen, trat sie einen raschen Schritt auf ihn zu und ging in die Hocke, ganz nah bei ihm – und doch unendlich weit entfernt. Ihre Hände berührten sich wie zufällig, ein flüchtige, kaum wahrnehmbare Berührung. Sie hatte fast etwas Endgültiges.

»Wir werden uns wieder sehen«, versprach Ask dennoch.

Daart sah ihr nach, als sie sich umdrehte und auf das schmale Loch in der Wand zuging, um dort schnell und geschickt wie eine Wildkatze hindurchzuklettern. Ja, dachte er. Wir werden uns wiedersehen. Aber dann werde ich dir heimzahlen, was du mir angetan hast.

Eismeer
Noron
Calgar
Tohoma
Gatan
Spokane
Caran
Kanah
Guan
Eureka
Sümpfe von Cosh
Kohon
Amari-See
Brachmar
Boran
Valsko
Denwar
Drachenland
Tormon-Gebirge
Sanan
Anchor
Tusco
Südliche Schwerthünde
Larn
Sora
Sonora-Höhen
Irapûano
Tikar
Westmeer
Tuancho
Lurano

Karna
Lucida
Cor-Seen
Ùrcoùn
Nonakesh
Schattengebirge
Tuan
Nebelmeer
Wolan
Bel-Ishtar
Besh
Ikne
Besh Ikne
Malab
rfon
Aradat
Endora
Bryan
Endor
Nardosta
Bryl
Elt
Die verbotenen Inseln
See von Coroz
Toran
Coroz
Orxana
Arkar
Tropenmeer
Nyingma
Aralu
Marlet
Kevin Winkler

Wolfgang Hohlbein
Das Avalon-Projekt

Roman. 654 Seiten. Gebunden

Unheimliches geschieht auf der Ölbohrinsel Avalon II: Die Besatzung ist spurlos verschwunden, die Plattform wurde verwüstet. Ein Werk der Wellen, die mit schrecklicher Gewalt um die Insel toben? Wer ist die geheimnisvolle Frau, die sich in einem der Stützpfeiler versteckt? Wem gehört der keltische Zeremoniendolch? Und was bedeutet das plötzliche Auftauchen und Verschwinden eines dunklen Segelschiffs im Nebel um Avalon II? Schon einmal gab es eine Bohrinsel an gleicher Stelle – sie verschwand vor Jahrzehnten. Droht der Avalon II nun das gleiche Schicksal? Einige behaupten, die Plattform sei an einem »heiligen Ort« errichtet worden. Abergläubischer Unsinn! wettern andere, so auch der Versicherungsdetektiv Rudger Harm, der mit den Nachforschungen beauftragt wird. Doch dann geschieht das Entsetzliche, und er wird hineingerissen in einen tosenden Strudel unerklärlicher Phänomene.

06/1014/01/R

Magus Magellans Gezeitenwelt 4
Die Purpurinseln

Roman von Thomas Finn
Hg. von Bernhard Hennen. 387 Seiten. Gebunden

»Das Fell des wundersamen Wesens schimmerte weiß wie Alabaster. Anmutig legte es die Flügel an den Löwenkörper und warf die Mähne zurück. Ein ehrfürchtiges Raunen lief durch die Tempelhalle, und überall fielen die Menschen auf die Knie. Kein Zweifel: Es war die wahre Sphinx. Das leibhaftige Rätsel.«
Das Orakel von Thalliopê ist nur eine der Entdeckungen, die Kapitänin Surjadora und Prinz Nukulahi auf ihren Reisen über die Meere der Gezeitenwelt machen. Die Suche nach dem Geheimnis des Weltennetzes führt sie ins ferne Eulykien, wo die rätselhafte Sphinx zu all jenen spricht, die verzweifelt genug sind, dem Orakel ihre dringlichste Frage zu stellen.

06/1018/01/L

PIPER FANTASY

Da Chen

Meister Atami und der kleine Mönch

Ein phantastischer Roman. Aus dem Englischen von Susanne Hornfeck. 328 Seiten. Broschur

»Der künftige Kaiser trägt fünf schwarze Muttermale auf jeder Fußsohle und steigt alle fünfhundert Jahre in sein Land herab.« So steht es in den heiligen Schriften Chinas. Nur der elfjährige Luka erfüllt diese Voraussetzung. Damit er den mongolischen Besatzern nicht in die Hände fällt, wacht der Bettelmönch Atami über ihn und unterweist ihn in den kaiserlichen Disziplinen, so auch in der geheimnisvollen Fertigkeit des Kung-Fu. Doch dann gerät der greise Ziehvater in die Fänge des Feindes. Auf sich allein gestellt, trotzt der Heilige Knabe tödlichen Gefahren und riskiert Kopf und Kragen für den göttlichen Auftrag …
Mit rasantem Tempo erzählt Da Chen die Geschichte des Waisenjungen Luka, der sich mit List und magischer Kampfkunst seinen Platz in der Welt erobert.

»Phantastische Duelle, finstere Schurken, zarte Liebe und rascher Witz machen den Charme dieses Buchs aus. Und ein anrührender junger Held, der die Leser in Atem hält.«
Kirkus Review

06/1016/01/R

SERIE PIPER

Wolfgang Hohlbein

Das Vermächtnis der Feuervögel

Fantasy-Storys. 269 Seiten. Serie Piper

Wolfgang Hohlbein, der »deutsche Stephen King«, ist der meistgelesene Autor phantastischer Spannungsromane. Jedes seiner Bücher wurde ein Bestseller. In der vorliegenden Sammlung mit sieben Fantasy-Storys ziehen Menschen unversehens die Rache eines verzauberten Vogelschwarms auf sich oder sehen ihre Umwelt plötzlich durch die Augen eines anderen Wesens. Nie ohne eine Prise Horror mixt Wolfgang Hohlbein dem Leser unwiderstehliche und einzigartige Cocktails, wie sie meisterhafter niemand zu zaubern versteht.

05/1477/03/L

Bernhard Hennen

Der Ketzerfürst

372 Seiten. Serie Piper

Nur der Feuervogel, glaubt der Spielmann Volker von Alzey, vermag ihn zu seiner verschollenen Geliebten zu führen. Und so folgt er dessen Spur und reitet ins Land der Franken. Doch statt dem Fabelwesen begegnet er Fürst Ricchar und seinem unheimlichen Heer. Dieser will das verhaßte Christentum ausrotten und dem Römischen Reich zu neuem Ruhm verhelfen. Wie viele andere kann sich auch Volker dem Charisma des Anführers nicht entziehen. Als er jedoch eine Bardin vor dem Scheiterhaufen rettet, wendet sich sein Schicksal jählings, und in höchster Not bleibt ihm nur die Flucht. Bald darauf entbrennt ein verheerender Krieg zwischen dem König der Nibelungen und dem Ketzerfürsten …

05/1494/01/R

Hans Bemmann

Stein und Flöte
und das ist noch nicht alles

Roman. 939 Seiten. Serie Piper

Lauscher ist ein Mensch, der stets in die Irre geht und dennoch immer ans Ziel gelangt. Als er einen geheimnisvollen Stein und eine Flöte erbt und dazu ein wundersames Holzstück geschenkt bekommt, setzt er alles daran, mit diesen magischen Gaben die Welt seinen Wünschen gemäß zu unterwerfen – und scheitert. Doch das Schicksal beschert ihm so manches phantastische Abenteuer, um ihn letztendlich auf seinen ganz persönlichen Weg zu führen.

»Bemmann beschwört wundersame alte Mythen, die der Held – eine Mischung aus Faust und Parzival – mit allen Fährnissen zu bestehen hat.«
Deutsches Allgemeines Sonntagsblatt

05/1479/02/L

Barry Hughart

Die Brücke der Vögel

Ein Meister-Li-Roman. Aus dem Amerikanischen von Manfred Ohl und Hans Sartorius. 301 Seiten. Serie Piper

Li Kao, ein uralter chinesischer Meister, begleitet den kräftigen jungen Burschen »Nummer Zehn der Ochse«. Dieser ist auf der Suche nach der »Großen Wurzel der Macht«, einem Gegengift, das todgeweihte Kinder retten soll. Zwar gilt Li als größter Gelehrter Chinas, doch er ist beileibe kein Heiliger, und so geraten die beiden Helden in bizarre Abenteuer, verdingen sich als Trickbetrüger, retten eine betrogene Halbgöttin und versuchen mit einem wahren Feuerwerk an Einfällen ihre Widersacher zu überlisten.

»In diesem Buch wird so gelacht, geliebt und gesoffen, geweint und gelitten, daß der Leser mitlacht und mitweint.«
Brigitte

05/1493/01/R

SERIE PIPER

William Horwood

Die Wölfe der Zeit

Die Reise ins Herzland. Roman. Aus dem Englischen von Michael Morgental. 604 Seiten. Serie Piper

Überall in Europa vernehmen die Wölfe einen geheimen Ruf im Wind. Sie brechen auf zu einer abenteuerlichen Reise, die sie in ihr sagenumwobenes Herzland führen soll. Alte Geschichten und Legenden erzählen von den fast vergessenen »Wolfswegen«, die sie dorthin führen sollen. Sie sind die Wölfe der Zeit, die ein neues Zeitalter verkünden …

»Horwood bevölkert die Welt nicht mit eigenen Fabelwesen wie J. R. R. Tolkien in ›Herr der Ringe‹, sondern gibt Tieren ihre eigenen Mythen.«
Abendzeitung

05/1497/01/L

Anne Eliot Crompton

Gawain und die Grüne Dame

Roman. Aus dem Amerikanischen von Birgit Oberg. ca. 240 Seiten. Serie Piper

Der edle Ritter Gawain begibt sich im Auftrag von König Artus auf einen abenteuerlichen Ritt in den Norden Englands. Dort gerät er in die Fänge der Barbaren. Doch sie töten ihn nicht – sondern rufen ihn zum Maikönig aus! Er genießt die Freuden seines Standes und verliebt sich in die Grüne Dame. Bis er erfährt, was ihm in Wahrheit bevorsteht: Um die Erde mit Blut zu segnen, opfert man den Maikönig zur Sommersonnenwende. Da drängt Gawain die Geliebte, ihm zur Flucht zu verhelfen, und gibt ein leichtfertiges Versprechen ab …

»Die Artus-Legende wird aus der Sicht nichtmenschlicher Wesen erzählt … und nimmt einen gefangen.«
Publishers Weekly

05/1500/01/R